淬炼

中国稀土科学家
创新报国纪实

杨自强 著

浙江出版联合集团
浙江科学技术出版社
·杭州·

版权所有　　侵权必究

图书在版编目（CIP）数据

淬炼：中国稀土科学家创新报国纪实 / 杨自强著.
— 杭州：浙江科学技术出版社，2024.4
　ISBN 978-7-5739-1168-1

Ⅰ.①淬… Ⅱ.①杨… Ⅲ.①报告文学-中国-当代 Ⅳ.①I25

中国版本图书馆CIP数据核字（2024）第071167号

书　　名	淬炼：中国稀土科学家创新报国纪实
著　　者	杨自强

出版发行	浙江科学技术出版社
	地址：杭州市体育场路347号　邮政编码：310006
	办公室电话：0571-85176593
	销售部电话：0571-85062597
	E-mail：zkpress@zkpress.com

排　　版	杭州兴邦电子印务有限公司
印　　刷	浙江海虹彩色印务有限公司

开　本	710 mm × 1000 mm　1/16	印　张	24.25
字　数	300千字	版　次	2024年4月第1版
印　次	2024年4月第1次印刷	印　数	1—30000册
书　号	ISBN 978-7-5739-1168-1	定　价	78.00元

责任编辑	陈淑阳　柳丽敏　唐　玲 刘　雪　陈　岚	责任美编	金　晖
责任校对	李亚学　陈宇珊	责任印务	吕　琰

如发现印、装问题，请与承印厂联系。电话：0571-85095376

目 录

引　言 　　　　　　　　　　　　　　　　1

第一章　富饶神山

第一节　翻过来的不平等条约　　　　　13
　　　　地上的彩虹　　　　　　　　　13
　　　　中国变天了　　　　　　　　　15
　　　　主权问题没得谈　　　　　　　20

第二节　"铁山"的呼唤　　　　　　　　26
　　　　"要超过外国人"　　　　　　　26
　　　　"戴眼镜的蛮子"　　　　　　　29
　　　　"发现了它的秘密"　　　　　　32
　　　　多得难以置信　　　　　　　　37

第三节　萤石中的精灵之舞　　　　　　41
　　　　天才之间的"缘分"　　　　　　41
　　　　"君子动口又动手"　　　　　　45
　　　　微弱的稀土之光　　　　　　　47

第四节	一个半世纪的接力	53
	稀土是这样"炼"成的	53
	一种都不能少	57
	东邻的觊觎	61

第二章 草原晨曲

第一节	打到地球中心去	69
	冠名"中央"的地质队	69
	带上机枪去勘探	72
	草原"第一钻"	75
	115克氧化铈	80
	世界稀土储量的80%	83

第二节	怒放的"铁花"	87
	冰与火之歌	87
	与狼共舞	91
	零下41摄氏度下的热血	94
	寒风中的诗与爱	97

第三节	衣带渐宽终不悔	102
	登泰山观日出	102
	吹来地球化学的风	105
	中苏联队	107
	概不外借的油印本	111

第四节	上书综合利用	114
	最大的铌钽矿	114
	靠边站的稀土	119
	白求恩的X光机	121
	"人民科学家"	123
第五节	要使稀有变富有	128
	第一次"4·15"会议	128
	要搞钢铁，也要搞稀土	132
	毛泽东题词"开发矿业"	134
	漂亮的"背书"	137
第六节	白云生处	141
	电波里触摸祖国	141
	报国之技	146
	矿物是活的	149

第三章 上下求索

第一节	人就靠这点精神	157
	爱国与科学的种子	157
	一个人的奖学金	160
	十三国邮票为别礼	163
第二节	国家需要就是方向	167
	"无中生有"的钴	167
	把铁炼得像钢	171

第三节	在楼顶上炒矿	178
	研究所里的高炉	178
	荒唐的"荒唐"	180
	第一个稀土组	183

第四节	第一号合金	188
	渣里淘金	188
	坦克装上了稀土钢	192
	一次决然的"转身"	195

第四章 中国冲击

第一节	"别"亦难	203
	罗地亚的傲慢	203
	超越外国人的自信	207
	出国是为了回国	211

第二节	告别"摇漏斗"	217
	分离"连体婴儿"	217
	选择,最重要	220
	把"推拉"推倒	223
	摇啊摇	227
	摇漏斗,可以休矣	230

目录

第三节	"一步放大"	234
	完美主义者	234
	能不能更"傻"一点儿	237
	"移花接木"	243

第五章 追赶世界

第一节	方毅七下包头	251
	会背元素周期表的副总理	251
	一下包头	255
	"小事"与大事	260
	布局者	265
第二节	吸引力	268
	火柴之光	268
	诡秘的硼	273
	后来者居上	277
	"得奖是副产品"	281
第三节	阿尔法的"中国心"	287
	全球寻找永磁体	287
	中国参与了	291
	太空里的"中国心"	295

第六章 大国战略

第一节 中国有稀土 303
春天的故事 303
盛世之危言 306
钱学森上书 310
又一次上书 316

第二节 盛名下的危局 320
"野蛮生长" 320
"跌跌"不休 323
不能承受之"重" 327

第三节 十五院士上书 332
必然的"减法" 332
"陈情"国务院 338
稀土"扳道" 347

第四节 稀土强国之梦 351
变革中的阵痛 351
变化中的版图 356
创新,创新 364

注　释 372

参考文献 375

后　记 378

引　言

2023年12月21日，一个寻常的日子。

不寻常的是，这天，商务部、科技部公布了《中国禁止出口限制出口技术目录》。在禁止出口部分，"稀土的提炼、加工、利用技术"赫然在目，具体包括稀土萃取分离工艺技术，稀土金属及合金材料的生产技术，钐钴、钕铁硼、铈磁体制备技术，稀土硼酸氧钙制备技术。

在第二天的中国外交部例行记者会上，全球最大商业新闻社之一的美国彭博社的记者发问："中国将停止一系列稀土技术出口。虽然此前中方已经施加了一些限制，但现在扩大了禁止出口技术目录，包括稀土金属和磁铁的加工。发言人对此有何评论？"

主持记者会的外交部发言人汪文斌不动声色："你问的是中国政府相关部门公布《中国禁止出口限制出口技术目录》这件事情吗？"

彭博社记者紧盯不放："中方采取这些措施的原因是什么？"

汪文斌稳稳地把球挡了回去："中方主管部门已经就此作出回应。本次《中国禁止出口限制出口技术目录》修订是中国适应技术发展形势变化、完善技术贸易管理的具体举措和例行调整。"

汪文斌回答时，语气平和，锋芒不露，一如他儒雅的形象。但中国的这一纸"禁令"，立即在西方国家"一石激起千层浪"。

彭博社称："这可能将加大美国和其他西方国家加强战略原材料供应的难度,让西方在这场'供应竞争'中受到阻碍。"

英国路透社更为夸张,它用"正在挣扎"来形容西方稀土提炼技术的现状,并声称："最有可能的是,这一禁令将使除中国以外国家的重型稀土分离产能更加难以上线。"

英国《金融时报》则援引国际能源署(IEA)的数据,指出中国的稀土开采产量约占全球的60%,加工和精炼量则占近90%。言下之意,就是中国关于稀土的提炼、加工、利用技术的"禁令",等于卡住了西方的"脖子"。

有意思的是,这三家重量级的媒体都不约而同地把这次的"禁令",与半年前中国对镓和锗两种关键金属实行的出口管制联系了起来,并且都视其为事关国家安全的问题。

这自然也在中方的意料之中,因为这次禁止出口的技术,涉及稀土——当今世界最为重要的战略资源。

稀土是化学元素周期表中的镧系元素——镧(La)、铈(Ce)、镨(Pr)、钕(Nd)、钷(Pm)、钐(Sm)、铕(Eu)、钆(Gd)、铽(Tb)、镝(Dy)、钬(Ho)、铒(Er)、铥(Tm)、镱(Yb)、镥(Lu),以及与镧系元素密切相关的元素钇(Y)和钪(Sc)共17种元素的总称。稀土的英文为rare earth,意思是"稀少的土"。事实上,稀土既不稀少,更不是土,稀土之所以被称为稀土,只是因为它刚问世时人们这么叫它。当然,如果把稀土之"稀",理解为"稀世之宝"的"稀",那倒是恰如其分的。

稀土一直有"工业维生素"、钢中的"青霉素"之称。许多材料中,只要加入那么一点点稀土,其质量和性能立马就上一个台阶。无论是在钢铁工业、有色金属工业、石油工业等传统产业,还是在光电信息、催化等方面的高技术、新材料领域,稀土都显示出了不可替代的作用。

为什么"爱国者"导弹可以轻松击毁"飞毛腿"导弹?因为"爱国者"

引 言

导弹中有大约4千克的钐钴磁体和钕铁硼磁体——用于电子束聚焦,这使它的制导系统精准度更胜一筹。

为什么在海湾战争中,伊拉克的苏制T-72主战坦克在美国M1A1主战坦克面前输得一败涂地,因为M1A1主战坦克装备了钕钇铝石榴石激光测距机,它能达到4 000米的观瞄距离,而T-72主战坦克的激光测距机只能看到2 000米远处的目标。双方交手,犹如亮眼人对瞎子。

美国的F-35战斗机号称现代最先进的隐身战斗机之一,它为什么那么"牛"？因为从隐形材料到发动机,再到激光制导系统、电子通信元件等,都用上了稀土。据报道,美国洛克希德·马丁公司每生产一架F-35战斗机,需要耗费417千克稀土。到2024年1月,美国F-35战斗机产量突破1000架,这就意味着,仅仅生产F-35战斗机一项,就已经消耗了417吨稀土。

核潜艇中,推进系统用上了具有超高磁感应强度和热稳定性的钕铁硼永磁体,声呐系统用上了铽镝铁材料以降低噪声水平,通信设备的光纤中掺入了铒,以显著延长信号的传输距离并提升信号的清晰度。同样,2013年的一份报告显示,美国弗吉尼亚级攻击型核潜艇使用了4.17吨稀土。

……

当今世界,几乎每隔3~5年就会发现稀土的一种新用途,每4项新技术中就有1项与稀土有关。可以想见,很多看似风光无限、牛气冲天的高端设备、尖端武器,如果没有稀土在其中"四两拨千斤",那么,就会沦为沙滩上的华丽大厦,随时可能崩塌。

与煤炭、石油和天然气一样,稀土同样是不可再生且很难找到替代品的重要资源。同时,稀土只有经分离、提炼后,才能体现出它的价值。中国,不仅是世界第一稀土储量大国,更因稀土提炼、制备技术独步天下,精炼和加工总量占世界的90%左右,中国以外的地方几乎没有稀土精炼厂。美国、澳大利亚、日本等一些国家已经储备了不少稀土矿石,也可以从全球范围内找到一些稀土矿,但要把这些稀土矿开采出来,并加工冶炼成各种稀土合金材料,如果没有中国的技术,无异于空中楼阁。

中国禁止出口稀土提炼、加工、利用技术,对西方国家意味着什么？西方媒体为什么那么心急火燎？已是不言自明。

2023年7月3日,中国宣布对镓和锗两种关键金属实行出口管制。当时,接受《环球时报》记者采访的专家认为,中国通过出口许可制,可以厘清这些关键金属出口的最终用户和用途,以规避危害国家安全和利益的风险。另外,在美国打压中国高科技的背景下,中国的出口管制或许意味着一种对等反制。

此番关于稀土技术的出口管制,也可作如是观。

如果我们把目光放得长远一点,就可以明显地发现,对战略资源的拥有与争夺,从来就是人类社会发展中的一个永恒的主题。

人类的物质需求,从本质上看,就是一种能量的需求。能量来自能源,目前最主要的能源是矿物资源。从这个意义上讲,一部人类文明史,就是一部矿物资源的开发史。

正因乎此,人类文明时代的划分,依据的是人类对矿物资源的开发和利用水平。于是,就有了石器时代、青铜器时代、铁器时代,有了石油时代。

"人猿相揖别,只几个石头磨过。"人类文明最初的曙光,是从燧石、石灰岩、石英岩、砂岩、花岗岩……这些矿石的打磨过程中迸发出来的。打磨矿石是人类最早的矿产开发活动。石斧、石锛、石刀,是原始人类最重要的"战略资源"。

大约6 000年前,人类掌握了炼铜技术,然后又炼出了铜与锡(或铅)的合金——因氧化而呈青灰色,故名青铜。青铜器时代就此开启。青铜的硬度约是纯铜的3倍,因此青铜器的发展大大提升了农业和手工业的生产力水平。美索不达米亚、欧洲,以及古印度、古埃及和古代中国,是青铜铸造业形成的几个重要地区,也当仁不让地成为人类古代文明的中心。

然后,就是风起云涌的铁器时代。如恩格斯所言:"铁使更大面积的农田耕作、开垦广阔的森林地区成为可能,所以它是在历史上起过革命作用的各种原料中最后和最重要的一种原料。"公元前1400年,小亚细亚的赫梯帝国就已掌握了冶铁技术,而中国在秦汉时期完全进入铁器时代。著名的"盐铁大会",就是在汉昭帝始元六年(公元前81年)召开的。现代人或许会纳闷,为何就能否放开盐铁民间经营这一问题,御史大夫桑弘羊等朝廷高级官员与60多名全国的名流、学者,竟然开展了一场持续5个多月的最高规格的"辩论赛"。但如果知道盐与铁在当时的重要性,也许你就会更加明白其中的原因。

随着内燃机的使用,人类在19世纪进入石油时代。这种蕴藏在地下的黏稠的深褐色液体,在1 000多年前被北宋科学家沈括命名为石油,成了世界上最主要的能源,占据着能源总消耗量的33%左右。没有石油,塑料、合成纤维、润滑油、燃料(用于供暖、照明)等都是无本之木,石油是当之无愧的"工业的血液"。美国前国务卿亨利·基辛格有句名言:谁控制了石油,谁就控制了所有国家。

当世界逐步走向信息时代,石油的需求量仍在上升。据石油输出国组织(OPEC)预计,全球石油需求量将从2021年的8 830万桶油当量/天增长到2030年的9 900万桶油当量/天,2045年将增长到1.16亿桶油当量/天。然而,世界还是将不可阻挡地进入一个新的时代。

继石器时代、青铜器时代、铁器时代、石油时代之后的新时代,将是一个什么样的时代？

或许是硅时代。引领第三次人类社会变革的是计算机，半导体材料独领风骚，而硅占了其中的90%。

或许是碳时代。石墨烯被认为是未来一种革命性的材料，这种由碳原子紧密排列成单层二维蜂窝状晶格结构的新材料，在材料学和生物医学等方面具有无可限量的应用前景。专家预言，21世纪将是碳的世纪。

核时代、钨时代、钴时代……稀土时代。

然而，更多的专家预测，信息时代最有可能发生的，不是铁或石油这样的材料一家通吃，而是多种元素互相依存。它们用量很小但不可或缺，用途广泛但储量稀少。它们就像科幻片中拥有不同超能力的诸多英雄，多种超能力天衣无缝地嵌合在一起，镶出了一个色彩斑斓的新世界。稀有元素，是未来材料界的主角。

在人手一部手机的时代，可能很少有人知道，小小的一部手机，竟涉及元素周期表里几乎一半的元素，可以说，手机就是一种"矿产品"。一部手机里，不但有铁、铬、铜、铝等常用金属，还有金、银等贵金属。据日本环境省估算，1万部旧手机的重量约1吨，从中可以回收到200多克黄金，而金矿石的金含量一般为3~5克/吨。而真正使手机"智能"起来的，是种类多但含量少的稀有金属。根据苹果公司发布的《2016年环境责任报告》，每10万台iPhone 6中，有0.55吨钴、0.4千克铂系金属、2.5千克钽，以及24千克各种稀土。正是这些稀有金属让智能手机"用起来就像变魔术"（乔布斯语）：玻璃屏幕可"多点触控"，靠的是铟；屏幕上呈现出绚丽柔和的色彩，靠的是铕和铽；内部电力调节，靠的是钽；在分子层面将屏幕打磨光滑，靠的是铈。你可能连它们的名字都没有听说过，但它们在默默地丰富着我们的生活。

文明进步、生活水平提升的背后，是资源的极度消耗。人类对大自

引言

然的索取从来就是没有节制的、贪婪的。1900—2015年的一百多年间，人类至少已经累计消费1 750亿吨石油、3 350亿吨煤炭、770亿吨水泥、500亿吨粗钢、7亿吨铜和11亿吨铝……依靠这地下挖出来的财富，建起了1万多座城市、20亿套住宅、1 500万千米的公路，以及不可胜数的飞机、火车、空调、电灯、计算机、手机、皮鞋……人类文明的发展水平，很大程度取决于对矿产资源开发利用的水平，即使在信息社会的今天，仍是如此。而且人类消耗资源的速度将越来越快，不到300年的工业革命时期开发的矿产资源超过了5 000年农耕时代开发的总和。随着发展中国家的工业化，对矿产资源持续更大量、更快速的消耗将不可避免。

矿产资源是在地球漫长、复杂的演化进程中形成的，不是人力所能创造的——也不是不能创造，但即使可以人工合成，最终还是要靠各种来自地下的矿藏；也是不可再生的——地球并非无法重新形成矿藏，但相对于人类约300万年的存在史，矿藏形成时间动辄几亿、几十亿年；更跟国家贫富程度、社会制度无关——依照地质规律分布。矿产资源，是大自然对人类最无私的馈赠。

然而，任何馈赠都不可能是取之不尽、用之不竭的，即使是大自然的馈赠。按照目前人类对矿产资源的消耗速度，也许几百年甚至几十年后，一些重要的矿产资源就消耗殆尽。"坐吃山空"——对，是真正的"山空"——将成为一个难以避免的结局。我们可以竭力延缓这一天的到来，但这一天终究要到来。

一边是日甚一日的索取，一边是每况愈下的储存量。于是，对矿产资源，尤其是稀有的重要战略资源的争夺，成了人类发展史上一个永恒的"主题"。

各种各样大大小小的冲突、战争以及"特别军事行动"的目的，如果说，在原始社会主要是掠夺人口，在农业社会主要是攫取土地，那么在工业社会主要就是争夺资源。最初的殖民者，就是通过以军事为后盾的不平等条约，获得矿山开采权、筑路权和关税权，不受限制地在当地开采资源、运走资源的。在最近的100年中，世界上爆发了几十场战争，引爆战争的导火索，有宗教冲突，有领土纠纷，有政权更迭，有世代冤仇，有人权维护，甚至有似乎是出于某种偶然的"擦枪走火"。然而，不管表面上有多少冠冕堂皇、花里胡哨的道理或"故事"，深入到骨子里的，还是两个字：资源。中东无宁日，伊拉克、利比亚局势动荡不安，那是因为它们有一个共同点——产油。它们威胁到了美国的"石油美元"霸权，所以美国才要去推翻它们的政府，以便更好地控制中东这块巨大的石油产地。

从古至今，人类战争的本质就是一方掠夺和占有另一方的资源，这也是战争的最终目的。

当然，战争的武器不一定是刺刀和枪炮，直升机和核武器，战争的结果也不一定是土地的得与失。既然占领土地的目的是获取资源，那么通过经济手段和"游戏规则"占有他国资源，甚至占有他国大量土地、矿山的产权，不也起到同样的效用？相比之下，用武力占领土地，且不说要背负道义上的谴责，战争成本之高更是无法想象。事实上，近百年来，领土渐渐不再是一个绝对的概念，超越领土版图的，还有一个"资源版图"。一个国家或民族的生存权和生存空间是依靠资源维持的，资源版图具有最为核心的价值，领土版图只有在资源版图的视角下才更具价值。

于是乎，在这个经济全球化的时代，"经济战争"取代军事战争成为世界"战争"的主流，每一场"经济战争"的爆发都是为了重新划分世界资源版图。对资源的争夺是一场"零和博弈"，"你"的多了就意味着"我"的少了，"我"的要多起来就必须让"你"的少下去，所谓"共赢"几乎就是与虎谋皮。在中国的古老传说中，延年益寿、长生不老靠的是约束欲望、不断修炼，从天地间吸取精华。而在西方的不老传说中，主角是吸血鬼，他不断吸别人的血，便可青春永驻。自改革开放，特别是加入世界贸易组织（WTO）以来，中国遭遇了一场又一场"经济战争"，其背后的真相，无不是西方各国对中国资源的虎视眈眈。说什么"中国威胁",不就是因为现在中国不让外人白白地"吸血"吗?

而"经济战争"中的一个焦点,就是稀土。谁都知道,在"决战元素周期表"的信息时代,稀有元素将大行其道,而站在核心位置的,就是稀土。

中国稀土的历程,可追溯到100年前。从白云鄂博的"铁山"呼唤,到"白云矿""鄂博矿"的稀土之光;从狂暴风沙中的"草原第一钻",到千沟万壑里的探赜索隐;从毒气缭绕的楼顶"炒矿",到石破天惊的"第一号合金";从独树一帜的"串级萃取",到神乎其技的"一步放大",从苦心孤诣追寻世界第一"吸引力",到探求宇宙奥秘的阿尔法"中国心"……在波澜壮阔的100年中,中国的稀土科学家,在求索和创新中砥砺奋斗,在奉献和担当中彰显情怀,"淬以银河千丈流,磨用昆山一片玉",疾风烈火,碧血丹心;历经沧桑,矢志不渝。中国稀土在百年淬炼中,超群绝伦,风景独好;中国稀土科学家在百年淬炼中,初心不改,本色依旧。

百年风雨,几多悲壮;百年成就,无上荣光。

稀土百年,"稀土之战"同样此起彼伏、无所不在。20世纪八九十年代,西方国家乘虚而入,中国稀土被卖出了"白菜价"。不到短短10年,中国稀土储量在世界中的占比就骤然下降了10多个百分点。当中国痛定思痛,制定新的稀土开采及出口政策时,又遭遇以美国、日本为首的各个国家的共同反对,它们步调一致地向WTO提出诉讼,而中国不出意料地败诉了。在一轮轮的巧取豪夺中,中国稀土伤痕累累、步履维艰……

"匹夫无罪,怀璧其罪。"只因为稀土是当今高科技发展的必需资源,美国《华尔街日报》援引稀土专家拜伦·金的话:"没有稀土,你就得告别航天发射和卫星,全球的炼油系统也会停转,稀土是未来人们将更加看重的战略性资源。"显然,掌握稀土就意味着又多了一张掌控未来的王牌,稀土是绝对的战略资源。对于这一点,美日清楚,中国清楚,世界上的其他国家也清楚。可以想见,稀土将成为炙手可热的战略资源,大国间的博弈也因此持久而激烈。

面对浊浪滔天,我们"不为任何风险所惧,不为任何干扰所惑",秉持"任凭风浪起,稳坐钓鱼船"的战略定力和大国心态,既从容面对,更敢于亮剑。"千磨万击还坚劲,任尔东西南北风",挺立的是脊梁,昂扬的是精神。一轮轮的奋力抗争,就是一次次血与火的淬炼,中国稀土将不断地强筋壮骨、自强自立。这是一个负责任大国的使命与担当。

稀土,事关中国国运。

中国稀土百年,有一代代人的筚路蓝缕、卧薪尝胆,有一代代人的高明远识、望尽天涯,有一代代人的革故鼎新、苦心孤诣……纯信之士,骨鲠之臣,忧国如家,"安得倚天剑,跨海斩长鲸"。

第一章

富饶神山

中国稀土百年史，滥觞于蒙古高原南部一座铁矿的发现。

丁道衡，这位西北科学考查团（全称为中国学术团体协会西北科学考查团）里28岁的年轻人，幸运地窥破了白云鄂博"富饶的神山"的秘密。他确实是幸运的，因为他正好赶上了中国可以向外国"探险队"说"不"的一个时代。

丁道衡的幸运还在于他有一位叫何作霖的同学兼同事。何作霖，这位"中国稀土矿床之父"，在白云鄂博的萤石标本中，于头发丝粗细的颗粒中，觅见了稀土矿石那淡淡的黄绿色的光。这一道光，如不息之爝火，百年后终成燎原之势。

"袖里珍奇光五色，他年要补天西北。"1934年，中国，发现了稀土！

第一节　翻过来的不平等条约

地上的彩虹。

丁道衡抬头凝望着白云鄂博的山顶，依稀可以看见一路上听人说了许多遍的那个著名的敖包。它在冷清清的星光下孤傲耸立，闪着神秘的光。他的脚下，是一大块一大块裸露着的黑黝黝的山石，它们从山麓一直绵延到山巅。

这是1927年7月3日的凌晨，内蒙古乌兰察布草原的白云鄂博山麓。

辽阔的草原上，阵阵寒风从远处吹来，从皮袍下钻进来，砭人肌骨。丁道衡却不觉得冷，他的心头火热不已。

这位28岁的北京大学地质学系的助教，是西北科学考查团的一员。10多天前，他随着西北科学考查团的北路分队来到这里。

一路上，他发现山坡沿沟处都有铁矿砂，并且越靠近白云鄂博的山顶矿砂似乎越多，质地越纯。他清楚地记得，那几天下着小雨，矿砂上沾着细小的雨珠，晶莹、闪亮。"一花一世界，一叶一菩提"，丁道衡脑海里忽然浮现出这句佛家偈语。丁道衡想：这矿石里面藏着的，不也是一个七彩的世界吗？我不想拥有世界，我只想找到地下的矿藏。

七彩的矿石，就是我的世界。

7月2日，西北科学考查团来到白云鄂博的山脚下，安营扎寨。草原的深夜，万籁俱寂，丁道衡却翻来覆去怎么也睡不着，冥冥之中似乎有个声音在呼唤着他。天刚蒙蒙亮，丁道衡悄然起身，利索地带上地质锤，背起矿石样品袋，一个人上山了。

此刻的丁道衡不知道，中国地矿史上的一个惊天大发现，正在前面等着他。

丁道衡参加这次科学考察，颇有几分偶然。西北科学考查团开始挑选的中国队员中，地质学队员选定的是北京大学地质学系青年教师赵亚曾。赵亚曾与丁道衡同龄，学识、名气却远在丁道衡之上，是当时中国地质学界公认的天才。临出发时，赵亚曾却因一桩突发的事未能成行，理事会临时决定由丁道衡代替。就这样，丁道衡幸运地赶上了末班车，改变人生的大幕就此拉开。

此时的丁道衡，学业已有小成，正酝酿着在学术上有所突破。一听这消息，他感觉这是一个大好机会，喜出望外。

丁道衡，1899年出生于贵州，说起来也是名门之后，他的伯祖父，就是晚清名臣丁宝桢。丁宝桢官至四川总督，其最广为人知的两大"功绩"：一是诛杀骄纵不法的大太监安德海，震惊朝廷；二是其家厨创制中华名菜"宫保鸡丁"，家喻户晓。但等到丁道衡出生时，丁家已家道中落，其父丁体文仕途蹭蹬，全家靠母亲经营小杂货店维持生计。1920年，北京大学在贵州招生，丁道衡考试成绩名列第一，但其父却决意要他到邮局谋个差事。好在他母亲颇有见识，从旁劝解，又有贵州省政府发的旅费津贴80元，他方得成行。到了北京大学后，如丁道衡自己所言，"家庭既少接济，借贷又甚困难"，而贵州省政府资助的津贴又"时发时辍"，"经济极感困难"。丁道衡节衣缩食之余，在一家中学兼课以维持生活。当时的丁道衡又黑又瘦,面色憔悴。学校边上的杂货店刘掌柜,因丁道衡经常来赊钱,远远看见他,常以开玩笑的口吻道:"哟,'穷丁'来了。"丁道衡听了,只能苦笑应对。

在这样困苦的环境中,丁道衡穷且益坚,发愤学习,砥砺6年后以优异学业留在地质学系,成为助教。

当丁道衡在北京大学书斋里刻苦攻读之时,发生了一件影响他一生,也深刻影响了中国现代科学史的大事:西北科学考查团成立。

中国变天了

1926年底,瑞典著名探险家、地理学家斯文·赫定博士受德国汉莎航空公司的委托,带领一支由瑞典、德国、丹麦等国学者组成的考察队,准备到中国西北地区进行环境和学术考察,为开辟柏林—北京—上海的欧亚航线做学术调研。

当时斯文·赫定已经60多岁了,在他传奇的一生中,曾4次到我国新疆、青海、西藏等地"探险考察"。斯文·赫定于1900年在新疆发现了楼兰古城遗址,在全世界地理学家、历史学家和探险家中引起了轰动。这次考察,对他而言自是轻车熟路。他先到沈阳找到张作霖,凭着张作霖的一纸介绍信,来到北京,通过北洋政府农商部矿政司顾问、瑞典地质学家安特生的一番运作,与地质调查所签订了一份考察协议。当时的地质调查所所长是著名地质学家翁文灏,故这一协议又称"翁—赫协议"。

在斯文·赫定看来,这份协议和他以往签过的协议没什么两样,签订这份协议无非是例行公事,走个过场而已。但让他始料未及的是,这份协议在中国文化学界却掀起了轩然大波。

斯文·赫定的经验没有错，他错就错在，他根本没有想到，此时的中国，已不是几十年前甚至几年前的中国了。

协议有关内容被传出后，北京学界舆论大哗。协议中有两条尤其深深刺痛了中国学者的心：一是"只容中国人二人参加，负与中国官厅接洽之义务，限期一年，即须东返"；二是"将来采集之历史文物先送瑞典研究，俟中国有相当机关再送还"。也就是说，中国学者只能在考察队中跑腿、打下手，还限期1年。而采集的文物要先送到瑞典，等瑞典人研究完了，再还给中国。至于何时归还，那还得看中国有没有这样的研究机构、有没有这样的研究能力。

中国的主权、中国学者的尊严，被这一纸协议踩在了地上。这不是来考察，这完完全全是来掠夺的。

写下这些条款时，斯文·赫定没有一丝不安，反而视其为理所当然——一直以来，协议就是这么签的。确实，从19世纪中叶开始，一批批外国的"考察队""探险队"络绎不绝地来到中国，测绘山川地图、收集生物标本、发掘历史遗址、剥割石窟壁画、搬走洞窟佛像、卷走珍贵古籍，将中国的珍宝、善本源源不断地运往境外，成为他们的博物馆、陈列馆甚至个人私藏的珍品。就连斯文·赫定本人，也带走了大量的中国文物。在今天的斯文·赫定基金会中，还有100多件楼兰文物，这只是当年流落海外的楼兰珍宝的一部分。

就在斯文·赫定的这次考察之前，1924年1月，美国探险家、考古学者兰登·华尔纳来到敦煌莫高窟。当时敦煌藏经洞里的珍品，已被英国人斯坦因、法国人伯希和、日本人大谷光瑞、俄国人鄂登堡等瓜分干净。于是华尔纳就把觊觎之手伸向敦煌壁画。他将涂有黏着剂的胶布片敷于壁画表层，把壁画整块揭下来。这种极其简单、原始、拙劣而粗暴的剥离方式，导致壁画受到摧残。当时恰是寒冬，胶水涂上墙即冻结，无法渗入壁画。华尔纳就先用热水把胶水摊薄，然后再涂上去，不少壁画因而破碎。就这样，华尔纳盗劫敦煌各窟壁画26块。即使是未被盗走的壁画，也被严重损坏，令人痛心疾首。华尔纳还用区区75两银子，从看守莫高窟的王道士处"买到"了一尊盛唐彩塑供养菩萨像。他竟然用锤子将佛像从基座上敲下，其行径与盗贼无异。

造成这样令人痛心局面的，是西方列强的蛮横无理，也是清朝和北洋政府的腐败无能，说到底，还是因为当时国家积贫积弱。正如后来担任西北科学考查团中方团长的北京大学教务长、哲学系教授徐炳昶（字旭生）在《徐旭生西游日记》的序言中所说："内忧外患频至迭来，不惟不能奖励研究，并且阻碍研究。至外人一方面，则利用其优越的财力，对于我国的科学材料，'予取予求'，毫无限制，而对于珍贵不可多得的材料，则巧取豪夺，潜运境外！如果这一类的情形，不能有所挽救，则我国学术前途，要受到无从计算的损失。"

面对这样的屈辱，中国学者必须有所作为，徐旭生就说："大家总想把国内的重要学术团体联络起来，组织起来：自己出发到各地搜集材料，以为精深研究的预备。至对于外人，则怀抱友谊，能与吾人合作者固所欢迎，至若企图文化侵略，想攫夺科学上珍贵材料者，则设法拒绝，不使再溷吾土。"

徐旭生的这番话，代表着当年进步学者的心声。经过五四运动洗礼的中国学界，如鲁迅先生所说，把"无声的中国"变成了"有声的中国"，民族意识与学术主权意识尤其强烈。为国家命运而忧虑，为民族命运而奋斗，成为新一代知识分子的共识。因此，当3月初"斯一翁协议"传出后，北京学界群情激愤，立即行动起来。

3月5日，北京各学术团体在北京大学三院国学研究所召开了联席会议，专门讨论反对斯文·赫定西北考察的所谓"协议"。参加联席会的学术团体有北京大学考古学会、历史博物馆、古物陈列所、故宫博物院、清华学校研究院、中华图书馆协会、中央观象台、京师图书馆、北京图书馆、天文学会以及中国画学研究会，参会代表近20人。学者开会，自是众说纷纭，但有一点是大家都秉持的，那就是任由外国人打着科学考察、探险的名义来盗取中国文物的行为，必须坚决制止。鉴于我国还没有诸如古物保护法、古物出口法、古物采集法等法律法规，学界必须担起这个责任。

会上决议，成立北京学术团体联席会议（不久后改称"中国学术团体协会"），并将其作为永久机关，以监视外国人，不准他们随意挖掘、购买或以其他名义窃取我国文物；各学术机关应积极相互配合、补助，自觉主动地发掘、采集、保存学术上的稀见材料。与会各学术团体还联合在北京《晨报》上发布宣言，这份《北京学术团体反对外人随意采取古物之宣言》（简称《宣言》），大声疾呼：

> 凡一国内所有之特种学术材料，如历史材料，及稀有之古生物动植矿等材料，因便利研究，尊重国权等理由，皆宜由本国各学术团体自为妥实保存，以供学者之研究，绝对不允输出国外。

对于"近数十年来，常有外人所组织之采集队，擅从中国各处搜掘，将我国最稀有之学术材料，如甘肃、新疆之经卷、壁画及陶品，蒙古之脊椎动物化石，陕甘川贵之植物，莫不大宗捆载以去"的情形，《宣言》认为"不惟国权丧失，且因材料分散，研究不便，致学术上受莫大之损失，兴言及此，良堪痛心"。

《宣言》对"斯文·赫定中亚探险队"的英文名"Sven Hedin Central Asia Expedition"尤为反感，指出"夫 Expedition 一字，含有搜求、远征等义，对于巴比伦、迦太基等现代不存之国家，或可一用，独立国家断未有能腼颜忍受者"，乃是对中国的"侮蔑"，其目的在于"希图尽攫我国所有特种之学术材料"。

因此,"同人等痛国权之丧失,惧特种学术材料之攘夺将尽,我国学术之前途,将蒙无可补救之损失,故联合宣言,对于斯文·赫定此种国际上学术上之不道德行为,极端反对。"对于"侵犯国权损害学术之一切不良行为",应"联合全国学术团体,妥筹办法,督促政府严加禁止"。《宣言》最后"深望邦人君子,急起直追,庶几中国文化之前途,有所保障。幸甚幸甚"。

《宣言》一出,北京学界拍手称快,纷起响应,社会舆论也纷纷给予关注,一时大有"山雨欲来风满楼"之势。外强中干的北洋政府生怕由此引发学潮,危及自身,不得不转告斯文·赫定:"眼下的行动绝不仅是科学界单纯地反对我们的探险,而是一场旨在反对政府的学生运动。""如果反对组织变得更加激愤的话,现政府出于自己的考虑,也将撤回1月1日签发的旅行许可证。"

事态如此地急转直下,斯文·赫定手足无措,感叹"我们感觉正身陷困难深渊中"。他的第一反应是拿出与北洋政府打交道的"套路":发函宴请中国学术团体协会的代表。不料这次却失灵了,代表们齐齐拒绝赴宴,并表示《宣言》的原则不容违背,只有斯文·赫定认同《宣言》,双方才可以"作友谊的晤谈"。

斯文·赫定这下终于明白了,他遇上了一批跟中国官僚们完全不一样的中国学者,中国开始走进一个新的时代,他此前获得的中国"探险"经验,怕是再也不管用了。作为一个科学家,他也明白,中国人"希望将所有的考古与艺术发掘品留在中国是正确的,自从鸦片战争之日起,欧洲人在中国人民身上已经犯了一系列错误"。当下他最明智的做法,就是接受中国人的条件,寻求与中国学术机构的合作。

显然,在当时的情形下,完全拒绝斯文·赫定去西北考察并不现实,而我国学界自行筹措巨资进行考察也不可能,最可行的办法,就是在确保中国主权的前提下，与斯文·赫定合作进行纯学术的考察。于是，在剑拔弩张的较量及采取强硬举措之后，中国学术团体协会与斯文·赫定坐下来进行了一场务实的谈判，这大概也可说是"不打不相识"吧。

主权问题没得谈。

中方派出的谈判代表是周肇祥、刘半农、李四光、袁复礼、李济5位学者，其中4人或是地质学家，或是考古学家，唯独刘半农（刘复）是国文系教授。而正是这刘半农，后来在谈判中发挥了大作用。

刘半农以中国新文化运动先驱的身份为世人所知。就在1926年，他的白话诗《教我如何不想她》，由赵元任谱曲后风靡一时。在这首诗中，刘半农造了一个字——"她"，代表女性的第三人称。这是"她"这个字第一次在中国文字中出现。由这样一个文学家、语言学家来商谈科学考察事宜，似乎有点儿令人意外。其中的缘由，除了刘半农在北京学界有着较高的"江湖地位"，还在于他曾就读于英国伦敦大学和法国巴黎大学，对欧洲的人情世故十分熟悉。刘半农在欧洲留学期间，曾在大英博物馆寻访敦煌文书，更在法国国家图书馆抄录104种敦煌写本，最终辑成一部《敦煌掇琐》。刘半农对于"敦煌在中国，敦煌学在国外"的窘境有着切肤之痛，此番对于斯文·赫定的觊觎之心，他的感受当更为强烈。

对于谈判，中方的目标既简单又坚定，用几十年后的一句名言来说，那就是"主权问题没得谈"。在与斯文·赫定会谈前，中国学术团体协会拟定了一份《关于在我国境内进行学术考察的六项原则》（简称《六项原则》），这份后来公开刊发于《大公报》的谈判《六项原则》，反复强调的就是两个字：主权。

比如，第一条就明确，"凡在中国境内所有之学术材料"，应由中国的学术团体"共同设法调查或采集之"，外国人在中国境内调查或采集，"陈请政府绝对禁止之"，考虑到当时中国科技水平的落后，必要时可以允许外国人参加，"以资臂助"；第二条，学术考察"采集所得之材料，应在中国境内妥为保存"，没有经过"特别审查及允许，绝对不得运出国外"；第四条，"外国专门人才或学术团体"可以参加中国的考察团队，但"应有相当契约，以不侵犯主权，不损失国体为原则，否则应陈请政府绝对禁止之"；第五条，外国学术团体与中国学术机构签订的有关契约，"如有侵犯主权及损失国体者，即应废止或变更其契约"，如在实际中未履行或未完全履行，中方应当"助其履行"。

在中方坚定的态度面前，斯文·赫定不得不低下了高傲的头，他意识到，"假如我拒绝了和中国人合作，那这全部事体都要得坏名声，而我也只好解散它，准备归程了"。他毕竟是一位科学家，也清楚与他谈判的是一些和他同样有现代科学素养的爱国知识分子，双方的交锋并不像一些别有用心者所说的是中国的一场"排外运动"，中国人的要求"是符合任何文明国家中通有的法律规定的"，他愿意在这《六项原则》框架下进行商谈。

主权问题明确了，接下来的事情就好办多了。1927年3月20日，刘半农等5位中国学者前往斯文·赫定下榻的六国饭店，与他进行第一次会谈，谈的是考察内容和考察团人员的组成。3月25日，在斯文·赫定的住所，双方进行了第二次会谈。刘半农等提出这次考察活动必须由中国学术团体协会主办，中方将派遣10位学者和5位学生参加考察团，考察所得物品应全部交与中方保管。斯文·赫定一开始甚为抵触，声称这是强加给他的"凡尔赛和约"，但最后还是接受了。4月2日，双方又在北京大学进行第三次会谈，逐条讨论双方合作的意见，最后把协议确定了下来。

会谈中有些细节颇值得回味。有一次，斯文·赫定提出，他负担了这个考察团庞大的费用，应该得到补偿，比如可以得到一些考古发掘物的"重复物"。他特意强调了"重复物"，小心翼翼地不去碰触"主权"这条红线。这听着似乎也有点儿道理。刘半农不愧是语言学家，他以为难的语气，微笑着说："'重复物'这一概念，实际上很难定义，比如说发掘出5个相似的罐子，即使它们看起来完全相同，但你能说哪一个是哪一个的'重复物'呢？所以，只能全部留在中国。"

斯文·赫定感慨，这次会谈"仿佛是一次公正的法庭调查"。"整个庭审期间，对方表现得倒很客气和和蔼，同时，他们语言逻辑上的锋利及其透人的深度又令人震惊。"

1927年4月20日，中国学术团体协会召开了第九次会议，推定当日主席、古物陈列所所长周肇祥为代表，与斯文·赫定逐条研究并拟定了《中国学术团体协会为组织西北科学考查团事与瑞典国斯文·赫定博士订定合作办法》十九条条款。4月26日，双方在北京大学研究所国学门举行正式签字仪式，由周肇祥、斯文·赫定代表双方在协议上签字，该协议史称"十九条协议"。至此，经过一个多月的激烈交锋，一场艰苦的谈判以中国学界的完胜而尘埃落定。

"十九条协议"理所当然地突显了中国的学术主权。协议名称就叫《中国学术团体协会为组织西北科学考查团事与瑞典国斯文·赫定博士订定合作办法》，强调这一科学考察是由中国学术团体协会"组织"的，考察团的正式名称为"中国学术团体协会西北科学考查团"，在协议的第一条，就说明"容纳斯文·赫定博士之协助，特组西北科学考查团"，斯文·赫定是被中方"容纳"而做"协助"工作的。

同时，协议第四条、第五条规定，"委任中外团长各一人"，中外团长享有同等的权利，"关于团员之工作分配，外国团长须预征中国团长之同意，中国团长如有提出工作分配时，亦须得外国团长之同意"。第五条第四款还特别强调，"采集品之运输，由中国团长主持办理"，彻底堵死了把文物运往国外的口子。第十条规定："凡直接或间接对于中国国防国权上有关系之事物，一概不得考查，如有违反者，应责成中国团长随时制止。"第十一条："旅行时所绘地图，除工作所用区域外，其比例不得大于三十万分之一。"这两条显然是为了防止以考察之名，将学术成果转用于军事等方面。第十二条："不得有任何借口，致毁损关于历史、美术之建筑物；不得以私人名义购买古物等。"

第十四条是关于"收罗或采掘所得之物件"的"处分"方式，这是最为敏感之处，协议中说得十分简练："关于考古学者，统须交与中国团长或其所委托之中国团员运归本会保存。""关于地质学者，其办法同上。但将来运回北京之后，经理事会之审查，得以副本一份赠与斯文·赫定博士。"也就是说，中国的东西必须留在中国。第十五条还规定，即使是团员拍摄的照片和电影，绘制的地图和图线，乃至所记的笔记，也须交理事会审查，以防泄露国家机密。

最引人关注的是第十九条，即最后一条："本订定办法，附有英文译本一份，应以中文为准。"这大概是在此前的中外协议中从来没有的，以至《大公报》不无兴奋地评论道："尤有一精彩之处，即该协议解释，须以中文为准，开我国与外人订约之新纪元。"还说"当此高唱取消不平等条约之秋，望我外交当局一仿行之"，借此揶揄了北洋政府。

斯文·赫定在协议上签字时，内心肯定五味杂陈。多年以后，他还在回忆录中将细节写得清清楚楚："中方代表用饱蘸墨汁的毛笔刚刚写下第一笔，一位摄影师按下了快门，闪光灯一亮。接着，我也用钢笔签了字。中文原件非常讲究，用的纸已有200多年的历史。"

斯文·赫定感慨地说："至此，中国人在竞争中终于得胜了。"

是的，中国人终于得胜了，中国近代科学史上第一份中外平等的协议终于诞生了。自近代以来，一部西北探险史就是中国学术文化的一段伤心史，而这"十九条协议"是中国学者维护国家主权、抵御外国文化侵略的一大胜利，以至刘半农曾兴奋地戏称这一协议为"翻过来的不平等条约"。可以想见，当时中国学界是如何地扬眉吐气、欢欣鼓舞，它也大大提振了中国人的民族精神。

"十九条协议"的意义更在于，它为中外学界树立了一个"样板"，从此外国考察队、探险队来中国，就必须依照这"十九条协议"来与中方签订协议，那种外国人自说自话、为所欲为式的"探险"再也行不通了。美国探险家罗伊·查普曼·安德鲁斯（曾译为安得思），从1918年开始，连着4次组织"中亚探险队"在中国内蒙古高原考察，他们肆意猎杀动物、采集植物制作标本，发掘古生物化石和考古遗物，为美国自然历史博物馆增添了不少珍贵的藏品。1929年，当安德鲁斯准备第五次组织中亚探险时，碰到了"硬钉子"。安德鲁斯恼羞成怒，声称这是"发生在中国的仇外运动"，还迁怒于斯文·赫定，"接受这些荒谬的条件使得其他探险队在进行活动时将面临极大的困难"。但中方坚持不为所动，谈了几个星期后，安德鲁斯拂袖而去，考察只能搁浅。第二年，安德鲁斯再次来到中国，这次他总算认清了形势，坐下来好好谈判，以"十九条协议"为蓝本签订了一份中美学者合作考察协议，并且专门就采集品又签订了《古物保管委员会与安得思签订继续采集标本合同》及相关补充条款。1931年，法国方面也是在与中方签订了类似的协议后才组建了中法科学考察团，但傲慢的法国人在考察期间不尊重中国主权，还出现了殴打中国团员的事件，引起学界的谴责，这个考察团只组建5个月就草草解散了。

"十九条协议"，是中国近代科学考察史上的一座里程碑。

1927年5月，西北科学考查团正式成立，由27人组成，其中外国学者17人，外国团长一职自然非斯文·赫定莫属。中方通过选拔和推荐，确定了参加西北科学考查团的10名团员，北京大学教务长徐炳昶任团长，团员中有袁复礼（后任代理团长）、黄文弼、丁道衡，以及包括李宪之在内的4名北京大学学生，另有国民政府水利委员会的地图学家詹蕃勋和北平国立历史博物馆的摄影师龚元忠。5月9日，西北科学考查团从北平（今北京）西直门火车站出发，刘半农、梅贻琦等学界要人到车站送行，连瑞典公使也到场了，场面很是隆重、热闹。

西北科学考查团团员、北京大学考古学讲师黄文弼在当天的日记中写道："至12时余开车，同人皆鼓掌相送，而余遂走上征途，接受自然界知识，与俯首窗下在故纸堆中讨生活者暂别矣。"

丁道衡的白云鄂博发现之门，就从这里打开了。

第二节 "铁山"的呼唤

"要超过外国人"。

斯文·赫定无奈地在"十九条协议"上签下了字,但他的心里无疑是憋屈的、不甘的,他更存了这样一种侥幸:中国人在考察中将无所作为。他在考察笔记中写下了一句话:"野外艰苦严酷的生活将自动证实谁是真正的主人。"言下之意,到时还是他斯文·赫定说了算!

这当然不是斯文·赫定一个人的想法。事实上,当时的外国学者普遍看不起他们的中国同行。斯文·赫定的老师、德国地质学家费迪南·冯·李希霍芬是研究中国地理的权威,在他的5卷本巨著《中国——亲身旅行的成果和以之为根据的研究》——首次提出"丝绸之路"这一概念的就是这本书——的序言中,毫不讳言地说:"中国的知识分子是迟钝的,对快速发展的社会是持续的阻碍,他们不能在民间传统的成见中使自身的行为得到解脱。""步行在他们的眼里是低贱的,地质学家的工作更是放弃了所有人类的尊严。"

就在西北科学考查团出发时,更有一位欧洲外交官言之凿凿地下了一句断言:"中国的人哪里知道大沙漠是什么,他们将来走出包头不远,即将全体转回北京。"要是真的应了这位外交官所言,那么"十九条协议"就是一纸空文,甚至将沦为一个笑话。

面对这样的傲慢与偏见,任何解释都是苍白无力的,唯一的反击,就是在行动中证明,中国人不比外国人差。中方团员、北京大学学生李宪之在60年后回忆起当时的情形,仍十分激动:

> 他们有他们的看法,他们呢比我们样样都好,所以对我们看不起,污辱我们,所以我们受刺激。怎么办呢?我们几个年轻人在一起说了,要干,要奋斗!处处比他们要好,生活习惯比他们要好,工作比他们要好!一句话,不是要赶上,而是要超过外国人!

"要超过外国人",正是这样的誓言,让李宪之在西北科学考查团中迅速成长,后来成为国际著名的气象学家,让丁道衡有了白云鄂博铁矿这样激动人心的发现,更让一代代中国科学家坚韧不拔、接续奋斗,创造了一个又一个的科学奇迹。

有了这样坚定的决心,西北荒漠的饥饿、干渴、严寒、酷暑、狂风、暴雪、冰雹,以及沿途地方官兵的阻挠甚至土匪的抢劫,都变得不那么可怕,都可以被克服,至于在骆驼倒毙后徒步跋涉、在漂浮于河中央的木筏上观测水文,更是不在话下。团员陈宗器,这位后来的中国地磁学奠基人,在日记中写道:"每晚在星光下消磨过,夜间天气已严寒,只有'断指裂肤'可形容得……""除风雪外最难堪的是沙风,当面吹来如刀割一般,虽满身积垢,无水,风停也不能洗澡。冬季常隔月一洗面,二三星期才擦一次牙,所以常患牙痛。"到考察结束,陈宗器的牙齿竟然全部脱落了,埋进草原、沙漠中的一颗颗牙齿,记录了他前进的路线。陈宗器把自己的一段心声写在纸上,封到罐头里并放在佛塔上,以此来纪念这段经历,更希望后人能从中看到中国学者探寻科学的坚毅。

中国学者的刻苦、坚忍、认真、专业，令外国学者完全折服了。考察结束后，斯文·赫定与中方团员已成了终生的朋友，他在回忆录中说："我抱着同情与感谢，永生记着他们中的每一个人。"

西北科学考查团于1927年5月10日到达包头，这是京包铁路的终点。在做了10天的准备工作后，中国历史上最大的一次科学考察行动，于5月20日早晨8点15分正式开始。

西北科学考查团队伍说得上是浩浩荡荡，除了团员，还有采集员、厨师和杂役人员50多人，更配备了30名骑兵作卫队，雇了300匹骆驼用于设备运输和代步，队伍首尾连绵有数千米之长。西北科学考查团的装备堪称"豪华"，团员们骑在骆驼上，背着长枪、望远镜和照相机，身边的鞍褥上捆着暖水壶、干粮、手枪和子弹。在贫穷落后的西北边塞，从未见过这样"奇形怪状"的队伍，各种流言随之而起。有说是"一个团"的部队——的确是一个团，不过只是一个考察团；有说这个团带着很厉害的"大炮"——考察气象的气球的确是一个"大泡"。地方上的大小军阀、土匪草木皆兵，均派出人员来堵截，于是上演了一场场"秀才遇到兵"的闹剧。团员们还没开始科学考察，倒是先进行了"社会考察"。

西北科学考查团经过井儿平梁、昆都仑口子、沙坝子、榆树塔子、猎西科格峪、尔代泥沟、万利号、牛肠湾沟、架杆旗沟、察罕叶尔根、红洼子、同兴公、三舅子格巴、公众塔、忽吉尔图河、库列迭勒苏、埃布干河、崔家滩、谷延，这一个个地方，现在听着十分陌生，当年更是荒凉。途中，被丢弃的炮弹、死马骨等时有所见，它们被扔在路边，提醒着队员们这里曾发生战乱与死亡事件。

西北科学考查团于5月26日到达茂明安旗，在哈那河设立大本营。一队骑兵在帐篷外持枪警卫，所有成员一律不得外出，既防出去时落单被土匪绑架，也防回来时被当作土匪误伤。

西北科学考查团兵分3路考察。其中，北路分队由瑞典地质学家那林带领，他带着5名团员，经绥远省达尔罕旗（今包头市达尔罕茂明安联合旗百灵庙镇）、固阳县阿穆塞（今达茂旗明安镇阿木斯尔），向着白云鄂博缓缓行进。丁道衡是北路分队中唯一的中方队员，具体负责绘制北线地图。

从此，丁道衡的名字，就跟白云鄂博紧紧地连在了一起。

"戴眼镜的蛮子"

白云鄂博，在包头市正北约150千米远的乌兰察布草原，当年被称为白云博格达，蒙古语意为"富饶的神山"。当地人还称它为"哈剌陀罗海"，蒙古语意为"黑山头"，这是当地牧民因山上随处可见裸露在外的黑黝黝的铁矿石而取的"绰号"。乌兰察布草原地势平缓，丁道衡在科学考察报告中说："此地尽为花岗岩之露头，地势甚为平坦，略有丘陵起伏而已；唯北部山岭名白云鄂博，向东西蜿蜒，颇为壮观。"

正是由于丁道衡在报告中把"白云博格达"记为"白云鄂博"，此地从此就叫白云鄂博。

丁道衡他们来到白云鄂博时，正值夏天，正是放牧的季节。草原上有着三三两两的蒙古包，一眼望去，"风吹草低见牛羊"。不时会见到一队一队的黄羊，少则数十只，多则数百只，一阵风似的掠过草地。早上或黄昏时，还可在山崖上看到三五成群的盘羊，它们头大颈粗，长着一对跟身子差不多长、像镰刀一样弯曲着的大角。草原上的羊群显然没见识过科学考察，团员们稍一靠近，盘羊、黄羊撒腿就跑。

白云鄂博何以被称为富饶的神山？有这样一个传说。

在很久很久以前，白云鄂博山势壮阔，水草丰茂。绿色的草原上，漫游着膘肥体壮的牛羊。牧民骑着骏马，挥舞着鞭子，唱着悠扬的长调，自由自在地生活在辽阔的原野上。不料，从远处蹿来一头巨大的怪兽，它在白云鄂博草原上横行霸道，吞食牛羊，残害牧民。牧民奋起抗争，却根本不是怪兽的对手，反而死伤了许多，草原陷入了恐怖和绝望之中。这时，有一位蒙古族小伙巴特尔（蒙古语意为"英雄"）站了出来，他力大无穷、勇敢顽强，与怪兽大战七天七夜后，终于将它杀死了。怪兽的血流满了草原上的沟壑，于是人们就把这片草原称为"乌兰察布"（意为"红色的山口"）。巴特尔在杀死怪兽后，功成身退，他把用"金铁之精"制成的宝剑埋藏在白云鄂博中。后人为了纪念这位英雄，在每年的农历五月十三，都要到白云鄂博祭敖包。

这个传说始于何时，已很难考证清楚了。这或许意味着，在很久以前，人们就发现白云鄂博有着各种"金铁之精"，由此演绎了英雄巴特尔的故事。史书上提到的"铁山"，完全可能就是白云鄂博。《旧唐书·突厥列传》记载，"（贞观）四年正月，李靖进屯恶阳岭，夜袭定襄，颉利（突厥可汗）惊扰，因徙牙于碛口……二月，颉利计窘，窜于铁山，兵尚数万……靖乘间袭击，大破之，遂灭其国。"这里所说的定襄即现在的和林格尔，碛口即呼和浩特一带，铁山就是白云鄂博。颉利可汗在铁山屯兵数万，显然与白云鄂博孤峰耸出于草原的地形有关。之所以称白云鄂博为"铁山"，显然是因为在唐朝时，牧民就发现这里的黑石硬如铁。世世代代的牧民，曾拾起草原上的铁矿石子来投掷驱赶牛羊，也曾拾起大块的黑色矿石来垒砌敖包。他们想不到，这地下埋的、脚下踢的、随手扔的，就是稀世宝藏。

白云鄂博，这座"富饶的神山"，是上天赐予人类的一个宝藏。

和所有内蒙古草原一样，白云鄂博一带散落着许多敖包。其实，"鄂博""敖包"或者"脑包"，都是一个意思，就是用石头堆起来的"堆子"。敖包最初起指路和界标的作用，一般修建在人们认为风水好且地势较高的地方，后来逐渐演变为民间祭祀山神和路神的场所，所谓"垒石像山，视之为神"。因此，人们凡路过敖包，都要下马参拜，祈祷平安，此外还要往敖包上添几块石头或几捧土，围着敖包转3圈，以求吉祥。在牧民的心中，敖包是神灵的象征，神圣不可侵犯，谁动了敖包上的土石，神灵就会降怒，使他家宅不宁，牲畜死亡。如果外人无故在敖包附近转悠、观察，牧民会认为这是对神灵不敬，对此牧民极为反感。

然而，正因为敖包是建在高坡之上的，恰是地质测绘、考察最合适的点位。西北科学考查团到了内蒙古后，经常因这点与当地牧民起争执。几番解释、交涉下来，牧民总算让了一步：上去可以，但必须有一个当地牧民跟着，以制止对神灵不敬的举动。当观测的三脚架离敖包太近，或是团员们捡起敖包边上的石块来观察时，牧民就会显得既惶恐又愤怒，坚决不让团员们这么做。

长此以往，这显然不是个事，团员们慢慢也摸到了"门道"。准备上敖包了，就先去拜访苏木（相当于乡）里的喇嘛，带上点儿礼物，"科普"一下什么是科学考察，所谓"伸手不打笑脸人"，这道理到哪儿都一样。但有一次，喇嘛对团员的解释有点儿不相信了。他说：我们从古至今一直生活在这里，牧人平安，牲畜繁衍，靠的是神灵保佑，白云鄂博有着神灵赐予我们的珍宝。听说，你们这里有一个"戴眼镜的蛮子"，很会找宝贝，拿走了我们不少宝贝。

这个"戴眼镜的蛮子"，就是丁道衡。

丁道衡到了这里，成天背着个大大的帆布工具包在山上转悠。牧民看到这个戴着眼镜（这在草原上可不多见）的年轻人拿着三脚架，在白云鄂博的坡上、沟里转悠，还不时捡起石块来端详一番，其背上的布袋里装满了各种各样的石头，举止、神情中透着一股怪异。看到他从山那边转悠过来，就说：那"戴眼镜的蛮子"又来了。

这个"戴眼镜的蛮子"确实对"神山"很感兴趣，多次到白云鄂博山顶的敖包上进行观测，对白云鄂博的传说和这里的风土人情也很清楚。丁道衡在《绥远白云鄂博铁矿报告》中写道："蒙人对于此山，极为迷信，每年杀牲以祭，借之祈福。山顶用矿石堆积成包，以作神灵寄托之所，即汉人亦多前往祭祀。"

"发现了它的秘密"

发现山顶的敖包是用矿石堆积的之后，丁道衡对白云鄂博更感兴趣，跑得也更勤了。不料有一日，丁道衡在上山时，竟然碰上了土匪。

那是一个晴朗的早上，丁道衡又到山里考察，路上见到3个带枪的蒙古族人，他们上下打量他。丁道衡知道这地方常有土匪出没，心里嘀咕一句：不会是土匪吧？丁道衡不敢搭话，赶紧进山。不一会儿，却见其中一个追了上来，口里喊着"站住"。丁道衡不敢乱跑，只得停下。那人操着生硬的汉语，手按腰间，两眼直盯着丁道衡，语气不善，连声问："你是什么人？从什么地方来？到这里来干什么？"

丁道衡知道这回真的遇上土匪了，忙说自己是西北科学考查团的，又怕土匪不懂啥叫科学考察而引起他们的"好奇心"，忙又说，就是来打石头的。那人盯着丁道衡，说："下来，跟我走！"丁道衡说："我还要到山里打石头，可没工夫跟你去。"那人声色俱厉地说："不行！"丁道衡知道没法跟他讲道理，更不能对着干，只能"好汉不吃眼前亏"。好在身上没带枪，也没有钱，想来不会有啥大事。

丁道衡跟着那土匪下山，来到一个蒙古包。弯腰进去，里面已有四五个人。两个人立即站到丁道衡的身后，眼睛直勾勾地盯着他的腰间，显然是怕他拔出枪来。土匪问："你在山里，找到什么宝贝没有？拿出来看看。"丁道衡说："我真是个打石头的。"说着，他把身上背的石头标本拿了出来。土匪自然看不出这石头有什么名堂，脸色缓和了许多，让丁道衡坐了下来，然后随意地问道："听说你们来了很多人，带了很多枪，枪还打得很准，是不是？"丁道衡忙说："有这回事。不过那是外国人，中国人不带枪，你看我，就没有枪。"土匪大概真把他当成打石头的了，笑了笑说："你的胆子可真大，竟敢一个人到这地方来。你知道这是什么地方吗？今天还好是碰到了我们，要是碰到别的兄弟，那就要对不起啰。"丁道衡翻起衣服口袋说："我身上没有一分钱，也没啥值钱的东西。"那人见丁道衡的这身衣服质地不错，趁机一把扯了过来，说："你这衣服给了我们吧。"丁道衡知道"贼不空回"的说法，总得给他点儿什么，只得无奈地脱下外衣。土匪们有了"收获"，客气起来，还让丁道衡吃马奶炒面。丁道衡知道自己没事了，便放下心来，饱餐一顿后又上山考察了半天，方才回营。

这个插曲，是几年后丁道衡在北平大学女子师范学院演讲时说出来的，后来又被写进了《蒙新探险的生涯》一文中，语气似乎还有几分轻松。但在兵荒马乱的内蒙古边境，考察过程中被土匪抢劫甚至杀害是经常有的事。丁道衡在当时如果一不小心应对不当，很可能就会发生意外。

就在丁道衡于内蒙古考察时，那位因故没来西北科学考查团的师兄赵亚曾，在云南昭通进行地质考察时遇到土匪，被枪杀，年仅30岁。几年之后，北京大学的师弟再度来到云南昭通考察，在当年赵亚曾住过的小店里，看见墙壁上弹痕犹存，不禁潸然泪下。

1944年，更发生了地质考察史上惨绝人寰的一幕。许德佑、陈康、马以思3位古生物学家,考察贵州黔西普安、晴隆一带的三叠纪地层古生物时,在地势险要、人烟稀少的璜厂附近,不幸被土匪抢劫,惨遭杀害。其中,马以思是中国地质学史上第一位女地质学家,精通英语、日语、俄语、德语、法语5种外语,先遭凌辱,再被枪杀,年仅26岁。

就是丁道衡自己,在他后来的地质考察生涯中,也再次遇到土匪。那是在康巴藏区巴塘县的路上,丁道衡和他的一个学生遭遇土匪,两人被抢得只剩短裤、背心,学生的胳膊还中了一枪。当时正值冬天,丁道衡和学生裹着马鞍下面的垫子,冻得全身青紫,狼狈地逃到县城。

中国地质勘探先驱李四光,曾为地质人赋过一首诗:"崎岖五岭路,嗟君从我游。峰峦隐复见,环绕湘水头。风云忽变色,瘴疠蒙金瓯。山兮复何在,石迹耿千秋。"诗名《失题》,就像古诗中的无题一样,表达的是一种难以言说的情感。当年地质勘探是如此艰辛、危险,这是现在的人无法想象的。正是勇毅者于艰苦卓绝中辟出深谷里的一线光明,才开创了中国地质矿物学的新纪元。

慢慢地,在丁道衡开朗的神情、真诚的笑容,加上一遍又一遍的解释中,白云鄂博的牧民总算明白了,这个"戴眼镜的蛮子"并没有什么歹心。渐渐地,大家就成了熟人。丁道衡对蒙古族人的印象也很好,他在《蒙新探险的生涯》里说:

后来同蒙古(族)人熟了,他们也到我们的帐篷里来坐,看见我们用的东西,都好像见所未见,件件都很新奇……若是(看见)心爱的东西,就问(我们)卖不卖,他们愿意拿马、羊、骆驼来换。(若)我们摆摆头,他们就露出很失望的样子。我听说,有钱之家为吃一包糖一块茶,肯出数只羊去换。蒙古(族)人有一种美德,就是不赖账。所欠的账，无论经过若干久，都承认还。老子死了，儿子还。儿子还不起，孙子还。这家人死完了，便由全苏木均摊的还。所以，蒙（古族）人只有避债的，没有赖债的。同蒙古（族）人做买卖，没有什么字据，就凭一句话罢了。

机会总是给有准备的人，命运之神在1927年7月3日的凌晨，向勤奋的丁道衡、向在艰难中诞生的西北科学考查团，送上了一个大大的惊喜。

丁道衡在依稀的晨光中，看到白云鄂博主峰上青黑色的矿石，年轻的心激动得怦怦直跳。他加快脚步，奋力冲向山顶。

仰视山巅，巍然屹立，露出处，黑斑灿然，知为矿床所在，至山腰则矿石层累迭出，愈上矿质愈纯，登高俯瞰，则南坡半壁皆为矿区。

丁道衡可以肯定，他发现了一座大铁矿。后来，他在描述发现大铁矿的兴奋心情时说："我访问了白云鄂博，很荣幸，我发现了它的秘密。"

丁道衡强抑着激动的心情，开始以一个地质学家的眼光，仔细观察白云鄂博的地形及构造。

丁道衡看到，在一片辽阔起伏的丘陵间，海拔约1 800米的白云鄂博主峰巍然耸峙，整座山呈东西向延伸，两端地势逐渐低缓，至三四十千米远处即没入丘陵中。其东段再延伸，山岭复起，延绵不断。主峰南部陡峭峻斜，有近乎直立的山崖峭壁，其倾斜度大多在40度至70度；而北部地层则呈现出较为平缓的走向。白云鄂博有25亿年前至5.4亿年前的元古宇，它们由石英岩、硅质灰岩、板岩及页岩组成。丁道衡以他的专业眼光推测，白云鄂博的矿床一定是顺南翼插入地中的，深度只能在钻探之后才可知。丁道衡由此判断，就白云鄂博矿床岩石变质状态及所生矿物而言，大多当系受闪长岩岩浆中所含气体及溶液喷出之影响而出现。他得出结论：铁矿的形成，就基于此。

匆匆回到营地，顾不上与同事打招呼，丁道衡一头钻进帐篷，就着昏暗的马灯，把白天的重大发现整理一遍。写着写着，不知不觉天也快亮了。丁道衡又给西北科学考查团的中方团长徐炳昶写信，简要地告知这一消息。丁道衡兴奋地写道："矿质虽未分析，就其外形而论，成分必高，且矿量甚大，全山皆为铁矿所成。此矿为交换作用所成，前为石灰岩，后经潜水中含有铁质者所交换而成。又经岩浆冲出，其他杂质皆气化而去，故其质体极纯。以衡推测，成分必在八九十分以上。全量皆现露于外，开采极易。"

徐炳昶接信后，也异常兴奋。西北科学考查团出师才两个月不到，就有这样的大发现，一炮打响，这个头开得太好了。他在日记中说："五日接丁仲良信，报告发现白云博格都山为巨大铁矿。据说，矿质虽未分析，就其外形而论，成分必高，且矿量甚大，全山皆为铁矿所成。然则此地将来要成为中国一个很大的富源。"徐炳昶还说："丁仲良在茂明安旗内白云鄂博山所发现之巨大铁矿，或将成为中国北部之汉冶萍。"

徐炳昶所说的"汉冶萍"，即汉冶萍煤铁厂矿有限公司，由湖北汉阳铁厂、湖北大冶铁矿和江西萍乡煤矿三部分组成，是当时中国最早的钢铁联合企业，其钢产量占了全国的90%。徐炳昶在丁道衡发现之初，即断定白云鄂博可与汉冶萍相提并论，足见其过人之见识。正是在这样的判断下，徐炳昶立即抽调南路分队的地图学家詹蕃勋赶去协助丁道衡做进一步的调查。

这样的好消息，自然要让外方团长斯文·赫定知道，这西北科学考查团的第一炮，是由中国人打响的。斯文·赫定一听徐炳昶所说，大喜过望，当晚就在日记中郑重其事地写下一行：

发现巨大铁矿，这是中国福祉。

"中国福祉"，外国人说话就喜欢夸张。不过，这"夸张"，在此时此地、此情此景中，也属真情表达。

多得难以置信。

此后的10多天里，丁道衡每天背着工具包，带着烙饼和水壶，从日出到日落，就在白云鄂博踏勘。他把白云鄂博根据地质、地貌划成几个小区，一个一个地认真观察。他采集了各种矿石标本，对白云鄂博地区的地形、地质和构造，以及矿区的生成条件、铁矿储量、矿石成分、地表水源等进行了初步调查。在这短短的10多天里，丁道衡神情亢奋，像打了鸡血似的，夜以继日地狂热工作。是啊，一个28岁的年轻人，独立发现了震惊全国的大铁矿，这是值得一辈子夸耀的成就！丁道衡的笔记本上，满是他对白云鄂博各个踏勘点的记录。他还绘制了百余幅地质图，记录了数万字的文字资料，更收集了10多箱白云鄂博的矿石标本。现在翻看丁道衡的笔记，人们都会不由得感叹：一个人一天怎么能记那么多?！写下那么多?！

多吗？不多。因为他的沉迷、他的狂想、他燃烧的青春，全在这里了！

根据詹蕃勋绘制的一份比例为1∶20 000的地形图，丁道衡对白云鄂博主脉矿量露出部分进行了初步计算，他估计矿床"平均长约五百公尺（米的旧称），平均宽约六百公尺，平均高约二十五公尺，全面积以三角法计算为三二〇〇〇〇方公尺",得出结论:"主脉矿量估计约为三千二百万吨,若并北部小矿脉及矿砂算入(小矿脉估计约为一百五十万吨,各山沟矿砂估计为二十万吨),三项约可得矿石三千四百万吨。"

毫无疑问,这是一个蕴藏丰富、远景广阔、开采价值极大的大型铁矿。

1933年,丁道衡在《地质汇报》第二十三期上,发表了著名的《绥远白云鄂博铁矿报告》,向世人公布了这一发现,介绍了白云鄂博铁矿的发现经过、地理状况、成因及储量估计等,并勾画出白云鄂博铁矿未来的图景:"矿床因断层关系,大部露出于外,便于露天开采;且矿床甚厚,矿区集中,尤适于近代矿业之发展……苟能由该地修一铁道联接包头等处,即可与平绥路衔接。则煤铁可集于一地,非特铁矿可开,大青山之煤田亦可利用,实一举而两得其利。且包头为内地与西北各省交通之枢纽,四通八达,东行沿平绥铁路经察哈尔、山西直到北平,南下顺黄河河套可达陕西、河南等省,西行经宁夏、甘肃而到新疆,北上遂入外蒙而达俄境。运输甚便,出路甚多。苟能于包头附近建设一钢铁企业,则对于西北交通应有深切之关系,其重要又不仅在经济方面而已。"

丁道衡在报告中还特别提到:"附产矿物有氟石一种,形成脉状或散布于变质岩石中。大半皆与铁矿共生,其主脉按宽一公尺、长五百公尺、高二十公尺,比重三计算,可得矿石三万吨。"这里所说的氟石就是萤石。后来正是在这些萤石标本中,发现了稀土矿。也许,当时丁道衡已感觉到这些"氟石"非同寻常,故而特别写上一笔。

丁道衡预测白云鄂博的铁矿石约3 400万吨,这在当时是一个巨大的数字,以至地质学泰斗翁文灏、丁文江都觉得难以置信。当丁道衡的《绥远白云鄂博铁矿报告》在《地质汇报》上刊发时,翁文灏还特意在文后加了几句"跋语",在说了"矿床成因,研究颇详"的客套话后,话锋一转,说:"果而则矿体形状往往不甚规则,未可但就表面面积一概而论,故此铁矿量如何,实尚有待于较详研究,方可依为根据也。"话当然说得很有余地,但以翁文灏在政界、学界的身份,一旦公开表示怀疑,自是相当于下断言。因此,由国民政府农商部地质调查所发行、丁文江等专家编辑的《中国矿业纪要》,在提及"绥远之铁矿"时,就跟上了翁文灏的调子:"该处铁矿据丁道衡君(民国)十六年调查报告,为赤铁矿及辉铁矿、磁铁矿……又丁君估计共储藏量约含铁矿石三千四百万吨云。惟按此类铁床往往极不规则,矿量之估计是否如此乐观,实有进一步研究之价值。"而在1934年出版的《绥远矿产志略》中,提到了盐、石棉、石墨、煤,但对眼皮底下的巨大的白云鄂博铁矿,提都懒得提一句。

什么叫视而不见?什么叫漫不经心?什么叫置若罔闻?这就是!

科学史上有着太多的擦肩而过,有着太多的扼腕叹息。丁道衡的划时代发现没有得到应有的重视,这在当年也不足为奇。高高在上的官僚们根本想不到,20多年后,在丁道衡发现的基础上,通过进一步的勘测,探明白云鄂博在丁道衡发现的主矿区之外,还有东、西2个矿区,整个矿区的铁矿石储量高达14亿吨,大大超出了丁道衡预测的数字。他们当然更无法想象,白云鄂博的矿石中含有大量的稀土矿——足以使中国成为第一稀土储量大国,稀土的价值更是超过铁矿很多倍!

1987年,是丁道衡发现白云鄂博铁矿60周年。为了永久纪念丁道衡先生,白云鄂博矿区的街心花园建了一座丁道衡先生的全身塑像。塑像与主矿间的直线距离仅1千米左右。当年,这位28岁的年轻人,就是从塑像所在的位置,奔向前方不远处主矿的黑色山峰,在那里发现了铁矿。

塑像中的丁道衡,左手托着一块矿石,右手紧握地质锤,戴着眼镜昂首眺望。他凝视的目光穿过100年的时空,仿佛在默默注视着包头钢铁产业几十年的发展,注视着中华稀土大国的崛起,眼眸中的星光,正为中华人民共和国的繁荣昌盛而闪烁。

第三节　萤石中的精灵之舞

天才之间的"缘分"

1930年8月，风尘仆仆的丁道衡从西伯利亚乘火车回到了北平。从1927年5月离开北平，到此时已3年有余，他把这3年多在内蒙古、新疆一带的科学考察，称为"蒙新探险的生涯"。诚然，非"探险"两字，不足以形容途中的艰难困苦，甚至死里逃生。

此时的丁道衡，因发现白云鄂博铁矿而备受关注，成为地质学界的一颗新星。丁道衡是个有着远大抱负的学者，当然不会满足于此。他带回了35箱矿石标本，趁着这段相对闲暇的时间，他要深入研究，把白云鄂博深藏着的秘密弄清楚。

在一屋子的矿石标本中，采自白云鄂博的萤石引起了他的注意。里面到底是什么成分？丁道衡以一个地质学家的敏锐，觉得这萤石值得细细琢磨。

丁道衡是野外科学考察的专家，对矿物分析并不十分擅长。这时，他想到了同窗好友、北京大学地质学系同事何作霖，请他来鉴定这萤石，那是最合适不过了。

中国人很讲究缘分。丁道衡与何作霖,他们能成为同窗、同事,有着很多的巧合,只能说,这两位地质学天才真的很有缘分。

何作霖比丁道衡小1岁,是河北蠡县人,他的父亲是清朝的一个秀才,少年何作霖是在乡村的私塾读的"子曰诗云"。民国初年,新式教育在中国兴起,何作霖赶上了这时代的浪潮,14岁时考入保定育德中学。

育德中学由河北同盟会所建,还是兼办留法勤工俭学预备学校,一批中国著名科学家曾在这里就读。何作霖在育德中学不但学到了先进的声光化电,还接受了进步思想的熏陶。

何作霖一直记得,育德中学的毕业典礼上,校长、同盟会会员王国光给同学们做了最后一次演讲。王国光长髯飘拂,声音清亮,目光移向远方的青山,鼓励学生投身爱国民主运动,"坚强体魄,勤奋学习"。王校长还特意说到了开矿:"富国强兵唯赖开发矿业。"台下的何作霖顿时一个激灵,如醍醐灌顶,豁然开朗,当下握紧拳头,暗暗发誓,以探矿报国为终身志向。中学毕业后,何作霖没有一丝犹豫,投考了北洋大学(今天津大学)采矿系。

说起这北洋大学,当年实是非同小可。

中国近代大学都是在甲午战争之后创办起来的,北洋大学创建于《马关条约》签订的1895年,当时称为"北洋西学学堂",第二年改称"北洋大学堂",设工程、矿务、机器、律例4个学门。从学科的设置可知,北洋大学堂以培养洋务人才为目的。1898年,北京大学的前身京师大学堂创建。如果单从时间而言,北洋大学堂倒成了中国第一所现代大学。当然,就办学层次、影响力等方面而言,自是京师大学堂高出一筹,但北洋大学堂在中国近代之地位,由此也可见一斑。

何作霖是1918年入的国立北洋大学。当时北京大学的校长是大名鼎鼎的蔡元培。这位思想开明的前清翰林,主政北京大学后,立即进行了大刀阔斧的改革，其中一个措施是在当时最著名的两所大学——北京大学和北洋大学之间来一个院系调整，两所大学各有专攻，所谓"学与术各司其职"。北京大学以文理两科为中心，北洋大学则以应用科学为主。在得到北洋大学校长同意及教育部核准之后，北京大学把工科给了北洋大学，而北洋大学则把法科给了北京大学。徐志摩当时就在北洋大学法科预科学习，因这次调整而转入北京大学法科政治学门。在北京大学，他结识了梁启超、胡适等文化名流，从此他的人生轨迹发生了改变。要是没有这次院系调整，徐志摩能不能成为一个大诗人，还真未可知。

何作霖读的是采矿系，按说院系调整轮不到他。但入学的第二年，五四运动爆发，思想进步的何作霖在天津积极参与罢课游行，事后北洋大学竟要将参与这些罢课游行的学生全部开除。北洋大学学生会会长孙越崎遂到北京大学联系转校，北京大学代理校长蒋梦麟十分同情进步学生，慨然承诺："北洋来多少，北大收多少！"一批北洋大学工科生就因这句话转入北京大学，何作霖也在其中。北京大学本来已经停办了工科，为了接收这批学生，又重新恢复地质、土木两系。

就这样，何作霖成了北京大学地质学系的学生，与贵州来的丁道衡成了同学。这大概就是缘分吧。

顺便说一句，当时北京大学还有一个与何作霖同名同姓、同年出生的人，他是广东东莞人，就读于哲学系。这个东莞何作霖也参加了五四运动，但他被捕入狱了，后来也出国留学获得博士学位，也是大学教授，所以两个何作霖常被混淆，以至常有矿物学家何作霖参与五四运动被捕的说法。这个东莞何作霖最有"成就"的一件事，是他在任《北平晨报》副刊编辑时，编发了鲁迅先生《阿Q正传》的最后一章"大团圆"，此事在《鲁迅日记》中也有记载。

在北京大学地质学系，何作霖深得地质学家李四光、物理学家丁西林的赏识。何作霖也以李四光为人生导师，此后的十几年，他一直追随着李四光。

所谓惺惺相惜，对地质学的热爱，也使得何作霖与丁道衡很快成了好友。在不断的探讨切磋中，两人都互相推崇。

或许是学习太过刻苦吧，何作霖竟然患上了可怕的肺结核。在当时，肺结核几乎可说是不治之症，死亡率极高，所以又被称为"肺痨"，民间有"十痨九死"之说。在大名鼎鼎的"盘尼西林"（即青霉素）于第二次世界大战末期投入临床之前，对于肺结核，并无好的治疗手段，也没有特效药，病人能做的，只能是休息、呼吸新鲜空气、增强营养等。何作霖无奈之下，只得休学回家静养。

或许是上天有意要给中国留一位"稀土矿床之父"吧，休养2年后，何作霖竟然奇迹般地康复了，回到北京大学地质学系继续他的学业。但肺结核也摧残了他的身体，何作霖意识到，自己不能像丁道衡那样跋山涉水从事野外勘探了，于是，他有意识地侧重于矿物学、岩石学和岩矿鉴定方面的学习，造诣日深，尤其在岩矿鉴定的方法和技能上，更是深得李四光的赞许。

当何作霖放弃野外考察时，他心中或许有着几分遗憾与苦涩，但他没有想到，正是当年的这场大病，成了他研究白云鄂博稀土矿床的一个转折点。上天为你关闭了一扇门，就一定会为你打开一扇窗。

1926年于北京大学毕业后，何作霖回到河北保定，在河北大学地矿系讲授测量学和地质学。2年后，中央研究院地质研究所（今中国科学院地质与地球物理研究所）在上海成立，所长正是李四光。研究所刚刚成立，正是用人之际，李四光力邀得意弟子何作霖来助一臂之力。何作霖当即南下，以助理研究员为起点开始了他的学术研究之路。

不料到了1930年，何作霖又因劳累过度而肺病复发，他对南方潮湿的气候也极不适应，于是调到北平研究院地质研究所。这时候的李四光仍兼着北京大学地质学系的主任，在他的介绍下，何作霖也来到北京大学地质学系兼任讲师。而丁道衡也从西北考察回来，正埋头整理他采集的标本和资料。两个地质学的青年才俊，兜兜转转，又成了同事。

"君子动口又动手"

丁道衡对何作霖极为佩服，因为何作霖不仅学术造诣高深，应用实验仪器的能力更是一绝，是真正的"心灵手巧"。两人上大学时，偏光显微镜是极为贵重的仪器，上课时几位同学共用一台。何作霖成天待在实验室里，入了迷似的摆弄着这"新式武器"，细细琢磨，不久竟成了应用偏光显微镜的能手。10多年后，正是靠着这过硬的本领，何作霖在偏光显微镜下发现了稀土。

一次机缘巧合，何作霖得到了一台四轴费德洛夫旋转台。这是一种安装在偏光显微镜载物台上的附加仪器，在当时绝对属于高端仪器。然而这台"进口宝贝"竟然没有说明书，就连北京大学的教师也不知这玩意儿怎么用。何作霖对着这旋转台，在一些同事的讥笑和异样的眼光下，埋着头细细地摆弄，慢慢地摸索。几十天后，他还真的弄明白了它的原理与操作方法。这还不算，他更凭着这旋转台，发现了一种斜长石的快速鉴定新方法，并将其写成论文，发表在《美国矿物学家》期刊上。何作霖由此意识到，这种旋转台的应用，将会把岩石学、矿物学的研究推到一个新高度，于是写了《用弗氏旋转台研究矿物岩石之方法》等论文，向国内学界做了介绍，并率先在大学开设费氏旋转台课程。仅凭自己的摸索，何作霖就能在先进仪器的应用上走到世界前列，这固然与他天赋过人有关，但更是他长期勤学苦练的结果。

更令人惊异的是，何作霖还会自己制作精密仪器，他竟然制出了世界上第一台 X 射线岩组相机。他在《自述》中说：

> 从外国的书本上看到那些研究岩石矿物的仪器，例如晶体测角仪、X 射线单晶照相机、折射仪等，真令人羡慕。我们中国什么时候才能有这些仪器呢？我一方面想有机会学用这些仪器，另一方面想能不能自己设计制造一些仪器。
>
> 当时德国是结晶学的研究中心，我有机会接触 X 射线结晶学的仪器设备，于是就产生了一个念头：回国后自己设计制造 X 射线照相机。回国后，经李四光先生同意，（我）在"上海孤岛"的镭学研究所"借地"工作。在上海工作期间，我设计并制造了一台改进型的德琼-鲍曼式的 X 射线单晶照相机。我想旋转台只能测量粗大晶体岩石的组构，细料岩石的组构无法测定，如果利用 X 射线的衍射原理设计一种组构相机，这个问题就可以迎刃而解。当时世界上还没有这样的仪器，困难是很大的。经过 3 年的努力，（我）终于制造出世界上第一台 X 射线岩组相机，用它研究了玛瑙的生长组构和千枚岩的组构。

何作霖就像武侠小说中的绝顶高手，内外兼修，既有深厚的功力，又有高超的武技。即使在一流科学家中，这也是不多见的。这种"君子动口又动手"的习惯伴随了何作霖的一生。除了爱摆弄科学仪器，连家里的小家具、小工具乃至小玩具，他也喜欢亲手做，乐此不疲。在何作霖晚年的时候，小孙子看到他满头大汗地蹲在地上做木工，问他："爷爷，你累不累啊？"何作霖哈哈一笑："我现在是在休息，这是我最好的休息（方式）。"

中国科学院院士、中国科学院地质与地球物理研究所研究员叶大年，在论及"何作霖之所以成为何作霖"时说，"关键是他对技术精益求精的精神，坚持实践第一的精神"，"没有明察秋毫的观察能力，他就不可能发现白云鄂博稀土矿床；没有炉火纯青的仪器操作技能，他就不可能建立测定斜长石的新方法"。

其实，"何作霖之所以成为何作霖"，还因为两点，那就是谦逊和踏实。虽说这是科学家的共性，但在何作霖身上特别明显。何作霖以孔夫子"知之为知之，不知为不知"的格言为信条，没有把握的话从不说一句，说出来的话，那绝对有充分的依据。

在何作霖的学生中，曾流传着一件"轶事"。有一次，一位工作人员不知出于什么心理，拿了一小块砖头，说它是岩石，请何作霖鉴定。何作霖细致地把这"岩石"打磨成薄片，放在显微镜下仔细观察。花了好几天，他仍鉴别不出这是何种"岩石"。于是，他认真地说："这块标本好像是人工煅烧的东西。如果是天然的岩石，我定不出名来。"说这话时，何作霖已是中国乃至世界上知名的岩矿鉴定专家，岩矿界有着"没有何作霖鉴定不出来的岩矿标本"的说法，而他坦然承认，自己鉴定不出这砖头是什么"岩石"。

这就是科学家的实诚，这就是科学家的胸襟！

丁道衡深知白云鄂博这些矿石标本的重要性，在测试技术和测试设备还很粗糙的情况下，他必须把标本交给一个水平极高、能力极强的学者来研究，这个人，非何作霖莫属！

微弱的稀土之光。

何作霖接过白云鄂博的矿石标本，已是1933年底的事了。于他而言，这也需要勇气和魄力，且不说工作费时费力，更麻烦的是在当时的设备下，鉴定工作都需要手工操作完成。若要鉴定准确，精湛的学问、丰富的经验、熟练的技巧，缺一不可，此外还得有足够的运气。但何作霖相信：自己能！

何作霖就像着了魔，不分昼夜地摆弄着矿石标本，每天都埋头在院子里砸石头、切石片、磨石片。他把丁道衡送来的矿石标本，细致地磨成小薄片。30多岁的何作霖虽然年轻，却已是地质学界的知名学者，但他还是习惯于自己磨矿石。他相信，岩石是有生命的，有感觉的，你认真地对它，它就会认真地对你。磨片，就是在与矿石对话。在一次次的磨砺、一次次的摩挲中，他用心读着一块块矿石，感觉着它们的几万年、几亿年的历史，倾听着它们的故事。

在偏光显微镜下，铁矿石很快就被鉴定出来了，组成岩石的矿物也被鉴定出来了，白云鄂博的岩石类型也大致有数了，一切似乎都在意料之中。但何作霖还是不急不躁、不紧不慢、细细地看下去。

何作霖就这样细细地找过去，心如止水。终于，何作霖发现了一种萤石矿石。

这种萤石矿石中，有磁铁矿，有黄铁矿，也有重晶石，这很常见。然而，还有许多小颗粒。小颗粒的数量很多，分布普遍。奇怪的是，这些小颗粒四周的萤石有不明显的褪色现象，紫色逐渐变浅，形成一个晕圈，包围着小颗粒。

何作霖把这些小颗粒分离出来，用钠光源检验，知道其中一种属于四方晶系，另一种属于六方晶系。但它们的颜色与常见矿物的颜色明显不同，一种是浅黄绿色，另一种是浅绿黄色。

是什么呢？

何作霖凭直觉认为这些小颗粒不简单。他发现这些小颗粒具有电磁辐射性，它们很可能是含有放射性元素或稀土元素的矿物，而且数量多、分布普遍，将会是一种很有应用价值的矿产资源。

何作霖立即把检测的重心放在了这些小颗粒上。

这些小颗粒的直径小于0.1毫米，相当于一根头发丝的直径。要用这样的小颗粒测出其各种物理性质，以当时的设备来说难度很大。比如其中一个重要的指标——折射率，当光穿过矿物晶体时，如果晶体结构均一，就只有一个折射率。何作霖发现，这些小颗粒有2个或者3个折射率。要知道这是什么矿物，得先把它的折射率弄清楚。

慢工出细活。何作霖先找到矿物薄片上可以测量的晶体方位，再以一系列不同折射率的油脂来比较，等到矿物和油脂的折射率相同时，用折射仪来测定油脂的折射率，就是若$A=B$，$B=C$，则$A=C$。这说起来简单，但对操作者的要求很高，一个不经意的疏忽，就可能前功尽弃。就这样，何作霖通过检测，把这些小颗粒分成了两种，它们的代表性折射率，一种是$N_o=1.716\,9$、$N_e=1.791\,0$，一种是$N_o=1.794\,8$、$N_e=1.850\,0$，精确到了小数点后四位，这算是达到了折射率测算的极致。

又经过大量的检测，何作霖才基本弄清楚这两种小颗粒的物理性质和物理常数，确定它们是两种新矿物。将它们与已知的矿物进行对比，何作霖惊喜地发现，其中一种与氟碳铈矿极其相似，应该是稀土矿物，另一种颗粒也具有电磁辐射性，推断其也应是稀土矿物。

在中国发现了稀土矿物?!

一向静若安澜的何作霖，也忍不住一阵狂喜。但他深知，用类比的方法来鉴定矿物是不严谨的。这两种小颗粒是不是稀土矿物，他需要进一步的证据。他压抑住心头的激动，暂且把这两种新矿物命名为"白云矿"和"鄂博矿"，以纪念它们的发现地。

接着，何作霖提取到了0.01毫克的矿物粉末。0.01毫克，约为一颗米粒质量的1/2 000。这微乎其微的矿物颗粒，散发着中国的稀土之光。

何作霖把矿物粉末送到了北平研究院镭学研究所所长、物理学家严济慈的手中，严济慈让自己的助手钟盛标研究员来测定。弧形光谱图上，清楚地显示出了镧、铈、钇、铒等稀土元素的谱线，它确凿地证明着——白云鄂博铁矿石中含有稀土元素！

1934年，中国，发现了稀土！

在此后的几十年中，何作霖从来没有提及他发现稀土时那一刻的心情，这似乎有点儿难以理解，但似乎又很好理解。然而，不管怎么样，当稀土在何作霖的偏光显微镜下出现时，它所发出的微弱的光芒，不仅照亮了科学家惊喜的脸庞，更照亮了一个国家发展的一条大道。

1935年，《中国地质学会会志》第14卷第2期刊登了何作霖的英文论文 Note On Some Rare Earth Minerals from Beiyin Obo, Suiyuan（《绥远白云鄂博稀土类矿物的初步研究》），向世界宣告：白云鄂博矿中存在稀土矿物！在文中，何作霖以他一贯严谨的口吻说，他发现了"两种目前设想是稀土元素来源的极细的、异常的矿物"，"这两种矿物建议分别以'白云矿'和'鄂博矿'暂时予以命名"。

1794年，芬兰化学家加多林发现了第一种稀土元素"钇"。100多年后，中国终于也发现了稀土。这是一座高耸在稀土发展史上的里程碑。

通过矿石分选，测出白云鄂博萤石矿脉中，"白云矿"和"鄂博矿"的含量达到0.95%，这个含量对稀土矿物来说，绝对算是很高的了。从丁道衡测绘的地质图和剖面图来看，白云鄂博的主萤石矿脉宽1米，长500米。假设矿脉向地下延伸20米，则稀土矿物的储量约为340吨；如果深入地下100米，则储量可达1 700吨。除了主萤石矿脉，白云鄂博矿区内还有许多萤石矿脉，它们呈东西走向穿过铁矿直入围岩。毫无疑问，白云鄂博是一个巨大的稀土矿床。中华人民共和国成立后，经过多次勘探，发现白云鄂博的稀土储量远远超出了当初的想象，白云鄂博成为全球第一大稀土矿，而我国也一跃成为世界第一大稀土矿产地。

2010年，国际矿物协会将产于我国辽宁凤城碱性岩体的新矿物命名为"Hezuolinite（何作霖矿）"，以表彰和纪念何作霖在矿物学研究领域做出的一系列卓越贡献。

丁道衡得知同窗好友的发现后，也异常兴奋。他发现了白云鄂博铁矿，何作霖从这些矿石中发现了稀土，他们一起实现了科学报国的理想。两人的功绩在地质学界被传为佳话，并被称为"同窗共席两丰碑"。

满腔报国热血的丁道衡很快就整理了一份发现白云鄂博铁-稀土矿床的报告，并送到国民政府，建议尽快开发地下宝藏。然而，报告交上去后，如石沉大海，一纸答复久久等不下来。丁道衡、何作霖在期待中经多方打听才隐约听说，某政府高官一看报告题目，便斥其为异想天开、无稽之谈，把报告束之高阁，任它在文件柜中积满灰尘。

情怀总如诗，现实冷于冰。

中国稀土的第一个大好机遇，就这样被腐败的政府、无能的官员弃如敝屣，毫不在意地浪费了。显微镜可以烛照0.01毫克矿物粉末中的稀土，但无法清除国家肌体上腐烂的臭肉。个人的成就，终究要被放在时代的洪流之中检验。在山河破碎的年代，科学家纵有杰出的才能、报国的志向，时常也无能为力。

失望、愤懑之下，丁道衡放弃了稀土研究。不久，他进入德国柏林大学（今柏林洪堡大学）学习构造地质学，接着转入马堡大学（今马尔堡-菲利普大学）研究无脊椎动物化石，以文章《古杯的更订》干脆利落地解决了古生物学家们争论了90多年的问题，获得博士学位，并被授予英国皇家学会会员。1937年回国后,丁道衡立下在西南寻找矿产的雄心壮志,率先研究了西南地区的铝土矿。此后,他到武汉大学、贵州大学、重庆大学的矿冶系或地质学系任教,成为中国著名的地质学家。

后来,丁道衡再也没有涉足稀土研究,但在他心中,白云鄂博永远是最重要的一站。

何作霖却以他的坚忍,默默地积蓄着能量。虽然何作霖被迫中断稀土研究近20年,但不抛弃、不放弃,一直做着理论、技术和研究力量上的准备。他采用X射线照相技术研究细微颗粒矿物,以化学为理论基础来探讨矿物和矿床成因,选派助手赴外国学习。他以一个科学家的睿智,坚定地相信,终有一天,他还会进行稀土研究。属于科学家的好时代,终会到来,并且不会太久。

第四节　一个半世纪的接力

稀土是这样"炼"成的。

推想起来，那位政府高官对丁道衡、何作霖开发白云鄂博矿区的报告不屑一顾，原因除了其颟顸、自大的官僚脾气，更可能是他根本不知道什么是稀土。稀土？土当然是又厚又肥的好，土稀了有什么用？一边凉快去。

这并不全是戏谑之言。事实上，当时欧美工业国家虽然已可以通过处理独居石（磷铈镧矿）来提取稀土，但总体而言，稀土产业在世界上也只是刚刚起步，在中国，了解稀土的更是寥寥无几。何作霖把他发现的两种稀土新矿物命名为"白云矿"和"鄂博矿"，体现了其作为科学家的审慎态度，但他也确实没有完全弄清楚这两种稀土矿物的成分，因为像白云鄂博这种与铁矿伴生的混合型稀土矿，在世界上极为罕见。何作霖是当时国内稀土研究的第一人，他对稀土尚有许多不明了之处，更遑论一般的官员和学者。其实，即使是在当下，也有很多人根本就不知道"稀土"这个词，曾有南昌的出租车司机听说几位北京来的客人要去"稀土（研究）院"，大惊失色：竟然还有公开的"吸毒院"？

中国稀土，从一开始就远远地落在了世界的后面。

其实，在当时，稀土的发现已有100多年的历史了。

稀土的发现，始于18世纪末。

1788年的夏天，一个叫卡尔·阿雷尼乌斯的瑞典炮兵军官，在斯德哥尔摩附近的伊特比村里，找到一块黑色矿石。他当然不知这是什么，但曾在瑞典皇家造币实验室学习过火药粉的知识，略懂一点儿化学知识的他，凭直觉认为这石头不同寻常，于是将其珍藏在家。几年后，他把这黑色矿石交给了朋友——芬兰化学家加多林。加多林研究了这块矿石，发现其中有38%的不明金属氧化物。这种从来没见过的金属氧化物，在高温下难以熔化，也难溶解于水，于是他将其命名为"钇土"。钇，是为了纪念矿石的发现地伊特比；土，是因为当时人们习惯于把不溶于水的固体氧化物称为"土"，如将氧化铝称为"陶土"，氧化钙称为"碱土"，氧化镁称为"苦土"，这一新的氧化物就顺理成章地被称为"钇土"。

此后，人们就顺水推舟，把跟钇土同类的氧化物叫作"稀土"——今日世界上最为重要的战略资源之一，它的名字来得如此漫不经心。而加多林，也因此戴上了"世界稀土之父"的桂冠。

加多林发现钇土，是在1794年。这一年，正是清朝乾隆五十九年，朝野上下正沉浸在天朝大国的美梦之中。就在此前一年，英国使者乔治·马戛尔尼因不肯对乾隆行跪拜之礼，引得乾隆皇帝十分恼怒，而被赶回了英国。巧合的是，几乎就在钇土问世的同时，被后世称为"睁眼看世界第一人"的魏源出生了。48年后，他出版了介绍西方历史、地理和科学技术的名著《海国图志》。而1794年之后，欧洲的稀土发现开始迅速推进。

1803年，德国化学家克拉普罗兹和瑞典的2位化学家伯采利乌斯、希辛格，同时发现了一种淡黄色的土性氧化物，他们称之为"铈土"。

这几位科学家肯定没有想到，他们的发现，就像种下了2棵大树，此后"钇树"和"铈树"上不断地长出新的"枝丫"——种种新的稀土。科学家从钇土中共分离出9种稀土，而从铈土中分离出7种。

1839年，瑞典化学家莫桑德尔从铈土中发现了2种新的稀土，一种仍叫"铈土"，另一种叫"镧土"。莫桑德尔的探索之心一发不可收，4年后，他如法炮制，又从钇土中分离出3种新"土"：无色的，仍叫"钇土"；黄色的，被他称为"铒土"；玫瑰色的，则被他称为"铽土"。

这当然还没完，19世纪的晚期，对稀土的发现与研究，成了欧洲的一股科学热潮。1878年，瑞士化学家马里格纳克对铒土进行加热，然后用水萃取，从沉渣中发现了2种新土：红色的，仍叫"铒土"；白色的，被他称为"镱土"。

值得一提的是，1869年，俄国化学家门捷列夫发明了元素周期表。在这张流芳百世的元素周期表中，门捷列夫将元素按照相对原子质量由小到大排列，并将化学性质相似的元素放在同一列，以此揭示了化学元素之间的内在联系，使其构成了一个完整的体系。而元素周期表中的空位则意味着还有未知的元素有待发现。门捷列夫宣称，根据他的元素周期表，钙和钛之间应该还有一种新元素，姑且称之为"类硼"。此外，他还给出了"类硼"相关的一些物理化学性质，如"类硼"的原子量为44，其氧化物的比重为3.5，盐类无色等。

门捷列夫抛出的"漂流瓶"，在1879年被一位叫尼尔松的瑞典化学教授捡了起来。他将铒土提纯，分离13次后得到了比之前更纯的镱土。尼尔松再接再厉，继续对镱土进行提纯。当样品只剩下1/10的时候，皇天不负有心人，他终于找到了一种新的稀土——钪土。这个"钪"，就是门捷列夫所预言的"类硼"。钪的原子量为44.96，其氧化物的比重为3.86，其他性质也与门捷列夫预测的相近。门捷列夫真乃

"神人"也！

尼尔松有位同事叫克利夫，他们两人一起提纯铒土。当镱土和钪土被找到后，似乎大功告成了。但克利夫显然更喜欢"不走寻常路"，他脑洞大开，竟回过头来，对分离出镱土和钪土的铒土再进行处理，硬是从这"剩余物"中发现了钬和铥2种新的稀土元素。

1879年，法国化学家布瓦博德朗发现，将铌钇矿溶液进行化学处理后会沉淀出一种新"土"，这就是钐。第二年，瑞士化学家马里格纳克又从钐中分离出另一种新元素，他把它叫作"钆"。这个"钆"（Gadolinium），是为了向发现稀土的第一人加多林（Gadolin）致敬！科学发现，在这里呈现出了其温情感人的一面。其实，文中提及的各种稀土名称，都有其各自的含义，或是纪念发现者的家乡，或是纪念发现者的祖国，或是隐喻发现时的情景等。

那位发现镧的瑞典人莫桑德尔，在找到镧的同时，其实还发现了一种所谓的稀土新元素"锚"（didymium）。这个时期，化学家们开始意识到，对已发现的稀土再进行分离，不失为发现新元素的一种好方法。于是，到了1885年，奥地利化学家威尔斯巴赫对"锚"深下功夫，这才发现"锚"是由2种新元素组成的混合物，他把它们命名为"镨"和"钕"——源于希腊语"绿色的孪生子""新的孪生子"，因为镨和钕共生得实在太紧密了。而"锚"则在完成它的历史使命后，从"稀土元素群"中被移除了。

1886年，那位发现钐的法国化学家布瓦博德朗再接再厉，采用分级沉淀法，在钬土中又分离出一种新的元素，称其为"镝"。精通光谱研究的法国化学家德马凯，则于1901年发现了一种稀土新元素——铕。1907年，法国化学家乌尔班从氧化镱中分离出了镥——一种金属新元素，其单质呈银白色，是稀土金属中最硬和最致密的一种。镥的拉丁名（Lutatia）源自乌尔班的出生地巴黎的古名。

按照门捷列夫的元素周期表，稀土元素的原子量差是44。这就产生了一些有趣的问题：稀土元素究竟有多少种？已经发现了16种，是不是还有第17种？甚至，有没有可能多达44种？这无疑激动人心。于是，不断有化学家宣称发现了新的稀土元素。如钪的发现者尼尔松在1887年就自信地说，可以从钬中分离出4种元素，可以从镝中分离出3种元素，这样一来，又多了5种稀土元素。但不久之后，他不得不承认，这些"发现"是错误的。

据说先后被"发现"的"稀土元素"有近100种，当然大多随即被证明并不是。这在元素发现史上也是独一无二的，以至英国化学家克鲁克斯感慨地说："这些稀土元素使我们的研究产生困难，使我们的推理遭受挫折，在我们的梦中萦回。它们像一片未知的海洋，展现在我们面前，嘲弄着、迷惑着我们的发现，述说着奇异的希望。"当然，这些错误的发现也是极有价值的，在揭示自然奥秘的道路上，失败与成功同样是必需的。一次错误的"发现"可以为新的试验提供思路——至少否定了一种思路。正如泰戈尔所言，"如果你把所有的错误都关在门外，真理也要被关在门外了"。真理，从来都是爬着由错误搭就的梯子上升的。

一种都不能少

随后，稀土元素的发现进入了一段沉寂期。

但科学发现并未沉寂。20世纪初，先是同位素被发现，接着又出现了X射线光谱分析技术，这对认识稀土元素起了极大的推动作用。1913年，英国物理学家莫塞莱通过确定和比较各种元素的标识X射线谱，一锤定音：按照原子序数，从镧到镥一共应有15种元素，这15种元素加上与之同族的钪和钇，共有17种稀土元素。

17种！好了，所有关于稀土元素共有多少种的争论，至此尘埃落定。

顺便说一句，这时的莫塞莱年仅25岁，相当于现在一个正在攻读硕士学位的研究生。当第一次世界大战在西欧爆发后，莫塞莱辞去了牛津大学的教职，以志愿者的身份成为一名工程兵军官。1915年，莫塞莱在土耳其的加里波利阵亡。专家预测，如果莫塞莱能活到1916年的话，他肯定可以得到那年的诺贝尔物理学奖。莫塞莱的阵亡，也使得英国政府制定了新的参战资格政策——限制科学家入伍，因为科学家死于战壕中实在是太"浪费"了。

根据莫塞莱的结论，稀土元素共有17种，而当时已经发现了16种。这最后的一种，就是莫塞莱推断的存在于钕和钐之间、原子序数为61的未知元素。那它到底在哪里？

一种都不能少。科学家们努力寻找着这最后一种稀土元素。

经过40年的"上穷碧落下黄泉"，这最后一种稀土元素终于"千呼万唤始出来"。科学家们受到刚发现的铀核裂变的启发，放弃了从天然矿石中寻找，转而到核反应的产物中寻觅。

1945年，参与美国研制原子弹"曼哈顿计划"的科学家马林斯基、格伦登宁和科耶尔，在美国田纳西州橡树岭克林顿实验室里，用离子交换法分离核裂变产物的残渣，最终找出了那种几十年来"犹抱琵琶半遮面"的新稀土元素。后来在核反应堆中用中子轰击钕，也得到了同样的元素，他们把它命名为"钷"。钷的名字源于希腊神话中的英雄普罗米修斯，他从太阳神那儿盗取火种并带到人间，这种新元素则来自铀裂变产生的"新火种"。

但钷的发现并未到此为止。此前，一般认为自然界中不存在钷，它只能靠人工制得。但也有不少科学家执拗地在地壳中搜寻着钷。终于，1964年，芬兰科学家伊拉米特萨从6 000吨磷灰石矿中获得了20吨可供研究用的稀土氧化物，从中回收了82微克钷。

科普一下，1微克等于0.000 001克。从6 000吨矿石中找出82微克钷，这足以用"大海捞针"来形容。正是这样的执着、坚韧与自信，才成就了科学史上的一个个奇迹。

至此，稀土元素的发现之旅圆满落幕。在长达一个半世纪的探索之路中，化学家、地质学家、冶金学家们，应用化学分析法、核反应、离子交换法等各种手段，耗费巨大精力，历经无数失败，直至把稀土家族的17个成员一一找出来。稀土的发现史，也是科技的进步史，更是科学家不断试错、不断修正错误、努力顽强工作的奋斗史。

这17种稀土深藏于地球的矿石之中。从总量来说，稀土其实并不"稀"，其储量比铜略多，比锌和锡多3倍，比铅多9倍，比起金来，更是多出3万倍。当然，一些稀土如铽、铥、铒、镥，则极为稀少，而且稀土的分布较为分散，要把它们提炼出来也不容易，从这个角度来说，稀土也确实当得起"稀罕"中的"稀"字。

稍微有点儿意外的是，与此起彼伏的稀土发现过程相比，稀土的应用则相对迟缓，至少在一开始是如此。1885年，那个从"锚"中分离出镨和钕的化学家威尔斯巴赫发明了由硝酸铈和硝酸钍制成的灯罩，由此制成的汽灯迅速风靡全球，这种汽灯因此被称为"奥厄灯"（奥厄是威尔斯巴赫的名）。这是人类历史上第一次应用稀土，此时距加多林发现钇土，已快100年了。1903年，威尔斯巴赫又以铈铁合金制成人造打火石，从而令人类有了真正可以使用的袖珍打火机——正是这种打火石，50年后拉开了中国稀土走向市场的帷幕。威尔斯巴赫是当之无愧的"稀土工业之父"。

1930年，美国伊士曼柯达公司发明了以镧、钍、钽为主要成分的稀土光学玻璃。此后，美国、苏联的科学家把稀土引入玻璃工业，制出了一系列高折射率、低色散的光学玻璃。

1920年，德国开始尝试在钢铁生产中应用稀土，发现稀土能减少钢中的有害杂质，提高钢的纯净度。此后，美国用稀土来处理高合金不锈钢和铸钢，使钢的成材率提升了5%，稀土也因此有了"钢中的盘尼西林"的美称。

1937年，德国和英国的科学家发现在镁合金中加入稀土元素铈，能大幅提升金属的高温抗拉强度，由此开发出了一种新型合金。

20世纪30年代，科学家发现在铝合金中加进4%～5%的稀土，可以使铝合金不变形、质感好、经久耐用。德国在第二次世界大战期间曾研制4种稀土铝合金，用于制造发动机、内燃机的复杂零件。

……

遗憾的是，在一个半世纪的稀土发现与应用的接力赛中，并没有一位中国科学家参赛。在这科学史上风起云涌的100多年间，中国却经历了清朝、民国初元、袁世凯篡国、北洋军阀割据、蒋介石篡权，所谓"五朝敝政"，动荡、战乱、饥荒、腐败，使得中国科技远远落在了世界后面。在稀土发展史的前150年，中国几乎没有痕迹。

所幸的是，中国科学家中不乏远见卓识之人，他们在欧美留学时，敏锐地感受到稀土对工业文明的推动作用。何作霖、邹元爔、郭承基等杰出的稀土科学家，都于20世纪三四十年代在美国、日本或欧洲国家留学，回国后他们也密切关注着世界科技的动向，心里肯定不止一次地闪过这样的念头：什么时候中国也有稀土……

所以，当何作霖在偏光显微镜下发现稀土矿物时，他是何等的欣喜若狂；当他与丁道衡的开发稀土的报告被打入"冷宫"时，他是何等的愤懑与无奈！

东邻的觊觎

就在国民政府官员把丁道衡、何作霖的报告当作废纸的时候,那个野心勃勃的中国东邻日本,却从丁道衡、何作霖的报告中"嗅"出了不寻常之处,他们开始觊觎起白云鄂博这座富饶的神山,偷偷地打起了掠夺稀土的主意。

1935年,何作霖发表了《绥远白云鄂博稀土类矿物的初步研究》。2年后,即1937年,爆发了卢沟桥事变,日军以30万兵力,沿平绥、平汉、津浦铁路大举进攻华北。1937年10月,归绥、包头相继沦陷。1个月后,日本政府就派人前往白云鄂博矿区调查。

1940年初,中国军队傅作义部进攻绥西重镇五原。他们英勇奋战,成功突入城区,守城的日伪军死战不退,双方展开了激烈的巷战。得知五原被攻,日军驻蒙军司令竹下义晴迅速调集日骑兵第十三、第十四联队和独立步兵第十三联队,以战车开道火速赶来援救。傅作义手下两"虎"之一的董其武将军率101师死守乌加河防线,阻击日军援军,一直守到五原城内的日军被全歼,这也是这位开国上将最为辉煌的一战。事后得知,日军之所以如此不惜血本来救援,只因五原城内有100多位日本矿业专家——日本的"帝国蒙疆矿业调查团"。据有关记载,为了营救这个调查团,日军甚至出动飞机在城内迫降,但只救出了少数几位专家,抢出了部分资料。

五原离白云鄂博不过四五小时的车程,这个"帝国蒙疆矿业调查团"完全可能是冲着白云鄂博的矿藏去的,想不到在五原被中国军队"包了饺子"。

日本人对白云鄂博这座富饶的神山垂涎已久。在伪"蒙疆联合自治政府"的默许下，日本商工省、兴亚院、满铁株式会社（鞍山）昭和制钢所、东京帝国大学、京都帝国大学、华北开发株式会社等部门，纷纷来白云鄂博进行地质调查和线路踏勘，甚至还把白云鄂博绘入所谓的《东亚共荣圈铁矿分布图》，还编制了白云鄂博矿区的"开发计划"和"紧急开发方案"，其狼子野心昭然若揭。

日本在白云鄂博的地质调查，先后不下10次，主要有：

1939年6—8月，日本商工省地质调查所技师石井清彦、东京帝国大学岩崎航介等的调查；

1940年和1941年，日本商工省地质调查所技师圚部龙一等的两次调查；

1940年，日本兴亚院技师远藤六郎等的调查；

1940年12月，满铁总公司第四调查部的坂本俊雄等的调查；

1942年6月，日本昭和制钢所采矿次长冈本等的调查；

1943年11月，日本昭和制钢所采矿部矿务课副参事安藤重治、职员安藤觉、资源课职员金可政一的调查；

1944年6月，日本北支那开发株式会社调查局本间不二男的调查；

1944年6—8月，日本控制下的华北开发公司资源调查局技术职员黄春江的调查；

1944年9月，华北开发公司调查局矿山班森田行雄的调查。

刚开始调查时，日本人就异常兴奋，他们在报告中写道："钢铁增产的紧急关头，这样的矿山，在大陆的势力圈内，已被发现两年了，到今天尚未进入开发轨道，可以说不可思议。这是因为该矿山的优越性还未被世人知晓。所以，为迫使尽快解决钢铁问题，使日满当局充分认识（开发白云鄂博的重要性），以确立大东亚共荣圈，应立即指令其开发。"

日本人把开发白云鄂博提到了所谓"确立大东亚共荣圈"的高度。

这么多次调查中,影响最大的是圕部龙一和黄春江的调查。

圕部龙一等人的"蒙疆资源调查队",共进行了长达30天的调查。由于害怕被中国军队袭击,他们只好住在离白云鄂博50千米远的百灵庙镇,每次调查都要来回往返,所以实际调查的时间只有7天。但即使这样,这个调查队在白云鄂博山还是受到了蒙古族人民的抗击。日本调查队在军队的护卫下,于白云鄂博山顶敖包附近挖掘探槽,牧民对这种亵渎神灵的行为极其愤怒,他们和当地蒙古族武装一起袭击了调查队。牧民骑在马上,甩出套马杆,勒住日本人的脖子,回马狂奔。有几名日本队员被活活拖死,剩下的狼狈逃窜。牧民把日本人的帐篷和物资烧得干干净净。10多年后,241地质队在白云鄂博开建二号钻孔时,在山沟里还发现了日本人搭帐篷和生火做饭的遗迹。

圕部龙一在调查报告中记录并分析了白云鄂博矿区的矿量、成分等,下了结论:"本矿主要矿体1和矿体2,露出地面部分铁矿矿量大约6 000万吨,中间有石灰岩,品质低下,即使这样,也还是一个富矿。露出表面土层就可以看到铁矿,是一个可以开采的大矿。"也就是说,他推测的铁矿储量,比丁道衡的多了将近1倍。

4年后,华北开发公司中国台湾籍地质调查员黄春江,沿着丁道衡的足迹,对白云鄂博的铁矿进行了调查。这个所谓的华北开发公司是由日本三井、三菱等财团与华北伪政权共同设立的机构,名义上是"中日合作",但其"开发"方针完全是为日本侵略者服务的。

黄春江调查的时间长达70天,他同样遭到了蒙古族人民的反抗。因在调查中经常吃不到饭、喝不到水,黄春江哀叹:"因治安不良及其他杂事等所阻,实地工作仅30日。"调查不得不草草收场。所以,黄春江的调查并无多少新意,所得出的结论也与丁道衡、圕部龙一的大同小异。他的调查成果，后来以《绥远百灵庙白云鄂博附近铁矿》之名，发表在1946年的《地质论评》上，报告中说："本矿床……其规模之宏大为华北此种矿床之冠，铁分百分之四〇以上之矿石，推定为六千余万吨。铁矿石不但品质优良，且常含有少量萤石，制铁上可收一举两得之功……本矿床露出良好，且矿区集中，特适于近代式露天开采。"

何作霖在白云鄂博的萤石中发现了稀土矿物，这没有得到国民政府的重视，却引起了日本人的注意。圝部龙一在1940年6月的调查中，"根据一条探矿沟证实了（萤石）地下矿体的存在"，4个月后，坂本俊雄就很有目的性地"要进行精细的探查"。

坂本俊雄在调查后，向日本政府上报了《绥远白云鄂博附近萤石铁床调查报告》。他在报告中说：

此地含有富矿4处，矿脉一百数十条，埋藏量55 000吨。如果与付出的努力相比，这一数据似乎略显不足。但考虑到其优良的矿质和现有范围内的储藏量，可以说是"满蒙"第一优质矿，是阴山山脉以北蒙古草原地带具有极大开采价值的矿产地。目前，萤石作为各种工业原料，其用途广泛、需求大增，因此对高品位矿石的供给和困难时期的运输方法等进行考察研究，早日进入开采阶段是当务之急。

坂本俊雄要求日本政府"早日进入开采阶段"。他在报告中虽未提到"稀土"两字，但稀土肯定是他关注的重点，否则他也不会专门去做一个萤石矿的调查。而1944年黄春江的调查，则非常明确地提到了"稀有元素"，而且"殊堪注目"：

氟石（即萤石）中常包裹稀有元素矿物，故该矿脉亦可视为Ce（即铈）、La（即镧）等之矿石，殊堪注目。

黄春江还在调查结束后，把采集到的氟石标本送到日本，分别请京都帝国大学的田久保教授和东京帝国大学的黑田副教授进行研究。当时田久保是日本最负盛名的稀土研究专家，中国稀土专家郭承基正跟着他读研究生。根据田久保和黑田对氟石的实验分析，"氧化稀土元素类（大部为氧化铈）（的含量）为2.80%～12%"，这再度证实了何作霖的研究结论。

日本人对于白云鄂博的稀土，真可谓"欲得而甘心"。

然而，终究"人算不如天算"，"多行不义必自毙"。1944年冬天，日本已走到穷途末路。1年后，日本投降，他们对白云鄂博的所谓"开发"也就化为泡影，而各种方案、计划则成了日本侵略者掠夺中国财富的铁证。

对于白云鄂博的稀土，日本是真惦记上了。据说，20世纪70年代初——这时距圝部龙一等的调查已30多年，还是没多少国人知道白云鄂博铁矿里蕴藏着稀土矿物，炼钢后剩下的矿渣被铺在马路上。日本人提出要买这些"无用"的矿渣，甚至有民间传说，日方开出了1吨钢材换1吨矿渣的"不平等协议"。中方专家当时并不明白这矿渣里有什么好东西，但凭直觉认为日本人不会"学雷锋"做好事。据说这事还上报到了中央，最后还是周恩来总理一锤定音：不卖！

这故事的真伪自然无法考证。说这故事的人也许只将它当作一个喜剧小品，但它听起来总让人有几分苦涩：与日本人的处心积虑相比，我们在稀土上的起步，实在太慢了。

"青山遮不住，毕竟东流去。"当年日本对中国稀土的觊觎、对中国资源的掠夺，终究化为泡影。随着一个旧时代的终结，中国稀土，也将翻开崭新的一页。

第二章 草原晨曲

中国稀土，是怎样的一种存在？

地质部241地质队、中苏合作研究队、地质部105地质队、中国科学院"白云队"，何作霖、郭承基、任湘、张培善……一批批卓越的科学家和年轻的地质队员，来到西北苦寒之地，在"山谷的风"与"狂暴的雨"中，高擎起"开发矿业"的红旗。

这里，有狼群环伺中的无畏起舞，有零下41摄氏度下的热血青春，有悬崖峭壁上的雄鹰展翅，更有砥节奉公的谠言嘉论……因为，他们深知，百废待兴的中华人民共和国，只有血脉强盛，才能坚强挺立。

"千淘万漉虽辛苦，吹尽狂沙始到金。"世界稀土储量的80%，在中国，在白云鄂博。

第一节　打到地球中心去

冠名"中央"的地质队。

一唱雄鸡天下白。1949年10月1日，毛泽东主席在天安门城楼上庄严宣告：中华人民共和国成立了！

古老的中国迎来了新生。党中央向全国人民发出号召，要建设一个繁荣富强的现代化国家。

要建设，首先要有资源；要资源，前提是知道资源在哪里。百废待兴的中华人民共和国，渴求着丰富的矿产资源：只有血脉强盛，才能坚强挺立。于是，党中央提出，从1949年中华人民共和国成立到1952年底为国民经济恢复时期，在此期间，工作的中心，除继续在各地进行剿匪和巩固政府外，还要积极为第一个五年经济建设计划进行规划和准备，特别是把摸清钢铁工业建设的矿产基地资源情况作为当务之急。

稀土，在被旧政权冷落了10多年后，也随之翻开了崭新的一页。

1949年12月16日—25日，重工业部根据中央财经委员会的指示，在北京召开了全国钢铁工业会议（就是后来所称的"全国第一次钢铁会议"),国家领导人朱德、周恩来、陈云等出席会议并作了重要讲话,会上确定对白云鄂博进行资源调查,并把包头列为"关内未来钢铁中心"的目标之一。

1950年2月17日,毛泽东主席在访问苏联期间专门去中国驻苏联大使馆看望了中国留学生,在为学生题词时,信手题写了"开发矿业"四个大字。这四个字成为一句口号,从此传遍中华大地。此后,毛泽东又特别强调:"地质工作搞不好,一马挡路,万马不能前行。"[1]

1950年5月6日,著名地质学家李四光冲破重重阻力,从国外辗转回到祖国。李四光到北京后第三天,周恩来总理就到北京饭店看望他,希望他组织全国地质工作者担起为国家建设服务的重任。李四光亲自草拟了一封关于如何组织全国地质工作的征求意见信,并发给全国的299名地质工作人员。不久,他提出了成立一会(中国地质工作计划指导委员会)、一局(矿产地质勘探局)、二所(中国科学院古生物研究所和地质研究所)的方案意见。这个方案很快被中央人民政府政务院通过了。

1950年春,全国地质工业会议召开,并决定组建"中央人民政府白云鄂博地质调查队"(不久后改称"中央人民政府地质部华北地质局241地质勘探队";1952年地质部成立后,又改称"地质部241地质勘探大队",简称"241地质队"),对白云鄂博矿产资源进行全面普查。

一支地质调查队,却被冠以"中央人民政府"之名,可见其受重视程度,更可见情势之迫切。

刚刚起步的中国工业,组建一支地质调查队并不容易,完全可以用"艰难"来形容。简单地说,就是两缺:缺人、缺设备。

当时,全国地质专业人员总计也就不过300来名。为解决技术力量的不足,地质部采取了几项措施,一是"好钢用在刀刃上",把地质人才集中在自然资源的勘查上。中央人民政府政务院副总理兼中央财经委员会主任陈云提出：地质工作要有一个大转变，今后绝大部分地质人员"都要参加探矿、普查及其他野外地质工作"。在这项要求下，一批从事古生物学、岩石学等基础理论研究的地质学家暂别书桌，走进大山，投入矿产资源的勘探中。同时，凡是有地质学学历而不从事本专业工作的，一律"技术归队"，到地质部重新分配工作。二是"嫩竹扁担挑重担"，各地地质院系的高年级学生提前一年毕业，充实到基层的矿产勘查队。三是"师傅带徒弟"，在全国选拔抽调一批有文化的年轻干部、知识青年，作为初级技术人员补充到地质队，由专业人员带着，边干边学。他们有个专门的名字，叫作"地质练习生"。这样三管齐下，总算解了燃眉之急。

当时，技术装备极为简陋，地质人员基本上靠地质锤、罗盘、放大镜这"三大件"来打天下。岩矿样品的化学分析与鉴定，只有北京的机构能做。堂堂地质矿产勘探局钻探工程处，最贵重的财物是10台手把式钻机，这是从伪河北省政府建设厅凿井工程队那里接收过来的，其实是他们捡的日本人留下的"破烂"。拼拼凑凑，10台"破烂"合成了勉强能用的5台。当241地质队成立时，为表示重视，把当时整个华北所有能用的钻机全调来了。"所有"是多少？7台。这就是当时华北地质调查的家底。

北京地质调查所的张洪叶，是白云鄂博"第一钻"的参与者之一。1950年6月，他与另一位同事受命带着6个硬质合金钻头赶到白云鄂博。临行前，领导放心不下，一再叮嘱："这钻头是进口的，非常贵重，千万不可丢失。"两人从大同上火车时，就把钻头紧紧地绑在腿上，不让别人看见，但自己能时刻感觉到。即使这样，两人还是不放心，夜间也不敢都休息，而是一人睡觉、一人盯着。一直到在包头完成交接，他们才如释重负。这样的硬质合金钻头，放在今天，是最为普通的设备，也就几百块钱一个。

相比之下，道路不通、环境恶劣、生活不便、治安不好之类，倒是成了"小问题"，因为这些都可以想办法克服，而缺人、缺设备，实在不是两三年内可以解决的问题。

然而，不管怎样，矿产资源的勘查必须进行，立刻、马上！于是，241地质队成立了，我国有史以来第一次大规模、正规化的地质勘探工作开始了。

疾风知劲草。受命担任241地质队队长的，是后来被称为"探宝元勋"的地质学家严坤元。

带上机枪去勘探

严坤元是江苏武进人，1934年毕业于国立中央大学地质学系，此后长期在福建、江西调查矿产，后转入北平地质调查所，与著名地质学家高平、岳希新、王嘉荫等是同事。严坤元个子不高，身材清瘦。然而，这个看似孱弱的身躯，却有着旺盛的精力和坚强的毅力。一次他骑着马外出考察，过桥时突遇一阵强风，马受惊跳起，把他甩到河里。湍急的河流一下把他冲出了几十丈远，还好被冲到了河滩上，他这才幸免于难。遍体擦伤的严坤元，在河滩上躺了一会儿，摇摇晃晃地站起来，继续考察。

严坤元因长年劳累，一只眼睛近乎失明。然而，深厚的学识和丰富的经验，让他练就了一双识宝的慧眼，真正能做到"一目了然"。

在安徽冶山铁矿，流传着严坤元肉眼识硼的故事。严坤元来到这里时，这个铁矿已经开采了两年。他随意浏览着矿芯标本，忽然盯着一个黑白相间的矿物标本，凝视片刻后说：拿去看看，不会是硼镁铁吧？陪同的人听了一惊，立即把标本送去检测。一测，不得了，果然是硼镁铁。

铁矿石中是不是含有硼，这凭肉眼是根本无法识别的。严坤元究竟凭什么一眼就认定这是硼镁铁，众人百思不得其解，严坤元自己也说不出个所以然——这只能解释为一种直觉吧。要知道，铁矿石中一旦有了硼，身价立即扶摇直上。严坤元这一眼，价值连城。

安徽铜陵的老鸦岭铜矿，深埋于地下，是所谓的"盲矿"。勘查技术人员根据资料分析，觉得这里应该有铜矿。然而，钻机打下去后一直没找到铜，打到300米深时，还是只见蚀变的岩石。大家动摇了：会不会弄错了？要不要换个地方？到底还是不死心，他们带着岩石标本找到严坤元。严坤元在放大镜下察看半晌，沉思了一会儿，说：继续钻。勘查技术人员回去后接着往下打，还没打几米呢，提取出来的圆筒岩芯上就有着星星点点的黄铜。一化验，这铜矿含铜量高达5%～6%，是个富矿。大家那个激动啊，但激动之余又有点儿后怕，要是没有严坤元这一眼，这一富铜矿只怕从此要"养在深闺人未识"了。

组建241地质队时，严坤元不过40岁出头，却已说得上德高望重，由他来挑这副重担，也是众望所归。

严坤元雷厉风行，带着这支20多人的"先遣队"，乘了60小时的火车，于1950年4月12日，来到了包头。

其时，绥远省（今内蒙古中南部）才和平解放六七个月，包头市里一片凋敝。严坤元从包头火车站走出时，所谓的火车站也只是几间房屋，连个候车室都没有。城内随处可见断垣残壁，上面留有火烧与弹孔的痕迹。到了夜间，还会传来零星的枪声，这是土匪在趁乱打黑枪、搞抢劫。

严坤元他们在市中心的大文明巷里找了一处院落，挂起了白底黑字的"北京地质调查所包头地质工作站"牌子，就开始了向白云鄂博进军的准备工作。好在绥远省对地质勘查极为支持，绥远省主席董其武，这位当年曾在乌加河阻击战中浴血奋战的名将，带着绥远省政府两位副主席和军区正副司令为他们接风洗尘——还真是洗尘，塞北的风沙让他们的身上、头上全是沙尘。董其武兴奋地说："勘探白云鄂博，是内蒙古大草原大工业建设的开始，是件振奋人心的大事，政府一定会积极配合，全力支援祖国建设！"

队员们换上了老羊皮做的皮衣皮裤，从头到脚，捂得严严实实，一身衣服足有二三十千克重。在包头准备了一周后，计划于4月18日出发。绥远军区却来了电话，说："百灵庙一带发现匪情，请调查人员暂时不要前往。"等了几天，仍有匪情。严坤元着急了，跑到绥远军区，说这几天必须得走，有土匪，那就请部队加强保卫吧。绥远军区不敢怠慢，让内蒙古骑兵师派出一个骑兵连和一个步兵排护送，由副师长、副政委带队，于5月8日前往白云鄂博。

这天，241地质队的队员们上了3辆从朝鲜战场上缴获的美国十轮大卡车，每辆车上都有好几名带着卡宾枪的蒙古族战士，有位班长还带了一挺轻机枪。上车后，队员们坐在中间，战士们站在外面围着，子弹上了膛。车头上黑洞洞的机枪枪口对着前方。

到百灵庙时，离白云鄂博只有一天的路程了，但在前面开路的骑兵连遭遇了土匪。一场激烈的战斗下来，土匪死伤多人，落荒而逃，地质队决定在百灵庙休整一星期。骑兵师的副师长和连长带着一批战士，先一步到白云鄂博，察看地形，挖掘战壕，在高地上部署兵力，同时在附近寻找水源。

在这样紧张的气氛中，241地质队的20多名队员，于5月18日来到白云鄂博。

草原"第一钻"。

到的这天原是个大晴天,到了下午,却突然刮起大风,一时飞沙走石,烟尘蔽日,人站都站不住。狂风夹着沙粒打在脸上,划出丝丝血痕,眼睛更是睁不开。风沙中,既不能出去找水,又不能生火做饭,队员们只能挤在蒙古包里,忍着饥渴,实在饿了就嚼几口干粮。到了深夜,呼啸的北风中,不时传来阵阵野狼的嚎叫。来自天南海北的青年队员们哪里见过这样的场面,很多人不敢入睡,在蒙古包里坐了一夜。第二天清晨,肆虐的北风终于停了,没有水洗脸的队员们,在风沙中一个个全成了"泥猴"。大家相视一笑,顾不上休息,立即整理器材,准备工作。

严坤元向北京发出了241地质队的第一份电报:全队安抵白云鄂博,立即展开工作。

严坤元走南闯北,环境恶劣对他来说原是家常便饭,然而,在白云鄂博,他还是对这里的生活环境和工作环境极不适应。1983年,他应包头钢铁公司之约,专门写了一篇《白云鄂博矿床地质普查勘探的回顾》。即使过去了30多年,他对当年的艰苦仍记忆犹新:

初到草原时,我们对这里艰苦的生活环境和工作环境极不适应。生活条件很差,饮水是一个大问题。开初一段时间,用水全靠一眼现淘的老井,水质混浊,难以入口,嗣后才逐步解决。蒙古包门框低矮,人们进进出出经常碰脑袋。包内空气不易流通,湿度较大,许多同志反映睡眠不好。厨房和炉灶设在低于地平面的露天坑里,上面盖个棚,炊具简陋，炊事员做饭很不方便。吃饭在露天地里，大家蹲着吃；遇上刮阵风，饭菜碗里就落上一层沙土，吃顿饭很不安稳。一直到这年冬天，我们才把厨房搬进新建的屋内。高原气候，早晚温差很大，早出晚归，必须带皮衣。夏天一下雨就冷。还有一个规律，在正常的晴朗的天气里，每天在我们早饭后要进行野外作业时，就开始刮风，一直刮到下午五六点钟。通常是六七级风，探槽挖出的沙土随风飞扬。进行槽探、素描和采样的人员，必须戴上风镜和口罩才能工作，减缓了工作进度。这里的夏天，经常在下午降雷雨或阵雨。队员们在野外发现有"积雨云"，就必须迅速返回驻地，因为雨水来势凶猛，有时候还夹杂冰雹，人们没有躲避的地方，十分危险。每次下冰雹后，被砸死的小鸟随地可见。

事业草创，人手又奇缺。第一批到白云鄂博的20多人中，除了报务员、医务人员、汽车司机、勤杂人员以及钻探工人，称得上专业人员的只有3名地质队员和6名测量队员，且除了严坤元，都是刚毕业不久的年轻人。事无巨细，严坤元都是亲自参与。他一大早就到山上跑剖面、测产状、制草图、捡块样、采标本，至于布置槽探工程、指定钻孔位置这些重大的技术工作，更是非他来做不可。

严坤元出去时，总是带着两个馒头、一壶白开水，中午就在山上喝已经冰凉的白开水，啃着冻得硬邦邦的馒头，直到天擦黑才回来。一个全国著名的地质学家，工作起来还像一个"拼命三郎"，只因他的内心燃烧着报效祖国的热情之火。他对年轻人说："老一辈地质工作者，在旧中国30多年，虽然满腹经纶，壮志凌云，想为国家干一番事业，但是没有报效的地方。新中国成立后重视科学技术，抓基础工业的建设，我们都赶上了好时代。我要在后半生尽绵薄之力，报效国家，为开发地下资源贡献出全部力量。"

胡抱冰原在北京俄文专修学校（今北京外国语大学）读书，1952年，他们这批穿军装但没有帽徽、领章的学生兵提前毕业，被调到地质部，分配到白云鄂博做"地质练习生"。在严坤元的悉心指导下，胡抱冰成为一名优秀的专业人才。几十年后，他回忆起"恩师严公"，当年的事情仍历历在目：

严先生事事都为我们做出榜样。每次上山他都是全副"武装"：肩挎地质罗盘、望远镜、水壶、标本袋、放大镜、地质锤和装图纸的皮囊，脚蹬一双高腰牛皮靴，腿上裹着牛皮护腿，这样足有20来斤重。回来时，还要背上亲自采集的岩矿标本。我们要替他背，他执意不让。他说："这是地质队员的基本功。"地质工作的对象在野外，是在"眼前"和"脚下"，因此地质工作者总是边走路边观察，边测量拉剖面边画草图，边采标本边素描记录。严先生虽然身体瘦小，又一眼失明，但是上山走路（时）总在我们前面，有时能把我们落下10多米远。爬山时，常常是他已经登上山顶，我们还在山腰间缓慢攀登，他就坐在岩石上向我们喊"加油"。

恶劣环境难不倒严坤元和他的朝气蓬勃的勘探队员。他们加紧工作，不到两个月，就在主矿中部一线南面的山脚下，开动了第一台钻机。

这天，全队人员在严坤元的带领下，用双手双肩把钻探设备从驻地一件件运到孔位，并安装起来。钻塔是9米高的木塔，钻机是一台日本利根式150米的手把式钻机，水泵是立式三缸泵，提供动力的是一台四缸汽油机。白云鄂博有史以来的第一次勘探就这样开始了。

严坤元抑制不住激动的心情，一向说话、行文极为严谨的他，也抒起了情："这一钻，非同小可，它的第一声吼叫，标志着草原的一个新时代开始了!"

这一天,恰好是7月1日,党的生日。这是地质队员向敬爱的党献上的一份赤诚之心。

这白云鄂博的"第一钻",竟然换了3次钻机。3次换机,就是3次惊喜。

开始,按严坤元的设计,这第一钻打上50米深的钻孔就可以了,因为矿体裸露在外,按经验,50米的钻孔就可以计算储量。打到50米时,严坤元发现远远不够,他决定打到150米。机长张建勋带着3个师傅、9个学徒工,昼夜奋战,到8月中旬,打到了187.5米。严坤元一看打上来的矿芯,又兴奋又激动,矿体竟然还是没有出现被钻透的迹象!于是,"241地质队"专门从北京运来了一台300米的大钻机。工人们搭高钻塔,换上大钻机,继续往下打。

每往下打深1米,就意味着储量又增了许多,这样的工作,对勘探队员而言,无疑是很有成就感的,做起来也很带劲。

来工地采访的《人民日报》记者刘衡是这样描写241地质队的钻探工人们的:"钻探队的同志竖起尖尖的钻塔,一边喊着'打到地球中心去'的口号,一边把矿山戳上几个极深的窟窿。他们手扶给进把,仔细地倾听着大地母亲的呼吸、心跳。然后,取出岩芯,化验一下,计算一下,就看见了:铁矿胎儿的胎位、大小、长了一副什么样子。"

转眼到了10月,这"第一钻"惊动了北京。北京地质调查所所长、著名地质专家高平来到这里,细细看了图件、岩芯和化验结果,欣喜万分,对钻机现场的工人们说:"继续打下去!人民把查勘这座宝山的任务交给你们了。"

可这时,草原上的冬天来临了。白云鄂博的冬天一般在零下二三十摄氏度,最冷时可达零下50摄氏度。当年闻名全国的"草原英雄小姐妹"的事迹就发生在这里,可以想见白云鄂博的冬天是多么严酷。

在矿区，水从井里打出来就结冰了，钻机用水难以满足；操作钻机上的很多钢铁器件时，戴着手套无法操作到位，必须裸手操作；同时，工地上的汽车在严寒中容易抛锚，所以按惯例冬季是不开钻机的。但北京高层领导来了指示，希望能早点儿看到第一钻的结果。严坤元召集队员们反复讨论、研究，最后形成了两点意见：一是要急国家之所急，抢时间、赶任务；二是要想方设法改善条件，冬季施工是可以做到的。

241地质队紧急动员起来。他们建起了一栋土坯墙的工人宿舍、4间汽车房。调来了3辆有生火装置的日本"依兹兹"运水汽车，还雇用骆驼来运煤。为防止运水汽车在风雪夜里迷失方向，一旦汽车超出时间还没到，就派吉普车接应，并在山上举火把指示目标。

就这样，241地质队硬是克服各种困难，开创了冬季施工的先例。在凛冽的北风中，钻机一直在吼叫着。

11月，241地质队又从北京调来了一台500米的大钻机，钻机一个劲地往下钻，一直钻到了500多米，这第一钻在更换了3次钻机后终于圆满完成任务，矿体厚度大大超出预计。一截截圆柱状的矿芯，揭开了白云鄂博深藏亿万年的宝藏秘密。

白云鄂博给人们的惊喜越来越多，241地质队的队伍也越来越大。草原上一座座钻塔拔地而起，钻机的轰鸣声盖过了山风的呼啸声。古老的荒原，已成为建设的热土。

到了1952年，241地质队共施工11个钻孔，总进尺2 500米，确定了主矿和东矿矿体的基本范围，掌握了矿体产状和矿石品位以及稀土矿的赋存情况，并估算出铁矿储量6亿多吨，初步确定了白云鄂博的工业价值，地质普查阶段的任务宣告完成。

6亿多吨，比当年丁道衡预测的3 400万吨，多了将近20倍！

115克氧化铈

1952年,中央制定了《中华人民共和国发展国民经济的第一个五年计划草案(1953—1957年)》。为使156个大型建设项目落到实处,周恩来总理率领政府代表团访问苏联,商谈对华援建事宜。在重中之重的冶金项目谈判中,由于地质勘探资料特别是矿藏量资料不完全,许多项目和设计迟迟达不成协议。地质勘查,成为建设路上的一只"拦路虎"。于是,地质部成立了。这年的8月7日,在中央人民政府委员会第十七次会议上,周恩来总理关于成立地质部的"说明",只有极为简短的一句话:"关于地质勘查的重要性,想大家已很知道,故成立了地质部。"[2]地质勘查,难道还需要说明吗?你要是不明白,那你就落伍了。这不是"说明"的"说明",字字千钧。

1952年11月,党中央和国务院提出"地质工作要大发展"的方针。白云鄂博,再次成为全国瞩目的焦点。

1953年1月,《中国青年报》记者铁矛去241地质队采访。临行前,他特意到地质部了解情况。他的采访笔记上,记录了他从地质部有关材料上摘录下来的一段话:

陈云主任报告说,今年地质工作量要比去年增加10倍至23倍,其中钻探增加10倍,坑探增加10倍,槽探增加23倍,地质调查面积增加10倍。地质工作者面前困难很大,但国家经济建设的需要尤为迫切,这就不能只考虑到地质部的困难,首先要考虑到如何加速国家经济建设的问题。地质部要求地质队必须做到:①增加人力和工具;②合理使用人才;③提高地质人员本领。

陈云在报告中还特意提到了白云鄂博：

241地质队勘探的白云鄂博铁矿，是20世纪20年代发现的，敌伪没有开采和勘探，不知道储量……今年可能增加数十部钻机。初步估计储量为6亿吨，矿石成色在45%以上。

白云鄂博进入了重点地质勘探阶段，这是国内第一次从矿区普查到详细勘探的完整实践。241地质队的人力、物力陡然增加。人员增至1 000多人，最高时达到2 000人，钻机则增加到了38台。严坤元作为负责技术的副队长，肩上的担子更重了。

241地质队的主要任务是勘探铁矿，但对严坤元这样的"老地质"来说，铁矿是意料中的，他更关注的，是稀土。1950年冬，在到达白云鄂博几个月之后，严坤元等人即从萤石矿中提取出首批氧化铈，他结合矿区的情况，得出结论：

白云鄂博稀土矿据初步了解，其范围之广，品位之高，实属罕见，将为世界上著名的稀土金属产地。

"世界上著名的稀土金属产地"，这话可不是随便说的，严坤元是胸有成竹。不久，6箱白云鄂博矿样交到了重工业部综合工业试验所。经技术人员对矿样进行分析后证实，白云鄂博矿中稀土大部分为铈，其余有镧、镨、钇等，他们还提取了115克稀土氧化铈——这是第一次提取到产自中国的稀土氧化物。

何作霖发现白云鄂博矿物中有稀土，严坤元则探明白云鄂博不但有稀土，而且量多，预言它"将为世界上著名的稀土金属产地"。这绝对是振奋人心的好消息。严坤元的这一论断，一直到现在，仍是无可争议的不刊之论。

1953年夏，地质部宋应副部长陪同苏联专家柯罗特基来到白云鄂博。柯罗特基关注的是铁矿，但严坤元在介绍白云鄂博的铁矿石之后，特意向柯罗特基说了白云鄂博的稀土矿床。严坤元对柯罗特基说，白云鄂博的稀土矿物，分布十分广泛，除了伴生在铁矿石中，还存在于蚀变围岩中和距矿体稍远的白云岩中，有些用肉眼就能鉴定出来。

柯罗特基是大行家，知道铁矿常见，稀土矿不常见，像白云鄂博这样的稀土矿更不常见。他当下提起精神，转过头来，脸上浮现了少见的郑重神色，他对宋应说："世界上含有稀土矿物的矿床别处也有，但像这儿稀土分布这样广泛的，是少有，储量一定可观。注意对稀土储量要保密，如给资本主义国家知道，其价格会在国际市场上受控制。"

不得不说，柯罗特基确实站得高、看得远，他这时已经把稀土提到了重要的战略资源的高度，预见到了中国稀土对国际市场的巨大影响。

宋应自是不敢怠慢，回北京后，地质部从中国科学院调来了稀土研究专家郭承基，在地质部成立了专题研究机构。国家层面上的稀土研究、开发从这里迈出了第一步。

这年的9月，重工业部向党中央和国家计划委员会呈交了《关于包头钢铁厂资源概况及选择厂址情况的报告》，称已探明白云鄂博铁矿石储量在6亿吨以上。报告还提出白云鄂博矿是特殊的，含有多种稀土金属元素，故将来在开采、冶炼方面必须慎重，多方考虑，俾能合理利用。"这一特殊资源，如何提取冶炼，实为一重大问题。另外，稀土金属与炼铁的关系如何，也深值得考虑。"

世界稀土储量的80%。

转眼来到了1954年,白云鄂博的勘探进入了第五个年头。地质部要求,地质勘探报告必须在年底完成,并直接送到北京。编写这样大型矿床的地质勘探报告,在我国还是首次,任务之艰难、之繁重可想而知。然而,国家的钢铁建设实在等不及了,没有这份报告,中央选定白云鄂博为全国三大钢铁资源基地之一的目标就无法实现,"关内未来钢铁中心"就是空中楼阁。完成地质勘探报告,分秒必争。严坤元作为241地质队的技术领导,带着100多名技术人员,义无反顾地投入了这场战役。

几个月的奋战后,终于来到了最后的"决战时刻"。1950年从北京大学毕业来到241地质队的胡维兴,记下了这份报告完工的最后一夜:

1954年12月27日深夜,内蒙古白云鄂博草原上,朔风凛冽,大雪纷飞。241地质队驻地人来人往,灯火通明。室外,温度下降到零下40摄氏度,哈口气,胡子立刻就结上了霜。室内,汽油桶制成的大火炉,冒着熊熊的火焰;但是窗玻璃上依然结满冰花,人们穿上羊皮袄,还禁不住时时到火炉前烤烤手。人们的轻言细语声,警卫战士巡逻的脚步声,计算机、打字机的喀喀声,发报机的嘀嘀嗒嗒声,伴着阵阵风吼和战马嘶鸣,组成了一曲奇特的交响乐,也是决战时刻的一首战歌。

这里正进行着一场紧张的战斗——编写《白云鄂博铁矿主、东矿地质勘探报告》。这是自1950年以来,白云鄂博铁矿地质勘探工作的又一场战役。这场战役已经持续好几个月了。100多人,夜以继日地整理资料，编绘图件，计算储量，编写文字报告……许多人常常一天只睡上两三小时，熬红了眼，生了病，仍然不肯下火线。那时，编写这样大型矿床的地质勘探报告，在我国可能还是首次，不论是技术方法，还是技术组织工作，都经验不足，主要从实践中学习。时间很紧，困难很多，工作量很大。地质部派出的专家程裕淇、岳希新等，还有苏联专家扎鲍罗夫斯基等，到队指导工作。

分散在几间办公室里的二十几台手摇计算机不断地响着，这是储量计算组在进行运算。这些同志来自各科室，有科技人员，也有计划人员和财会人员。计算工作要求是非常严格的，每个数字必须同时有3台计算机运算结果相一致才算准确，精确度要求达到小数点后面3位数字；只要1个数字有误，全部计算工作就要推倒重来。这在当时的条件下，是项相当繁杂的劳动。在另一间比较大的办公室里，以测绘人员为主，正在进行图件检查和整理。在此之前，他们已经完成了工作量巨大的清绘、晒图和着色的任务。其中的艰辛，难以言表。以晒图为例，当时晒图全凭自然光，为了"抢"那一瞬间的阳光，晒图人员经常在凛冽的寒风中，连续站立几小时。手冻僵了，脚麻木了，到屋子里暖和一会儿又去"抢"太阳。

看到正在运转的计算机和桌上一叠叠的图件，我联想到有关它们的两件小事。计算工作一开始，计算机就不够用，计算人员频频告急。大队向内蒙古自治区领导汇报后，自治区人民政府立刻从各个机关抽调出好几台计算机予以支持。晒图用的玻璃板不慎被打碎了，是"磨扇压手火上房"的紧急事。队上连夜派人到包头市去买，谁知像这样厚而大的玻璃，市面上根本买不到。市人民政府知道这一情况后，立刻下令正在装修的市百货公司，把镶在柜台上的一块大玻璃取下来，当天运到白云鄂博，保证了晒图任务按时完成。自从1950年勘探队进驻白云鄂博以来，地方党委、政府和蒙古族群众给予了多方面的关怀和支持，在这次决战的关键时刻，他们又送来了"及时雨"。

在打字室里，两个姑娘在静静地等待着几个重要数字。她们已经连续工作好几个昼夜了。在隔壁房间，还有些人正在对文字报告和表格进行分页、折页、检查、装订。那时，复制报告全靠手工。几千张蜡纸，要经过打字（或刻写）、校对、油印等多道工序，这些都是很琐碎的工作。然而，只有这些工作很好地完成了，才标志着这场战役的最后结束。

此时，炊事员们正端着一碗碗鸡蛋肉汤面，送到每一个夜战的"战士"面前。党委书记兼队长徐嘉楷、副队长兼总工程师严坤元，披着满身雪花，踏着没膝深的积雪，逐个房间慰问。他们走到哪里，哪里就响起一片欢笑声。领导与群众，前线和后方，大家都为最后一战团结在一起，并分享着即将到来的胜利喜悦。

夜，更加深沉。计算机的声音渐渐消失了，打字机的声音却紧密起来。一张《储量、品位总表》送到了队长、总工程师的面前。虽然数字大体上不出所料，但是他们在看到表示巨大储量的那个数字的时候，仍然按捺不住心头的无限喜悦，郑重地在总表上签字、盖章。紧接着，无线电波将几个重要数字传到了首都。此刻，正是1954年12月27日24点。

待全部报告整理完毕装箱的时候，已是黎明时分。有人把报告过了一下秤，每套足足70多千克。然后，庆功大会在大食堂召开了。欢腾的人群，用震耳的锣鼓声和鞭炮声，欢送载着报告的汽车启程。

1955年3月，《白云鄂博铁矿主、东矿地质勘探报告》审查会召开，会议由全国矿产储量委员会主任委员宋应主持，地质部、重工业部有关领导和中苏专家出席了本次会议。这是全国矿产储量委员会成立后组织审查的第一份报告。会议期间，专家们尤其是苏联专家，提出了许多问题，严坤元代表241地质队进行了答辩。就像大家所预料的那样——其实报告中的数据已经核查过好几次了——报告顺利通过。

241地质队的勘探工作一直持续到1956年初。在2 000多个日日夜夜中，他们在白云鄂博共完成槽探140多条，长达16 390米；开动钻机30多台，完成钻孔145个、进尺47 020米；采取岩矿样达19 500余个，化学元素分析在10万次以上。整理、清绘形成的正规图纸500余份，表格数千张，装订为14册，报告文字达20万字。除了探明铁矿石储量8亿余吨，更探明了稀土储量，白云鄂博矿区的主矿C_1（即确定储量）为13 610 400吨，C_2（即远景储量）为129 424 600吨；东矿C_1为4 691 000吨，C_2为15 433 000吨。白云鄂博矿区的稀土储量占当时世界稀土总储量的80%以上，它是世界上超大规模的铁、铌、稀土矿床。它的开采和包头钢铁公司的建成投产，大大增强了我国的钢铁生产能力。

严坤元和241地质队的每个人，都是探宝元勋，以在白云鄂博的勘探功绩，在中华人民共和国建设史上写下了浓墨重彩的一笔。

第二节 怒放的"铁花"

冰与火之歌

241地质队里,除了领导和专家,绝大部分是来自全国各地的青年。他们有的是从党政机关转行过来的,有的是从大专院校提前毕业的,也有的是从部队里直接转业到地质队的。在白云鄂博的严寒和风雪中,他们写下了青春中最为壮丽的一页。

1953年,年仅16岁的张宝康,从部队来到了241地质队。几十年后,回忆起激情燃烧的岁月,他说,每天都可以听到"是那山谷的风,吹动了我们的红旗"。队员彭育洲也是这样,50多年后,他还说:"听,《勘探队员之歌》,那嘹亮的歌声还在我的耳边萦绕。"

张宝康、彭育洲所说的《勘探队员之歌》,创作于1952年,在20世纪50年代曾风靡一时,唱遍大江南北。听一听这充满了勇气与自豪的一代"红歌"吧:

是那山谷的风,吹动了我们的红旗,
是那狂暴的雨,洗刷了我们的帐篷。
我们有火焰般的热情,战胜了一切疲劳和寒冷。

背起了我们的行装，攀上了层层的山峰，
我们满怀无限的希望，为祖国寻找出富饶的矿藏。

是那天上的星，为我们点燃了明灯，
是那林中的鸟，向我们报告了黎明。
我们有火焰般的热情，战胜了一切疲劳和寒冷。
背起了我们的行装，攀上了层层的山峰，
我们满怀无限的希望，为祖国寻找出富饶的矿藏。

是那条条的河，汇成了波涛的大海，
把我们无穷的智慧，献给祖国人民。
我们有火焰般的热情，战胜了一切疲劳和寒冷。
背起了我们的行装，攀上了层层的山峰，
我们满怀无限的希望，为祖国寻找出富饶的矿藏。

当年，无数有志青年在毛泽东主席"开发矿业"的号召下，把"为祖国寻找富饶的矿藏"作为人生理想，他们在《勘探队员之歌》的感召下，跋山涉水、翻山越岭，把火红的青春洒向了祖国大地的角角落落、沟沟坎坎。

北京地质学院的大学生贺书严第一次来到白云鄂博实习时，就被草原的辽阔所震撼。他站在白云鄂博的山顶，放眼四望，心潮澎湃，当场就作了一首诗："我们是工业建设的眼睛，能够看到地球的内心。我们看见了地球的秘密，嗬，做了真正的地球主人！"

然而，要做地球主人，看到地球的内心，又谈何容易。首先要过的，就是白云鄂博的严寒风雪这一关。

白云鄂博有多冷？零下二三十摄氏度是常态，零下四五十摄氏度不稀罕。人在外面走，时间稍长，呼出的热气就能将口罩冻成硬壳。戴眼镜的人从外面进屋烤火时得摘下眼镜，要不然镜片马上就会"喀"的一声轻响，出现一道道裂缝。一些南方来的年轻人不知严寒的厉害，立马就吃了大亏。有位湖南来的绘图员，外出时忘了戴皮帽，不一会儿耳朵就被冻僵，全无血色。他急忙回到屋里坐在火炉旁烤火，但他不知道冻僵后千万不能马上烤火，结果引起血管痉挛，两只耳朵竟然生生地坏死，只剩下耳根。

　　白云鄂博的风有多大？夏季，六七级；春、秋、冬三季，十多级。大风来时，太阳看不见，对面讲话听不见，连走路都只能倒退着走，因为大风迎面吹来，呼吸困难，气都透不过来。两三里路，就要走上1个多小时。有个青工叫马士骥，人长得瘦瘦小小的。一天，他拎了2壶开水向宿舍走，一阵大风卷过来，帽子被吹掉了，水壶被刮走了，整个人怎么也站不稳，被吹得在地上转圈。如果你觉得这一场景很好笑，那你一定没经历过真正的雪虐风饕，在冰天雪地生活过的人，只会叹上一口气。

　　风雪交加的严寒季节，最考验人的意志。大雪弥漫时，天地间一片混沌，勘探队员在野外行走，要打着罗盘找方向。那些钻探工人，一年四季、一天24小时都在机台上操作。站在10多米高的钻塔上，四周及头上全是一阵阵的风夹雪，工人们称之为"五面来风"。提钻、下钻、取岩芯，全是手工作业。钻孔往往有两三百米深，这意味着人要在寒风中站立2个多小时。更要命的是，接触钢铁器件时，是不能戴手套的，不仅怕操作不灵活，更怕手套纤维被缠夹而发生事故。赤着手紧握着冰凉的器件，手掌动不动就被粘住，稍微用力想挣脱一下，"呲"的一声就扯下一层皮。疼吗？不疼，因为马上在严寒中麻木了。

　　技术员小胡和水文员小阎来到钻塔，正碰上钻机的泥浆泵出了故障,全队人员忙着抢修。突然间,泥浆泵斜刺里喷出一股泥浆,猝不及防,一下子把大家全身都糊了个遍,泥浆冻成冰,一个个就像裹上了一层硬邦邦的"泥甲",脸上也是泥浆和油污。要不是还剩两颗眼珠能转动,那就是一个个标准的"兵马俑"。小阎高度近视,他的镜片被泥浆糊了个严严实实,被冻住的泥浆又无法擦洗。等到工作忙完,返回队部时,小阎成了"睁眼瞎"。于是小胡在前面走,小阎在后面拉着小胡的背包,亦步亦趋,高一脚低一脚地走回去。

在严寒的日子里,水变得异常珍贵,生活要用水,钻机更要"喝水"。生活用水还可以想办法克服。工人们订立了"用水公约",倡导每个人节约用水。他们一个多月不洗澡,一年不洗被子,甚至洗脸水也是几个人合着用,用完了还舍不得泼掉,而是倒在一起后抬到钻机上去。可钻机没水,就动不了,给钻机找水"喝"就成了头等大事。冬天时,他们往水井上涂马粪,还特意建一个蒙古包把它包起来,包内一天24小时烧着火,不让水井冻住。

汽车队副队长刘正庭每天开着车在茫茫雪原中找水。有一次他在拉水时,水溅到身上,裤管、袜子湿透了,小伙子没多想,继续找水。一口气跑了40多千米,总算找到一个没有被冻住的水源。刘正庭高兴地拿起水管准备吸水,这才发现,水管从里到外都结满了冰,根本吸不动。他在雪地里愣愣地站了一阵,四处张望,发现不远处有一个蒙古包。刘正庭跑进蒙古包,连说话带比画,向内蒙古老乡借了个水桶,硬是一桶接着一桶地装满了两吨的水车。当他高兴地想上车时,才发现自己的鞋子、裤管全冻住了,双腿更是僵硬得迈不出步——真不知他刚才是怎么把一桶桶水提到车上的。好在两只手还可以动,刘正庭干脆伏下身子,两只手扒拉着向前爬。好不容易爬到汽车旁,拉开车门,攀爬进去。零下五六摄氏度的驾驶室,好暖和啊,脚终于可以动了。好了,马上发动车子,驶向工地。

青工傅让所在班组的钻机因为缺水而停转。傅让是个喜欢动脑的小伙子，他想，雪不就是水吗？能不能化雪为水呢？傅让和另一个青工一起到草原上挖了一大桶雪回来，他们把桶放在火炉边烤，一桶雪融出了大半桶的水。他们接连融化了7大桶雪水，给钻机"喂"了下去。喝上了水的钻机，重新又动了起来。消息传开，"化雪为水，开动钻机"，这个不难嘛。工人们马上自觉行动，他们成群结队冒着风雪，把一大桶一大桶的雪抬回来，融成水，然后在钻机旁挖一个大坑，把雪水倒进去，形成一个"人工水塘"，钻机终于可以不停地工作了。

这批20岁左右的年轻人，也许在家里还是被父母宠爱着的孩子，但在地质队里，他们以超乎常人的坚忍和刻苦，注解着什么叫"有条件要上，没有条件创造条件也要上"，什么叫"没有克服不了的困难，没有完成不了的任务"。

与狼共舞

241地质队是冒着生命危险在工作，这绝对不是一句夸张的话，而是一句实话。这不仅指野外作业可能会导致失足、迷路，也不仅指人会在风雪中被冻坏、冻伤，会被冰雹天里乒乓球大的冰雹击中，甚至还不仅指会遭土匪的袭击。有骑兵连保卫着矿区，他们经常把在附近出没的土匪两个三个地抓起来、消灭掉，刚开始时还发生过几次激烈的战斗，但不久，土匪就被彻底肃清了。

真正的危险，是在白云鄂博游弋的一头头野狼，它们躲在山沟里、草垛旁，盯着地质队的工人。一不留神，一头饿狼就扑了上来。夜间，伴随地质队员们入睡的，是一阵阵的狼嚎声。一开始，队员们整夜整夜地提心吊胆，慢慢地，队员们听着耳畔野狼的嚎叫声就像铁路工人听着火车"轰隆隆"的行驶声，没听到反而睡不着了。队员们在蒙古包外围了一圈铁丝网，夜里经常会听到"哐哐"的响声，那表明野狼在前仆后继地冲击铁丝网。没事，翻个身，继续睡，队员们理都不理，呼噜照打。早上起来一看，铁丝网上挂着一绺绺的狼毛，那是野狼拼命想要钻进来时，被铁丝刮下来的毛。偶尔也有一两头狼钻进来，大概是饿得精瘦了吧。某个深夜，一个队员迷迷糊糊地觉得被子上有动静，坐起来一看，一头狼正叼住盖在被子上的羊皮袄子。这头狼大概是把羊皮袄子当作一头小羊了吧。它转身就逃，闪电般地从铁丝网中钻了出去。

在241地质队，钻机是24小时不停的，工人们轮流值班。人们戏谑地把中班（下午4点到晚上12点）称为"狼班"。这个"狼班"，是有"来历"的。

就在打下"草原第一钻"后不久，在初冬的一个月光朦胧的晚上，刘连才师傅带着几位上中班的青工回队，他们打着火把，提着木棒，一路提防着野狼。一个叫郝龙的小伙子，惦记着早点儿回去捅开炉火烧水取暖，于是快步走在前面，不知不觉就与大家拉开了一段距离。快到宿舍时，他发现月光下走来一团黑乎乎的东西，心想：那不是食堂里的大黑狗吗？这家伙还真乖，知道来迎接大家。郝龙蹲下身子，招呼上了："大黑，嘿，大黑。"不料这"大黑"一声不吭，一蹬腿，"嗖"的一下朝郝龙扑过来。哇，原来这是一只大灰狼。郝龙大惊，下意识地抬起双臂护着脸，连连后退，嘴里一叠声地大叫："狼！狼！狼！"大灰狼也是饿急了，紧追不舍，连连扑咬。郝龙急中生智，脱下大皮袄，一路推挡，连滚带爬。后面的人听到呼叫声，高举着木棒、火把，一窝蜂地喊叫着冲了上来。大灰狼见人多势众，这才慌忙逃走。这边蒙古包里的队员，听见嘈杂声，看到凌乱的火把，也急忙提着马灯、镐把跑出来接应。火光下细看郝龙，他的脸上全是血，眼角也被狼爪抓破了，好在眼珠没伤着。至于那件救了他命的皮袄，更是被饿狼撕成一条条的，一件袄子被撕成了几条围脖。

郝龙事件之后，上中班的工人们还遇到过几次狼，好在大家有准备，倒也没受到很大伤害。不过，中班是"狼班"的戏称也就被叫响了。郝龙被袭击的地方，经常有野狼出没，大家就仿照北京的"菜市口"把那个地方称为"狼市口"。至于郝龙，当然也有了个绰号，叫"狼剩"，寓意他是狼嘴里剩下来的。

其实像这样从狼口脱险的，远不止郝龙一人。有个队员骑自行车下山买东西，遇上了狼群，眼看无路可逃，还好发现旁边有根电线杆，他赶紧爬了上去。怕自己力竭掉下来，又用皮带把自己捆在电线杆上，硬生生地在寒风中吊了一夜，直到第二天汽车经过，他才被救下来。还有一次，一男一女两名地质队员夜间去钻机现场观察采集标本，竟被一群野狼围住。两人也算有经验，背靠着背，一边挥舞火把，一边大声呼救。好在不远处有工人在钻探，闻声出来，这才赶走了野狼。还有一名女地质队员，在山上观测时，只顾仰望天空，没有注意地面，把三脚架搁在了一头躺着的狼身上，睡梦中的狼咆哮而起，女队员吓得"哎呀呀"尖声大叫，野狼估计从来没听过这么高分贝的尖叫声，竟然给吓跑了。

胡抱冰是湖南人，1952年从北京俄文专修学校被分配到241地质队，他用"狼口逃生"来形容一次遇险。

那是一个夏日的下午，胡抱冰到队部办事，在回矿区的半路上，看到一只小羊羔的半拉身子，血淋淋的，显然刚被狼啃过。往前走了不到半里路，又发现一颗被咬断的小羊头，边上还散落着碎肉和内脏。狼就在附近，若再往前走他肯定会碰上。他有心想后退，可矿区的工人们在等着他布置山地工程和采取矿样，不回矿区工期就要被耽误。胡抱冰左思右想，还是返回队部，借了一辆自行车骑出来，指望着可以快一点儿到达。除了原本随身带着的地质锤和小刀，他临时又找了根1米长的钢钎带上。到了晚上7点，天快黑了，河床上满是细沙和卵石，他踩不动自行车，只能下来推着走。快到矿区时，竟然又看到了第三只死去的小羊——躺在血泊之中。好在这时又能骑车了，他不敢向两边看，更不敢朝后面张望，只顾拼命地向前蹬。回到队里，惊魂未定，他将自行车往墙上一靠，端起一碗水，咕嘟嘟地灌下去，结结巴巴地说起一路情景。大家都说：你这真是"狼口逃生"啊。一位蒙古族老乡也说：景阳冈上三碗不过冈，草原上黄昏不独行，一个人过山可不行，你这回算是运气好。胡抱冰心有余悸，用钢钎、铁镐把帐篷的门牢牢顶住，这才敢放心睡觉。第二天一早，他看到对面小山岭上的狼直勾勾地瞪着帐篷。大家对胡抱冰开玩笑：这可不就是一路跟着你、想吃你的狼吗？队长药天保，是"全国战斗英雄"，从部队转业过来的，当下排开众人，一言不发，掏出手枪，对着恶狼"啪啪"连发两枪，这才把这恶狼吓走。

零下41摄氏度下的热血

在这样艰难的环境中，人很容易变得消沉。然而，只要勇敢地直面困难，坚强地去克服它，人就会成长得特别快。在241地质队这个功勋勘探队里，一个个初出茅庐的年轻人挺拔地成长了起来。他们中的不少人，成了全国劳模、技术能手。

姜培宁，原籍山东，16岁时来到北京，寄住在亲戚家。在"开发矿业"的号召声中，他拿着团支部介绍信来到北京地质调查所，要求到矿区工作。所里的人看他年龄小，开始没有答应。他软磨硬泡，铁了心要到探矿第一线。最后，他和十几个同事来到了241地质队。一路上，他对地质工作充满了憧憬和幻想，也不断默想着临行前领导说的话："地质工作，就是向地球要宝。要金、要银、要铜铁、要煤、要石油、要原子弹、要工业、要农业，要经济建设和国防建设所需要的一切矿物原料。"

到了白云鄂博，姜培宁正巧被分配在"狼班"。老师傅们给他上的第一课，就是防狼："下班后大家一定要结伴一起走。走路时觉得后面有人拍你一下，千万别回头。那说不定就是狼，它趁你回头就咬你的喉咙。"

越是艰苦的环境，越能锤炼人、培养人。来白云鄂博才半年，学徒工姜培宁就当上班长，开始带班了，这时他才17岁。老钻探、"第一钻"的机长张建勋感慨地说：记得我自己在之前，干了7年才当上班长，10年才当上机长。看看现在的青年人，像姜培宁，半年就当班长，2年就当机长了。

姜培宁这个小班长，没有人不服气，因为他确实能做到别人做不到的事。

严冬的一个夜晚，在第12号钻孔上，姜培宁带着几个年轻人正值"狼班"。气温陡然下降，连粗大的水泵管也冻上了。钻探是要爬到12.5米高的塔上的。拧卸提引器，摆正钻杆，再提拉上来。一个小伙子上去，刚提了一根钻杆，手就麻木了。他下来连声说："不行，不行，实在受不了，别说手不听使唤，人都快冻僵了。还是停钻吧。"姜培宁说："不能停钻！我是班长，我上去。"说完，姜培宁就在皮大衣外又套上一件皮大衣。上塔后，只觉得冷风直往骨子里钻，他从来没感到这么冷过。姜培宁才提了一根钻杆，手就麻木了。他心想：要不下去烤一烤火再上来？转念一想，又觉得一上一下太费时间，于是咬紧牙关坚持提钻。指头很快就没感觉了，他就用手掌，手掌也麻木了，他就用手臂。神经似乎也被冻得麻木了，恍惚间，他自己也不知道怎么坚持下去的。回到塔下，全身挂满了冰片，四肢僵硬，意识也有点儿模糊了。同事们惊叹：你这一口气提了23根！姜培宁想笑，可笑也笑不动了，只剩下眼珠还能动。下一班的工人来交接班，见钻机仍在运转，大吃一惊，说："昨晚是零下41摄氏度，别的钻机都停了。你们班是用什么方法坚持生产的？"

零下41摄氏度是什么概念？

当气温下降到零下三四十摄氏度的时候，一口唾沫吐出去，在半空中就开始结冰，到地上时就成了一个冰疙瘩。如果在露天放一个碗，磕个鸡蛋，蛋液流下时就会结冰，形成一个"蛋柱"，把蛋壳顶起来。将一个冻梨扔向板砖，碎的是砖头，而不是梨。将一杯滚烫的热水泼出去，一瞬间它就变成了雾气。抗美援朝时，无法给伤员输血，就是因为热血一到软管里就被冻住了。

然而，在这样的极端天气里，年仅18岁的姜培宁站在钻塔上，竟然连续提了23根钻杆。这已经不能用人的身体极限来解释了。姜培宁说："只要精神不倒，就能产生无穷的力量！"确实，这就是精神的力量，这就是中华人民共和国第一代地质人的力量！

姜培宁刚当上机长不久，就遇上了一个硬茬。44号井钻到了440米深，孔斜却有57度。眼看它就要成为一孔废井，这是多大的浪费啊！领导把这孔井交给了姜培宁和他的班，要他们想办法让它"起死回生"。开始，班里的小伙子们还有点儿不愿意。这孔井挽回的难度太大，他们是全矿区的先进班组，这一炮要是打哑了，岂不是在荣誉上抹了个黑点？姜培宁把大家召集起来，开会动员。他说：领导把这个任务交给我们，就是对我们的信任，我们能辜负这份信任吗？我们中间有共产党员，一个党员能在困难面前退步吗？孔斜得是很厉害，可也不是完全没有办法。我们可以向专家讨教，向兄弟班组学习，总有办法挽救这孔井。一番话，说得大家热血沸腾、摩拳擦掌，于是他们将这个任务接了下来。

大家积极动脑筋、想办法,多次请专家到现场出主意,制定了足足31条措施。终于,在原孔继续钻进140米以后,这孔井"起死回生"了,给国家挽回了几十万元的损失。

姜培宁被评为"全国先进生产工作者",北京电影制片厂还把他的事迹拍成了新闻纪录片,中央广播电台在大年三十那天播放了对他的访谈。1953年,姜培宁作为地质系统的青年代表、胡耀邦率领的中国青年代表团的一员,和高玉宝、郭兰英、王昆、吴传玉等一起,出席了在罗马尼亚举行的第三届世界青年代表大会。也是在这一年,姜培宁参加了中华人民共和国成立后的第一次劳动大会,受到了毛泽东主席的亲切接见。五一国际劳动节那天,北京举行盛大集会,姜培宁与国家领导、全国先进劳模一起,站在天安门城楼上观礼。

那一刻,他真切地感受到了一名地质队员的自豪与光荣!

寒风中的诗与爱

241地质队,不止一个姜培宁。《中国青年报》记者铁矛在白云鄂博采访时,简单地在笔记中记下了几位年轻人的所言所行,虽只寥寥几笔,但依然可见他们当年的风采:

王光明——原是一个雇农青年。一只眼睛失明,过去连饭都吃不饱,今天有了工作。他迫切要求学习技术,曾几次到钻机上看人家怎么工作,暗中学习操作。

伊振英——汽车司机。1949年参加工作,1950年来241地质队,为矿山拉水。有一天,他担心因天冷路途长,水泵在道上被冻坏,就没把水泵随车带来,而改由自己人工装水。水泵抽水只需1分钟就装满了,而人工装水需用50分钟。当时,气温在零下20多摄氏度。他说:"没有水,钻机就要停工,浪费很大,一天要浪费1 200万元(旧币)。我一个人吃些苦不算啥,钻机开起来,铁矿就能早些开采出来。"

孙树德——地质员。填图时,由于手套是线织的,不挡风,手冻僵了,但是他和伙伴们仍坚持干了10多天。他说:"艰苦不算什么。我们和工人在一起工作,可以从他们身上体会到工人阶级的伟大。"

杨瑞峰——他说:"韩队长告诉我们,'道路就是很艰苦的',但是我们不怕。想想过去在学校时我们用的是人民供给的公费,今天就应该好好地为人民做事。"

李建初——湖南人。他说:"我是南方人,对北方的严寒也受惯了,感到这里并不怎么艰苦。前几天感冒了,今天还发高烧,头晕。比起志愿军战士爬冰卧雪、流血牺牲来,我这点儿小病不算什么。读志愿军英雄们的故事很受教育和鼓舞。我们要把工作干好,早日开矿,早日工业化。在这里工作,就是受锻炼。"

龙甲烈——四川人。响应国家的号召,提前离校奔赴地质战线。他说:"我在学校并不是学地质的,但是工作需要,我有决心在实践中学好它。我在学校时怕吃苦,今天的艰苦环境是对我的考验。经常这样想一想,就什么困难也不害怕了。我在小学念书时只知道祖国物产丰富,今天在这里工作,亲眼看到这么大的一个铁矿,很受鼓舞。"

段骏业——23岁,在14号孔上工作。原是货栈学徒,1952年8月来地质队,学习钻探技术,只5个月就能领班。

张兆庆——团员,新班长。他说:"我们抱定百倍信心,克服一切困难;要向老同志学习,和大家打成一片。"

勘探队里的年轻人,他们的生活或许是单调的,但他们的内心绝不荒芜；他们的工作是艰苦的，但他们的精神很乐观。他们在白云鄂博的风啸与狼嚎中，照样不失诗情画意。白云鄂博的年轻人，也喜欢用诗来表达他们对生活的感受。1953年毕业于中南矿冶学院（今中南大学）的郭维钧，放弃冶金专业来到241地质队，成为一名地质队员，用"多彩的人生"来定义在白云鄂博的28个月。他当年写了许多诗，来歌唱这火热的青春。这是其中的两首：

朝　　发

我们拿起铁锤、平板、标杆，
行进在辽阔的草原上。
勤劳的牧民们同我们一起迎接黎明，
我们的心同雄鹰一起高翔。
我们亲近荒野，
牧民亲近牛羊，
都是一样的爱哟，
浩如长江。
我们留恋河谷，
我们留恋湖荡；
深若汪洋。
迎着晨风，唱起晨歌，
我们越过一道又一道山梁。

踏 遍 草 原

草原上空滚动着火热的太阳，
理想的光芒把我们的心灵照亮。
平川，丘陵，

河流，山冈，

都是必到的地方。

细小的石块，巍峨的大山，

湍急的河流，荒芜的沙滩，

都是研究的对象。

不停地敲敲打打，

仔细地观察、描述，

奏响了探索奥秘的乐章。

狂风，暴雨，

洪水，泥石流，

不曾把我们的脚步阻挡。

我们深深地知道：

山里的矿藏是黄金，

地下的水源是白银，

它们都是祖国的宝藏。

披着雨雪风霜，

我们踏遍草原的四面八方。

241地质队的年轻人，可敬，也可爱。

地质队长年在荒山野岭，一年半载不回家是常事，年轻人谈恋爱、成家就成了件难事，所谓"有女不嫁地质郎，一年四季守空房"。但勘探队员们无怨无悔，他们以自己崇高的理想、对事业的热爱，来赢得姑娘的心。

有个241地质队的队员非常乐于说起的故事。来自北京的技术员于秉铎，二十七八岁了还没有恋人，这在当时算是"大龄青年"了。后来经人介绍，认识了一位姑娘，她是个学法律的大学生。回家探亲时，两人见了面，都还挺满意的。姑娘或许是出于矜持，说：分居两地毕竟不方便，以后能否想办法调回来？语气还挺委婉的。于秉铎却以为姑娘这是在"摊牌"，当场红了脸，说："我不能因儿女私情放弃我的地质事业！"姑娘自然受不了，两人不欢而散。

都以为这就无疾而终了，谁知不久就峰回路转。《光明日报》上刊发了报道241地质队的一篇长篇通讯，里面捎带着讲了这个小故事。不久，于秉铎收到了那位姑娘的信，开头第一句话就是："我可不是冬妮娅式的人物！"冬妮娅是小说《钢铁是怎样炼成的》中的主人公保尔的第一个恋人，与保尔因信仰不同而分手，在当年家喻户晓，是资产阶级小姐的代名词。姑娘看了报道，被勘探队员们的无私奉献深深感动，也理解了于秉铎当时为什么会那样激动。一根断了的"红线"，就这样又重新接了起来。

在白云鄂博的矿山上，长着一种无名小草，开着豆粒般大的白色小花。它一年四季鲜艳如初，是荒凉矿山上独特的风景，当地人称它为"铁花"。铁花不畏严寒和风沙，坚韧地长在矿体上，以矿髓为养分，"叶瘦棕茎硬，饥寒石缝立"。如果，把铁花比作人的话，那么，241地质队里的年轻人，就是盛开于矿区的一朵朵"铁花"。

第三节　衣带渐宽终不悔

登泰山观日出。

白云鄂博有丰富的稀土矿物，稀土储量占世界稀土总储量的80%以上！当241地质队把这个勘探结论形成报告的时候，何作霖是最早知道这个消息的几人之一。但他看起来还是一如既往的沉静，脸上没有应该有的激动神色。也许，当20年前发现稀土矿物时，他就坚信白云鄂博是个巨大的稀土矿，今天不过是证实了这一点。当然，他的心情无疑是极为愉快的。当他像往常一样在办公室里缓缓踱步时，连同事们都可以感觉到，何教授的脚步似乎轻快了许多，脸上也浮现着若有若无的笑容。

或许，何作霖心中还闪过那么一丝遗憾——从发现稀土到勘探储量，白白耽误了20年。但更多的应该是欣慰——他也没有放过这20年。

1934年在白云鄂博萤石矿里发现稀土——这个划时代的发现竟然遭到冷遇，何作霖真可谓"我本将心照明月，奈何明月照沟渠"。他对国民党政府失望至极，但他的报国之心依然热烈赤诚，他对稀土研究依然一往情深。

抗日战争胜利后，1946年，因战火停办的山东大学在青岛复校，经李四光推荐，何作霖任山东大学地质矿物系（以下简称"地矿系"）主任。地质学系，当时不少大学都有，但在"地质"后面特意加上"矿物"两字的，只有山东大学。显然，这体现了何作霖的理念：只有深入研究地壳物质组成及其演化，地质学才会有突破。这更是何作霖的念兹在兹的心愿：他要培养一批矿物岩石鉴定方面的新生力量，为将来的稀土研究和开发储备人才。

何作霖走马上任时，只带了2个人，一个是讲师司幼东，一个是助教张保民。3个人就这么来到青岛，雄心勃勃，创办中国第一个地质矿物系。

何作霖在山东大学6年，克服了师资、教材、仪器、标本、模型及其他辅助设备缺乏的难题，带着不多的几位地矿界精英，制订教程，建立实验室，培养地矿系人才。这6年中，地矿系共有112名学生毕业，放在今天来说，这不过是一届学生的数量，但这112人是个顶个的人才，他们中的绝大多数后来都成为地质学、矿物学的教授和高级工程师，而像张培善、张贻侠、戚长谋等更是中国地质界的杰出人物，成才率之高令人叹为观止。这体现了名师出高徒，也可见中国地矿人才之匮乏，学生一毕业立即就派上了大用场。

在山东大学任职期间，何作霖还留下了一段流传至今的佳话。

那是1949年8月，青岛解放才2个月，何作霖奉华东军政委员会之命，带队承担博山至莱芜之间1 200余平方千米区域的矿产调查任务。他带上4名教师、10名学生，在解放军的保护下，通过1个多月的野外考察，发现了赤铁矿脉和重晶石矿脉，顺利完成了任务。

10月1日傍晚，何作霖一行人来到了泰安县城。他们蓦地发现，一群一群的学生、市民从身边奔过，兴高采烈地涌向县城中心，电线杆上的喇叭一遍遍地播放着熟悉的《义勇军进行曲》，热烈、欢快的气氛在四周洋溢着。

由于多日在山里考察，不通音讯，大家有点儿不明所以。一个地矿系的学生拉着一位小学生模样的孩子问有什么事，那孩子回头，惊诧地看着他说：庆祝中华人民共和国成立啊！

中华人民共和国，正式成立了！《义勇军进行曲》就是中华人民共和国的国歌。何作霖听到这大好消息，欣喜若狂，当下把学生叫拢来，大声说：今天晚上，我们加餐，庆祝中华人民共和国成立！

晚餐时，大家以茶代酒，举杯共贺。何作霖意犹未尽，当场大声宣布，明天一早登泰山，迎接中华人民共和国成立后的第一个早晨。

如此喜形于色，在何作霖的一生中，是极为罕见的。他实在太高兴了。第二天，他们先观日出，再考察太古宙变质岩。在泰山中天门，何作霖与赫祥安、张保民、司幼东3位年轻教师兴致勃勃地合了影，以纪念这难忘的一日。

照片上的何作霖，敞着西装，昂首挺胸，脸上洋溢着自信的笑容。经历了旧政府的腐败，目睹了新政权的伟大，何作霖坚定地相信，科学的春天就要来了，自己的学术生命也将迎来新生。从此，报国有门了。他又怎能不高兴！

这次考察还衍生了一个"副产品"。由于考察成果十分丰富，地矿系的学生们先是在全校做了个报告，又贴出了海报，宣传这次野外地质考察的收获。接着，同学们又动手在校内显眼处布置了一个展台，展出了此次发现的铁矿石标本。这一别开生面的展览引起了其他专业学生极大的兴趣，他们想不到整天拿着锤子、放大镜在野外转悠的地矿系学生可以为国家做出这么大的贡献，其学业生活可以如此丰富多彩，想不到脚底下的大地中竟埋藏着如此多的宝藏。于是，多位文学院一、二年级学生，弃文从矿，转入地矿系。20世纪50年代的年轻人，就是这样简单与直接，这样满怀理想与热情。

但是，何作霖还是惦记着白云鄂博的稀土。这样大的一个矿藏，没有政府的力量，是不可能开展系统勘探和研究的。那么，静下心来，潜心思索。这也算是一种寄托。

吹来地球化学的风。

此时的欧美地质学界中，"地球化学"渐成显学。形成于20世纪初的地球化学，简单地说，就是地质学与化学相结合而产生的交叉学科。到了20世纪30年代，国外学者已开始用它来研究地球起源和演化、成矿过程、环境治理与保护、人与自然等，如苏联科学家费尔斯曼在《趣味地球化学》中所言：地球上一切物质都是由100多种化学元素组成的，知道了这些元素的性质，就可以解释万物的行为，甚至包括生命的起源。而地球化学对于矿产资源的开发，更可以说是打开了一扇新的大门。

接收着从门缝中吹来的一丝丝地球化学的风，何作霖立即想到了白云鄂博：把地球化学应用到白云鄂博的稀土研究上，又会产生怎样的"裂变"呢？何作霖兴奋起来，这天，他郑重其事地把地矿系2位年轻的教师司幼东、关广岳叫过来，抛出了一个"何作霖之问"：以白云鄂博为例，地球化学怎样落实到矿业开发上？两位日后成为中国地质学界翘楚的年轻人，自然是心有灵犀，一下子感觉到了这一问的分量。

这段时间，或是在校园里，或是在海滩上，更多的是在办公室里，师徒三人有时会一本正经地坐下来讨论一会儿。更多的时候，是没有任何"前兆"，在办公室里甚至在校园路上遇到，对视一眼，一个人前言不搭后语地说了一句，另一个人或许会驴唇不对马嘴地接一句，旁人听了根本不知所云，只有他们自己知道在说地球化学与白云鄂博。当时国内根本就没有地球化学这一学科，能找到的国外参考书也寥寥无几，他们更不可能到白云鄂博去考察，讨论其实很难深入下去。但渐渐地，三人都清楚地意识到，地球化学将对地矿开发起到决定性的作用。

一天，讨论到热烈处，何作霖目光炯炯，看着司幼东说：你年轻，有才华，我要把你送出去，学习地球化学。

何作霖说这句话当然不是一时兴起，他只是在等待一个机会。中华人民共和国成立后，中国和苏联有了广泛的学术交流。1951年，何作霖作为山东大学教务长兼地矿系主任，力荐司幼东赴苏联留学，学习稀有元素矿床学。司幼东也成了中国的第一批留苏研究生。

何作霖是有远见的，播下的种子总会发芽开花。几年后，中苏两国科学院组成白云鄂博地质矿产资源合作研究队，司幼东在两国科学院之间穿针引线，而这时的何作霖，正好是中国科学院地质研究所矿物岩石研究室的主任，担任研究队的中方队长。

一切看起来是那样水到渠成、天衣无缝，而这背后，是把握先机后的未雨绸缪与殚精竭虑。

从1958年开始的这次中苏合作考察研究，其规模之大、人数之多、科技力量之强，不仅是空前的，也是绝后的。由于数年后中苏交恶，这次中苏之间的科技合作也成绝响。自然，如此重大的国际合作，并非一朝一夕可以促成，何作霖、司幼东这对师徒是重要的"催化剂"。

既然是合作，双方的"分量"总得大致相当。在科技综合实力大大逊于苏联的当时，中国科学院拿什么去跟苏联科学院合作？恰好的是，在中国科学院的那几年，何作霖为白云鄂博稀土研究打下了坚实的基础，也培养了一批人才，加上又有"地利"，中方在"合作"两字上当之无愧。

1952年全国大学院系调整时，山东大学地矿系北迁到长春，与东北地质勘探专科学校、东北工学院等组建了东北地质学院，新上任的国家地质部部长李四光看准时机，把何作霖"挖"到了中国科学院地质研究所，任命其为特级研究员、矿物岩石研究室主任。何作霖在研究室推行以任务带动学科发展的方针，把白云鄂博矿床研究作为重点研究课题，研究室里大部分研究人员都参与这一项目，以此来培养人才，多出成果。后来在白云鄂博发现富含铌钽的易解石的张培善，就是在这一时期迅速成长起来的。1954年底，241地质队上报白云鄂博的勘探报告，基本探明了稀土的储量。下一步，就是弄清楚稀土的分布情况以及在矿物中的赋存形态，这就需要科学家出马了。

"万事俱备，只欠东风。"这"东风"，就是何作霖在山东大学地矿系时的助手，刚从苏联留学回来的司幼东。巧得很，司幼东的名字中正有一个"东"字。

中苏联队。

司幼东是河北滦县人，跟何作霖也算是河北老乡。他初中毕业时，父亲就一病归西，司幼东上有60多岁的老祖母，下有刚满周岁的小弟，生活甚为凄楚。但他咬紧牙关，在饥寒交迫中发愤苦读，考上了北京大学地质学系。在北京大学，何作霖对这位聪明勤奋的学生很是赏识，于是在1946年受命创办山东大学地矿系时，就带上了26岁的司幼东。司幼东可以说是山东大学地矿系的"元老"了。

来到山东大学的司幼东，在何作霖的影响下开始研究稀土。他对科研极为投入，甚至他的爱情也跟科研连在了一起。他的一篇有名的论文《青岛海滨砂中含稀有元素矿物之初步研究报告》，写作灵感就来自一次浪漫的沙滩漫步。其夫人蔡良婉深情追忆当年岁月：

在青岛，我还记得我们漫步在海滩时，你拾了一把海砂，仅10分钟它就成为你钟爱的东西了。回到系里，你开展了振荡分离，在十分简易的条件下，竟筛出你所希望获得的稀有元素……这就是我们的相爱时期。

多年同事下来，何作霖与司幼东性情相投，学术观点接近，两人亦师亦友。两人经常在一起探讨矿物学、岩石学和矿床学的发展，当地球化学在国外兴起之时，他们都意识到：地质与化学这两个学科必须互相渗透与紧密结合，以地球化学为理论基础来开展矿物、岩石和矿床成因的研究，是今后的一个方向。1951年，司幼东更是写了一篇题为《地质化学未来发展之我见》的文章，在学校内部交流。这大概是中国第一篇关于地球化学的论文。

司幼东在何作霖的推荐下赴苏联莫斯科地质勘探学院留学，学的正是稀有元素矿床学。他的导师是苏联著名的稀有金属矿床地球化学专家弗拉索夫通讯院士，辅助导师别乌斯也是地球化学方面的权威。司幼东本是地质专业出身，在山东大学时又对地球化学下过一番功夫，有着良好的知识基础，加上学习又十分勤奋刻苦，进步极快，深得两位导师的赞赏。司幼东自然也明白何作霖派他来苏联，不只是学习专业知识那么简单，他着意与两位导师建立起私人的友谊。聪明、好学、勤奋、热情，这样的小伙子谁不喜欢呢？两三年下来，司幼东与两位导师成了亲密的朋友。通过导师，他又与苏联不少科学家交上了朋友。

在苏联学习5年，司幼东以论文《中国东北海城伟晶岩地球化学研究》获得副博士学位。这也是中国最早的关于稀有元素地球化学的论文之一。回国后，他毫不犹豫地来到中国科学院何作霖的麾下，两人踌躇满志，携手准备大干一场。

为了尽快地熟悉白云鄂博的地质情况，司幼东不久就和何作霖的研究生张培善一道去野外调查。开展白云鄂博矿床研究的方案慢慢地形成了。这期间，司幼东还在中国科学技术大学开设了一门新课——稀有元素地球化学课，着意培养稀土研究人才。后来，成为地球化学专家的翁克难回忆说：

> 司先生教授稀有元素地球化学。先生讲课很生动，挥洒自如、风度翩翩。Li、Be、Nb、Ta……一个个稀有元素在地壳中如何运移、富集，就像一幅幅动图深深地吸引着我们。做毕业论文时，司先生又为我们指定了导师和选题。毕业分配时，是司先生把我们好几位同学留在地质所，而且让我们都去筹建实验室。

机会总是给有准备的人。1956年12月，苏联科学院秘书长和苏联国家生产力建设委员会的专家先后到白云鄂博实地考察，其中有好几位是司幼东在苏联认识的朋友，陪同的任务自然非司幼东莫属。白云鄂博的铁-稀土矿床成因复杂，类型独特，矿物种类繁多，有用金属含量巨大，这在世界上是罕见的，引起了苏联专家的极大兴趣。司幼东抓住机会，对苏联专家说，我们有着全世界最大的稀土矿床，你们在成矿理论、鉴定测试技术和实验研究上都领先国际，大家合作研究，岂不是两全其美？中苏两国本来就有科学技术合作协议，这样的好项目当然没有理由放过。苏联专家很快就被说动了。

1956年12月，苏联科学院与中国科学院协商拟定了《苏联科学院和中国科学院关于共同进行白云鄂博铁矿研究的工作计划（草案）》。

1957年6月，中国科学院院长郭沫若致函苏联科学院副院长兼铁矿联合常务委员会委员巴尔金，信中说：

中国科学院常务会议讨论了这份计划草案，对计划中所列的工作内容及合作期限（2～3年）表示完全同意。但鉴于这个工作计划已经大大超过了原中苏科学技术合作协议第4204项的规定，因此建议：①今年只执行地质部分；②选矿部分及稀土金属部分可延至1958年开始执行，合作内容及期限不变，此点尚待申请我国政府批准后，再正式通知贵院。

很快，巴尔金致函郭沫若，告知：

根据苏联科学院主席团46-1846号命令，将综合研究白云鄂博铁矿的问题交给了铁矿联合常务委员会，这个委员会将组织和调配中苏两国科学家共同进行所有研究工作。

于是，这年的12月，中国科学院院务会议全权代表、院长郭沫若与苏联科学院主席团全权代表、院长涅斯米扬诺夫，在莫斯科签订《中国科学院和苏联科学院科学合作议定书》和《中国科学院和苏联科学院关于1958年度科学合作协议》。随后，中苏科学院白云鄂博地质矿产资源合作研究队成立。这个研究队的任务，就是搞清楚白云鄂博铁矿床稀土矿化的地质特征、矿石类型及分布情况，研究从矿石中提炼稀土的工艺方法，还要找出在工业上应用稀土的途径。这些问题不解决，稀土开发就无从说起。

中苏合作研究队的阵容堪称豪华。中方队长自然非何作霖莫属，人员以地质研究所矿物岩石研究室的科技人员为主。苏方则以苏联科学院矿物岩石地球化学矿床研究所副所长索科洛夫教授为队长，队员有矿物岩石地球化学矿床研究所的昂托耶夫、金明季耶娃，地球化学与分析化学研究所的屠加林诺夫、亚历山大洛夫，稀有元素矿物学地球化学和晶体化学研究所的谢苗诺夫，还有中国科学院地质研究所的苏联顾问科斯托夫。至于司幼东，则担任了合作研究队的秘书。这个秘书，自然不是跟在领导后面整理材料、跑跑腿的小角色，而是负责日常事务、协调双方工作的总干事。按照现在的理解，秘书后面大可以加上一个"长"字：秘书长。

概不外借的油印本

一番紧张的筹备后，中苏合作研究队在1958年的6月进入了白云鄂博。考察时分矿床地质、矿物学、矿床地球化学3个小组进行野外作业，3个小组时分时合。

第一次到野外考察时，何作霖特意在稀土矿前拍了一张照片。照片上的何作霖，面带微笑，目光清澈，脸上透着一股自信。他决意要在这里好好施展一番。然而，这时他已是年近花甲的老人了。年轻时留下的病根，加上常年辛勤工作，使他的身体变得很虚弱。他曾在去外地开会的路上突发脑出血，经多方抢救才转危为安。按说他这样的身体已不适合地质考察，但何作霖照样跟一帮二三十岁的年轻人一起，在野外现场观测和研究地质露头。一个一流的地质学家，还像一个普通的技术人员一样，拿着地质锤敲打并采集岩矿标本，测绘地质剖面，记录地质现象。至于鉴定岩矿薄片，何作霖更是亲力亲为，经他手的矿石薄片超过了1 000块。他观察之细微、记录之翔实、测绘之精确，不亚于一堂现场教学课。他的研究生张培善感慨地说：

何先生当年在矿山现场，从来都是亲自做鉴定、记笔记，再微小的工作也往往要亲自动手，再细琐的鉴定步骤也常常要亲自操作。苏联专家看后都十分感动于何先生的治学精神，对何先生十分敬重。

苏联专家来到中国，对中国科学家总有几分居高临下，但他们对何作霖却是由衷地佩服。苏方队长索科洛夫有一次拿着何作霖的岩矿鉴定报告，向在场的中苏专家展示，高声说道：这才是高质量的鉴定，大家好好看看吧。他甚至对何作霖的研究生张培善说，他以认识何作霖为荣。另一位专家谢苗诺夫，把自己的专著送给何作霖，扉页上用俄文写着"赠给伟大的光性矿物学家何作霖"，大概非"伟大"不足以表达他对何作霖的钦佩之情。

何作霖的身体其实已经垮掉了。这几年，他常常觉得左半身不大听使唤，晚上睡觉时，他也会不自觉地发出一阵阵低缓的呻吟声，每天早上起床也变得艰难起来。但他跟谁都不说，队员也都看不出来。然而，有一天，当他拿着地质锤敲打矿石时，连敲几下敲不动，一用劲，血压飙升，脑子里嗡的一声，一阵眩晕，他倒在了岩石上。大家急忙把他送到矿山临时医院，好在抢救及时，他脱离了生命危险。但何作霖再也没法在野外工作了，中方研究队的工作委托司幼东协助安排和领导。

1958年7月21日，朱德元帅在乌兰夫副总理的陪同下亲赴白云鄂博矿山一线进行视察和慰问，在包头到白云鄂博的列车上听取了中苏合作研究队双方队长何作霖教授和索科洛夫教授的汇报，并题词"提前建成白云鄂博矿山"。[3]

就这样，从1958年6月15日至1959年8月，中苏合作研究队历时15个月，圆满地完成了任务。司幼东主持编写了长达40万字的《内蒙古白云鄂博铁-氟-稀土和稀有元素矿床研究总结报告》，对白云鄂博矿床中的矿物进行了普查鉴定，确定矿石中的稀土主要为铈族稀土，主要是铈、镧、钕等，储量占世界稀土总储量的80%以上，其矿物组成超过150种，储量之大可称世界之最。这份报告肯定了白云鄂博是一个大型铁矿，更是世界第一大规模的稀土矿，还是一个铌钽矿产地。这是白云鄂博矿床地球化学的第一份系统的综合研究报告，也是后来进一步勘探白云鄂博矿床的一份重要科学资料。

有一事可以看出这份报告的分量之重，它虽然只是一本粗糙的油印本，却被列为绝密级文件，概不借阅。

司幼东因为对稀土考察有杰出贡献，参加了我国"科学技术12年发展规划"会议，负责制订地学方面稀有、稀土元素地球化学的学科发展计划。1962年6月，中国科学院聘请了25人为研究生部委员会委员，其中有华罗庚、严济慈、贝时璋等中外闻名的科学家，司幼东也名列其中，而且是最年轻的一位。

令人痛惜的是，这样一位才华横溢的稀土科学家，在"文化大革命"时惨遭迫害，被划定为"地主分子"，每月只有15元的生活费，在批判会上数次因高血压发作而晕倒。造反派到他家去揪斗时，司幼东拖着病体，站都站不起来，只好爬着去开门，把"小将"们迎进来批斗自己。这样的折磨是心高气傲的司幼东不能忍受的，1968年6月，司幼东割腕自杀，他以这样一种决绝的方式永别了热爱的科学事业，年仅48岁。

第四节 上书综合利用

最大的铌钽矿

对于一位科学家来说,如果能以他的名字来命名一个定理、一项发现或一颗新星,那绝对是至高无上的荣誉,更表明他在某一领域做出了巨大的贡献,如牛顿定律、阿基米德原理、哈雷彗星、多普勒效应、阿伏伽德罗常数、海森堡不确定性原理……在地矿界,也有不少以科学家名字命名的矿物,如丁道衡矿、陈国达矿、毛河光矿、袁复礼矿、李璞硅锰矿、彭志忠石等,更有三位科学家,因师承渊源而为人津津乐道。

中国科学院杨主明课题组在辽宁丹东发现一种硅钛铈矿群类的新型稀土矿物,该矿物被命名为"何作霖矿(Hezuolinite)"。

日本矿物学家岛崎等与中国学者合作,在白云鄂博发现了一种带有白色条纹和玻璃光泽的透明无色晶体,该晶体被命名为"张培善石(Zhangpeishanite)"。

日本国立科学博物馆、东京大学和北海道大学合作研究,在白云鄂博发现了一种单斜晶体、珍珠光泽的新矿物,该矿物被命名为"杨主明云母(Yangzhumingite)"。

这三种矿物的命名，都得到国际矿物学协会新矿物分类及命名委员会的批准。中国科学家的名字，永远写在了世界矿物学史上。

杨主明是张培善的学生，张培善是何作霖的学生，这是薪火相传的三代。如果再加上何作霖的老师李四光——在河北省滦平县发现第15种铂族新矿物，该矿被命名为"李四光矿（Lisiguangite）"，这四代科学家，贯穿了一部新中国的地质矿物发展史。

对于白云鄂博稀土矿来说，张培善发现的铌矿，是继丁道衡、何作霖之后的又一里程碑式发现。

张培善是山东滕县人。小小的滕县，出过墨子、鲁班和有"造车鼻祖"之称的奚仲，有着强大的科技"基因"。张培善出身贫寒，他的科技"基因"到17岁时才被激发出来。那是1942年，正是抗日战争最为艰难的时候，少年张培善扮作商贩，拉着独轮车徒步7个昼夜，来到大后方安徽阜阳求学。此前他从未接触到的物理、化学，这里为他打开了一个五彩缤纷的世界。17岁才开始学物理、化学，无疑是有点儿晚了，但张培善天生就是一个科学家。一个个枯燥的数字、定律，在他看来有着无限的魅力，他学得比谁都好、比谁都快。抗日战争期间，战火纷飞，学生生活极为艰难，张培善曾作过一首诗，描述他的高中生活："安徽临杂长官店，高二生活最艰难。功课学习满紧张，饮食营养差甚远。寺庙殿内地作桌，每顿一馍忍饥寒。八人小盆青菜汤，一年过后近视眼。"写的是生活的艰辛，但还是透出一股乐观向上的劲。

高中毕业后，张培善考取了山东大学，他喜欢的当然是物理、化学，然而丰满的理想敌不过骨感的现实，听说做翻译容易赚钱，于是他报考了外文系。不过，这只是他在青岛求学过程中的一个小小插曲。他的科技报国梦慢慢就会觉醒。

在青岛，张培善遇见了一生中的贵人，迎来了人生中的重大转折。

那是1949年的秋天，已在山东大学外文系读了一年的张培善，总觉得自己和外语有点儿格格不入，就想着要转系。他想学一些"实用"的东西，有3个系在他的考虑之中：水产系、园艺系、地矿系。张培善不愧有着地质学家的潜质，在做决策前要"勘探"一番。他先到水产系考察，鱼虾的腥味让他受不了；转而到位于东镇的园艺系，又觉得离校本部太远，不方便。这时恰好何作霖带着学生从鲁中山区地质调查回来，他们登泰山迎中华人民共和国成立的事迹在校内传开，有一个叫兰玉琦的学生更是在校园内张贴了一张公告，说他们在鲁中山区发现了铁矿。张培善看了公告，怦然心动：

这张公告激起了我对国家经济建设的热情，随即决定到地矿系试试。

张培善穿着一身破旧衣服，布履赤足，脚指头还露在外头，有点儿自惭形秽地来到地矿系。他看到一间办公室门上挂着"地矿系主任"的牌子，犹豫再三，还是大着胆子走了进去。一位中年学者正低着头看显微镜——张培善后来才知道，这是当时极为稀罕的偏光显微镜。张培善深深地鞠了个躬，说："老师，我想转到地矿系来，可以吗？"主任抬起头，对着张培善打量了一番，说："可以，到教务处办理转系手续吧。"然后，低下头又看他的显微镜去了。

这位地矿系主任，就是何作霖。他就像观察矿物一样，只是稍加端详，便认定张培善是可以造就的一块浑金璞玉，而对张培善来说，"这'可以'二字，决定了我前进的航向，决定了我毕生为之奋斗的学科目标"。

在山东大学地矿系的三年，张培善过得充实且愉快，他称之为

"求学生涯的黄金时代"，何作霖对这位"半路出家"的学生也是青眼有加。晚年的张培善还对这段经历念念不忘，写诗以纪："山东青岛大学路，地矿系内习矿物，莫道系小人丁少，师生团结多相助。理论实践学并重，尔后工作定基础，埋头耕耘岁月稠，星移斗转知几度。"

张培善与何作霖再续师徒情，是在1955年。这年，中国科学院招收第一届研究生，已工作3年的张培善立即报了名，当然不出意外地考取了。但他却高兴不起来，因为他所在的地质部地矿局不愿"人才流失"。管人事的领导对张培善说得清清楚楚：你去考我们拦不着，但你考取了我们也不放。

就在张培善一筹莫展之际，中央向全国发出了"向科学进军"的号召，《人民日报》上发表了一篇重头文章，在向科学进军中，要坚决破除"本位主义"。张培善如同溺水之人抓到了救生圈，他拿着报纸去找领导——你要不放我，你就是"本位主义"。这样"书呆子气"举动的效果却不错，领导心里虽然一百个不情愿，最后还是同意了。就这样，张培善来到了中国科学院地质研究所，再度成为中国科学院特级研究员何作霖的学生。

现在有句话，时代的一粒灰，落在个人头上就是一座山。张培善的这段经历，或许可以说，时代的一滴水，落在个人头上就是一场甘霖。

临近毕业，何作霖给张培善定了两个论文题目：一个是《北京西山硬绿泥石研究》，一个是《内蒙古白云鄂博矿物研究》。张培善觉得，北京西山硬绿泥石固然很有学术价值，但白云鄂博对国家经济建设更有意义，就毫不犹豫地选择了白云鄂博矿物研究。他自己也没有想到，此后，他一生的学术生涯，始终在与白云鄂博打交道。

1957年夏，张培善来到白云鄂博进行地质考察，收集标本，开展野外地质和矿物的研究，为他的毕业论文《白云鄂博稀土矿物学研究》

做准备。

一个雨过天晴的早晨，张培善来到白云鄂博主矿的南坡，这是一段长石化板岩地段，岩石上宿雨未干，在阳光的照射下，一种深褐色矿物反射的光似乎有点儿不同寻常。张培善一下警觉起来：这是什么？

阳光下，这块矿石散发着块状或放射状的光泽。张培善兴奋地把它挖了下来，放在手里掂了掂，感觉它比造岩矿物要重得多。从野外回来后，张培善便迫不及待地对这矿石进行了化学成分分析，确定这是钽铌酸盐类的易解石矿物，其矿物成分是铌钽、稀土、钛（各占三分之一）。

这是一种新矿物，而且是极具价值的稀有金属矿物。这是一个重大发现！张培善也由此成为白云鄂博矿床继铁矿和稀土之后的第三座里程碑——铌钽矿物的发现者。

惊喜还在继续。张培善还在白云鄂博东矿体的岩芯中，发现大块铌易解石矿物集合体，这是两个矿物新种，即铈铌易解石和钕铌易解石。铈、钕均是稀土元素，它们和稀有金属铌共生在了一起。

这一发现大大丰富了我国的铌矿资源，不仅使白云鄂博成为我国最大的铌矿资源基地，更使矿区范围从原来的东西长16千米，延伸到了32千米以上，足足大了1倍还不止。

也是在这个夏天，张培善还有另一个重大发现：黄河矿。这是他在白云鄂博主矿平硐南口附近采集来的一种矿物。他本来是想观测挖凿出来的不同类型的矿石的氧化状况，却发现了一种蜡黄色的散发着油脂光泽的矿石，这是以前从来没有见过的。他心里"咯噔"一下，直觉告诉他，这矿石有名堂。张培善着意搜集这种矿石样品，带回地质研究所细细研究。到了第二年，中苏合作研究队成立，张培善拿着矿石向苏联专家谢苗诺夫请教，两人共同研究分析，确认这是一种铈矿系列稀土新矿种，他们把它命名为"黄河矿"。

就这样，张培善和他的课题组，在白云鄂博一共发现了21种新矿物，研究了出产的百余种矿物，其中不少是世界上首次发现的新矿物。一个矿山，有如此多的新矿物，在全世界也实属罕见。

靠边站的稀土

白云鄂博的稀土矿不断地在"扩张"，它在给世界带来一个个惊喜的同时，也带来了一个幸福的"烦恼"。

中华人民共和国成立初期，经济建设的主题是钢铁"升帐挂帅"。包头钢铁公司作为我国第一个五年计划的重点建设项目，更是成为全国瞩目的焦点。

1954年5月1日，重工业部钢铁管理局包头钢铁公司（简称包钢）在北京挂牌成立，以"包头"为名的公司在首都北京挂牌，这是破天荒的。同一天，包钢的员工们参加了由华北局组成的游行队伍，接受毛泽东主席的检阅。

1957年，全国建起26家钢铁企业，按大、中、小的规模，这些企业被称为"三皇五帝十八罗汉"，包钢当仁不让地与鞍钢（即鞍山钢铁公司）、武钢（即武汉钢铁公司）名列最高级别的"三皇"。

1959年1月19日，《人民日报》发表了《保证重点 支援包钢》的社论，在"全国为包钢，包钢为全国"的口号下，全国齐心协力建包钢的震撼景象形成了。于是，包钢一号高炉比原计划提前一年出铁，1959年10月16日，周恩来总理为一号高炉出铁剪彩。

这样的"待遇"，是空前绝后的，包钢已远远超出了一个企业的意义。

按照"一五"计划，包钢钢铁产能每年300万吨。铁矿的开采设计由苏联列宁格勒黑色冶金设计院承担，基于满足包钢年产钢300万吨的铁原料供应需求，当时的设计为白云鄂博年产铁矿石1 200万吨，剥离岩石1 300万吨。"大跃进"运动一来，又先后有2座1 513立方米高炉和3座500吨大平炉投入了生产。在"大干快上"的气氛下，选矿厂还没有建成，包钢就开始炼钢了，并执行"先采主矿，采富堆贫"的方针，高炉只用富矿（含铁品位大于45%的铁矿石），中、贫品位矿先堆置起来，形成一个庞大的中贫矿堆置场。

这样当然能达到快炼钢、多炼钢的目标，但由此带来的弊端也是显而易见的。高炉只吃"细粮"，不吃"粗粮"，可谓杀鸡取卵，导致"细粮（富矿）"消耗太快，而中、贫品位矿石却已堆存达数百万吨之多。更要命的是，白云鄂博的铁矿中共生着大量的稀土和稀有金属，富矿中的稀土在炼钢时变成了炉渣，中、贫矿中的稀土长期露天堆放，日晒雨淋下，大量流失，还污染环境。

稀土明明是一支大补的人参，却被当作萝卜啃着吃。

钢铁元帅升帐了，稀土连个裨将也算不上，完全靠边站了。这或许在情理之中，当时的稀土，还只是在科学家的勘探场中、实验室里，大多数人根本没听说过稀土，更不要说稀土的价值。钢铁是国民经济最为重要的资源，只要钢铁产量上去了，"稀土"或者"厚土"，又有什么关系呢？

如果了解中华人民共和国成立初期中国的经济和科技发展水平，也许就不会感到奇怪。这，大概也是一段必然要走的弯路吧。

然而，每一个时代，都会有目光敏锐、高瞻远瞩的前行者，他们往往能发出超越时代的声音。

最早提出对白云鄂博矿产资源综合利用的，一个是中国科学院冶金研究所的副所长邹元爔，一个是中国科学院化工冶金研究所的所长叶渚沛。邹元爔在上海埋头研究稀土合金的制备技术，而叶渚沛，则更为直接，1962年，他写了一份《关于合理利用包头稀土稀有资源的建议》，送呈中国科学院及有关部委领导，引起了极大的关注。

在"大炼钢铁"的口号声中，提出这样的建议，不但要有在科技上高出一等的见识，更要有过人的勇气。而叶渚沛，从来就是一个关心政治、热诚爱国的科学家。

白求恩的X光机

跟大多数中国科学家不同，叶渚沛出生于菲律宾马尼拉市一个爱国华侨家庭，他的童年是在菲律宾度过的，以至他自称除了厦门方言，"对中文所知甚少"。叶渚沛的父亲是孙中山的好友，他以菲律宾富商的身份，多次在南洋为孙中山的革命事业组织募捐，为此，孙中山将他改名为"叶独醒"。叶渚沛先后在美国科罗拉多矿业大学、芝加哥大学、宾夕法尼亚州立大学求学，获得博士学位后，在美国机器铸造公司担任工程师、冶金部主任，因发表过多篇有关铁、钢与合金的化学热力学及物理化学特性等方面的学术论文，成为国际冶金界的一颗新星。但他并没有在国外发展，而是于1933年回到了祖国。

少年时受家庭的熏陶，在美国求学时又结识了很多左翼人士，叶渚沛开始认真研读关于马克思主义的文献，慢慢认同了共产主义的信仰。回国后，叶渚沛虽在国民政府任职，但对共产党十分同情。

1938年3月，身为国民政府资源委员会化学专门委员、冶金研究室主任的叶渚沛，跟随资源委员会从长沙来到武汉。一天深夜，在武汉的国际友人、新西兰作家路易·艾黎敲开了他的门。这时的艾黎正与美国记者埃德加·斯诺夫妇等中外友人发起"工合"运动，与叶渚沛来往密切，彼此互相信任。

深夜到访的艾黎，带来了一位40多岁的外国中年人，这人就是"老三篇"之一——《纪念白求恩》中的诺尔曼·白求恩医生。

原来，白求恩不远万里从加拿大来到中国，准备前往延安帮助共产党抗战，不料在途中遇到匪徒，钱财物品和医疗器械被洗劫一空，他只得向艾黎求助。但艾黎此时也生活困窘，无能为力，于是想到了叶渚沛。叶渚沛与白求恩并不认识，他听了艾黎的介绍，顿时肃然起敬，当场表示尽力而为。叶渚沛没有丝毫踌躇，他先把自己的私人存款全部取出来，看还不够，又从资源委员会预支了一笔钱，让他的秘书、中共地下党员毕季龙帮助白求恩置办了行装和医疗设备，送他踏上前往延安的旅途。这次分别后，叶渚沛与白求恩再也没有联系，但白求恩对延安和中国共产党的赞誉，给叶渚沛留下了深刻的印象。

白求恩有台美国制造的X光机，这台X光机被带到延安后，成为八路军最为贵重的医疗器械之一。1938年11月至1939年2月，白求恩率医疗队到山西雁北和冀中前线进行战地救治，4个月里，行程750千米，做手术300余次，这台X光机功不可没。这台长28厘米、宽21厘米、高16厘米的小小X光机，一直保存到现在，成了珍贵的文物。大家都知道这是白求恩带来的，却少有人知道这是叶渚沛掏钱为白求恩购买的。

抗日战争期间，叶渚沛同情和支持八路军、新四军，他曾为3S（史沫特莱、斯特朗、斯诺）协会和民间团体战时儿童保育会捐款，并通过斯诺把捐款送到延安。他也单独资助过一些奔赴延安的青年，还常常利用自己的身份，掩护中共地下党的工作人员。"皖南事变"发生后，国民党颠倒是非，诬蔑新四军"叛变"。当时，中国共产党与各国驻华使馆没有直接联系，于是周恩来派人与叶渚沛联系，请他帮忙协调。叶渚沛慨然应允，为周恩来与英国使馆代办安排了一次秘密会晤，几天之后，英国媒体播发了有关"皖南事变"真相的报道，全球为之哗然。

这样的经历，在科学家中是不多见的。这也使得叶渚沛敢于直陈己见，公开而直接地发表自己的不同意见。1971年，他甚至直接上书毛泽东主席，要求保留化工冶金研究所的科研性质，不能把它"打烂"。

其实早在1952年，241地质队刚在白云鄂博探明矿石中存在大量稀土时，叶渚沛就提出了包钢建设中如何利用稀土的问题。这出现在重工业部组织的一次会议上，苏联专家提出以开采铁矿为主，叶渚沛则提出要以利用稀土为主。苏联专家说，先炼钢铁，稀土炉渣就堆放着。叶渚沛说，那不行，稀土比钢铁更重要，我们能利用多少稀土，就采多少矿、炼多少铁，绝不能堆放和浪费稀土。叶渚沛恳切地说："我们要对子孙后代负责，要珍惜包头矿产资源。"

在当年的政治气候下，与苏联专家争论，不仅仅是一个技术问题、一个学术问题，更是一个政治问题。叶渚沛还算幸运，没有被扣上"反对苏联专家"的帽子，至于争论的结果，可想而知，当然是听苏联专家的。

叶渚沛对这次争论一直无法释怀，他实在是太委屈了。20年后，他在写给毛泽东主席的信中还提到了这件事："作为一个爱国者和现代重工业技术的专业人员，我对苏联专家提出的许多错误和有害于我们的冶金建设的建议，不能保持沉默，我公开地给予反对。我知道这是冒险的，但我对党有无限的信任。"[4]

"人民科学家"

包钢按照苏联专家的设计思想开始建设后，稀土资源流失、环境污染等问题开始暴露出来。1962年5月，叶渚沛专门跑到包头，实地考察了稀土浪费的现象。他实在太痛心了！思考了两个月，他向中国科学院和有关部委领导，呈上了一份《关于合理利用包头稀土稀有资源的建议》。

这是一份在中国稀土发展史上有着重要意义的建议书，值得全文照录。

叶渚沛先强调了稀土在经济和国防上的重要意义：

根据地质资料，我国包头地区，除有大量的铁矿资源外，还有重要的稀土稀有金属资源，其中稀土元素储量达数亿吨（和铁矿石共存的有数千万吨），超过原有世界最大的美国蒙吨巴斯矿；稀有元素的储量也极可观。这些元素都是制造尖端特殊材料的重要原料，在有色金属方面今后可能还有相当广泛的应用。合理利用这一资源，具有重要的经济和国防意义。

早在10年以前，考虑到稀土储量巨大、用途重要、具有极高的经济价值和国防意义等情况，为了强调它们的重要性，曾提出了该地区的建设，应以稀土元素利用为主的建议。但是，这一建议当时并未得到有关部门应有的重视和采纳，仍按一般钢铁基地作了一系列的试验研究和设计。"大跃进"以后，已先后有2座1 513立方米高炉和3座500吨大平炉投入了生产。

然后指出了目前包钢建设中对稀土资源的极大浪费：

今年5月去包头参观座谈时，亲眼看到了由于没有明确的以稀土稀有元素为主的建设方针，在"大跃进"过程中又不按正常秩序进行了建设，已使资源受到了很大的损失。又由于选矿、烧结等原料准备系统迄未建立，高炉、平炉几年来尽挑富矿冶炼，已使目前富矿剩余不多，而中、贫品位矿石却已堆存达数百万吨之多，整个原料供应处于极为被动的局面。目前只有1座高炉处于半生产状态。现在，有关方面准备逐步建立浮选车间，以便扭转这一情况。但是，据我们看来，原有选矿厂的设计由于缺乏资源综合利用的观点，也没有充分考虑国内外技术发展趋势和包头矿石的性质，在破碎、磁化焙烧、浮选、过滤等设备技术方面皆有不少缺点。其中如原设计处理富氧化矿的浮选车间，根据设计数据，稀土的损失就达25%左右（这是实验室数据，工业生产时可能还会提高）。今后，处理对象改为含稀土更高的中品位氧化矿后，不仅铁精矿的品位还要显著降低，技术、设备和浮选药剂的来源尚有许多困难，而且稀土损失的绝对数字还将大大增加。因此，建成以后，也许能够暂时地解决目前原料的紧张状态，但却会带来稀土稀有元素长期的大量的损失和技术落后、生产指标差等一系列恶果。

叶渚沛"从对国家事业负责出发，从根本上解决这一问题出发"，提出了4条建议：

1. 该地区的资源究竟如何利用，以什么为主的问题，值得进一步探讨。根据现有的资料，我们认为应以稀土稀有为主。如果必须先开采铁矿，则应在开采的同时，使稀土稀有的损失尽可能小。宁可多损失百分之一二的铁，而不应该损失百分之一的稀土稀有。稀土稀有的需要量目前虽不多，但其用途重要、经济价值很高，应用的范围在进一步研究后，还可大大扩大。因此，从资源的长远利用考虑，并对我们的子孙万代负责，目前必须对这一资源进行很好的保护。最近，据说还有相当储量的钍等原子能材料，如其含量已达到了开采价值，则更应进一步全面考虑，作出妥善的安排。

2. 包头铁矿石中含有铁、稀土（铈、镧、钕）、稀有（铌、钽）、氟、磷等元素达三四十种之多，为国内外都未遇到过的极复杂的特殊矿石。要合理利用这一资源，是一复杂的技术经济问题。过去，我国和苏联虽曾对包头铁矿石进行过一些研究，但由于没有强调稀土稀有的回收利用，故在流程中对它们的回收考虑不多，特别是我国过去的一些实验，多半是为苏联设计提供一些数据而进行的，时间比较匆促，不够系统。因此，现在很需要在资源综合利用的前提下，对这一矿石进行更进一步的深入研究。当前首先是在有关稀土稀有如何和铁很好分离方面，要加强力量，加紧进行研究，以便既能使钢铁继续上马，又能使稀土稀有资源得到保护和早日获得大量应用。考虑到解决这一问题的复杂性，很可能需要采用一些新的技术和设备，并且一个冶金联合企业的建设，又必须建筑在非常可靠的实验研究基础之上，需要通过实验室、中间工厂、设计和建厂等一系列过程，所以需要几年的时间才能完成。这样，对原有建设进度须作重新安排。这种调整，从目前来看，虽在一定程度上延缓了进度，但从实事求是的态度出发，必须这样进行。

3. 我们提出以下的流程供有关方面考虑：……用上述流程处理，估计可以使铁和其他元素得到最好的分离，即在一个选矿厂中，不仅获得铁精矿，而且获得更为贵重的稀土稀有精矿。这样，既有利于钢铁冶炼的操作，又有利于资源的综合利用。不仅如此，这些新技术的掌握，还会对其他冶炼基地的建设和技术改造有很大的帮助。

4. 西北包头地区的资源开发是一个很重要的问题，有关它的资源利用、建设方针和建设步骤等问题和国家整个建设事业的安排有很紧密的联系。这一问题的解决，必然牵涉到好多部门的协作和协调。为了更好地和更快地解决这一问题，建议中央负责同志能亲自领导这一工作，并通过经委、计委、科委和国防部门，组织地质、采矿、选矿、冶金、机械、原子能、卫生等有关方面的专家和负责同志，对这一问题进行深入的讨论与研究。

建议书后面还附了3个附件:《关于包头地区资源利用和流程设计方面的一些意见》《关于包头地区放射性问题的一些初步考虑》《两点补充意见》。

一颗赤子之心跳动于纸上,对人民负责、对子孙负责的殷殷之情洋溢于字里行间。

这是中国科学家第一次为稀土向国家上书,此后,这样关于稀土发展的上书还有多次。

1971年,叶渚沛逝世。于1978年当选为国务院副总理的方毅在审阅中国科学院为叶渚沛准备的悼词时,把"著名冶金学家"改为"人民科学家"。

"人民科学家"叶渚沛,无愧于"人民"这两个字。

第五节　要使稀有变富有

第一次"4·15"会议

叶渚沛的《关于合理利用包头稀土稀有资源的建议》，可谓恰逢其时。随着241地质队和中苏合作研究队对白云鄂博稀土勘探的深入，对稀土的开发、利用，已渐渐引起了上至中央领导、下至科技人员的关注。

1962年，周恩来总理亲自主持制定的《1963—1972年科学技术发展规划纲要》，将稀土金属的提取列为重点，提出"要着重发展含钨、钼、硼和含稀土的合金钢新钢种""研究稀土元素的选矿和冶炼技术"，甚至专门提到了白云鄂博："包头白云鄂博铁矿，应着重研究共生的稀土、稀有等元素的赋存状态与富集规律，研究开发利用对象的主次。"

1962年，副总理聂荣臻视察包钢，在讲话中特意提到了稀土："白云鄂博矿是世界上稀土稀有资源最大的、最集中的、最便于开采的矿藏。近年来，世界各国都在加强稀土稀有金属方面的研究，稀土稀有冶金工业方兴未艾。"又说，"希望我们在这方面的研究工作搞些名堂出来，使我国在稀土稀有金属研究方面走在前面"。[5]

1963年3月，包钢硅铁试验厂（代号704厂）设计任务书报国家计划委员会审批。不久，包钢稀土及稀有金属试验厂（代号8861工程）设计任务书也报到国家计划委员会审批。

1963年4月，包头稀土研究院的前身包头冶金研究所成立。这个研究所虽名为"冶金"，但冶金工业部在批准设计任务书时明确："包头白云鄂博除有大量铁矿外，还含有大量的稀土稀有金属，该所的研究任务即为研究这些资源的综合利用，研究从包头矿中提取稀土稀有金属。"就在当月，冶金工业部为落实聂荣臻"要集中全国力量，把包头冶金研究所配置成国家级研究所"的指示，专门发一通知："包头冶金研究所改由冶金工业部直接领导。"

一个钢铁厂的研究所，凭什么能成为"国家级"？不是这个研究所重要，是它研究的对象重要，是稀土的战略地位重要。

叶渚沛的"建议"，就像是在金属材料中加入了稀土元素镧或铈，立即提高了化学反应速率，把一个对中国稀土发展有着重要意义的会议"催化"出来了。

1963年4月15日，由国家科学技术委员会、冶金工业部、中国科学院共同主持的"包头矿综合利用和稀土应用工作会议"在北京召开，这就是中国稀土发展史上著名的第一次"4·15"会议。

这次会议的层次很高，会议领导小组也是"高配"，由国家科学技术委员会副主任张有萱、冶金工业部副部长刘彬、中国科学院副秘书长秦力生、地质部副部长兼地质矿产研究所所长宋应、第三机械工业部副部长刘鼎、国防科学技术委员会副主任张震寰等15人组成。会议准备很充分，会前有关领导专门拜访了何作霖，听取他对包头矿区资源开发的意见，还特邀了叶渚沛、邹元燨、侯德封3位科学家到会。

到会的有科学家、工程技术员以及管理人员，共107名，差堪比拟梁山泊的一百单八将。在"保护国家资源、合理开发利用"的方针下，大家的意见十分一致：白云鄂博铁、稀土、稀有元素是世界罕见的宝贵资源，必须进行综合利用。

"综合利用"四个字，说起来简单，但对怎么"综合"，怎么"利用"，代表们却展开了激烈的讨论——甚至可以说是争论。大家都是行业内的"标杆人物"，各有各的立场，各有各的道理，谁也说服不了谁，那真说得上是"八仙过海"。会议领导小组的各位部级领导也不来"定调子"——其实他们自己心里也没"调子"，唯一的"调子"就是让大家敞开了说。

其实，代表们的意见虽多，但概括起来无非三种。一是"铁派"。包钢按原计划建设，但同时要保护好已发现的稀土矿，根据地质、选矿、冶金等方面的科研进展，逐步将稀土、稀有金属纳入包钢的建设计划。二是"稀派"。包头矿区资源开发以稀土、稀有金属为主，在对稀土资源如何开发利用有明确结论之前，包钢暂停建设和生产。三是"维持派"。不提以什么为主，包钢可以暂时维持现状，但不宜再扩大建设，同时积极组织各项稀土研究工作，在较短的时间内得出较成熟的结果后，再全面考虑综合开发和利用。

仁者见仁，智者见智，各有各的道理，也各有各的不足。科学，本来就是在争论中发展，在发展中争论的。

这样一件涉及国家建设的大事，当然不是开这样一次会就能决定下来的，有争论、有矛盾更是正常的事。国家科学技术委员会把会议的有关情况，整理成《关于包头白云鄂博矿藏开发利用问题的报告》，于5月20日呈送国务院副总理聂荣臻。

聂荣臻在前一年曾两次到包钢调研，对这件事的来龙去脉十分清楚，但也正因为如此，他处理起来更是十分慎重。6月3日，聂荣臻专门致信国务院总理周恩来、国务院副总理兼国家计划委员会主任李富春、国务院副总理兼国家经济委员会主任薄一波，请中央对白云鄂博矿的开发确定一个方针。

一个矿区的开发，竟然惊动了一位总理、三位副总理，可见白云鄂博的地位有多重要！

聂荣臻在信中写道：

四月中旬，国家科委和冶金部、中国科学院共同召开了包头白云鄂博矿综合利用和稀土应用会议，安排、落实今后三年的有关研究试验工作计划，会上还讨论了大家共同关心的白云鄂博矿综合利用方针和包钢的建设问题。

经过近几年的工作，已经判明白云鄂博矿不仅有铁，而且有稀土、钽、铌及放射性元素。其中稀土、钽铌储量之大，品位之高，是国内外所罕有的，价值远大于铁矿。但包钢过去是按照开采和冶炼铁矿的要求设计、建设的，而包头稀土、钽铌的选矿、冶炼技术问题目前尚未完全解决，这就产生了大量采铁和保护稀土、钽铌资源之间的矛盾。加以最近发现该矿放射性强度相当大，今后开采越多，防护的问题就可能越严重。所以，对包钢的进一步建设问题，专家们有着不同的见解。听了他们的意见之后，我们认为：要包钢的建设停下来，是不成的，而且包钢承担着重要任务，停下来对整个冶金工业不利。但是，在综合利用的各项技术问题未解决前，包钢的炼铁能力不宜扩大，应按现已建成的高炉配套，把包钢的方向逐步从一个普通钢厂变成一个特殊钢厂；尽快地建设选矿厂和烧结厂，采取措施保护稀土和钽铌资源（特别是钽铌，我们资源很稀少，包头的储量品位可能是最富的），并加强放射性防护工作。如果不是这样安排，而在这些技术问题未解决之前，继续扩大包头铁矿的开采冶炼，则宝贵的钽铌资源、稀土资源损失更多，而且放射性更大，就更难办。因此，除了大力加速有关包头稀土、钽铌的各项研究试验工作进度外，如何安排包钢的建设是一个大问题，建议国家计委、冶金部加以全面考虑，并报告中央讨论一下，决定一个方针。[6]

可以看出，聂荣臻这位共和国的元帅，对包头矿的情况十分熟悉，对如何综合利用也考虑得相当成熟。

两个月后，冶金工业部党组也向党中央、国务院呈报了《冶金部关于包钢建设方针的意见》。意见共有四条：一是开始建设包钢时，不仅已经知道白云鄂博是一个含有大量稀土金属的铁矿，而且注意了稀土金属的综合利用；二是白云鄂博继续开采，不会破坏这一宝贵资源；三是包钢可建设成为重要的钢铁基地，又可促进稀土稀有金属的利用；四是从以上情况出发，冶金工业部认为，包钢仍按原有设计方案建设，可先建成150万吨的规模，在设计和建设中可以贯彻钢铁和稀土金属并举，并提出应彻底搞清地质资源和加强科学研究。

包钢，又一次牵动着党和国家领导人关注的目光。

要搞钢铁，也要搞稀土。

虽然没有明确的材料说明邓小平看到了聂荣臻的信和冶金工业部的报告，但完全有理由相信，这位28年后提出"中东有石油，中国有稀土"的伟人，即使是在当时，对稀土资源也是极为重视的。

1964年4月7日，中共中央总书记、国务院副总理邓小平在内蒙古自治区主席乌兰夫陪同下视察了包钢。[7]时当中央纠正"大跃进"左倾经济建设方针的严重失误、贯彻"调整、巩固、充实、提高"的八字方针之际，邓小平选择此时来到白云鄂博，意味深长。

这是邓小平第二次来到包头。1926年北伐战争开始后，冯玉祥率部"五原誓师"，加入国民革命军。中央驻莫斯科代表把正在中山大学学习的邓小平，派往冯玉祥部开展政治工作，整顿部队。邓小平从莫斯科乘火车到达内蒙古库伦后，穿戈壁、过草原，风餐露宿，经过一个多月的长途跋涉，来到内蒙古包头、五原等地。包头，可说是邓小平革命工作的一个光辉节点。

包钢党委书记李超向邓小平汇报白云鄂博稀土资源占世界第一位时，小平同志当场就说："白云矿山蕴藏着大量稀有金属，有个综合利用的问题。要双管齐下，设立一个专门搞稀土的机构，有步骤地开发。"李超说，冶金工业部已在包头设了稀土研究所，包钢也筹建了两个稀土厂，邓小平高兴地说："那就好，我们绝不可浪费资源。"

4月11日，邓小平来到白云鄂博矿山。调查研究就要一竿子插到底，这也是他一贯的作风。在采矿场，邓小平边走边看，捡起几块矿石，随口就对身边的人说："这块是磁铁矿，这块是赤铁矿，这块是硫铁矿……"大家听得舌挢不下，谁都想不到邓小平对铁矿居然如此熟悉。其实邓小平当年留法勤工俭学时，在法国东部勃艮第地区一个叫施奈德的工厂打工，做的正是轧钢。铁矿石对他来说，再熟悉不过了。

邓小平听着汇报，脚下却不停，轻快地徒步登上了白云鄂博海拔约1 800米的山峰。在早晨料峭的寒风中，邓小平头戴前进帽，身着一件深灰色的风衣，手执拐杖，伫立在矿山峰顶。环视莽莽苍苍的矿山，邓小平同志的神情有几分凝重，也有几分激动。他的话总是那么言简意赅，又是那么直截了当，他说：

白云鄂博是座宝山，我们要很好地开发利用。我们要搞钢铁，也要搞稀土，要综合利用宝贵的矿山资源。[8]

"要搞钢铁，也要搞稀土"，这就是中央定下的方针。这是个既高瞻远瞩，又脚踏实地的方针。确实，要对与鞍钢、武钢并称为"三皇"

的包钢按下暂停键,这不仅会对国家的经济建设产生直接影响,更会影响全国人民的建设热情和信心。但稀土资源决不能白白流失,这就必须加快对稀土的研究,尽快地保护和开发稀土资源。一句话,就是邓小平说的"双管齐下""综合利用"。

有了这个方针,第二次"4·15"会议就顺理成章地召开了。1965年4月15日至24日,国家科学技术委员会和冶金工业部在包头召开了第二次"包头矿综合利用和稀土应用工作会议",史称第二次"4·15"会议。

这次会议规模更大了,有140个单位的369名代表参加。国家科学技术委员会副主任张有萱在总结报告中说,综合利用的方针已经确定了,包头矿的综合利用在中央批准的31项技术革命项目中被列为第二项,作为歼灭战的重点。张有萱更透露了一个消息,他说,包头矿的稀土资源,聂荣臻副总理亲自向毛泽东主席汇报过了。

一项具体的工程,或者说,一个矿区的开发,竟然汇报到共和国的最高领导人那儿了。也就是说,在短短的两年里,毛泽东、周恩来、邓小平、聂荣臻、李富春、薄一波,他们关切的目光都投向了西北的这座矿山。稀土,切切实实地摆在了国家战略资源的位置。

毛泽东题词"开发矿业"。

综合利用,勘探先行。虽然此前241地质队、中苏合作研究队都做了大量的勘探工作,但一旦把目标定在开发上,勘探工作就得做深、做透。于是,地质部和中国科学院立即行动起来,在第一次"4·15"会议之后,他们分别组成了两支地质队,重点就是勘探白云鄂博的稀土资源。

地质部组建的，叫作105地质队。

105地质队的任务，就是对白云鄂博各种矿石的类型、物质成分与元素赋存状态开展查定工作，主要任务是对矿区的稀土和稀有元素做出科学评估。105地质队的队长，由内蒙古地质局副局长兼着；担任第一副队长兼总工程师的，是任湘——他是这支队伍实际上的负责人。

任湘是中国地质大学的老师。在当时，任湘说得上是名满天下，这不是因为他是老革命家任弼时的侄子，也不是因为他是全国第一个稀有矿专业的硕士研究生导师，而是因为毛泽东主席"开发矿业"的题词。

"开发矿业"这四个字，在20世纪五六十年代，激励着一批又一批青年奔赴边疆矿山，献身于祖国的地质事业。那个时候，只要是地质队的驻地，只要是矿业新城，只要是地质系统的表彰大会，都可以看到遒劲潇洒的四个"毛体"大字：开发矿业。"开发矿业"，是那个时代最嘹亮的召唤，也是地质人共同的精神财富。

这四个字，其实是毛泽东主席亲笔题给任湘的。[9]

1948年8月，党中央批准由东北局选派21名青年去苏联学习科学技术。当时选派的标准十分严格，要求这些人必须是烈士和干部子弟，其中就有李鹏和邹家华，也有任湘。任湘先是在伊万诺沃国立纺织学院学习，然后又到莫斯科大学政治经济系学习。这时，中央妇女运动委员会书记蔡畅去德国参加国际妇女代表大会，途经苏联，特意来看望老朋友任弼时的侄子任湘。蔡畅对任湘说，革命马上就要胜利了，中国需要经济发展、工业建设的人才，建议他改学军舰制造或者地质勘探。任湘听了，心头一亮，立马转学到莫斯科地质勘探学院（今俄罗斯国立地质勘探大学），学习找矿勘探。

1949年12月，毛泽东主席出访苏联，这也是他第一次出国访问。他是去庆贺斯大林七十岁寿辰的，更重要的是，来同苏联订立新的条约。在长达2个月的会谈后,中苏于1950年2月正式签订了《中苏友好同盟互助条约》及有关协定,这是中华人民共和国成立之后,与外国政府签订的第一个建立在平等基础上的条约。毛泽东主席的心情很好,如他所说的:"这次缔结的中苏条约和协定,使中苏两大国家的友谊用法律形式固定下来,使得我们有了一个可靠的同盟国,这样就便利我们放手进行国内的建设工作和共同对付可能的帝国主义侵略,争取世界的和平。"

2月17日正是大年初一,这天晚上,毛泽东主席在周恩来、李富春的陪同下,来到中国驻苏联大使馆,在一片喜庆的气氛中,兴致勃勃地接见了中国留苏学生,与青年学生谈笑风生。他亲切地询问每个人的学习和生活情况,特别对学习的专业问得很仔细。中苏友好条约签订了,下一步,需要这些年轻人把他们的所学贡献出来。

毛泽东主席还即兴发表了讲话,他希望留学生做到三件事:第一,要努力学习,掌握好建设本领;第二,要艰苦奋斗,因为我们的国家还很穷,留学生在生活上不要同苏联同学攀比;第三,要锻炼身体,如果没有好的身体,即使学了很多的知识,将来回国以后也不能为祖国服务。

毛泽东的讲话,激起了一阵又一阵的掌声。这时,不知是谁兴奋地喊了一句:请毛主席为我们题词留念。大家都跟着说:毛主席为我们题词吧。毛主席微笑着,欣然应允。

因是临时提议,工作人员没有什么准备,毛主席就很随和地题在了学生们的笔记本上。学生们排着队,一个个上前请毛主席题词。轮到任湘时,他灵机一动,向大使馆的同志要了一张公文笺。

毛主席亲切地问他:是哪个学校的?任湘回答:莫斯科地质勘探学院。毛主席又问:学的是什么专业?任湘马上说:金属和非金属矿产普查勘探专业。毛主席微笑着点点头,提起笔,写下了四个大字:

开发矿业。

周恩来总理也为任湘题字：艰苦奋斗，努力学习。

"开发矿业"从这里开始，成了一个时代的最强音。2月17日也成了"全国矿业工作者日"。正如任湘所言："事实上，毛泽东主席1950年给我的题词'开发矿业'，早已不再是我个人的私产。几十年间，正是我们这一代人在毛泽东主席为我题写的'开发矿业'题词的鞭策下，奔波在祖国各地，使我国成为世界第三大矿产国，成为地热开采量最丰富的国家。毫无疑问，其中有我毕生的努力与奉献。"

漂亮的"背书"

1963年春，第一次"4·15"会议后不久的一天，聂荣臻副总理把任湘请到了他的办公室。[10]

走进聂帅宽敞而简朴的办公室，任湘一眼就看到墙上镜框里的条幅——"为建设现代化的强大国防继续贡献力量"，笔势健劲，赋形自然，儒雅间透出勃勃英气。任湘自然认得，这是聂帅的手迹。

聂荣臻与任弼时是多年的老同事，他对这位故人之侄十分亲切。他笑着对任湘说：我早年留学法国时，在钢铁厂勤工俭学过，后来在比利时的沙洛瓦劳动大学，读的是化学工程专业，也是学科技出身。

任湘以前就见过聂帅，倒也并不拘谨，他说：我知道，您叫我来，是要交给我任务。

聂帅又笑了，眼中闪着睿智的光芒。他说：你在北京地质学院，是普查勘探系勘探教研室的主任，也做过稀有放射性元素地质学系的系主任，是全国唯一一个既研究稀土放射又熟悉地质勘探的专家，要请你对白云鄂博的稀土资源做一个全面的论证报告。

聂帅顿了顿，凝视着任湘：这个任务非常重要，必须在五年内完成。

春日和煦的阳光从落地的窗户射进来，落在宽大的办公桌上，有几分耀眼。

任湘凝视着聂帅，严肃地点点头，只说了一个字：是。

说出这个力重千斤的"是"后，任湘直奔白云鄂博。

不想因每天往返而浪费时间，任湘就住在山脚下的矿山招待所里，每天白天踏勘跑线，晚上伏案书写，用一个月时间，编写了《白云鄂博矿勘探设计方案》。

方案提交地质部，很快就得到联合专家组的肯定，随即转呈聂荣臻审阅。于是，在"4·15"会议的两个月后，105地质队就来到了白云鄂博。

105地质队力量雄厚，200多人的队伍，汇集了全国的稀有元素分析鉴定、普查勘探技术骨干，光工程师就有整整10位。

是的，"整整10位"，这"整整"两字一点儿也不夸张。那时工程师是绝对的宝贝，一个地质队里有两三位就很自豪了，而105地质队竟有10位，称得上是"豪华之师"。

队员们利用当年241地质队铁矿勘探的2.7万米岩芯、4.4万米槽井探和1.2万件化学分析副样，重点进行稀土、铌的成分分析。

聂帅给任湘的时间是五年，任湘虽没对聂帅说，但他在说那个"是"的时候，已经给自己定了目标：三年。

内蒙古高原的寒冬，冰天雪地，风如刀割，人是不能在野外作业的，但任湘不管，照样外出勘查，为的就是"抢时间"。任湘外出时，总会在包里装一瓶白酒，这不是因为他嗜酒，而是在冷得实在不行时，喝几口以驱寒。

一日，任湘在一个陡坡上发现了一个标准的样本，要把它采下来。

然而，这是个连黄羊也爬不上的陡坡，怎么办？任湘带着几个人，先爬到山头，让人用棕绳把自己绑上，再贴着峭壁，一点儿一点儿地往下蹭。终于，在众人的提心吊胆中，任湘在悬崖上采集到了矿样。

寒冷的气候加上过度的劳累，任湘的肺结核复发了，这可是要命的疾病。任湘不得不回北京治疗，医生给出的方案是切除病灶。任湘着急了，对医生说："我是搞地质勘探的，少不了在山区奔走，缺不得这块肺，暂且饶过它吧，下次再犯，随便你们切。"医院经过会诊后，采取了保守治疗。等病情稍一稳定，任湘就又回到了白云鄂博，像以前一样工作。

在任湘和队员们的奋斗下，到了1966年，在第二次"4·15"会议后不久，105地质队完成了27种稀土元素矿物、15种铌矿物及几种放射性矿物的分析鉴定，测定了稀土、铌在矿石中的含量及其所占储量比例，对全部矿体结合开采现状连同铁矿一起重新圈定编图。他们提交了《内蒙白云鄂博铁矿稀土稀有元素综合评价报告》《白云鄂博矿区矿床地质特征与成矿规律研究》《白云鄂博铌赋存状态研究方法》《白云鄂博矿区放射性元素专题报告》《白云鄂博矿区矿石矿物志》《白云鄂博铁矿主矿上盘含铌粗粒钠辉岩工业评价报告》《白云鄂博都拉哈拉铌、稀土矿床普查报告》，以及系列实物和数千份原始记录、图件。

105地质队经过三年勘查，重新计算了白云鄂博主、东矿体铁、铌、稀土、钛、钍及萤石的储量和品位，提交的稀土储量和品位为：主、东矿稀土总储量为3 505.7万吨氧化物，其中主矿2 165.3万吨（平均品位6.19%）、东矿1 340.4万吨（平均品位5.71%）。另外，全矿区稀土氧化物远景储量为1亿吨，稀土储量居世界第一。他们切切实实地论证了，白云鄂博不仅是个大铁矿，也是一座世界上罕见的特大型稀土、铌、钍矿床。

105地质队还第一次提出在白云鄂博矿区共发现了71种元素、114

种矿物,其中稀土矿物有12种。要知道,在全部118种元素中,只有94种存在于地球上,当时自然界发现的矿物也不过3 800多种,而在白云鄂博48平方千米的矿区内,竟有着如此多的元素、矿物和稀土矿物,白云鄂博真是上天的恩赐。105地质队以三年艰苦岁月凝聚而成的报告,无疑是两次"4·15"会议最为漂亮的"背书"。

1980年4月,地质部表彰三十年地质找矿有功单位、集体、个人,地质部原105地质队被评为"地质找矿重大贡献单位"。

第六节　白云生处

电波里触摸祖国

几乎与105地质队同时,中国科学院地质研究所的地质队也到了白云鄂博,他们有个很好记的名字:白云队。

两个队承担的是同一个任务,就是白云鄂博铁矿物质成分和综合利用的研究工作,但又各有侧重,105地质队的重点是勘探稀土和稀有金属的资源,而白云队的主要任务是查明稀土和其他可综合利用元素的赋存状态、分布规律及开发利用的价值。说得简单点儿,那就是105地质队要查明白云鄂博的稀土和稀有金属分别有多少,分别储存在哪里;白云队要搞清楚的是,这些稀土和稀有元素分别以什么样的形式存在于矿物中,分布有什么规律,怎样开发利用。

此前,中苏合作研究队对这些问题也做过深入的研究,也取得了不少的成果。然而,到了1960年,中苏关系恶化,苏联停止援助,撤走全部援华专家,撕毁了援建项目的合同,带走了相关技术资料与图纸。用"烂尾工程"来形容可能有点儿不当,但确实是虎头蛇尾。

一块铁矿石中,除了铁,可能还有镧、铈等稀土元素,可能还有铌、钽等稀有金属,可能还有大量的氟。如果简单地将铁矿石往炼钢炉里一扔，炼出的钢铁，还没有浪费的稀土和稀有金属的价值大，这是捡了芝麻扔了西瓜。而且，铁矿石里的成分不明，还可能会影响炼钢的质量。比如含氟量太高，而萤石的熔点很低，上方冷的炉料就会往下掉，引发炉膛温度降低，瞬间就可能酿成一场大事故。

所以，只有把白云鄂博矿石的成分、特点弄清楚，才能有针对性地采矿、选矿、冶炼，才能做到物尽其用、吃干榨净，把该拿的全都拿出来。

中国科学院地质研究所深知此事非同小可。他们第一次打破惯例，跨研究室选调不同专业的精兵强将，组成了一支几十人的白云队。队长是两位地质界的后起之秀张培善和王中刚，而技术指导，则是侯德封所长亲自点的将：著名地球化学、矿物化学的专家郭承基。

郭承基比张培善大8岁，王中刚更是尊他为师，他这个"技术指导"，其实就是白云队的带头人，由他来主持这一国家级重大研究项目，可谓众望所归，非其莫属。

郭承基是山西清徐县人，与写《三国演义》的罗贯中是老乡。郭承基小时候上的是私塾，读的是"四书五经"，或许是这个原因吧，对中国传统文化的爱好伴随了他的一生。即使在成为著名科学家之后，郭承基还是喜欢读"二十四史"，床头总放着几本线装书，还经常临帖写楷书，曾用毛笔竖写与朋友的书信，颇具古风。除了他的专业，从郭承基的行事、做派来看，他就是一个传统的文人。

1931年，14岁的郭承基考进了山西省立第一中学，他是村里第一个考上省城中学的，一时成了"新闻人物"。也是这一年，九一八事变爆发，大片国土沦陷在日本侵略者的铁蹄下，在抗日救亡的洪流中，年轻的郭承基立下了科学救国的宏愿。他开始迷上化学，希望有一天，能像化学变化改变物质一样，以自己的知识改变这个世界。

卢沟桥事变后，抗日战争全面爆发，日寇兵临太原城下，郭承基不得不中断学业回到乡村。然而，一颗有着强烈求知欲的心，是战火无法阻挡的。在农家后院一盏如豆的油灯下，郭承基苦读一年，竟然考上了北京大学。要知道，那个时候北京大学每年录取的学生不过几百人，且学生大多来自东南沿海省市。比如1946年，北京大学招的学生比1939年要多很多，但整个山西省却只招了区区9人。郭承基能以一个高中肄业生的身份考上北京大学，可见其天分，更可见其刻苦。

考上北京大学，郭承基欣喜若狂，唯一让他觉得有点儿遗憾的是，录取他的不是他心仪的化学系，而是地质学系。不过，这没关系，学地质，照样可以科学救国。

然而，郭承基还是放不下喜欢的化学，在学地质的同时，他依然在学习化学。这也许只是出于个人的爱好，也许是他隐隐约约地感觉到，化学对学地质学不无帮助。此时的郭承基，还没有想到，地质学和化学可以发生"化学反应"，产生1＋1＞2的效果。20年后，他成了中国最早的地球化学专家之一，更是开创了中国第一个矿物化学专业，是当时唯一一个既精通地质学，也擅长矿物学，还懂化学的专家。凭着这个"三管齐下"的本事，他带领白云队打开了白云鄂博矿物的大门。后来，在他作为主任的地球化学研究所里，他给年轻的科研人员定下"规矩"：研究地质矿物的，一定要懂化学，要亲自到实验室做化学分析。

郭承基开始研究稀土，是在他考取日本京都大学理学部地质矿物学系研究生之后。他的导师，是日本鼎鼎大名的稀有元素矿物学专家田久保实太郎教授。当年黄春江在白云鄂博采集到的萤石样本，就是专门送给他鉴定的，他得出了萤石样本含有稀土镧和铈的结论。那时郭承基正在田久保实太郎门下学习，这么大的事他自然知道。中国的矿物，却被送到日本来鉴定，郭承基的心里是苦涩的，更是不甘的，但也是无奈的。

在日本，郭承基仍一如既往地刻苦与勤奋。他的同学、后来成为著名稀土专家的梅田甲子郎教授回忆说："郭先生学习非常用功，周末我们都外出去游玩，而他常常一个人去教室做功课，或去实验室做实验。他的学习成绩在班上是最优秀的。"田久保实太郎对郭承基也极为欣赏，只是欣赏归欣赏，自己最擅长的稀土研究照样不让郭承基沾边。郭承基也向导师要求过几次，但都被一口回绝。原因很简单：稀土是重要的战略资源，稀土矿物学是一门新兴的尖端科学，怎么能让一个外国人来参与研究呢？更何况，当时中日正处于交战状态。

改变个人命运的，最终还是时代，哪怕是小到一个学习的机会。1945年8月，日本战败，宣布无条件投降，满目疮痍的日本陷入一片惶恐之中，大学老师也生活无着，忙着找饭吃，哪里还有心思搞科研。日本京都大学地质矿物学系稀有稀土实验室的研究人员纷纷作鸟兽散，只留下田久保实太郎孤家寡人一个，对着空荡荡的实验室长吁短叹。

1947年的元旦，郭承基去看望田久保实太郎。情绪低落的教授端着个酒杯，正在一个小酒馆里喝闷酒。两个孤单的男人相对而坐，也没有多少话，只是一杯接一杯地喝着。喝到酣处，田久保实太郎的话渐渐多了起来，一说就自然说到了稀土，他对着郭承基滔滔不绝地说稀土的价值是如何重大，他的研究是如何了不起，对眼下无人追随他研究是如何伤心。郭承基端起一杯酒，诚恳地说：老师，让我来帮助您吧，把稀土研究做下去。田久保实太郎凝视着郭承基，慢慢地，点了点头。昏黄的灯光下，他的眼角似乎有点儿湿润。

这倒不是因为田久保实太郎喝醉了酒，而是因为他的稀有稀土实验室实在需要一个助手，品学兼优的郭承基是最为合适的人。而郭承基之所以如此执着地要研究稀土，是因为他已经清楚地意识到，稀土研究前景广阔，他很可能由此走上一流科学家之路。

但此时的郭承基，还没想到要回到中国研究稀土。国民党撕毁和平协议，一意孤行挑起战争，连天炮火中，郭承基对中国的前途也是一片迷茫。

往后的那段时间，郭承基每天在稀有稀土实验室里埋头工作。在战后的日本，他生活艰难，于是在大阪国际新闻社兼了一份差，白天实验室里的工作结束后，趁晚上为新闻社修改、校译中文稿件，赚点儿稿费。不久，他觉得不"过瘾"了，就买了一台收音机，夜深人静的时候，把声音开得轻轻的，听着来自东海那边的声音。一个迅速变化着的中国，在郭承基面前立体起来、绚丽起来、完整起来。保卫延安、土地改革、三大战役、北平解放、横渡长江、打倒蒋介石……郭承基看到了一个新生的人民当家做主的国家正在崛起。

郭承基的心里，慢慢萌生了一些想法。

空下来时，郭承基还喜欢读山西老乡赵树理的小说，也许是借以解乡思之愁吧。《小二黑结婚》《李有才板话》《孟祥英翻身》《李家庄的变迁》，书里的风土人情是他熟悉的，里面的人物故事却是新鲜的，他看到了他以前在山西、在北京看不到的新气象，这时候，他就觉得，他和远离的亲人、朋友又亲近了起来。一个朝气蓬勃、蒸蒸日上的祖国，对他有了前所未有的吸引力，他相信，在祖国，他是可以大有作为的。在一次次的怦然心动、一次次的辗转反侧后，郭承基终于下定了决心——回到祖国去！

1952年，冲破台湾当局"使馆"的重重阻挠，郭承基终于拿着一张香港旅游护照，带着妻子儿女，辗转回到了祖国，开始他新一段的人生。

正是有着这段刻骨铭心的经历，郭承基赤诚的爱国之心容不得半点亵渎。"文化大革命"来临时,郭承基这样的"反动学术权威"不可避免地受到冲击,贴大字报、受批斗、做检讨,更有人诬陷他是"日本特务"。"文化大革命"过后,豁达大度的郭承基对所里曾经批判过他的年轻人一笑了之,照样和他们一起工作,唯独对那个说他是"日本特务"的人深恶痛绝,公开表示绝不原谅。他认为这是对他人格的极大侮辱,是对他感情的最大伤害。

报国之技

回国后的郭承基,不久就令人刮目相看:他重新鉴定分析了"白云矿"和"鄂博矿"。

1934年,何作霖在白云鄂博的萤石矿中发现稀土元素,由于一时尚不能确定它们究竟是哪种稀土元素,所以将其定名为"白云矿""鄂博矿"。10多年过去了,何作霖认为它们应该是铈类稀土,但对这两种新矿物的具体成分还是不大清楚。

解决老问题,必须用新方法。郭承基的新方法就是他首先提出来的新学科:矿物化学。他利用化学与地质学相结合的方法,对矿物进行研究,确认"白云矿"实为铈族稀土氟碳酸盐,即氟碳铈矿;"鄂博矿"则为铈族稀土磷酸盐,即独居石。就这样,这两种稀土矿物的物质成分、物理性质和化学性质水落石出。这是两种在白云鄂博储量最多的稀土矿物。有了郭承基的鉴定,矿床的综合利用也就有了坚实的依据。

郭承基可谓是何作霖的功臣,更是白云鄂博的功臣。

何作霖和郭承基同是著名的稀土科学家,但其外表、性格却颇有不同。何作霖亲切、随和,相对而言,郭承基就显得较为严肃、冷峻。

在那个全民一件中山装的年代，他依然一年四季穿西装、打领带，学生形容他"梳洗整齐、西装革履、气宇轩昂、风度翩翩""还真有几分让人望而生畏和敬重的感觉"。甚至他的女儿，也形容父亲是一本只有封面、目录的书，里面的内容和细节却是无法打开的文件夹，"父亲永远都是西装革履，让所有人看到便顿生敬畏的威严挺拔的男人"。

郭承基吃饭也有自己的一套规矩，用现在的话来说，就是"仪式感"十足。饭菜可以简单，却必须精致。上班时，他的饭菜是从家里带来的，他一个人在办公室里慢条斯理地吃。在家里吃饭时，他有自己专用的碗筷、勺子。他的菜也是放在一个专门的盘子里，孩子们不能动。"文化大革命"时，郭承基不得不排着队，和"牛鬼蛇神"一起吃大食堂，他脸色木然，脸上没有一点儿其他表情。他女儿偶然一次看到了，心里说不出的难受，因为她明白，这对郭承基是一种多大的折磨！郭承基对他"牛棚生活"的屈辱不愿多说，以保持一点儿个人尊严，他只说最受不了的，就是吃饭。

这样"讲究"的一个人，他的生活应该是比较"享受"的吧？还真不是。郭承基的生活并不宽裕，甚至可说是清苦。他有7个子女，在日本时娶的妻子又没有工作，全家的生活重担全压在他一个人身上，日子过得实在是捉襟见肘。地质研究所边上有个小理发店，那位跛脚的剃头师傅手艺一般，每次剃头也只收一两毛钱，所里刚工作的小青年常到那里去，图的是便宜省事。一次，郭承基拿出几张毛票，让研究员小孔去还理发账。这让小孔大吃一惊，想不到堂堂的郭先生会到这小摊上理发，更想不到还会欠几毛钱的理发费。郭承基的妻子一次突然发病，要急送医院，郭承基不得不在深夜敲开同事家的门，借钱看病。

在家庭负担的重压下，郭承基不得不申请困难补助。按规矩，申请补助时，申请人要在全所的大会上向大家介绍自己的困难和申请补助的理由，由大家来讨论是否补助、补助多少。一个名满天下的科学家，要当众述说自己家庭的窘迫，这是何等难堪的一件事，但纵然心高气傲如郭承基，也不得不向生活低下高贵的头。

真的难以想象，一个全国闻名的科学家，生活竟窘迫到这个地步。

穷且益坚，不坠青云之志，这就是郭承基的写照。

郭承基的"青云之志"，就是科技报国。一次，他对学生郑宝山说了一个故事，说他小时候不懂事，偷偷地把烟灰放到饭里让老师吃，这是他一辈子都后悔的一件蠢事。他告诫郑宝山，人不能干坏事，要多做对社会、对国家有益的好事。郭承基深有感慨地对郑宝山说：

人要有报国之心，报国之志，还要有报国之技，更要抓住报效国家的机会。每朝每代，每个国家都倡导"国家兴亡，匹夫有责"，但现实是复杂的，不是每个人都能有机会做些真正对国家和民族有益的事的，"出师未捷身先死"是常有的事。对于一个科学工作者来说，如果你真的怀抱报效国家的愿望，你就应当经常思考国家需要我们做什么，我有没有做这件事的能力，要努力使自己具备这样的能力，更重要的是，你还要千方百计抓住做这样工作的机会。

有愿望、有能力、有机会，这就是郭承基的"科技报国观"。

因此，当郭承基得知白云队请他担任技术指导时，他觉得国家将如此重要的任务交给他，是对他的信任，这也是他施展才能的好机会，他用"梦寐以求"四个字来形容自己的心情。匆匆准备后，1963年初夏，郭承基告别爱妻幼女，带着白云队奔赴矿区。

矿物是活的。

跟241地质队和中苏合作研究队一样，白云队的工作环境还是一样的艰苦。没有汽车，从驻地到矿区要走1个多小时的山路。因为来回不便，中饭就带着吃，通常是馒头就着咸菜。但很多时候，就连馒头、咸菜也吃不上，因为风沙实在太大了。一打开饭盒，风沙卷来，饭菜上就是一层薄薄的细沙，没法下咽。晚上回来，头发上、鼻孔里、耳朵里、毛衣里全是沙子，打个喷嚏就冲出一股沙。在这样艰苦的条件下，白云队夜以继日地在野外测剖面、编探槽、钻硐子、看岩芯、采样品、做记录、找矿物、整标本。

白云鄂博矿床物质成分极为复杂，即使是白云队这样专业的矿物研究团队，也会感叹这里矿物种类之繁多，新矿物种属之多。而且，白云鄂博的矿物质粒度又非常细，辨认鉴定它们十分困难。比如铌，这是一种珍贵的稀有金属元素。经过前期的勘探，知道铌是在条带赤铁矿中以易解石的形式存在的。然而，怎样把铌提取出来呢？铌铁矿的性质和赤铁矿有些类似，要从一大片的赤铁矿中找出铌铁矿，就像从堆积如山的萝卜里找出一小根人参，这几乎是不可能的事。

这时，郭承基的矿物化学这一学科的思路和方法显示出了独到的功用。他们采用了化学溶解的方法。赤铁矿易溶而铌铁矿难溶，先将大量的赤铁矿溶解，残留下来的就是铌铁矿，可谓是"水落石出"。

这方法在局外人听起来似乎也不难，但如果被当时的一位科研人员听到，他肯定会感叹不已：这绝对是一种创造性思路。它把化学和矿物两个学科结合到了一起，在此之前，谁也没有做过，甚至没有想到过。同样也是用矿物化学的方法，白云队在郭承基的指导下，通过溶解烧绿石，发现了比铌矿石更为细小的锆英石。

这就是创新。

郭承基常跟学生们说，搞科学研究，不能拘泥于传统观点，要有预见性，要有新观点，一句话，要有创新。郭承基的研究室，除了有地质研究人员外，还有几个化学实验室和一批专业的分析化学骨干人才，这在地质研究所里是很少有的。正是这些化学研究人员，在对白云鄂博各种复杂问题的攻克中，与地质研究人员密切配合，发挥了不可替代的作用。一个学生用当时一句时髦的话，说郭承基是"不怕做不到，就怕想不到"——在这里，这话已没有任何调侃的意味，有的只是敬佩。

在郭承基的办公桌上，玻璃板下总压着一张张卡片，上面简短地写着他正在思索的问题，比如矿物的演化问题、云母的矿物化问题、特殊稀土的问题、类质同象的有限性问题等。每天在办公桌前坐下，他就会不由自主地寻求这些问题的答案。想清楚了一个，就把卡片拿出来；有了新问题，再写一张卡片放进去。助手、学生们来到办公室，他就和他们一起讨论，或是拿出一张卡片让他们去研究。慢慢地，这些卡片，就变成了他的一篇论文，甚至一本书。同事们也很乐于到郭承基的办公室，他们说，只要进了郭先生的办公室，就总有话题可讨论，总有知识可获得，总有思想被激发。

郭承基还自学了哲学，尤其深入研究自然辩证法，他觉得这有助于拓展思路，可以将辩证法应用到矿物学的实践中。他对地球演化过程的研究，就是他将哲学与科学研究相融合的成果。

郭承基认为，在地球发展演化的过程中，矿物、矿床类型及矿物组合的转化是一个由量变到质变的过程。他写成《地球化学演化过程中继承与发展的辩证关系》一文，创造性地提出了"矿物进化论"观点。

自然界是在不断变化的,这是一个普遍的观念。古人说"海枯石烂""沧海桑田",虽然谁也没有见到过海枯、石烂,以及大海变成田地,但古人相信,只要时间久远,就有可能发生。这当然是有道理的。人生不满百,一个人在他的一生中,会看到日升月落,会看到花开花落,会看到生老病死,但是地球的演化、山脉的演化、矿石的演化,需要的是几十万年、几百万年甚至几千万年的时光,一个人在他有限的生命里是不可能看到的,他看到的只能是"山也还是那座山,梁也还是那道梁"。其实,就像"人不能两次踏进同一条河流",山也不是那座山,梁也不是那道梁,自然界在不断地变化。号称"世界屋脊"的喜马拉雅山脉,在6 500万年以前的中生代末,是一条连接特提斯洋与太平洋的海峡通道。在距今3 000万年前,印度板块不断北移,最后和亚洲大陆板块相撞。当两个坚硬的大陆板块相撞时,双方"互不相让",大家一起向上抬升,就形成了今天的喜马拉雅山脉。这个抬升,到现在还在继续,据测算,喜马拉雅山脉平均每年上升18.2毫米。如果按照这个速度上升,1万年以后,它将比现在高182米——哪个人又能活到1万年后呢?所以,人们眼中的山就是一成不变的山。

然而,人类的伟大之处,就在于能"看到"没有看到过的东西。人们看不到山的上升或者下降,但可以根据各种迹象来推断它的上升或是下降。如果一个人在山顶的石灰岩层里发现了一个海洋动物的化石,这个化石是侏罗纪时代的海洋生物,这个石灰岩是海底沉积形成的,那么他就可以相信,这座山在1.5亿年到2亿年前,是一片汪洋大海。这就是山脉的演化,没有一个人能够看到,但有足够的理由可以让人相信。

地球如此,山脉如此,矿石呢?应该也是如此。但要具体到某一矿物是如何形成的,形成于什么时候,就没那么简单了,这需要大量的专业知识,需要实地勘探,还需要一点儿辩证法。地球是46亿年前形成的，花岗石是地球形成后七八亿年才出现的，石灰岩、方解石、白云石的出现则是很"近"了，才20亿年。那么稀土元素呢？以前大家都不知道，但郭承基通过他的矿物化学，依据铈族稀土与钇族稀土比值和钍铀比值，提出白云鄂博矿床中稀土元素来自地球深处，是在演化过程中慢慢到地表的。这是从来没有人说过的新论，让人耳目为之一新，到现在则成为普遍接受的定论。这一论断，其意义不仅仅是理论上的，对于寻找稀土矿同样有着很强的实践指导意义。

郭承基有句名言：矿物是活的。他多次对学生们说："在许多人看来，矿物是没有生命的。可是在我的心目中，矿物是活的，是有生命的。它们处于不断的和永恒的变化中。正是在这些变化中，矿物显示出它们非凡的生命力。"把自己的研究对象看成活的、有生命的，这几乎是所有伟大科学家的共同感受。只有当他们把冷冰冰的一块石头看成一个生命并灌注自己的感情时，他们才真正理解了这块石头，并从这块石头中看到了自己。丁道衡、何作霖、郭承基，他们就是这样的人。

为了早日向国家提交研究报告，郭承基提出了三年任务两年完成的目标，白云队研究工作抓得很紧，全队经常进行学术汇报和交流。工作中有了新发现和重要成果，他们就及时写出工作简报，发送到白云鄂博矿山。这些简报如《内蒙白云鄂博矿区矿石及矿物中稀土配分的研究简报》《内蒙白云鄂博矿区易解石富集带工作简报》《内蒙白云鄂博矿区主矿上盘钠交代岩中铌钽的分布》《内蒙白云鄂博矿区锆英石的研究简报》《内蒙白云鄂博东接触带花岗岩研究简报》《内蒙白云鄂博矿石矿物稀有元素分析方法摘要》等，清晰地指出一点：在进行铁矿的采选、冶炼时，必须考虑稀土、铌和其他伴生（共生）金属元素的综合利用，其综合利用所得到的经济效益远高于铁矿本身。

三年的任务果然用两年完成了。1965年4月，在第二次"4·15"

会议上，105地质队和白云队两个单位分别汇报了各自的研究成果。郭承基的汇报，首次全面阐述了白云鄂博矿床的矿石类型、物质成分、赋存状态和分布规律，并提出了矿床成因及控制因素的观点，指出了白云鄂博矿床是一个大型的铁、铌、稀土矿床。正是在这样的基础上，第二次"4·15"会议确定了白云鄂博矿"以铁为主，综合利用"的方针。白云队的《白云鄂博矿床物质成分地球化学及成矿规律的研究》也获得了1978年全国科学大会奖。

数年前即1957年，郭承基建立了国内第一个稀有元素矿物化学实验室，并与司幼东一起组建了我国第一个稀有、稀土元素地球化学研究室，他们豪迈地提出了一个口号："要使稀有变富有。"白云队的工作证明了这不仅是一个口号，也是一个现实。

晚年的郭承基，功成名就，名声卓著，荣誉和机会不期而至。"文化大革命"中遭受的迫害，使他有理由也有资格向组织要求点儿什么。可郭承基微笑着，客气而坚决地谢绝了一切"厚爱"。然而，一次冠心病发作突然晕倒后，他向组织提了一个要求：在城外山上的植物园给他提供一套房子。一个什么都不要的科学家的唯一要求，怎么能不满足呢？尽管大家对这个要求有点儿想不通，但政府还是在山上专门给他建了两间平房，单独为他通了水，通了电，通了电话。在这样远离市区的山上生活，当然很不方便，吃的、穿的都要儿女们肩扛手提地送上去，但郭承基坚持要住在山上，并且甘之如饴。他清楚地知道自己想要什么，他要一个远离尘嚣的世界，心无旁骛地做自己的事。他在这里，每天只是思考、写作。就这样，从1985年到1996年，郭承基写出了五卷本的鸿篇巨制——《稀土地球化学演化》，整整570万字。他在稀土研究上，给后人留下了另一种"富有"。

第三章 上下求索

自古以来，就有埋头苦干的人，有拼命硬干的人，有为民请命的人，有舍身求法的人……这就是中国的脊梁。

邹元燨，一个第一流的冶金学家，在中国第一次成功试制出球墨铸铁后，另起炉灶，"私底下"搭建了中国第一个稀土组，甘冒政治风险"硬杠"苏联权威——因为祖国需要；一群风华正茂的名牌大学毕业生，在寒风凛冽的楼顶上用铁锅"炒矿"，中毒、烧伤、早逝，无怨无悔——因为祖国需要！

"女娲炼石补天处，石破天惊逗秋雨。"中华人民共和国10岁时，中国稀土第一号合金出炉，稀土工业发展的大门，就此打开。

第一节　人就靠这点精神

爱国与科学的种子。

1963年第一次"4·15"会议,特邀了3位科学家——向中央上书的叶渚沛、中国科学院地质研究所所长侯德封、中国科学院冶金研究所副所长邹元燨。叶渚沛的《关于合理利用包头稀土稀有资源的建议》是引发"4·15"会议的"导火索",中国科学院地质研究所是稀土勘探、分析的主力军,白云队此时正整装待发,叶、侯两人自然是要"特邀"的。而邹元燨的"特邀",在于他几年前炼出了中国第一炉稀土硅铁合金。"4·15"会议不是要研究综合利用吗?综合利用的样板就在这里。

如果说,叶渚沛更多的是在理论上论说"铁稀并重",那么邹元燨则以几年的埋头苦干来证明,叶渚沛的建议不但是有道理的,而且是可以做到的。包钢的铁矿石中可以提炼出稀土,包钢的炉渣中可以制备出稀土硅铁合金,而且,稀土硅铁合金已经开始用在了47个钢种上。稀土工业化,不是纸上说说的事,也不仅仅是实验室里的事,而是眼前实实在在的事。

邹元燨是浙江平湖人。当地有个说法,叫"金平湖、银嘉善、铁海盐",分别指3个相邻的江南小县——平湖、嘉善、海盐。平湖被冠之以"金",据说与清代名臣高士奇有关。原籍钱塘、落籍平湖的清代名臣高士奇去世后,康熙帝派近侍来平湖慰问。时值阳春三月,东风骀荡,大片大片的田野里开满了灿烂的油菜花。平日不出紫禁城的近侍见了这等奇景,不禁脱口而出:"春风得意金平湖,花团锦簇尽黄金。"使者回京复旨时,把那两句诗写进了奏章,康熙帝阅后,慨然长叹:"美哉,金平湖!"——从此,"金平湖"之称便有了。

这故事的真伪自然无法也无须考证,但邹元燨确是当得起"金平湖"的这个"金"字,他是著名的冶金学家,以点铁成金的本领,炼出了中国第一炉稀土硅铁合金,让"金平湖"的这个"金"字,镀上了科技的色彩。

或许我们还可以慨叹一下。康熙的"金平湖","金"字背后是油菜花;邹元燨的"金平湖","金"字背后是稀土硅铁合金。一个"金"字的300年,中国从农耕社会迈向了现代工业社会。

邹元燨生于1915年,这一年,日本向袁世凯政府提出了臭名昭著的"二十一条",也是在这一年,中国最早的现代科学学术团体——中国科学社,在大洋彼岸的美国康奈尔大学创办。救国与科学,在这一年碰撞在了一起。襁褓里的邹元燨当然不会知道,中国科学社发起人之一的周仁,后来与他分别成了中国科学院冶金研究所的正、副所长,另一发起人杨铨(号杏佛),正是中国科学院冶金研究所杏佛楼所纪念之人,邹元燨的稀土组正是在这座大楼的楼顶上做的实验。

幼年邹元燨,对于爱国,早早就有了切身的感知。

邹元燨的父亲邹宏宾,这位山东孔孟之乡"儒风邹城"的邹氏七世裔孙,早年留学日本早稻田大学,思想进步,与嘉兴"辛亥革命七烈士"之一的陈仲权成为莫逆之交,陈仲权还把自己的妹妹陈瑛嫁给了邹宏宾。邹宏宾跟着陈仲权,在东京加入了同盟会,结识了陈英士、褚辅成等一批反清革命志士。邹宏宾回国后，一方面参与反清活动，另一方面开办师资讲习所，启蒙民智。1913年，袁世凯篡权独裁，引发"二次革命"时，邹宏宾和陈瑛夫妇积极参与陈英士在上海发动的讨袁活动，秘密筹购和运送武器、弹药。"二次革命"失败后，陈仲权遭袁世凯暗杀，邹宏宾夫妇彷徨无计，带着邹元燨兄弟俩归隐于家乡平湖乍浦镇。在家里，邹宏宾自任"塾师"，传授孩子们科学新知，闲下来时则与他们赋诗作对。

有意思的是，名士风度十足的邹宏宾，喜欢作诗、下棋、饮酒，却不让儿子邹元燨跟着学棋，更不让他沾酒，邹元燨说是"三绝莫传棋与酒"。显然，邹宏宾对这个幼子有着极大的期望，他不想让棋与酒耽误了他。邹元燨对这段少年经历念念不忘，曾写诗载："萧斋曾晒春风句，窗课尝吟夏雨诗。"顺便说一句，写诗的爱好伴随了邹元燨的一生。平心而论，老一辈科学家中，写诗的不少，但写得如邹元燨这样情理兼备、文采斐然的，却是不多。

幼年时期，让邹元燨印象最深的，是父亲带着他们来到嘉兴南湖，凭吊舅舅陈仲权，给他们讲舅舅的故事。而父亲与朋友们"慷慨论时事，羁栖笑楚冠"的情景，也时常萦绕在他的脑海中。

几十年后，邹元燨对当年的情形仍念念不忘。他回忆说：

幼时对我影响最深的事情之一，是常听父母讲述他们跟随舅父陈仲权反清倒袁的动人故事，那些故事使我懂得为人处世首先要考虑如何报效国家。当年舅父和父亲一同留日，在东京加入同盟会，跟随孙中山、黄兴、宋教仁和陈英士等参加辛亥革命前后的革命斗争。连我母亲也在他们的影响下参加了秘密运送武器的工作。翌年，他们目睹手造之共和国倾覆于袁氏之手，即又投身于上海的讨袁活动。但不久，舅父遭袁世凯派人暗杀，国是日非。父亲退而从事高等教育和公路建设等实际工作,同时指引我们学好科技以献身工业革命。母亲也时时教导我们要像舅父那样热爱祖国。这种拳拳爱国之心策励我们奋发向上。我之所以很早立志献身科学事业并主攻冶金学,就是鉴于旧中国重工业落后,我才选定在这方面报效国家……40年来,我在科学战线上坚持努力,历经挫折而不馁,终于连续7次获得国家级科学奖。这一切都源于自小孕育的爱国观念的驱使。人活着,就是靠着这点精神,不为追名逐利而自堕。

爱国与科学的种子,就在这里萌芽了。

一个人的奖学金

有着邹宏宾这位早稻田大学硕士做"家庭教师",邹元燨学业优异几乎是件理所当然的事,他与哥哥邹元辉在考试中总是名列榜首,在平湖当地有"双凤"之称。虽是名门,但邹家的经济并不宽裕。或许是这个原因吧,邹元燨在高中毕业后,1933年下决心报考上海"味精大王"吴蕴初设立的清寒教育基金,因为考取者可以获得全额奖学金,并且可以在浙江大学、上海交通大学和清华大学等名校中选择一所就读。自然,这个教育基金的获取难度极高,其在全国录取的高中生名额不过10多名,但邹元燨对自己很有信心。结果也是天遂人愿,邹元燨竟然一举夺冠,吴蕴初亲自为之颁奖。

1937年,抗日战争全面爆发,邹元燨也在这一年从浙江大学化工系毕业。国难当头,一腔热血的青年邹元燨,先后来到南京、长沙、重庆、昆明,在国民政府资源委员会下属的炼铜厂和钢铁厂工作,以科技报效国家。1942年,邹元燨迎来了人生中的一次重大机遇,那就是林森奖学金第二次招考。

林森奖学金以为国家培养战争所需之高级技术人才为宗旨,这一点深深地打动了邹元爔。当时,已是云南钢铁厂副工程师的邹元爔,思前想后,终于在考前一个月痛下决心,辞职备考。

说邹元爔报名参加林森奖学金考试是"痛下决心",一点儿也不夸张,因为这林森奖学金考试是当时级别最高也最难考的留学生考试,没有之一。

林森是南京国民政府主席,国民党的元老之一。林森奖学金是民国时期第一个以政府官员名义命名的奖学金,全称叫作"林森七秩寿辰纪念奖学基金",由国民党中央常委会于1937年设立。一项奖学金竟以中央常委会名义来设立,级别之高,无出其右。林森奖学金的审核也极为严格,专门设立的考试委员会由5人组成,分别是林森指派的1人、中央秘书处指派的1人、考试院指派的1人、中央大学校长、教育部高等教育司司长,其阵容之豪华,也是无出其右。对于考生,除要求学业优秀,因是为战争服务,还要求有较好的品行和身体素质。林森奖学金还特别规定,考生到国外学习的,学的必须是有利于国家战争的专业,如第一届选派的专业,就是军用化学。考试科目共8~9门,除了国文、英语、历史、地理等基础课,还有对应选派专业的专业课,命题人和阅卷人,都是所在领域的全国一流专家。

如此大的阵仗,录取的学生是多少?

1名。

是的,只是少到不能再少的1名。林森奖学金在其章程中虽说是录取2~3名,但2届考试,均只录取了1名,它把"宁缺毋滥"4个字执行得太彻底了。第一届录取的是毕业于清华大学化学系的韩维邦。韩维邦是浙江海宁人,算是邹元爔的老乡,留学于美国麻省理工学院化学工程系。后来,因为英国伦敦大学的高温高压工程课"对于制造军火关系甚切,而国内专长此道者,尚不甚多见也",韩维邦遂到伦敦大学学习高温高压工程技术,回国后在汉阳兵工厂效力。第二届也只录取了邹元爔1人,而且过程也是一波三折。

第二届林森奖学金选派的专业是炼钢,考试于1940年8月在重庆和昆明同时举行,当时邹元爔并没有报考。考试结果出来,考生的成绩都没能令人满意。教育部专门召开会议讨论此事,认为考试成绩第一名的彭民一虽总分不错,但专业成绩不理想,对于彭民一在矿物学、冶金学上的水准,需要再请3名矿冶专家进行评估。3名专家看了彭民一的试卷,认为他的专业素养未臻出色,不能录取。于是,考生全军覆没,第二届林森奖学金竟至"流产"之境。

这样,1941年底,第二届林森奖学金举行了第二次招考,邹元爔知难而上,毅然报考。试卷先经专家阅评,再经国民政府考选委员会开会复核,邹元爔成为无可争议的第一名,也成为这届林森奖学金录取的唯一一名,可前往美国卡内基理工学院攻读冶金科学博士学位。在如此严苛的考试中摘得桂冠,邹元爔欣喜若狂,作诗一首以纪其事:"霓裳咏处会群英,金榜居然署姓名。东鲁家风扶后学,西川云气升前程。帏庭客邸心俱喜,膏火寒窗志竟成。敢诩龙门今十倍,还怜四海未升平。"

"还怜四海未升平",一头挂着对满目疮痍的祖国的忧思,一头挂着科技报国的雄心,邹元爔于1942年底从昆明出发赴美。当时正值太平洋战争期间,海上交通不畅,经印度、非洲、南美,途中周转了3个月。一路上,邹元爔耳闻目睹了德国和日本法西斯的横行无忌,欧亚大陆先后有13个国家为之倾覆,他悲感不已,挥笔写下了《哀十三国咏》。《哀朝鲜》《哀波兰》《哀捷克》《哀丹麦》《哀奥地利》《哀比利时》……一连13个"哀",如杜鹃啼血,哀痛至极。《哀法兰西》是对绥靖政策的谴责:"十万貔貅退海中,巴黎城上夜传烽。漫云防线成虚设,攻守由来势不同。"《哀南斯拉夫》则是赞扬南斯拉夫游击队的不屈抵抗："西欧几处起妖氛，南国笳声马上闻。留得健儿拼一死，还堪游击立功勋。"正所谓"借他人之酒杯，浇自己之块垒"，邹元爔在异国他乡，念兹在兹的，还是苦难深重的祖国。

十三国邮票为别礼

邹元爔到达卡内基理工学院所在的美国钢铁之城匹兹堡时，已是第二年的2月。

现在可能很多人不知道卡内基理工学院，但说起卡内基梅隆大学，这所出过13个图灵奖、20个诺贝尔奖、9个奥斯卡金像奖、114个艾美奖得主的名校，学界应该无人不知。是的，卡内基梅隆大学由卡内基理工学院和梅隆工业研究所于1967年合并成立。而卡内基理工学院的前身，是创建于1900年的卡内基技术学校，其创始人，则是比学校名气更大的"钢铁大王"卡内基。在美国，这个名字是与"汽车大王"福特、"石油大王"洛克菲勒等相提并论的。安德鲁·卡内基白手起家，创立了美国钢铁公司的前身——卡内基钢铁公司，几乎垄断了当时的钢铁市场，而它所在的匹兹堡，也因钢铁工业的发展有了"世界钢都"的称号。

邹元爔就读的是卡内基理工学院的冶金工程系。冶金工程系分两个专业：化学冶金和物理冶金。化学冶金主要从矿石中提取所需金属或金属化合物，物理冶金主要通过各种成型加工方法来制成性能各异的合金或者金属。可以简单地理解为，化学冶金就是如何制造钢铁，物理冶金就是怎么让钢铁更有用。就师资水平而言，卡内基理工学院的物理冶金专业明显强于化学冶金专业。然而邹元爔考虑再三，还是义无反顾地选择了化学冶金专业，因为当时的中国，更需要的是冶炼出大量的钢铁。他后来写过一篇《对党的认识》，其中写道："1937年我从浙江大学毕业时正值抗日战争爆发，与父亲随南京资源委员会辗转长沙、重庆和昆明等炼铜和炼钢铁工厂任工程师，历时5年，亲眼看到国家因铜和钢铁短缺而饱受帝国主义侵略。1942年赴美留学，考虑到我国工业落后，若要强大必然钢铁先行，于是我选择了化学冶金专业，学成后立即回国。"

邹元爔的导师，就是大名鼎鼎的罗伯特·富兰克林·梅尔，这位后来的美国国家科学院院士、美国矿物和金属咨询委员会主席，当时是卡内基理工学院冶金工程系的主任。据说，在当时，美国和加拿大的冶金教育及产业领域中，有1/4的负责人是梅尔的学生。这样一位冶金学大师，对于邹元爔的影响无疑是巨大的。而梅尔那句名言，"如果一天工作8小时，你就成不了科学家"，更可以说是邹元爔一生勤奋工作的注脚。

邹元爔为自己制订了严格的作息制度，每天清晨6点就起来开始学习，去实验室时，带上几片抹了花生酱的面包，这就算是午餐了。除了偶尔写几首诗词，邹元爔也没有什么消遣和爱好。但中国留学生之间的小聚会，他倒是经常参加。邹元爔出国时，抗日战争正进入关键阶段，几年后，抗日战争胜利，国民党又悍然发动内战，国内、国际局势是大家讨论得最热烈的话题。所谓旁观者清，邹元爔虽没有亲历国内的风起云涌，对时代却有着清醒的认识。

当时的美国，是无可争议的钢铁强国，其冶金技术同样处于绝对的领先水平。在这样一个冶金强国的最好的冶金学院学习且师从顶尖的冶金学泰斗，邹元爔一下就走到了冶金技术的世界前沿。

也是在这一时期，随着第二次世界大战的白热化，各国竞相研制尖端武器，德国开始尝试把稀土合金用于飞机、坦克制造，美国的一些钢铁厂也开始在钢铁中掺入稀土以提升性能。梅尔是美国钢铁公司的咨询顾问，1945年，他被派往美国驻伦敦大使馆，与参谋长联席会议技术情报调查委员会一起工作，并在美国陆军之后访问了德国的冶金研究中心，为此，梅尔被授予准将军衔。梅尔可以说横跨了学界、业界和军界，对钢铁冶金的最新进展了如指掌。作为梅尔的学生，邹元爔多次到美国钢铁公司观摩、实习，美国先进的炼钢工艺给他带来了巨大的震撼。

一次参观后，邹元爔深有感慨地说：钢铁，就是一个国家的骨骼。骨骼不强，国家就立不起来。

也是在留学期间，邹元爔对稀土有了初步的了解，一个在中国开发稀土的梦想在这里萌芽了。这并非只是猜测。1950年，邹元爔在浙江大学化工系任教，他的学生蒋新元回忆说："邹老师与其他老师不同，他教授的'冶金学'不但讲授钢铁冶金，还介绍国家建设中急需的其他金属材料。在他的课上，我第一次听到许多金属材料的新名词。邹老师说，他准备开设一门'金属材料学'选修课，讲授各种金属材料的冶炼方法和应用，其中包括许多有色金属和稀有金属，特别是稀土金属。当时我国冶金工业相当落后，邹老师的讲课大大开阔了学生的眼界。"1950年时，241地质队才刚到白云鄂博，邹元爔就已经在准备讲稀土金属的冶炼和应用了，这些知识只能是他在卡内基理工学院学习时掌握的。

邹元爔在卡内基理工学院的博士论文是《在液态铁和银之间某些元素的分配》，这是一篇颇具创见的优秀论文，在冶金学理论中有重大突破。直到20世纪80年代，美国麻省理工学院冶金物理化学著名教授艾略特，还对中国科学院院士、冶金材料物理化学家周国治说："邹元爔当年创导的由分配系数确定活度的方法是具有经典性的，在冶金物理化学领域中具有重要意义。"一篇博士论文竟让一位学术大师记了几十年，可见这篇论文之卓越。

负笈海外，苦读4年，邹元燨终于获得了博士学位，还是卡内基理工学院这一届毕业生中唯一的博士，其艰难可想而知。1947年2月2日，卡内基理工学院举行隆重的结业典礼，几百名研究生和本科生列队进入礼堂。邹元燨作为唯一的博士，穿戴博士服，精神焕发，站于队列之首，领队入场，成了全场最为耀眼的明星。邹元燨也踌躇满志，当晚就作了一首诗《卡内基大学博士及第》："辛苦频年差不负，风云有志岂难申。会当抛却琴书去，把剑欣看塞外香。"

拿到学位，邹元燨便急着打点行装，准备回国。临行前，梅尔把他叫到办公室，郑重其事地交给他一本邮册。邹元燨打开一看，里面是一些欧洲国家的纪念邮票。翻看了几套，他的脸色不由得凝重起来。梅尔走上前，握着邹元燨的手，说："当年你来卡内基时，向我呈上了《哀十三国咏》，以明心志。今天你即将回国，我特意把这13国的邮票集成一册，以作赠别之礼。只希望你的殷殷报国之志，一如昨日！"邹元燨肃然起敬，沉声道："元燨此去，定当以毕生所学，报效祖国，必不负导师今日之嘱托！"

终于回到魂牵梦萦的祖国了。邹元燨接过朱德总司令签发的"中国人民革命军事委员会顾问"的聘书，意气风发，万千豪情陡然生于胸中。这时正在卡内基理工学院留学的学弟吴自良，从美国来信询问国内形势，邹元燨说了8个字："形势大好，赶快回国。"或许正是这8个字，让吴自良下了回国的决心，也让中国有了一位"两弹一星"的元勋。

国内科学界对邹元燨充满了期待，这是一位从世界第一冶金强国的第一流大学的顶尖专业中学成归来的科学家，百废待兴的工业建设正需要这样的科技领军人才。1950年2月，中国科学院副院长竺可桢推荐邹元燨担任中国科学院工学实验馆（中国科学院冶金研究所的前身）室主任和研究员，给了他一个大展身手的舞台。

邹元燨生命中新的一页翻开了。

第二节　国家需要就是方向

"无中生有"的钴

中国科学院工学实验馆坐落在上海长宁路上,邹元燨的办公室在杏佛楼的203室,从办公室的窗口望出去,正好可看到大上海熙熙攘攘的街景。

1950年春天的一天,乍暖还寒。邹元燨又站在窗口,默默地看了一会儿,脸色渐渐难看了起来。他打了个电话,叫来了研究员沈邦儒。"知道我刚才在看什么吗?"邹元燨指着窗外,对沈邦儒一字一顿地说,"在看公交车!"顿一顿,又说:"看煤气包。"

沈邦儒望向窗外,马路上正开过几辆公交车。公交车顶上,盖着硕大的气包,那气包跟公交车一样的宽大,高度足有2米,摇摇晃晃,很是刺眼。这大气包,就是邹元燨说的煤气包。

沈邦儒默然,他自然清楚这煤气包是干什么的。

中华人民共和国成立初期,偌大的中国,并无一个大的油田,西方国家又对中国封锁资源、封锁技术,中国的石油极度匮乏。没有油,汽车就跑不起来,不得已,只有烧煤气。可是当年的气体压缩技术还不成熟,无奈之下,只能将煤气在常压下储存。公交车上的大气包就是用来储存煤气的，人们称之为"煤气包"。煤气包鼓鼓囊囊的，随着公交车的行驶，气包一点点干瘪下去，在车顶上摇摇欲坠，有点儿滑稽。一旦气不足了，公交车就得抛锚，要是煤气包不小心被划破了，更会造成煤气泄漏。煤气包既麻烦又危险，这谁都知道，但没有石油，又有什么办法呢？只能将就着，以至有人称它为"受气包"。

邹元爔与沈邦儒相对坐下。邹元爔说：别看这煤气包难看，这算是"先进"的了，10多年前，我在重庆、昆明坐的还是木炭车。

邹元爔说的木炭车，顾名思义，就是以木炭为动力的汽车，这在今天听来有点儿匪夷所思，但木炭车在抗日战争时的重庆、桂林等地却使用普遍。由汽油车改装的木炭车，车的尾部安着一个能装下100千克木炭的有盖的大炉子，驾驶室内装着一个连接炭炉的鼓风机，木炭点着后，通过鼓风机把炉子烧旺。木炭在缺氧环境下不充分燃烧，产生大量一氧化碳，过滤后，输入化油器中点火使用。

这种木炭车，除了配有司机以外，还得有一个专门"侍候"炭炉的助手。助手要提前四五十分钟点炉，之后车子才能启动，行驶过程中助手还要不时地扒炉、续炭、点火、吹风，清除罐内积炭等。汽车行驶得缓慢无力了，助手就往炉子里倒一杯冷水，激发木炭产生煤气，催动车子加速。这样的木炭车，行驶速度慢，载重能力差，抛锚更是家常便饭。遇到上坡路段，经常熄火，旅客就得下来推车。一不小心半途中木炭烧完了，旅客还得下车拣树枝充作燃料。

1939年，著名地质学家李四光在川鄂边境考察地质时，就乘坐木炭车往返。此行想必给他留下了极为深刻的印象，也更加坚定了他在中国开发油田的决心。

邹元爔对沈邦儒说：找你来，自然不是闲话当年，而是想交给你一个任务——提炼钴。

钴是一种稀有金属，现在人们对它的了解，可能只局限于医学上用钴60产生的γ射线对恶性肿瘤进行放射治疗，但在工业上，钴是制造合金钢的重要金属，也是调制各种高级颜料的重要原料。邹元爔要提炼钴，其意却不在此。他对沈邦儒说："制造人造石油，急需要钴。我国没有富钴矿，只有钴含量很低的钴土矿，从钴土矿提炼钴，是国家急需的，这工作十分有价值。"

邹元爔所说的"人造石油"，是我国当时正在开展的一项重要科技项目。

中华人民共和国成立初期，中国仅有5个油矿，最早的是台湾的苗栗油矿，还有陕西的延长油矿、甘肃的玉门油矿、新疆的独山子油矿、四川的巴县油矿，全都技术落后，产量少得形同虚设。相对于日新月异的建设，油矿的产量连杯水车薪也算不上。但是，百废待兴的新中国，绝不能没有石油。

既然地下找不到石油，那么，能不能造石油呢？从抗日战争时开始，中国就一直在动这个脑筋。1950年4月，全国第一次石油工业会议确定了"大力勘探天然石油资源，同时发展人造石油，长期地积极地努力发展石油工业"的方针。当时，人造石油的基地在东北，最大的人造石油企业是锦州合成厂。

所谓人造石油，是用油页岩、煤、油砂等可燃矿物，通过大量复杂的工序如干馏等，提炼出的类似于天然石油的液体燃料。炼制人造石油的关键，就是要有钴作为催化剂。

那么，中国的钴哪里有？答案是：几乎哪里都没有。

当年日本战败之时，留德博士、炼油专家赵宗燠先生就向蒋介石提出，把在日本九州的催化剂厂作为"战争赔偿"迁至锦州来，但因种种原因，此提议没有实现。现在钴卡住了人造石油的脖子，权宜之计只有买钴来用。锦州合成厂的人到了香港，联系美国商人洽谈购买。

眼看有了眉目，朝鲜战争爆发了，美国商人出尔反尔，拒绝供货。锦州合成厂只得转而找德国人和英国人，最后，在中共驻港商业代表办事处和地下党的配合下，用3 000吨大豆换回200吨硝酸钴和部分硝酸钍。

此时的中国，一面是热火朝天的经济建设，一面是艰苦卓绝的抗美援朝，石油如同沙漠中的水，极为稀缺。东北工业部接到党中央、毛泽东主席的指示，一定要在一年内炼制出自己的石油来。锦州合成厂提出了"后方多产一滴油，前方少流一滴血"的口号，人造石油的生产进入倒计时。

钴，是打开人造石油之门的钥匙，是关键中的关键。

邹元爔把提炼钴的重任交给沈邦儒，是经过深思熟虑的。他为沈邦儒指出了炼钴的路径："这项研究工作分两步走。第一步，把钴从矿里浸出；第二步，提炼钴液后用电解方法制得钴。"

巧的是，中国科学院工学实验馆馆长、著名冶金学家周仁一直也在关注着人造石油的事。抗日战争胜利时，国立中央研究院工学研究所从昆明回迁上海，周仁留了个心眼儿，特意带了几麻袋的钴土矿，放在研究所杏佛楼的楼顶上。沈邦儒就以这几麻袋钴土矿为材料，做起了提炼钴的实验。

钴土矿中钴的含量只有2%～3%，要把它全部提炼出来很困难，程序极其烦琐，耗时也很长，实验一开始进展得并不顺利。邹元爔和沈邦儒夜以继日地泡在实验室，花了半个月时间，终于找到了一种适宜的浸出剂，使钴的浸出率达到92%～96%，浸出时间也大大缩短。这一科研成果，刊登在了《科学通报》期刊上。邹元爔大为高兴，说：现在别人也在做钴的提炼，我们领先了一步，要保持跑在前头。他还要求沈邦儒把实验数据全部记下来。邹元爔说得很实在："每一个成果都是花心血得来的，非常宝贵，一个也不能丢弃。即使有一个数据显得很特别，令做的人以为自己做错了，这个数据也不能丢，因为它不一定有错，将来也许有人受它启发，可以获得一个很重要的发现。"

1951年2月10日，锦州合成厂炼成了中华人民共和国的第一滴人造石油，当日产油2 000升。1951年国庆，锦州合成厂生产出的第一炉喷气燃料油被装在透明的玻璃瓶子里，系上大红绸带，写上"锦州石油六厂全体职工敬上"几个字，作为国庆献礼送到首都北京。

同时，中国科学院工学实验馆的钴提炼实验取得圆满成功。1951年12月17日，锦州合成厂派人来到中国科学院工学实验馆，现场试验。结果邹元燨等人提炼出来的钴，每克可以合成16毫升石油，超过了锦州合成厂每克可以合成15毫升石油的要求，双方当场就签订了合同。这就意味着，中国再也不用到国外市场上用大豆去换钴了。

把铁炼得像钢

钴的成功提炼，是邹元燨回国后的第一次亮相，或者说是一次"热身"。在提炼钴的同时，邹元燨已经盯上了另一个重大项目：球墨铸铁。

跟提炼钴是为了解决"石油荒"一样，球墨铸铁要解决的，也是国家建设最为急需的资源，那就是钢。

1949年，中国的钢产量是15.8万吨，占全球钢产量的0.1%，是美国的1/500，日本的1/26，甚至远远不如印度，只有它的1/9。摊到全国5亿多人身上，大概人均300克多点儿，只够打半把菜刀。然而，国内建设工地上，铁路需要钢，煤矿需要钢，汽车需要钢。抗美援朝战场上，坦克、飞机、大炮，哪一样离得开钢？人是铁，饭是钢，倒过来也一样，钢就是饭，一个国家连"饭"都吃不饱，怎么站得起、挺得直？怎么跟美国打仗？

中国对钢的迫切需求，几乎可以说到了饥不择食的地步。1950年，有关部门想通过上海一个资本家，从日本进口9万吨钢。

从英国、法国甚至美国进口，这倒也罢了，从日本这个与中国有着历史仇恨，刚刚被中国打趴下、赶出去的国家进口钢材，这叫中国人如何受得了？但受不了也得受，眼看抗美援朝战争马上打响，没有钢铁，这仗就没法打。最后，中央政府只能同意了。什么叫"形势比人强"，这就是形势比人强。

毛泽东说，"一个粮食，一个钢铁，有了这两样东西，就什么都好办了。"反过来，没有这两样，什么都不好办。

如果说，发现几个大油田，就可以大大缓解"油荒"，但钢产量的增长，却只能一步步来，在短时间内建设大量炼钢厂和轧钢厂是不现实的。钢铁发展的路上，只能快跑，不能跳跃。

难道就没办法了？

邹元爔他们想到，国内的机械厂都可以铸铁，如果生产出来的铸铁有着钢的性能，是不是可以当钢来用呢？完全"以铁代钢"当然是不可能的，否则就没必要炼钢了，但只要性能接近，所谓"事急从权"，也就可以解决钢材不足的部分问题。

这当然不是异想天开。铁与钢本来就是"同胞兄弟"，主要区别在于含碳量。含碳量超过2%的铁，叫生铁；含碳量低于0.02%的铁，叫熟铁；含碳量为0.02%～2%的铁，称为钢。铸铁中含有3.5%～4%的碳，它们以菊花形片状石墨的形式存在。碳的比重比铁小，4%的碳在铸铁中所占的体积很可观，所以一般铸铁的断面都呈灰色，同时，片状石墨使铸铁基体变脆。很多人都有这样的经验，一根生铁棒，用榔头猛地一敲，说不定就断了。

从公元前513年重达270千克的铸铁刑鼎算起，我国铸铁已有两三千年的历史了。但是，铸铁强度不高的弊病，一直解决不了，说来说去，还是碳含量的问题。

因此，从理论上讲，只要把铸铁中的碳含量降下去，铁就能变成钢——钢铁就是这样炼成的。

这有点儿像石墨与金刚石（就是钻石的原身）的关系。石墨与金刚石都是由碳元素组成的，只不过石墨中的原子形成正六边形的平面结构，而金刚石中的原子形成正四面体的立体结构。就这么点不同，一个黯淡无光，成了铅笔芯，是最软的矿物之一；一个则璀璨夺目，是地球上最硬的物质。因此，只要有产生高压的装置和耐高温、耐高压的设备，通过外力，缩短石墨原子层与层之间的距离，使正六边形碳环转变为正四面体晶格，那么，石墨就会变成钻石——意外不意外？惊喜不惊喜？事实上，1954年，在温度为1 650摄氏度、压强为9.5×10^9帕的条件下，美国通用电气公司的科学家第一次成功合成了人造金刚石。人工合成的钻石甚至比天然的钻石更为完美无瑕，肉眼根本无法分辨——它们的物理、化学特性完全相同。

很多时候，哪怕一点点改变，就足以撬动根本。

邹元燨他们的"以铁代钢"，虽不像石墨变钻石这样炫人耳目，但对于国计民生而言，其重要性却是有过之而无不及。

把铁变成钢，路径有两条。一种称为密烘铸铁工艺，是一项美国专利。就是在生铁熔化时加入废钢，使铸铁中碳含量降低到3%左右，然后添加二硅化钙使碳分布均匀并变细、变短，以此来提高铸铁的性能。但总的来说，这样的铸铁，比起钢来还有着明显的差别。另一种叫作球墨铸铁工艺，是美国科学家加格奈宾等在1948年发明的。简单地说，就是把一种球化剂，加入成分和温度适当的铁液里，使其中的碳结成像球一样的形状，由此避免了片状结构造成的断裂现象。球墨铸铁抗拉力强，有韧性，性能很接近铸钢，可以达到以铁代钢的目的。

同时，球墨铸铁所需要的设备和原料十分简单，普通的翻砂厂就可以掌握这种技术。因此，球墨铸铁的发明，被认为是世界冶金技术领域的重要成就，是工程材料发展史上的里程碑。

这么好的发明，自然不可能轻易让他人得到。球墨铸铁问世2年多了，但国外的有关文献多是理论探讨，对技术、工艺则是语焉不详，球墨铸铁的方法仍处于保密阶段。

邹元爔和所里同事细细分析，反复权衡，最后决定，要解决国家钢材紧缺的难题，必须研制球墨铸铁。

邹元爔查阅了所能看到的国外文献，并以他深厚的冶金造诣，制订了一个制造球墨铸铁的方案：在高温下加入某种球化剂，使铸铁中少部分的碳结晶成球状，然后再加入墨化剂，使其余部分的碳都变成球状，最终使铸铁中的碳结成一颗颗球，这就会将铸铁的强度和韧性提高到接近于钢。这里的技术关键是试制出合适的球化剂和墨化剂。

邹元爔带着研究员孙钟礼和徐元森一起研制。在半年的时间里，铈、镁、锂、锶、钡，各种具有球化作用的元素，他们一种种摸索过去。那段时间里，邹元爔的肠胃病发作了，他吃不下，睡不好。同事们发现，邹元爔来所里，总是带着一个热水瓶。他是在喝什么饮料吗？到了吃中饭时才知道，食堂里的饭太硬，肠胃不好的邹元爔吃不下，热水瓶里带的是家里烧好的粥。

研制遇上了瓶颈，关键问题总是解决不了。心事重重的邹元爔失眠了，晚上睡不着，一闭眼，球状的石墨就在眼前晃动。睡不着就不睡，他干脆起来看文献，做研究。到了凌晨，人实在累得不行，一头昏睡过去。这样天天喝稀粥、开夜车，本来就不壮实的邹元爔，眼看着日渐面黄肌瘦，同事关切地询问，他用一句"人比黄花瘦"，微笑着搪塞了过去。

一次次的挫折之后，功夫不负有心人。1950年10月9日，他们终于试制出了球墨铸铁。

接下来，他们又对多种球化剂的加入方式，以及在不同温度下的加入量做了一次又一次的详细试验，并对球墨铸铁与钢的性能进行了多方面的比较。这样，到1951年7月，球墨铸铁取得了完全的成功，可以在工厂生产了。

研究员徐元森是邹元燨在浙江大学化工系任教时的学生，他清楚地记得，当球墨铸铁试制成功时，邹元燨兴奋得把手高高举起，大声宣布：

中国球墨铸铁第一次在中国科学院工学实验馆试验成功！

《历史的丰碑：中华人民共和国国史全鉴》（中央文献出版社）在1951年的大事记中，赫然列有"球墨铸铁研究成功"一节，并对这一成果做了简要的介绍和高度的评价：

中国科学院工学实验馆研究球墨铸铁于1951年7月获得成功。

该馆的研究人员自1950年7月开始研究球墨铸铁，共试制83次，制成的铸件达6吨，包括高压阀、齿轮、钢锭模、铁砧、轧石板、高压泵铸件、万能材料试验机上的重要铸件、玻璃模子、贝塞麦炼钢炉铸件、柴油机铸件等。所熔制的镁合金有铜镁、镍镁、矽铁镍镁、矽铁镁合金4类。据该馆多次操作经验，镁的吸收率以镍镁合金为最高，矽铁镍镁、铜镁、矽铁镁合金次之。以后在我国大量生产球墨铸铁时，以铜镁与矽铁镁合金较为廉价适用（在产镍丰富的国家，则多采用镍镁合金）。该馆的每次试验都有计划地变更各种镁合金的成分和使用量，对于原料（生铁）成分、铁液温度、镁合金粒子大小、加入方法、处理时间等都有详细的记录。对所铸成的试样，也都做了详细的化学分析、物理性质检验和金相检验。

球墨铸铁是一种新发明的特殊铸铁，因为它所含的石墨是球形的，和普通铸铁所含的片状石墨大不相同。简单地来说，球墨铸铁具有钢和延性铸铁（即马铁）的性质，在有些地方还超过了它们。如果把这种铁和铸钢相比，则（制作）设备简单、成本低廉，易于大量生产；如果和延性铸铁相比，则无需冗长时间的热处理，且不受厚度的限制。这些优点都是十分可贵的。

在当时，球墨铸铁在先进国家也还是一种新的工业材料。中国科学院工学实验馆鉴于此种铸铁对于中国工业化的重要性，在研究成功后，就提倡各地制造。该馆根据中国科学院的指示，拟定了推广的办法。

球墨铸铁的试制成功，在工业界引起了轰动。在钢产量极度匮乏的时代，这无疑是雪中送炭，连《人民日报》也做了报道。它对中国的意义已远远超出了单纯一项技术或是工艺的贡献。由于球墨铸铁所需设备和主要原料比较简单，普通翻砂厂只要接受技术指导就可生产，一时有几百家工厂来中国科学院工学实验馆参观学习，这一技术也在全国迅速得到推广。周仁所长和邹元燨等多次出席华东军政委员会工业部召开的球墨铸铁技术推广会，重工业部、燃料工业部、铁道部和兵工局等单位都踊跃参加，推广会上发出的球墨铸铁应用手册多达280余套。1956年，球墨铸铁技术获得了国家自然科学奖三等奖。

或许还有一个细节不应忽视。中华人民共和国成立初期，中国科学院还没有严格的科研规划，也就是说，试制球墨铸铁，是邹元燨自己找出来的课题。这就意味着，做得出来当然好，做不出来，就是拿自己的职业荣誉在冒险，这完全是一种"自讨苦吃"的行为。邹元燨当然不会不知道这些，然而，比个人专业成就更重要的，是国家的需

要。他有着自己的科研"课题观",后来在《多出成果 多出人才》一文中,他说:

一个科学家能不能拿出成果来,很重要的一关是选择好课题。只要国家需要,即使难度大、要求高,也要敢于承担。如果研究课题既不是国家建设的实际问题,又不是学科中的重大理论问题,研究就往往会劳而无功。一个科学家不仅要勇于接受国家任务,还要千方百计地尽快完成任务。这就是说,科学家必须对国家建设事业怀有强烈的责任心和事业心。

这就是一个科学家的风骨。

第三节 在楼顶上炒矿

研究所里的高炉

最早研制球墨铸铁的国外科学家中,有一位英国人莫罗,他在1948年宣布,用稀土元素铈制成了球墨铸铁,并成功地实现球墨铸铁的工业化生产。这无论是在铸铁发展史上还是在稀土应用史上,都是标志性的成果。

邹元燨对稀土一直很关注,加之又在研制球墨铸铁,对此信息定然熟知,他自然也知道何作霖发现了"白云矿"和"鄂博矿"。但此时,241地质队还刚在几千千米外的白云鄂博草原上安营扎寨。中国何处有稀土矿?是何种稀土?储存量又是多少?全是未知,稀土开发自是无从谈起。

正所谓"机会总是给有准备的人",就在邹元燨的球墨铸铁试验宣告成功不久,稀土研究开发的机会来了。

包钢是苏联援建中国的重大项目之一,包钢高炉的设计由苏联黑色冶金设计院列宁格勒分院承担,但在试冶炼时,难题出现了。

包头的铁矿中,含有大量的萤石(主要成分是氟化钙)和稀土,这在全世界的铁矿中都是极为罕见的，许多新问题随之而来。一是炼钢后产生的炉渣对高炉炉壁侵蚀很严重，一般耐火材料承受不了；二是铁矿石中含有大量的萤石，熔点很低，以至炉料像稀泥一样往下掉；三是由此导致炉缸温度过低，脱硫反应无法进行，炼出来的铁中含有杂质硫，从而影响质量；四是检测发现炉渣中的氟比矿石中的少了许多，这些氟到哪里去了？会不会腐蚀高炉的架子？会不会污染大草原，使牛羊中毒？含氟的废水排入黄河后，鲤鱼跳龙门会不会再也看不到了？

这些问题不解决，苏联专家就无法设计高炉，包钢就炼不成铁、出不了钢。

中国科学院把这一任务交给了中国科学院冶金陶瓷研究所（原中国科学院工学实验馆），要求他们解决由矿石含氟、含稀土所引起的一系列问题，为苏联专家提供设计数据。

邹元爔带着徐元森、王渭源、彭瑞伍等几位研究人员，接下了这个艰巨的任务。

这种情况是包头铁矿独有的，国际上自然没有成熟的解决方案，办法要靠邹元爔他们自己来想。

大家想到，对于这样复杂又独特的矿石，在实验室里测试出来的数据，跟现场操作得到的数据恐怕还是有一些差距，那就不如直接建一个高炉，来个"仿真"的冶炼过程。当然，研究所里不可能真的建高炉，于是他们请来鞍山黑色冶金矿山设计研究院工作人员，在所里的一块空地上，建造了一座1立方米的实验高炉，把包钢高炉的整个冶炼过程全盘照搬过来，而实验室里的工作则配合冶炼现场试验同时进行。

铁矿石当然必须是"原汁原味"的包头铁矿，每天需要1吨。当时包头到上海的铁路还未开通，几十吨的铁矿石，先由人扛下来，再由骆驼驮，再转汽车、火车，最后由研究人员搬到小高炉上。研究所的院子里，一个高炉天天在"炼钢"，这大概也算是难得见到的一景了。

就这样反反复复，经过各种测试和研究，先后获得了上万个数据。综合各种冶炼参数，总算把氟和稀土在高炉内的变化规律搞清楚了。

造小高炉的地方，现在是所里的小花园，青青的草地，挺立的小树，郁郁葱葱。

邹元燨等人通过实验发现，萤石中的氟在冶炼时大部分以氟化钙的形式成为炉渣，小部分以氟化氢的形式进入高炉煤气，还有一部分以粉末状态成为煤气中的炉尘。因此，只要适当提高炉料中石灰石的比例，便可让氟化氢变成氟化钙进入除尘系统，使高炉煤气中氟化氢含量降至安全级别，既不会影响高炉煤气的使用，也不会侵蚀炉体结构，当然也减少了对于环境的污染。这样，铁的质量、高炉的寿命以及空气污染这三大问题都解决了。

至于炉渣对高炉炉壁侵蚀严重的问题，邹元燨也提出了解决方案。在苏联专家的设计方案中，高炉采用高铝砖和铝镁砖为砖衬，只在炉缸部分采用碳砖。邹元燨等人的研究表明，高铝砖和铝镁砖等在高氟炉渣中并不适用，只有从炉缸到炉身下部全部采用碳砖，才能让高炉不被侵蚀，也才能避免重大事故的发生。

邹元燨的方案，解决了一个世界级难题，包头铁矿高炉冶炼过程中氟的行为研究后来荣获了国家自然科学奖三等奖。

荒唐的"荒唐"

事情到此本该圆圆满满，皆大欢喜，但还是闹出了一点"小风波"。

当时的气氛下，对于国外的先进科技，有个口号叫"一边倒"，就是当苏联和欧美科学家有不同观点时，必须按照苏联的来做，最著名的如遗传学，只能讲李森科，不能讲摩尔根，这一点还被上升到了政治是否正确的高度。

对这个"一边倒"，邹元爔颇有点儿不以为然，他说：科研上的事，怎么能"一边倒"呢？学习了苏联，就不能学习美国了？邹元爔还说：我们搞冶金的，不能光学习苏联的萨马林，也要学学美国的奇普曼。

光在国内说说倒也罢了，邹元爔还说到了苏联。

一次他去苏联参加一个学术会议，因为一篇论文中的某一条曲线，跟一位苏联专家争论了起来。这专家，不是别人，正是苏联冶金的代表人物萨马林。

同行的中国学者大惊失色：怎么能同苏联专家唱反调呢？而且还是萨马林这样的大权威。他们张口结舌地站在一边，劝也不是，不劝也不是。不过，10多分钟后，大家就发现不用劝了，因为萨马林笑着向邹元爔伸出了手，说：这条曲线，我萨马林对了一半，奇普曼对了一半，只有你邹元爔是全对的。

萨马林说对也不管用，因为反对"一边倒"，邹元爔在所里多次受到"批评和帮助"，但邹元爔依然坚持自己的观点。用所里一位军管会干部的话说："老实说，他（邹元爔）是不买账的。"

这次，邹元爔带着方案，信心满满地到北京冶金工业部去汇报。当邹元爔说到包钢高炉炉壁的耐火砖应该全部采用碳砖时，听取汇报的一位领导打断了他。这位领导冷冷地看了邹元爔一眼，只说了两个字："荒唐。"

为什么是荒唐呢？"道理"很简单，苏联的炼钢高炉中从来没有全部用碳砖的。你这"一边"，倒到哪里去了？这位领导还顺手给邹元爔"补了一刀"，他说：你们这些从美国回来的学者，就是喜欢资产阶级那一套。

什么叫荒唐？这才是真正的荒唐。

如一盆冷水兜头浇下，邹元燨气得脸色煞白，站起来跟这位领导据理力争。他本不善言辞，激动起来更是结结巴巴，口不择言。领导听不清也听不进他说什么，挥挥手，让他回去。

回到招待所，邹元燨还是伤心不已。陪同他一起汇报的中国科学院院部协调员刘翔声只得连声安慰他。当时已临近春节，邹元燨对刘翔声说：我反正也没有老婆孩子，我没心情回上海过年了，春节我就在北京过了。刘翔声这才知道40岁的邹元燨还没成家。邹元燨愤懑地说："在美国学习时我很用功，一心不二用，没有谈恋爱，想回国后用自己学到的知识为国家效力，没有想到刚刚开始，就遭当头一棒。"

当然，最后的结果还是圆满的。科学毕竟还是科学，当时中国科学院化工冶金研究所所长叶渚沛就十分支持邹元燨的建议。第二年的4月，苏联科学院副院长巴尔金院士率团来访，听到这桩"公案"，也认为邹元燨的方案切实可行。有苏联专家"背书"，事情就好办了。这样，邹元燨提出的高炉改造方案送到中国科学院两矿（白云鄂博铁矿和大冶铁矿）领导小组，经认可后再送到承担包钢设计的苏联专家手中，最终，高炉改造方案中的结论和建议几乎条条都被采纳。自然，包钢的1513立方米高炉也全部用上了碳砖。

在科学真理面前，邹元燨就是这样"认死理"，几年后，他又顶真了一回。

那是1958年"大跃进"运动时期，全国上下大炼钢铁。新闻报道说，河南的一个地方，在煤球炉里炼出了铝。这在科研人员看来简直匪夷所思，但报上说得确凿，时间、地点、人物……5个"W"，1个也不少。中国科学院冶金陶瓷研究所将信将疑，派了两个人去眼见为实。他们回来说，确有其事，亲眼看到铝水从煤球炉里流出来。

研究所里开会讨论此事时，有的人沉默不语，有的人随口附和。邹元爔面孔一板，站起来激动地说："煤球炉的温度根本不可能炼出铝来，这是违反热力学定律的！"然而这两个人还坚持说是自己亲眼看到的。有位领导当场就指责邹元爔，说："你要相信群众！你要相信'大跃进'的成果。"但邹元爔还是斩钉截铁，坚决不相信。在场的大多是科研人员，心里都明白是怎么回事，但都不敢说话，只是偷偷为邹元爔捏了把汗。在当时的环境中，凭邹元爔的这句话，给他扣一顶"反对三面红旗"的大帽子，是轻而易举的事。

煤球炉当然不可能炼出铝，热力学定律也不会因为领导发话了就被打破。后来查清楚了，所里派的那两个人到了河南的现场，守着煤球炉看炼铝，盯了三天三夜，实在熬不住了，打起了瞌睡。那边的人瞅准机会，马上把铝锅、铝壶等倒进了炉子里，两人睁眼一看，铝水真的从煤球炉里流出来了。他们回来之后，又不敢说自己睡着了，就来了招"顺水推舟"。

现在听来，这就像是个笑话。然而，彼时彼刻，又有几个人能像邹元爔这样站出来讲真话呢？

包钢高炉经苏联专家修改设计后，终于在1959年流出了铁水，这是中华人民共和国工业建设的一件大事，周恩来总理亲自到现场剪彩。对于一个科学家来说，还有什么能比自己的研究成果得到应用更让人高兴呢？邹元爔激动地写下《高炉颂》一诗，其中写道："功成铁水奔流日，尚想辛勤五载余。"这5年来的一步步艰辛，确是甘苦自知。

第一个稀土组

在研究包头铁矿高炉冶炼过程中氟的问题时，邹元爔其实已在考虑另外一个问题。他似乎一刻不停地在思考，思绪此起彼伏，脑子里总是同时盘旋着好几个课题。如他自己所说的："科学家必须对科学工作怀有强烈的事业心。科技工作的特点要求科学家经常不断地'想'，寻求解决问题的办法。白天想，晚上想。人虽然下班了，脑子常常不会'下班'。正因为你经常在想这个问题，往往可以打开思路，解决问题。"

包钢高炉顺利出钢，问题解决了吗？解决了。完全解决了吗？在邹元爔看来，还没有。根据邹元爔提出的方案，氟和稀土不再影响高炉炼钢，但是，稀土就这么糊里糊涂地被"烧掉"了，岂不是太可惜了？能不能利用起来呢？

早在1953年，大家都在关注包头钢铁的时候，邹元爔已经在考虑铁矿与稀土矿的"综合利用"了。比1963年的"4·15"会议，早了10年。

在为包钢高炉设计提供数据和建议的同时，邹元爔就敏锐地察觉到，稀土比钢铁更宝贵，是今后尖端产业所需要的战略资源。能不能从高炉里把稀土"收回来"呢？邹元爔开始琢磨起来。

在"以钢为纲"的气氛下，研究稀土有点儿"不合时宜"，不可能立项，更不可能申请到经费。不过，这也没关系，不能大张旗鼓地做，那就"私下"研究嘛。1954年，邹元爔在中国科学院冶金陶瓷研究所将原来的电解锰研究小组扩大为稀土组，启动稀土金属回收的试验。稀土组开始时只有三四个人，后来慢慢扩大到20多人，组员大多是刚出大学校门的年轻人。

这应该是全国第一个稀土研究科研组织。

邹元爔的这个稀土组，从包头铁矿拿来了独居石（含有稀土铈和镧的磷酸盐矿物），开始了他们回收稀土的研究工作。

邹元爔设置的稀土回收路径分3步：第一步是先将包头铁矿中的混

合稀土氧化物提炼出来，并提高其纯度；第二步是以混合稀土氧化物为原料，制备混合稀土金属；第三步是将混合稀土金属用离子交换法先分离出铈、镧、镨和钕等稀土元素，再制成单一金属。

实验条件简陋到了极点。第一步提炼稀土氧化物，是在一口大铁锅里，倒入独居石碎粒，再倒入浓硫酸，然后用铁铲反复炒动。通过这种"土办法"，来去除独居石中的铁、磷、钍、钙、钡等难溶杂质，得到较纯净的稀土硫酸盐。

浓硫酸倒进独居石中，会产生有强烈刺激性气味的硫化氢气体，这种气体是有毒的，如果大量吸入，人就会昏迷，甚至有生命危险。这样的实验，肯定不能放在室内做。几个年轻人一商量，把"实验室"搬到了研究所实验大楼杏佛楼的楼顶上，在上面开始了他们的炒矿"事业"。

谁能想到，中国最早的稀土金属，来自楼顶上的一口铁锅。

空旷的楼顶上，有毒的气体可以被风吹散，但工作条件却变得更加艰苦。冬天北风吹、雪花飘，双颊被寒风吹得通红，像两块涂得不匀的胭脂，手指肿得像透明的胡萝卜。盛夏时节，楼顶上气温高达40多摄氏度，几天下来，洗澡的时候一搓，身上就脱了一层皮。后来稀土组只好改变作息时间，早上五六点就开始工作，中午太阳灼热的那段时间就停下来，回到宿舍学习政治和业务知识，等太阳偏西一点儿再到楼顶继续炒矿。几个年轻人自制了一台矿石收音机，在枯燥的炒矿间隙，听收音机成了他们难得的一种放松方式。

年轻人热情高、干劲足，开始的时候也没想到采取一些防护措施，他们甚至会戴着手套就直接去抓稀土化合物。大家后来想了个主意，在下风口挂了一个鸟笼。当硫化氢气味太过浓烈时，笼里的小鸟就会上下扑腾，乱跳乱叫，这算是一种"预警"。有次北京来了一位领导，见实验现场挂了个鸟笼，面露不悦，说：你们还有这个心思啊。研究人员回答说：我们这个是毒气"报警器"。领导听了，大为感动，连声说"不容易，不容易"。

在如此因陋就简的条件下，危险，就像一枚不定时的炸弹，随时都有可能被引爆。

一天，杨倩志、水海龙两个年轻人和一个工人在炒矿。一脸盆的浓硫酸倒进铁锅，不知怎么，这次反应特别厉害，一股气体腾地直往上冲，三人猝不及防，当场昏倒在地，水海龙更是一屁股坐在了硫酸盆里。大家急忙冲过去，把三人从楼顶上抬下来，送到医院抢救。当医生剪开水海龙的衣服时，发现他的毛裤、衬裤已被浓硫酸烧坏，屁股严重灼伤，最后不得不为他进行植皮手术。

杨倩志，一个大学刚毕业的女生，从医院里出来后，还是接着炒矿。

管丽民是1955年从复旦大学毕业后来到中国科学院冶金陶瓷研究所稀土组的。一天，她和另一位工作人员拿着脸盆倒浓硫酸时，不小心手一滑，"喹啷"一声，脸盆掉到地上，浓硫酸溅进了那位工作人员的眼睛里。"啊"的一声，那位工作人员当场捂着眼睛，倒在地上大叫。管丽民马上拿清水来清洗。但为时已晚，工作人员的那只眼睛最后还是没有保住。几十年过去了，90多岁的管丽民说起这事，还是记忆犹新，痛惜不已。

也许今天我们可以责备他们，为什么不把防护措施做得更完善一些？为什么不把所有设备都准备好了再去实验？然而，当时并没有这样的防护设备，再说了，如果一定要防护到位才去实验，那么，我们的钢铁、稀土、核潜艇，我们的"两弹一星"，还能不能那么快就成功？

人是要有一点精神的，相比于丰饶、辽阔的沃土，那些在寒冷、萧瑟的冬天，在贫瘠、干涸的山野里破土而出的树苗，更有着惊心动魄的意味，更值得感动和尊敬。

还有些事，让中国科学院冶金陶瓷研究所的老人至今说起来还是唏嘘不已。稀土组的人员中，有一位研究员因为长期接触有毒气体，日积月累，40多岁就英年早逝了。还有3位女科研人员，生下的孩子都有不同程度的智力受损，其中一个孩子常年多病，20多岁就去世了。后来，所里就有了一个规定：女同志一旦结婚怀孕，就从稀土组调出。当时能做的，也就是这样了。

是什么让这些风华正茂，来自北京大学、复旦大学的高才生，甘心做出如此大的牺牲？

是祖国需要。

为了祖国的明天，中国的科研人员用汗水、用热血、用健康，甚至用他们的生命，来换取祖国明天的辉煌。

邹元爔和他的稀土组卧薪尝胆，于1955年在中国第一次制得稀土金属。接着，邹元爔团队三管齐下，分三路人马，采用有机溶剂萃取法和离子交换法研究稀土元素的分离，1958年终于成功分离出镧、铈、镨和钕等的氯化物，再经过电解，最后成功制取单一稀土，接着又用化学分离法获得钐和钇等单一稀土。紧接着，邹元爔团队再接再厉，在所里办起了一个稀土工厂，还将一整套工艺流程移植到包钢去实施。也正是在这个基础上，第二年，国家科学技术委员会向党中央提交《关于以改善钢种为纲，大力研发生产应用稀土元素的报告》。稀土研发，进入了国家高层的视野。

第四节　第一号合金

渣里淘金。

邹元燨的大脑就像一台高速运转的马达，无时无刻不在思考。当他的稀土组在研究包头铁矿中的稀土回收时，他的眼睛，又"盯"上了包钢高炉中的炉渣。

炉渣，顾名思义，就是高炉在冶炼生铁后产生的渣料。当然，渣料也并不是一无用处，炉渣可以通过再循环，制成水泥混合料、混凝土等，但相比于炼出来的钢铁，炉渣只能算是"下脚料"，这个"渣"字也是名副其实。

包头铁矿中有稀土，相应地，炉渣中也会留存稀土氧化物。只是炉渣中的稀土含量极低，只有3%左右。苏联专家认为，如此"贫"的稀土，没有提炼价值。

要把炉渣中的稀土提取出来，当时西方国家普遍采用的是强酸处理法。这种方法工艺复杂，成本高，环境污染严重，包头铁矿这种与稀土共生的大型铁矿根本不能用。苏联专家认定炉渣中的稀土不值得提取，就是基于这样的认识。

邹元燨来到包钢，看到堆积如山的炉渣，深为震撼。他觉得，炉渣数量如此庞大，虽然其中稀土含量低，但积少成多，总量却很惊人。包钢建成后，若以年产300万吨铁计，每年可制得6万～7万吨稀土。每年六七万吨的稀土，这是多大的一笔财富，就这么眼睁睁地看着它堆在空地上？

邹元燨不声不响，找了几块炉渣样品，带回了上海。

对着这几块炉渣，邹元燨认真地把国内外有关文献查了个遍，然后进行冶金物理化学计算，寻找氧化物组分构成的炉渣体系，进行冶金活度测试，找出了最佳的反应温度、渣系组成和碱度等。

那段时间里，邹元燨成天琢磨着怎样从炉渣中提炼稀土合金。

早上，他带着一个大号保温杯，里面装着煮好的粥。在连轴转的紧张工作中，他的胃病更加严重了，他连饭也咽不下，只能喝点儿粥。

邹元燨的身体日渐消瘦，苍白的脸上，两道眉毛倒是更浓重了。深夜，从门隙中透出的灯光打在他沉思的脸上，黑黑的眼珠更为明亮，闪烁着智慧的光芒。他羸弱的身躯里，燃烧着熊熊的灵魂之火，激发出全部的生命能量。他努力地在茫茫的黑夜里，追寻着远处的那一丝光亮，追寻着一个并不遥远的梦想。

稀土组成员施惠英说，邹先生是这样的一位科学家，他一旦建立了信念，认定了自己要去解决的问题，就不管再苦再累也要去做，不达目的他是不会罢休的。

数十次的实验之后，那条隐藏在深处的小路终于被找到了。邹元燨利用钼丝小型管状炉和50千瓦感应炉，以及廉价的硅铁和石灰石，在电弧炉内巧妙地将炉渣中的稀土金属提炼成硅铁稀土合金，稀土元素含量达到20%以上。

当时欧美也制备稀土合金，但那是直接用稀土作为原料生产出来的，跟邹元燨从炉渣里提炼出来的稀土合金大不一样。这种火法冶金提炼稀土的工艺，放在国际冶金界也是从未见到过的，具有原创性，能产生巨大的经济效益，可以说是走在了世界的前列。更重要的是，火法冶金提炼稀土流程简单、成本低、污染少，为大规模生产稀土创造了条件。

每年能提取六七万吨的稀土，这能创造多大的经济价值！甚至可以说，这比炼出来的生铁价值还高。原来的废料，竟然变成了宝，这是多么激动人心的事。

邹元爔立即向冶金工业部报告，建议在包钢设立稀土合金厂。冶金工业部领导却有点儿迟疑：苏联专家已经下了定论，现在要"翻过来"，技术上可靠吗？更重要的是，政治上合适吗？是不是要先听听苏联专家怎么说？

邹元爔只能等待。

好在等待的时间并不长。1958年7月，以严济慈为团长的中国科学院冶金代表团访问苏联科学院，邹元爔也在其中。在莫斯科时，代表团恰好碰上了我国冶金工业部领导，严济慈抓住机会，又说起稀土合金厂的事。商量再三，还是没有形成一致的意见。正好大家都在莫斯科，那就请出一尊"大神"来裁夺一下。大家让邹元爔向七获列宁勋章的冶金学权威、苏联科学院副院长巴尔金介绍一下情况，听听苏联专家的意见。

不料巴尔金一听，大感兴趣，不但自己要听，还要召集苏联有关科学家一起来听。于是，苏联科学院、苏联黑色冶金设计院、苏联选矿研究设计院、巴依柯夫冶金研究所的专家们，一起听邹元爔做了关于从铁矿炉渣中提取稀土的学术报告。苏联人做惯了高高在上的老师，这是第一回做中国科学家的"学生"，倒是有几分新鲜，或许还有几分不适应吧。

科学家之间的沟通，显然要比邹元爔跟领导之间的沟通容易得多。邹元爔一说完，苏联人以热烈的掌声，直接表达了他们的钦佩之情。

中国科学家做起老师来，与他们做学生一样出色。

巴尔金院士在总结时说："中国科学家在包头复杂矿的研究上做了许多工作，取得了重要成果，选矿、炼铁试验所提供的流程和试验数据，可以作为包头钢铁公司设计的科学依据。用硅铁还原法从高炉渣中成功回收稀土是一项创造性的成果，需要建设一座中间试验工厂，做进一步试验研究。"巴尔金更说："中国科学家的工作走在我们的前面了，我们要和中国科学家更好地合作。"

能让巴尔金这样的苏联冶金学权威，说一句"中国科学家的工作走在我们的前面"，是何等不容易。

接下来，一切快速推进着。1958年8月，《关于包头稀土金属厂筹建工作》的报告被呈交给冶金工业部和包头市委；9月，包钢组建稀土金属厂筹备处；10月，冶金工业部发出《关于包头稀土金属试验厂建设原则的通知》；12月，在小型试验车间里生产出混合稀土氧化物、混合稀土金属，以及铈、镧、镨、钕、钐5种单一稀土氧化物；1959年1月，包钢稀土金属试验厂破土兴建；3月，在电弧炉中用铁矿炉渣试炼稀土硅铁合金获得成功……在一次次的试验后，高炉渣中稀土元素实收率高达80%，合金内稀土金属含量大于20%，真正做到了变废为宝。

这种火法冶炼回收稀土金属的工艺，原料只是炉渣、石灰石和硅铁，十分便宜，抽取设备也不复杂。更重要的是，这种工艺在世界上没有先例，是邹元爔他们首创的。

1959年12月30日15时7分，这是一个特别值得庆贺、值得铭记的时刻！包钢704厂（包钢稀土一厂）内，大家紧张地等待着，车间里安静得每个人都能听见自己的心跳声，似乎还能听到旁边人的心跳声。

当第一炉硅铁稀土合金缓缓出炉时，刚才还屏住呼吸的人们，先是发出了长长的、混杂着各种情绪的一声"嘀"，时间仿佛停顿了那么

1秒，随即，人们沸腾了起来，大家忘情地握手、拥抱、流泪。潮水般的掌声轰然响起，喜悦与狂欢在开阔的车间弥漫。

一个写进中国稀土史的瞬间，在这一刻诞生了。

当场就有人说，这是我们中国人发明的第一种稀土合金，就叫"第一号合金"吧。

此刻的邹元燨，似乎没有太多激动的神情，依然保持着一个科学家的沉静，只是眼中饱含着激动的泪。他的脑海中，回响着1959年包钢投产典礼的那天，李富春副总理亲自对他讲的那句话："中国的资源，中国人自己要做工作，不能跟在洋人后面，要做在他们前面，证明中国人并不比洋人差。"如果再次见到李富春副总理，他要向他报告：做在洋人前面，我们做到了。

以第一号合金为开端，1960年4月，冶金工业部决定在包钢稀土二厂建设年产5 000~10 000吨稀土硅铁合金的反射炉车间及其配套工程；1964年，代号为8861的包钢稀土三厂建成投产。

中国稀土工业发展的大门，就此打开了。

坦克装上了稀土钢

"从包钢高炉渣制备硅铁稀土合金（硅铁还原法）"，获得了中华人民共和国的发明证书，发明人为邹元燨、杨倩志、周继程、王伟杰、水海龙、邓定凯等。证书由国家科学技术委员会主任聂荣臻签署，证书号000180。[11]

因为这项重大发明，中国科学院冶金研究所（原中国科学院冶金陶瓷研究所）稀土组拿到了奖金，总共人民币80元，几位主要参与者1人10元。后来，这项发明又荣获国家自然科学奖三等奖，这次奖金多了不少，总共人民币 500 元。这次不再分给个人，研究所工会用它买了一张乒乓球桌，算是人人有份。

一项重大发明，奖金只是几百元甚至几十元，这似乎有点儿难以想象。但邹元爔他们却心满意足，笑意洋溢在他们瘦削的脸上。他们知道，这项发明将给国家带来巨大的经济效益，这就是全部的意义，至于奖金是多还是少，是有还是没有，又有什么关系呢？

这种稀土硅铁合金立刻在冶金工业中得到广泛应用，成为炼钢需要的脱氧脱硫剂、合金添加剂、球化剂、蠕化剂、孕育剂等的基础材料，可谓是冶金工业的"味精"，撒一点，味道就是不一样。1964 年，中国科学院冶金研究所正式上报的《创造发明书》，对这第一号合金的应用，做了一个概括：

共有 59 个单位先后在铸钢、铸铁、低合金高强度钢、合金结构钢、耐热不锈钢、磁钢、高速钢、弹簧钢及碳素钢等 9 大类钢（约有 47 个钢种，试产了 5 000 多吨钢）中加入硅铁稀土合金，钢的品种和质量都有了不同程度的改良和提高，其中不少钢种已通过鉴定定型开始生产。坦克装甲钢、舰艇钢板等再经过一段扩大试验工作即可定型。这为建立适合我国资源特点的新合金钢系统开辟了新的途径。

这里所说的"坦克装甲钢"，就是在 20 世纪 60 年代大名鼎鼎的无镍装甲钢。

当时，几乎所有国家的坦克都使用镍合金钢，中国最为先进的 59 式中型坦克，是按苏联 T-54A 中型坦克仿制的，其零件制造主要应用镍-铬-钼系列合金钢，镍的用量尤其大，1 辆坦克就要用 1 吨镍。一开始，镍合金钢是从苏联进口的，因为我国不会冶炼，后来我国会冶炼镍合金钢了，镍还得从苏联进口，因为我国的镍矿资源太少了。在国家经济十分困难的情况下，耗费巨资去进口镍，显然有点儿得不偿失。到了后来，中苏关系恶化，我国即使想进口也进口不了。如果坦克没有了镍合金钢，就像战士脱下了盔甲，在战场上根本没法与敌人较量。因此，找出一种可以替代镍合金的装甲钢，不仅是冶金领域的一个技术问题，更是关系到国防建设的大事。国防科学技术委员会、第五机械工业部等多次发文或口头指示，要求有关单位大力协同开展无镍装甲钢的研制工作。

于是，钢铁学院、钢铁公司、军工厂和装甲兵科学技术研究院等单位，投入了大量人力、物力，研制高性能的无镍装甲钢，同时派专家去国外，了解国际上装甲钢的生产和研究情况。当时，苏联提出了复合合金化理论，就是在装甲钢中加入微量合金元素，如铀、钨、稀土等，以改善装甲钢的性能，这给了研制人员很大的启发。也就在这个时候，第一号合金出炉了，这简直就是机缘巧合，这种硅铁稀土合金立即成为无镍装甲钢的研制重点。经过多次试制，一种以铬、锰、钼为基础，加入稀土硅铁合金的无镍装甲钢被冶炼出来了。

1960年4月，无镍装甲钢进行第一次实弹测试。炮弹呼啸着轰向装甲钢铸成的靶子，没等巨响完全消失，人们就迫不及待地奔向靶位，随即发出一声欢呼。靶板上是一个浅浅的弹坑，无镍合金钢的抗弹性能和镍合金钢基本相同。测试合格！

至此，中国第一种无镍装甲钢终于自行研制成功。同第一号合金一样，这种无镍装甲钢被称为"601号钢"——20世纪60年代第一个新钢种。中国的新一代坦克，也换上了这种无镍合金钢。此后，又在601号钢的基础上研制出了603号钢，其强度、韧性、抗弹性能等都与苏联最为先进的坦克上所用的装甲钢相当。中国坦克，闯过了"卡脖子"的壕沟。这背后，有着邹元燨和他团队的一份功劳。

有个故事，说是一个冬夜，装甲兵司令许光达大将，从聂荣臻元帅家里回来后，喜滋滋地捧着一个用红绸包好的物件。他的妻子邹靖华好奇地说：什么宝贝？看你这样高兴。许光达打开红绸包，里面是一块沉甸甸的钢板。许光达掂着钢板说："这是咱们国家新研制出来的坦克钢材料，刚刚从聂老总那里拿来的。"邹靖华回忆说，那天晚上，许光达是抱着那块钢疙瘩入睡的。

不必细究这个故事的细节，不管怎样，无镍装甲钢的试制，许光达肯定是自始至终关注着的。不久，他就亲自参加了新装备坦克的试车，当他在坦克上昂首挺立时，心里无疑是踏实、自信的，对中国的钢铁事业更是充满了自豪。

一次决然的"转身"

炼成第一炉合金之后，邹元燨却突然来了个180度的大转弯，他从稀土研究中抽身而出，转而研究起了半导体材料，就像他当年还研究着钢铁冶炼呢，一转身就做起了稀土研究。只不过，这次的"转身"，幅度更大。

稍有科技常识的人都知道，无论是钢铁冶金还是稀土提取，都属于化学领域，而半导体材料，却不折不扣地属于物理学范畴。虽说在现代科技中，物理与化学也不能截然分开，然而，一个声名卓著的50多岁的著名化学家，却一头闯进了物理学家的天地，这是怎么啦？

邹元燨总是让人意外，他的意外也总是让人惊喜，那么这次呢？

一个成熟的科学家，从来不会心血来潮、头脑发热，尤其是在研究领域这样的大事上，更不会一时冲动。这绝对是邹元燨深思熟虑后下的决心。

这大概得从美国的U-2侦察机说起。

U-2侦察机是当时世界上最为先进的单座单发高空侦察机。U-2侦察机的研制，是在朝鲜战争爆发和美苏两个大国进入冷战的背景下进行的，这一项目于1954年由美国总统艾森豪威尔亲自批准，并由美国中央情报局主导，其保密级别之高，只有当年研制原子弹的"曼哈顿计划"可以相比。试验基地在内华达州沙漠中一个干涸的湖泊，人迹罕至，项目代号"大农场"。U-2侦察机于1955年8月秘密完成首飞，1956年开始装备美国空军，主要任务是潜入别国后方，侦察对方的战略目标。

和平时期，一架军用侦察机飞到别国领空，足以引起一场战争。美国人当然不蠢，U-2侦察机的飞行高度达到了惊人的22 000米，苏联最先进的战斗机、导弹、高射炮对它根本无可奈何。U-2侦察机更厉害的是拍摄系统，在15 000米的高空，它能够捕捉到宽200千米、长4 300千米范围内的所有地面图像，且可以连续进行9小时的高强度拍摄。如果将飞行高度下降到11 000米，它甚至还可以看清地面人员手中报纸的头条标题。美国空军狂妄地宣称："我们只相信上帝，其余的由我们来监视。"

开始几年，苏联明知道美国的U-2侦察机飞在自己的头顶搞窥探，也只能打落牙齿和血吞，一口气忍了又忍。你要是抗议，美国人双肩一耸，手一摊，好吧，拿证据来。证据在2万多米的高空，谁也拿不着。苏联人只能暗地里使劲，研制更加先进的雷达和地空导弹，发誓要把U-2侦察机打下来。

苏联人终于逮到了机会。1960年5月1日，一架U-2侦察机掠过苏联斯维尔德洛夫斯克与普列谢茨克附近的洲际导弹研发基地，进行高空侦察，迫不及待的苏联防空部队，憋着一口气连射14枚SA-2防空导弹，其中一枚击中U-2侦察机。这个不可一世的"空中幽灵"终于被打了下来。

作为一个第一流的科学家，邹元燨对世界各国最前沿的科技动态十分关注，U-2侦察机这样搅动全世界的新装备，他当然知道。邹元燨对军事不一定内行，但对U-2侦察机却是很感兴趣，因为这U-2侦察机用上了集成电路。当时的中国科技界，对于美国人的这种新发明完全是陌生的。

如果说这些还只是零星的科技情报的话，那么，1962年，邹元燨和中国科学院冶金研究所的同事们，则目睹了什么是集成电路。

这年的9月9日，一架由台湾国民党飞行员驾驶的U-2侦察机，肆无忌惮地来到大陆进行高空侦察，在返航途中经过鄱阳湖上空时，早已埋伏在这里的中国空军地空导弹二营，正等待空军司令员刘亚楼的直接调度和指挥。随着一声令下，3发导弹依次升空，其中第二发正中机身，外号"黑色间谍小姐"的U-2侦察机冒出浓烟，在2万米高空发生2次爆炸，一头栽了下来，飞行员当场死亡。

中国击落U-2侦察机，震惊了全世界。9月15日，首都各界1万多人在人民大会堂举行盛大集会，庆祝击落U-2侦察机的重大胜利，周恩来、贺龙、罗瑞卿等党和国家领导人出席了大会。据说，在之后举行的一次记者招待会中，美方记者问到中国用什么打下的U-2高空侦察机，中国外交部部长陈毅元帅哈哈一笑，回应：用竹竿捅下来的。

然而，在中国人民为击落U-2侦察机欢欣鼓舞的时候，邹元燨他们却是五味杂陈。

南昌离上海不远，U-2侦察机被击落后，中国科学院冶金研究所的科研人员第一时间赶到飞机坠落处，要看一看这世界上最先进的侦察机究竟是怎么制造的。他们惊讶地看到，机载设备有8台侦察用的全自动照相机，能全天候工作且分辨率极高，此外，还有实施电子侦察的雷达信号接收机、无线电通信侦收机、辐射源方位测向机和电磁辐射源磁带记录机等。更让他们震惊的是，U-2侦察机摔到了地上，七零八落，然而，飞机里的计算机却还在工作。打开飞机残骸一看，控制飞机的单元竟然都是集成电路！

中国科学院冶金研究所一室副主任徐元森，是邹元爔在浙江大学化工系任教时的学生，这位后来的中国工程院院士，只用一句话来形容震惊的心情："大家当场就傻眼了。"为什么计算机从2万多米高空摔到地上还能工作，就是因为集成电路在起作用。这集成电路，是如此了不起，而我们对此竟然一无所知，只能"傻眼"了。

集成电路，就是把一定数量的常用电子元件，通过半导体工艺集成在一起形成的具有特定功能的电路，可以简单地认为它是一种新型半导体器件。现在经常说到的芯片，其实就是由不同类型的集成电路或者单一类型的集成电路形成的产品。如果把芯片比作一本书，那么集成电路就是一沓纸，而半导体则是造纸的各种纤维。没有半导体，就不可能有集成电路，没有集成电路，也不存在芯片。

徐元森为什么会"傻眼"，因为美国人已经把集成电路用到产品上了，而我们的半导体才起步。人家已经把一张张纸装订成册了，我们连纸都还造不好，能不"傻眼"吗？

哦，半导体。

所谓半导体，顾名思义，就是常温下导电性能介于导体（如金、银、铜、铁、锡）与绝缘体（如煤、木、瓷）之间的材料。站在今天就会发现，大部分的电子产品，如计算机、移动电话乃至AI中的核心单元，都和半导体有着极为密切的关联。可以说，没有半导体，就没有这几十年的科技进步和经济发展，更可以说，没有半导体，也就不会有今后几十年的科技进步和经济发展。美国人之所以在芯片领域不遗余力地对中国"卡脖子"，正从反面说明了这一点。

1955年，有"晶体管之父"之称的美国人肖克利，在他的家乡圣塔克拉拉谷——就是后来名声赫赫的"硅谷"——创办了第一家半导体公司，不久之后，邹元燨就意识到半导体的发展前景不可限量，U-2侦察机上的集成电路更让他坚定了这一点。在几个不眠之夜的辗转反侧后，邹元燨痛下决心：研究半导体！

邹元燨研究起了半导体。50多岁的冶金化学专家开始"补课"学物理。他一有空就跑图书馆，抱回一大摞一大摞的资料，学习、摘抄、探索。中国科学院上海微系统与信息技术研究所（就是原来的中国科学院冶金陶瓷研究所）的档案室里，保存着邹元燨当年学习半导体的笔记本，足足有60多本，上面密密麻麻的，全是邹元燨的学习心得。

一个50多岁的化学专家，写下了60多本的半导体学习笔记，这样的决心、毅力，已远远超越了名与利，这是胸怀"国之大者"的大智、大勇。

邹元燨当然并非全凭一腔热血，作为一个科学家，他对自己的优势与劣势看得十分清楚及深刻。一个化学家去研究物理课题，自然有着许多的"先天不足"，但如果能把自己在化学上的优势转移到半导体研究上去，是不是会另辟蹊径？会不会出奇制胜？

于是邹元燨把他擅长的冶金化学应用于半导体材料的制备。他采用化学冶金中蒸馏、萃取、区域熔炼、电解、晶体沉淀等综合手段，对半导体原材料进行提纯。几年后，他就成了一位半导体的研究专家。

20世纪60年代中期，邹元燨开始深入研究半导体材料砷化镓，即使在"关牛棚"的艰难日子里，他也写下了《关于砷化镓半导体科学实验工作发展趋势的设想和建议》的报告，共有100多页。1972年，从"牛棚"里走出来的邹元燨，发表了著名的论文——《砷化镓材料的三个关键问题》，以此为核心的一系列成果，被国际学界称为"邹氏模型"。1991年，"邹氏模型"因其对半导体研究的开拓性贡献，荣获中国科学院自然科学奖一等奖。

2023年7月,商务部、海关总署联合发布公告,对镓和锗两种金属相关物项实施出口管制。镓的相关物项中,"砷化镓(包括但不限于多晶、单晶、晶片、外延片、粉末、碎料等形态)"赫然在列。砷化镓作为芯片产业的一种关键材料,成为中国在应对美国等国家"卡脖子"行动时进行对等反制、维护国家安全和利益的一种利器。

而邹元爔60多年前就在研究砷化镓,提出了著名的"邹氏模型",这是何等的远见卓识!

见微知著,在风起于青蘋之末时,即能预见其必成席地狂飙,这是一个科学家的战略眼光;国家至上,个人的事业服从于祖国的发展,这是一个科学家的报国情怀!

第四章

中国冲击

"魔"高一尺,"道"高一丈,你有"独家秘籍",我有"换道超车"。

狂妄到要把中国作为其分厂的法国罗地亚,做梦也没想到,他们恃之横行天下的"摇漏斗"稀土分离技术,被中国鄱阳湖畔一个戴着草帽放牛的中年人彻底淘汰。

徐光宪,这个有着"中国稀土之父"桂冠的完美主义者,和他的团队,以天马行空、神乎其技般的"串级萃取""三出口""一步放大",连环三击,让"卡脖子"成为一个笑话。

"男儿志兮天下事,但有进兮不有止。"中国冲击,改变了世界稀土的格局,中国后来居上,成为全球最大的稀土供应国。

第一节 "别"亦难

罗地亚的傲慢。

邹元燨的稀土组在杏佛楼楼顶上炒矿的时候，其实他们"并不是一个人在战斗"，北京有色金属研究总院、东北的中国科学院长春应用化学研究所等，同时也在做着稀土冶炼分离技术的研发。邹元燨他们在1958年成功地分离出了镧、铈、镨、钕、钐和铕6种稀土金属——这或许是中国最早分离出来的单一稀土。到了20世纪60年代，北京有色金属研究总院、中国科学院长春应用化学研究所更是提取分离出全部17种单一稀土。

这是中国稀土的一大步，但放眼国际，却只能算是一小步。

早在第二次世界大战期间，美国实施的"曼哈顿计划"间接地推动了稀土分离技术的发展。稀土元素和铀、钍等放射性元素性质相似，美国科学家为分析原子核裂变产物中含有的稀土元素，发明了离子交换色层分析法，也就是通常所说的离子交换法。1947年，参与"曼哈顿计划"的科学家斯佩丁，在美国能源部下属的17个国家实验室之一的艾姆斯实验室，改进了离子交换工艺，制备了千克级的纯净单一稀土，美国稀土研究会后来专门设立了一个"斯佩丁奖"，授予在稀土领域有特殊贡献的科技人员。艾姆斯实验室所用的离子交换柱直径粗达1米,高度有两三层楼那么高。那时,全世界能够制得单一稀土的,也就这个艾姆斯实验室,别无他家,而离子交换法也成为获得高纯稀土元素最有效的方法。

邹元爔他们分离稀土,也是用的这种方法,用的离子交换柱也有楼房那么高。不过中国科学院冶金研究所可没有美国艾姆斯实验室那么气派,全所找不到一间可以安放这个"大家伙"的实验室,只好让它"杵"在楼房的楼梯间,这成为当年研究所的一景。

在稀土的开发应用中,单一稀土的作用远远大于稀土混合物,这是一个最简单不过的道理。那么,稀土的成功分离,是不是意味着稀土应用热潮的到来?事情当然没这么简单,无论在美国,还是在中国,稀土开发依然被冷落。这是为什么?

因为产量太少了。

离子交换法的优点是分离出来的稀土纯度高,但缺点也很明显,就是不能连续生产,且规模小、周期长、成本高,中国科研人员戏称离子交换法为"滴眼泪"——稀土元素就像眼泪这样一滴滴地出来,比杯水车薪还不如,根本无法实现工业化生产。

其实在离子交换法发明出来之前,还有一种分步法,原理是利用化合物溶解度的不同来进行分离和提纯。它先将含有混合稀土元素的化合物溶解在溶剂中,然后通过加热浓缩,使溶液中一部分元素通过结晶或沉淀方式析出。这种方法,必须将溶解、浓缩、结晶过程重复很多次甚至上万次,才能将达到一定纯度的稀土元素分离出来。当年居里夫妇花了4年时间,经过近10万次提炼,处理数吨沥青铀矿残渣,终于得到0.12克镭盐,用的就是这种分步法。事实上,从1794年发现的钇到1907年发现的镥为止,所有稀土元素的单一分离,采用的都是这种方法。

分步法和离子交换法，工作量大，工艺不连续，操作过程中损耗也多，最后得到的稀土不仅量小且价格昂贵。做科研实验，做创新发明，成本或许可以在所不惜，但你能想象在工业生产中提炼10万次才得到几克稀土的场景吗？

难道就没有别的办法了吗？也有，那就是20世纪60年代之后兴起的溶剂萃取法。它借助萃取剂的作用，将稀土元素从混合物中分离出来。这种工艺，流程短、处理量大、成本低，倒是适合工业化生产，但它有一个致命的缺陷，就是分离出来的稀土元素纯度不高。

然而这稀土功能材料，讲究的就是一个"纯"字。如用于电视红色荧光粉的氧化铕，纯度要求达到99.99%；又比如，在矿物中镧与铈往往共生于一起，当用氧化镧来制造高折射率潜望镜时，其中铈的含量要求小于万分之一；同样，用于激光材料的氧化钕，其中的钐、铈、镝等杂质含量要求小于十万分之一。假如一块稀土矿物中，同时含有镧、钐、铈、镝等多种稀土元素，你中有我，我中有你，现在要通过分离手段，把它们一个个干干净净地择出来，不是百分之一的纯净，也不是千分之一的纯净，而是万分之一甚至十万分之一的纯净，这时候，溶剂萃取法就无能为力了。

说得简单一点，离子交换法能做到纯净，但做不到量大，溶剂萃取法能做到量大，但做不到纯净，而稀土需要的，既必须是纯净的，又必须是大量的。都说"鱼与熊掌不可兼得"，但稀土应用就是要"兼得"。

找到稀土很难，找到稀土后把它分离、提纯出来，更难。套用一句古诗，这就叫"相见时难别亦难"。

因此，中国虽有着世界储量第一的稀土资源，也有着一批研究稀土的科研单位，像中国科学院长春应用化学研究所、上海有机化学研究所、包头稀土研究院、北京有色金属研究总院、复旦大学、上海跃龙化工厂等，但最后还是只能出产稀土精矿和稀土混合物等初级产品。

明明家里种着一山坡的土豆，可只能吃酸辣土豆、红烧土豆，最多吃个土豆烧牛肉，就是吃不上不同口味、同样好吃的薯片、薯条，这该有多难受？

更难受的是，隔壁就有人做出了"薯片""薯条"。当时，法国有一家罗纳·普纳克厂，后来改名为罗地亚厂，它就有办法，能把稀土中除钷之外的16种元素全部分离开来，量够大，纯度也够高，全世界就它一家做得到，因此罗地亚厂对分离技术视同拱璧，对所有数据绝对保密，其生产过程绝对不允许参观。我们需要高纯度的稀土时，只能先以低廉的价格出口稀土精矿，然后再以高出十几倍甚至百倍的价格进口稀土制品。就好比你把土豆以十几元一麻袋的价格卖给别人，别人将其加工成薯片后，再以十几元一小包的价格卖给你。这里头的憋屈，想想也得吐血。

中国不是没有想过，把罗地亚厂的技术买过来。但法国人开出的条件苛刻至极，且不说价格远远高出心理预期，更无理的是，它要求中国生产出来的产品，只能全部卖给它，用它的商标向全世界销售——中国实际上成了它的一个生产分厂。

拥有核心技术，就是可以这样横行霸道，这样为所欲为！

中国当然不会答应这样屈辱的条件，法国人也不在乎：核心技术在我手里，你要高纯度的稀土，还不是得向我买，价格还不是我说了算！这就叫"我的技术我做主"。在一次并非谈判的小型座谈会上，罗地亚厂的一位高管似笑非笑地放了一句话：你们中国恐怕在本世纪末，也研发不出这样的稀土分离技术。

法国人的如意算盘打得噼啪响的时候，他们根本没有想到，此时在中国江西鄱阳湖畔鲤鱼洲农场，一个戴着草帽、敞开旧衣放牛的中年人，几年后就把他们的美梦击得粉碎。

这个中年人，名叫徐光宪。

超越外国人的自信。

徐光宪出生于1920年,是浙江上虞人。上虞与平湖之间只隔着一条钱塘江,100千米都不到。徐光宪与邹元爔这两位稀土大师的家乡如此之近,也是有缘。

两人家境也有几分相似,都可算是书香门第。徐光宪的父亲徐宜况,号东山居士,做过清朝中书科中书(七品小官),入民国后紧跟潮流做起了律师。更有趣的是,两人的父亲都很喜欢下围棋,只不过邹元爔的父亲怕儿子玩物丧志,"三绝莫传棋与酒",而徐光宪的父亲则兴致勃勃地与儿子对弈。就在徐光宪出生的那一年,徐宜况自己刻印了一部围棋书《中日围棋百式》,这部书至今还保存着。徐宜况教徐光宪下棋,当然不是要儿子做棋手,徐光宪回忆说:"小的时候,父亲教我下围棋,这对训练逻辑思维很有帮助。"徐宜况也相信徐光宪不会因下棋而耽误正事。徐光宪的围棋水平据说大概是业余2段的样子,他可以被划入有天分的爱好者这一类。下围棋极容易上瘾,但徐光宪从中学开始到做教学科研的几十年中,几乎从不下围棋,其自制力之强可见一斑。只是在"文化大革命"中被剥夺了做研究的权利时,他才下了一二百盘围棋。他的一位北京大学的棋友,后来更是对他的稀土萃取研究起到了意想不到的作用,这大概也是围棋对他的馈赠吧。

徐光宪小时候,常到著名书画家、文学家徐渭(字文长)的家里玩。徐渭当然早已不在人世了,但他的青藤书屋和满屋的书画,都被徐光宪的外婆家陈家从其后人手里买来,此后200年,陈家一直住在这座宅第中。少年徐光宪常到青藤书屋,听二舅讲徐文长的故事,他二舅卧室的墙外就是徐文长手植的青藤。

徐光宪跟蔡元培是绍兴老乡，两人还有点儿缘分。1900年蔡元培的夫人去世后，就有媒人为陈家三小姐——就是徐光宪的姨妈——向蔡家提婚。两家门当户对，陈三小姐也是才女，只因缠足而不合蔡元培"天足"的要求，提婚一事便没了下文。此事，徐光宪少时常听陈家人提起。100多年后的2006年，徐光宪获得北京大学的最高教师荣誉"蔡元培奖"。当他接过奖状的时候，不知是否想起了这段往事。

徐光宪从小就喜欢做科学实验，有很强的动手能力，还经常亲手制作实验仪器，这倒跟另一位稀土大师何作霖很像。

还在幼年时，徐光宪就在哥哥的指导下，用两块透镜、两个纸筒，做了一架简易望远镜，这大概是他的第一次科学小实验。后来，他在浙江省立杭州高级工业职业学校读书时，常去附近的浙江大学听讲座。一次，浙江大学周厚复教授的报告给他留下了深刻的印象，他由此喜欢上了化学：

我那时候去浙江大学听了周厚复教授做的一次报告，这个报告是关于荧光材料的。荧光材料就是有些会发光的材料。他在晚上做报告，一个脸盆里面有荧光水，用一块毛巾一搅，然后把这块毛巾拿出来，再把电灯关掉，这块毛巾就发光了。他给我们做了这个报告，当时我就觉得化学很好玩。

徐光宪后来到上海交通大学化学系就读，他的毕业论文是用英文写的——Preparation of Phthalic Anhydride by Vapor-Phase Catalytical Oxidation of Naphthalene（《用萘为原料以气相催化氧化法合成制备邻苯二甲酸酐》），这是很前沿的课题。实验过程中，他碰到了难题：要把水银蒸气冷凝，但没有现成的实验设备。这自然难不倒自小就喜欢做实验的徐光宪。他自己设计，画了图纸，找到一家铁匠铺，指导铁匠敲敲打打，制作了一根铁制的冷凝管。水银蒸气在冷凝管中闭路循环，效果很是不错。徐光宪的毕业论文得到了94分，这是当时毕业论文中的最高分。论文指导老师、著名化学家顾翼东笑着告诉徐光宪，他指导的毕业论文中，最多给过90分，这多加的4分，是为了赞赏徐光宪的独立工作能力。

后来在北京大学时，有次化学系从美国进口了一台分光光度计，这是当时十分珍贵的先进仪器。徐光宪一连数日亲自动手安装仪器，并进行调试和测量，还手把手地教学生用螺距调波长等。实验室里的专职人员看了既佩服又惭愧：这徐教授做得比我们还漂亮。

在上海交通大学求学期间，徐光宪和几个同学一起，成立了一家南洋化工社，租用一间空置的厂房，制作酱油、墨水、雪花膏等，在学校里销售。这家小小的化工社，先后有二三十名同学参加，有意思的是，竟结成了3对夫妻，徐光宪与同班同学高小霞是其中的一对，同学们戏称他们是"酱油夫妻"。虽是戏谑之言，却也可见徐光宪学以致用的本事确实不错。

徐光宪在大四时得了肺结核——这也跟何作霖一样。当时上海交通大学有句话，叫作"一年级配眼镜，二年级买痰盂"，得了肺结核就需要痰盂了。徐光宪得了肺结核，也是通过自己治疗、调养，最后安然康复——这也跟何作霖一样。这应该并不完全是偶然，至少可见这两大稀土科学家，学习时极端勤奋，以至积劳成疾，而在发现问题之后，又能积极面对，以坚强的毅力、科学的方法来战胜肺结核，就像他们克服稀土研究中的困难一样。

跟很多稀土科学家一样，徐光宪也曾赴海外留学。1946年，徐光宪考取国民政府的公派自费留学生，来到美国圣路易斯华盛顿大学化工系读研究生，半年后又考入哥伦比亚大学研究院。由于他成绩特别优异，还获校聘助教，同时攻读博士学位，主修量子化学。

徐光宪出国，只有一个想法，那就是"科学救国"，所以他一开始就没有要留在美国的意思。徐光宪在晚年时回忆说：

> 我们这一代人，出生于20世纪20年代的人，都深受帝国主义的侵略和压迫。比如我的老家就被日本人烧掉了。所以我们这一代人，多数抱有用科学救国的理想。我们到美国去学习先进的科学技术，回来后要报效祖国，有科学救国的思想。我举个例子，北京大学的黄昆教授，中国科学院的彭桓武教授，他们都非常有才华，他们假如不回来，在国外继续研究都能获得诺贝尔奖。他们的天资、天赋都比我高得多，但是他们都选择了回国之路。

显然，在徐光宪的心目中，报效祖国，远比个人事业的发展来得重要。

徐光宪在哥伦比亚大学的导师，是著名的量子化学家贝克曼教授。他给徐光宪的博士论文题目是《旋光理论的邻近作用》，这是个非常有难度的课题。在徐光宪之前，贝克曼也带过一个博士研究生，给的也是这个题目，这个博士研究生花了2年的时间，还是怎么也做不下去，最后只得痛苦地放弃，拿个硕士学位了事。这次贝克曼又把这一课题交给徐光宪，显然是想看看这位来自中国的学生优异到了什么地步。

徐光宪的朋友也劝他换一个把握大一点儿的题目，毕竟出来留学，总得拿个博士学位回去。但徐光宪不这么想：

> 我在哥伦比亚大学做的博士学位论文题目，是以前一个研究生做过的，他做了两年，做不出来，后来拿了一个硕士学位走了，去工作了。当时有同学跟我讲，你不要接这个"烫手山芋"，这个很难。我当

时就想，外国人做不出来，不见得我也做不出来。我还是接了这个题目，采取了另外一条道路，我自己把它做出来了。所以，这些方面呢，要有超越外国人的自信。

"要有超越外国人的自信"，也正是这种自信，支持着徐光宪在稀土萃取研究中，超越了法国人。

出国是为了回国。

在哥伦比亚大学这样的名校，取得博士学位，一般要5年左右的时间，但徐光宪只用了2年8个月，就以他的论文《旋光理论中的邻近作用》，在1951年3月拿到了博士学位。如此短的时间，创了哥伦比亚大学化工系的纪录。在此期间，徐光宪还当选为美国菲拉姆达阿珀西龙荣誉化学会会员和美国西格玛克塞荣誉科学会会员，接连荣获2枚象征着"开启科学大门"的金钥匙。在美国有个说法，只要有了1枚金钥匙，找个优越的工作不在话下，而徐光宪竟然连获2枚。

徐光宪拿到博士学位后，立即打点行装，准备回国。贝克曼对这位中国弟子十分赏识，竭力挽留他在哥伦比亚大学做讲师，还要与他合著一本名为《旋光理论及应用》的专著，连出版社也联系好了。但徐光宪不为所动，铁了心要回国，而且是越快越好。

徐光宪这么做，很多人不理解，在美国有着实实在在的大好前程，何苦一定要回到当时一穷二白的中国呢？

徐光宪当然不是一时冲动，他经过了深思熟虑。事实上，在美国的2年多里，他从来就没有断过回到新中国、建设新中国的执念——他出国，就是为了回国。

在美国留学期间，徐光宪一直心系祖国，他参加了中国同学会和新文化学会等进步学生团体，并与先期回国在北京大学任教的哥伦比亚大学学长唐敖庆有书信往来，询问新中国的政治、经济、科技等方方面面。当时，在美国有一个由进步学生组织的留美科学工作者协会，主席侯祥麟是于20世纪30年代入党的地下党员，受周恩来指派到美国留学，专门做留学生的工作。徐光宪积极参与留美科学工作者协会的活动，还成为纽约分会的负责人之一。

1948年4月，渡江战役前夕，发生了紫石英号事件。英国军舰紫石英号未经许可且不顾警告，闯入人民解放军防区，人民解放军开炮重创了紫石英号。从收音机里听到这个消息时，徐光宪和高小霞激动得跳了起来。中国人敢于炮击帝国主义的军舰了！中国人受欺凌、受侮辱的日子，一去不复返了，中国人民站起来了！两人相视而笑，都从对方的眼里，看到了作为一个中国人的自豪。

中华人民共和国成立的消息传到美国，徐光宪和同学们更是奔走相告，这样的大喜事，不好好庆祝一下怎么行呢？徐光宪和几个同学，以有人举办婚礼为由，租借了哈德逊河边的一个篮球场。大家相约来到这里，每个人脸上都洋溢着笑容、骄傲、自豪。认识的，不认识的，碰了面就握手甚至拥抱，然后会心一笑。

"看，五星红旗！"不知谁高喊了一声。不知何时，篮球场上升起了一面鲜艳的五星红旗。仰望着湛蓝天空中高扬的中华人民共和国国旗，徐光宪的眼眶湿润了。

这面五星红旗，是徐光宪的夫人高小霞带着几位女生亲手缝制的。她们从新华社报道上找来五星红旗的样式，然后买来红布、黄布，裁成红旗，剪出五角星，精心制作了一面硕大而醒目的国旗。

高小霞她们当然不知道，几乎在同一时间，重庆渣滓洞监狱中，江姐她们也在绣着五星红旗。虽然环境很是不同，还隔着浩渺的太平洋，但是，她们所表达的，是同样坚贞的爱，同样欢乐的心。

庆祝集会结束后，徐光宪和几位好友意犹未尽，又来到纽约中央公园野餐。为了表明这次聚餐的主题，他们找来了一块"胜利酒家"的牌子竖起来，以示中华人民共和国的胜利。几十年后，徐光宪夫人高小霞作了一首短诗，概括她一生中的重要节点："胜利酒家饮杯干，奇妙性能启燕园。稀土不灰寸相思，花发更高二十年。""胜利酒家"，是她和徐光宪人生中值得铭记的关键词。

就在徐光宪筹划回国之时，中美两个大国正在冰天雪地的朝鲜战场上短兵相接。美国人不愿意看到一个日渐强大的中国，于是极力阻挠中国学者回国，甚至不惜采取暴力手段。1950年8月，就发生了著名的威尔逊总统号事件。

威尔逊总统号远洋邮轮上，有爱国学者及其家属共130位，其中有赵忠尧、沈善炯、鲍文奎、涂光炽、邓稼先、叶笃正、傅鹰等10多位著名的科学家，他们后来成了中华人民共和国"两弹一星功勋奖章"获得者、国家最高科技奖获得者或两院院士。

8月28日，威尔逊总统号从旧金山起航。8月30日，邮轮刚抵达洛杉矶，美国人就"依法扣查"钱学森托运在船上的8箱行李。而在此前，钱学森已被美方告知不能离境，并被美方拘留15天，后又被变相软禁，直至1955年8月才获准离境。

8月31日，船至洛杉矶，著名核物理学家赵忠尧成了重点"关照"的对象，联邦调查局的特工把他的所有行李翻了个底朝天。赵忠尧早有准备，他在1个月前就已经把重要资料和器材托人带回了祖国，上船前又把其余的零部件拆散，装在了同行学生的行李中。美国人一无所获，只好悻悻然放行。9月12日，船到日本横滨，赵忠尧、罗时钧、沈善炯又被要求带着所有行李到指定房间，并被强迫到厕所里脱去衣服，全身上下搜了个遍，工作笔记本更是被拿走，然后他们一个个地被单独审问。在没有任何证据的情况下，美国人把赵忠尧等3人关到了东京的美军第八陆军监狱。他们3人戴着手铐，睡在牢房的铁床上，后又被转押进了美军在东京的巢鸭军事监狱，在那里竟和囚禁着的日本战犯成了"狱友"。

中国政府当然不会对自己的科技精英坐视不管，一波又一波谴责美国、营救科学家的浪潮掀起。中国总理兼外交部长周恩来发表严正声明，《人民日报》报道了"美政府阻挠我留美教授学生归国，钱学森等被非法扣留"，披露了赵忠尧等被关进美军监狱的消息。中国科学院近代物理研究所所长吴有训代表198位科学家发表声明，南京大学校长潘菽等169人联名致电联合国秘书长赖伊、美国总统杜鲁门，北京大学教授曾昭抡等48人致电第二届世界保卫和平大会，中国科学院近代物理研究所副所长钱三强也联合国际上一批著名科学家，发起了声援中国被扣留科学家的行动。在国际舆论的巨大压力下，美国政府实在找不到拘捕的理由，只得将赵忠尧等人释放，而此时，他们已被无故拘押、软禁了60多天。

这或许可以称为另一种"别亦难"吧。

在这样紧张的气氛下，徐光宪的回国之旅，也变得不同寻常起来。

威尔逊总统号事件发生后，徐光宪担心夜长梦多，在1950年底，写信问在北京大学的学长唐敖庆："我正在做博士论文，还要不要做下去，拿不拿博士学位？"他是怕做论文的时间拖得太长，美国政策有变，到时就回不去了。唐敖庆把徐光宪的情况告知北京大学后，给徐光宪转达了北京大学化学系主任曾昭抡的意见——如果能在两三个月内拿到学位，那就抓紧写论文；如果来不及，就不要等了。于是，徐光宪一面抓紧写论文，一面做着回国的准备。

果然，到了第二年的年初，美国总统提出有关法案，阻挠中国留学生回国。按照美国的法律，这个法案要等众议院、参议院通过才能生效，也就是说，这中间还有半年的"缓冲期"。一旦法案正式生效，那就回不去了。

这对徐光宪来说不成问题，但他的妻子高小霞这时也在准备博士论文，而且在半年之内无法完成有关实验。怎么办？

得知高小霞有意回国，她的导师、康奈尔大学医学院的维格诺德教授，这个不久后因首次合成多肽激素而荣获诺贝尔化学奖的大学者，竭力挽留高小霞继续读博。因为维格诺德发现，这位中国女生做微量元素分析和同位素分析时不仅速度很快，而且从来没有出过差错，这样的学生实在是太难得了。维格诺德甚至许诺，只要高小霞留下来，工资加倍。然而，唾手可得的博士学位和优渥的待遇，都不能动摇高小霞为新中国效力的决心。

徐光宪也不愿妻子放弃近在咫尺的博士学位，毕竟这是他们当年留学的目标之一。看着丈夫惋惜、犹豫的神色，高小霞轻轻说了一句："科学没有国界，但科学家有祖国。"

这句话很多人说过，但此刻从高小霞的嘴里说出来，却分外真挚、感人。话说得不重，却很坚决。徐光宪紧紧地抿了抿嘴，点点头：好，定下来了。

获得离境许可已变得很困难了，徐光宪和高小霞急中生智，请国内发来电报，以"母亲病重，回国探亲"为由，并声称1个月后仍回美国，这才获得离境许可。1951年4月15日，徐光宪和高小霞在旧金山登上戈登将军号邮轮，终于踏上了回国之旅。

几个月后，美国众议院、参议院通过法案，禁止在美国攻读理工科的中国留学生回到中国。1951年9月，当克利夫兰总统号邮轮停靠在檀香山时，美国中央情报局特工突然上船，声称根据美国法案，有权禁止交战国学习科技专业的留学生离境，包括著名加速器物理学家谢家麟在内的8名中国留学生被带回美国。所幸的是，徐光宪提早了一步，此时，他已在北京大学燕园里拿起了教鞭。

在海上辗转半个多月后，徐光宪于1951年5月1日到达广州。高小霞当天的日记这样写道：欢迎的人群让我和光宪感到，我们的确回到了家。而见到五星红旗的那一刻，更是被牢牢地铭记在徐光宪心中。几十年后，他还充满激情地回忆道：

广州海关派小船插着五星红旗来接我们。看到五星红旗，我们非常激动，终于回到祖国了！

第二节　告别"摇漏斗"

分离"连体婴儿"。

1972年的一天，在北京大学化学系无机化学教研室工作的徐光宪，接到了来自国防科学技术委员会的一个军工任务：分离稀土元素镨和钕。

此时的徐光宪，刚从江西鲤鱼洲农场"下放劳动"2年回来，脚脖子上的泥都还没洗干净。他像平日一样温和地微笑着，对教研室主任张青莲教授说："看来，我又要改变研究方向了。"

徐光宪在哥伦比亚大学学的是量子化学，回国后在北京大学讲授物理化学和量子化学，继续从事量子化学的研究。

到了1953年，徐光宪开始转向络合物化学研究。1959年，他编写的《物质结构》风靡一时，再版5次，总印数超过20万册。一本专业教材能成为畅销书，堪称奇迹。

20世纪50年代末，中国下决心研制原子弹，北京大学成立了原子能系，教授过"放射化学""原子核物理导论"课程的徐光宪，被任命为原子能系副主任兼核燃料化学教研室主任，他的研究方向，又转向了核燃料化学研究。

短短几年间，就三改研究方向，这在一个第一流的科学家身上是不多见的。

对于学者来说，选择科研方向，有如农民选择在地里种麦子还是种西瓜，至关重要。徐光宪在科研上数次打"方向盘"，有客观形势的要求，也是深思熟虑的结果。

徐光宪曾对学生说："在改变研究方向的关键时刻，第一步要了解世界科学发展的趋势。"他把这叫作"独上高楼，望尽天涯路"。他从量子化学转到络合物化学，既是因为20世纪50年代的中国连一台电子计算机也没有，没法搞量子化学，又是因为络合物化学并不需要大型的设备，更是国际化学研究的前沿，中国迫切需要有人跟上这一国际潮流。

更为重要的是，在徐光宪看来，在个人兴趣以及研究前沿之上，还有一个爱国情怀。当国家需要你改变方向时，科学家应该义无反顾地服从国家需要。徐光宪在说到科研工作者如何确立科研方向时，说了三条。第二条是要有坚实的理论基础，第三条是要有"人无我有"的创新能力，而放在第一位的，是爱国情怀：

第一条，是要有强烈的爱国情怀。例如国家决定搞"两弹一星"，号召全民办原子能科学时，很少有人研究过"两弹一星"，所以"两弹一星"的元勋们90%以上都是外行调去适应国家需求的。

徐光宪一生多次转变科研方向，却在每一个方向上都能做出巨大的贡献，凭的就是这三条。

研究镨钕分离，就意味着他又要从核燃料化学转向稀土化学，徐光宪又是二话没说，接受了新的挑战，因为他知道：祖国需要！

20世纪70年代初期，稀土金属主要应用在军事设备上。镨可用于制作高性能军用护目镜，也是制造飞机引擎合金不可或缺的元素。而含有稀土发光离子——钕离子的激光钕玻璃，是激光器的"心脏"，也是目前人类所知地球上能够输出最大能量的激光工作介质。当时美苏两国都在研制激光武器，苏联更是专门成立了激光武器设计局，中国自然也不能落后，激光炮的研制成为国防科学技术委员会的一个研究重点，没有钕，激光武器的研制就无从谈起。

这样重要的战略资源，当然不能靠进口，更何况国外也不会让中国轻易进口。要制造先进的激光武器，只能靠自己。

这个重任，落到了徐光宪的肩上。

据说，国防科学技术委员会同时找了几家科研单位，但大多在认真研究后表示难以承担。这不能说是知难而退，而是实事求是，因为稀土分离实在太难了，而分离镨和钕，更是难上加难。

稀土元素喜欢"抱团取暖"，多种稀土往往共生在一起，要把物理、化学性质十分相似的它们一个个分开来，极为困难。稀土元素还喜欢"呼朋唤友"，混合稀土化合物中同时伴生着铀、钍、铌、钽、钛、锆、铁、钙、硅、氟、磷等元素。因此，在分离稀土元素时，不但要让兄弟"骨肉分拆"，还要让朋友"割袍断交"，不得有一点点的"藕断丝连"。至于镨与钕，更是一对"孪生兄弟"。当初发现它们时，曾将它们当作一种稀土"镝"，后来才知它们是对"双胞胎"，它们的名字也说明了这一点：镨源于希腊语"绿色的孪生子"，钕意为"新的孪生子"。分离镨与钕，难度不下于手术分离一对连体婴儿。

徐光宪组织了一个团队，成员有吴瑾光、黄春辉、金天柱等北京大学技术物理系、化学系的老师，在几十年后，他们都成了稀土化学界赫赫有名的人物。

选择，最重要

分离镨与钕，首先要确定的，就是用什么方法。是离子交换法，还是溶剂萃取法？

在通往彼岸的道路上，一开始就出现了岔路，一条向左，一条往右，这两条路都是层峦叠嶂、云雾重重，望不见远方。可能两条都通，也可能两条都不通，但你总得选择一条路。可是，如果选择错了的话，那就意味着走进了"死胡同"，越往前走，离成功越远。

选择比努力更重要，这句当下的金句，徐光宪当年就深深地体会到了。

走错了路，影响个人的职业成就是小事，国家的巨额科研经费落空也不去说，但更可惜的是耽搁了宝贵的时间——科技竞争，一步落后，就步步落后。

一失足成千古恨，再回头已百年身。可以想见，徐光宪的压力有多大。

当时，国际上流行的是离子交换法，团队中有不少人主张跟着国际潮流走。但徐光宪思前想后，半夜里躺在床上盯着天花板，大脑里翻江倒海。一个个不眠之夜过去，他最后下了决心：溶剂萃取法！

几十年以后回过头看，这是一个堪称英明的决策。

再一想，要是当年选择了离子交换法，中国的稀土又会走向何方？真是不堪设想。

作为一个严谨的科学家，徐光宪当然不会是脑袋一拍，灵光一闪，就来了一个"二选一"。"冰冻三尺，非一日寒"，这来自他对核燃料化学多年的研究。

是的，核燃料。核燃料与稀土似乎相去甚远，但正是在核燃料的研究中，徐光宪对溶剂萃取法有了深刻的理解，走在了学界的前列。他相信，溶剂萃取法应该可以用来分离镨与钕。

世间万物，皆可互联。哪怕看似互不相干的两个事物，也可能相互影响，比如核燃料与稀土分离。

核燃料，可以简单地理解为制造原子弹的燃料。原子弹的燃料有两种，一种是铀，一种是钚。中国的第一颗原子弹是用铀-235制造的，第二颗原子弹用的就是钚-239。

用铀作燃料，先要把铀从铀矿石中提炼出来，因为铀-235的含量在天然铀矿石中只有约0.72%，原子弹却需要铀-235浓度达到95%以上，这就要通过扩散法进行分级浓缩，级数高达3 000多级，成本高到无法承受。相比之下，用钚作燃料，成本就低得多。在反应堆中放入铀棒，铀棒溶解后就可以将钚分离出来，通过后处理就能得到钚-239。当时进行后处理的厂，就是有名的404厂——这个大名鼎鼎却无人知道在何处的神秘军工厂。以至到现在还有一种说法，访问页面被删除时显示的"404"，就是源自当年这个谁也无法找到的404厂。

中国制造原子弹，是在苏联的援助下进行的。苏联人当然不想中国在核武器上跟他们平起平坐，就把一种已经淘汰了的"沉淀法""援助"给了中国。所谓"沉淀法"，是在对铀进行后处理时，沉淀一种元素，将另一种元素留在溶液中，从而实现铀和钚的分离。这种方法工艺复杂、流程长、设备多，需耗费大量不锈钢。这也意味着投资巨大、建设周期长、运行费用高。更大的问题在于，沉淀之后需要过滤，过滤以后会出现大量放射性废水，如果过滤得不干净，还要加水再过滤，因此会造成非常严重的污染。这些麻烦中国并不完全清楚，也可能是知道个大概，但只能先放在一边。

然而，这只是问题的上半场。不久之后，中苏决裂，苏联专家带着图纸拍拍屁股走了，把一栋"烂尾楼"扔给了中国。

原子弹必须造，苏联人走了，我们就自己造。那么，这些"沉淀法"后处理厂怎么办？是继续做下去，还是另走一条路？

1964年8月，第二机械工业部在青岛燕儿岛召开了机密会议，邀请各方面的专家研究、论证这个问题，这就是中国核工业史上有名的"燕儿岛会议"。徐光宪作为核燃料化学的专家，正带着一个代号为538的十几人的团队研究铀-235、铀-238的分离，当然也在与会之列。他根据自己的研究提出建议，放弃已建的"半拉子"沉淀法生产线，另起炉灶，改用溶剂萃取法。他认为，这样可能会有一些损失，但从长远来看是划算的。他回忆说：

后来在青岛燕儿岛开了个机密会议，研究后处理厂怎么办。我们，还有清华大学，清华大学也做了核燃料萃取，我们竭力主张用萃取法……所以第二机械工业部后来决定用萃取法、建404厂，然后就把姜圣阶调过去做404厂的厂长，404厂后来就这么建立起来了。

徐光宪这里提到的姜圣阶，在核工业领域有"一代巨匠"之称。他和徐光宪是哥伦比亚大学的同学，做原子弹时，工作关系也很紧密，但两人严守规矩，很默契地从不联系。姜圣阶颇具胆色。1969年10月，林彪下发《关于加强战备防止敌人突然袭击的紧急指示》，即所谓的"一号号令"。当时林彪说404厂的地址已经被苏联、美国侦知，必须搬迁。但是404厂有核反应器等重要装置，核反应器外面的保护层，是1米多厚的钢筋水泥，根本动不了，硬要搬迁，等于整个厂都要毁掉了。姜圣阶借准备工作来不及做之故，顶住压力拖延了几个月。后来周恩来总理知道了这件事，发了话，保住了404厂。

第二机械工业部针对徐光宪等人提出的溶剂萃取法,在工艺可行性和工程经济性上做了大量调查研究、论证、实验,证明溶剂萃取法确实比沉淀法先进,最后决定,放弃沉淀法,改用溶剂萃取法。这对于第二颗原子弹爆炸是个方向性的决策,而溶剂萃取法基础研究,就交给了徐光宪等人。徐光宪在用溶剂萃取法制造核燃料上,特别是在钚的萃取分离上做出了重要贡献。

依照溶剂萃取法建立的后处理厂,达到了国际先进水平,不仅废弃量大大减少,成本也大幅降低。就这样,在第一颗原子弹成功爆炸后不到一年,1965年5月14日,中国第二颗原子弹又成功爆炸。制造这颗原子弹用的钚-239,正是徐光宪他们用溶剂萃取法分离出来的。

把"推拉"推倒

这就得说一说什么叫萃取。

吴方言中有句俗话,叫作"油一路,水一路",《吴下谚联》对这句俗话的解释是:"油喻小人,其性腻,其质浊,其体滑,其用顺……水喻君子,其性凉,其质白,其味淡,其体清。故各自一路。"油与水互不相溶,就像君子与小人势不两立。假如把豆油和水装在一个瓶子里,用力摇晃,使它们混在一起,静止一会儿后,豆油与水依然会分开。那么,假如在这瓶中扔进一个有着多种成分的小球,这个小球中的有些成分,如盐,就会溶到水里,有些成分,如汽油,就会溶到豆油里。可想而知,如要提炼汽油的话,肯定要从豆油里去提取。这就是"萃取"。

真要说起来,古人早就会这种萃取法了,比如千年以前,我国就有用烧酒提取药物的记载。现在不少人用杨梅泡酒,杨梅的成分就会进入酒中，这也可说是一种萃取。

化学中的萃取当然不会这么简单，但基本道理是一样的。如果能找到那么一种"油"，它能溶解稀土中的某种元素，那么，把稀土混合物投入其中，稀土中的这一元素就会跑到"油"里，"油"中这种元素的浓度就高了。这一过程反复进行多次，那么最后在"油"中就只有这一种稀土元素，这样就可以从"油"中提取出纯度极高的稀土元素。

那么，如何找到合适的"油"？如何确定适当的剂量？过程怎样进行？要反复多少次才能达到理想的纯度？怎样将某种元素的萃取过程和其他元素的萃取过程统一协调起来？……这些都是极为复杂的。徐光宪他们研究的，就是这些问题。

在徐光宪研究核燃料萃取技术时，萃取化学还是个新生事物，学界对萃取机理的解释还很混乱，萃取化学也没有作为一个学科建立起来，萃取化学的教材更是没有。徐光宪沉下心来，研究萃取过程中的普遍规律，在1962年提出了新的萃取体系分类法。他的协同萃取体系分类法，是一个全新的概念，现在已被同行广泛采用。

徐光宪还广泛研读文献，把文献当中有关两种元素的分离处理方法等全部列出，所做的卡片，多达1万余张。在大量实验的基础上，徐光宪写出了10多篇有关萃取化学的论文，其中有6篇是核燃料萃取化学方面的。这些研究被及时用于核燃料铀、钍萃取分离的应用研究，为核燃料后处理厂摒弃沉淀法、采用溶剂萃取法提供了重要的理论依据。

然而，"文化大革命"一来，徐光宪的研究被迫中断，更令人扼腕痛惜的是，研究萃取的1万多张卡片竟然也在混乱中不知所终。但徐光宪没有放弃，他的大脑就像是一种特殊的"溶剂"，把这1万多张卡片"萃取"进了脑海。在鲤鱼洲农场放牛时，人们常常看到，牛在四散着吃草，徐光宪则静静地靠在一棵老柳树上，默默地望着缓缓流淌的溪水，有时嘴角还泛有一丝若有若无的微笑。萃取理论中的几大难题，就是徐光宪在放牛时破解的。"文化大革命"结束后，徐光宪就写出了专著《萃取化学原理》，并与人合作编著了《萃取化学讲义》。

所有的付出，都会有回报，不是在这里，就是在那里。徐光宪在研究核燃料萃取技术时，肯定没有想到他会去研究稀土，而当他接受分离镨与钕的军工任务时，蓦然回首，当年所做的，就像是在为今天做铺垫。

冥冥之中，如有天意！用溶剂萃取法来分离镨与钕——方向，就这样定下来了。

然而，稀土与核燃料毕竟不是一回事，就萃取技术而言，稀土分离比核燃料分离更为复杂。稀土元素往往多种共生在一起，或是与其他元素伴生在矿物中，因此稀土的分离不像铀-235和铀-238、钴和镍等的分离在两组分体系中进行，而是在多组分体系中进行。就像一操场的人，如果只有黄种人和白种人，自然好分。如果还有黑种人，乃至有不同人种的混血儿，那就难分了。同时，稀土中有的元素如铕、铽等，含量极低，但又极为贵重，对纯度的要求又高。要把它们分离出来，就像要从一大片黄种人中，分出哪几个是越南人，哪几个是朝鲜人，这就更难了。更何况，稀土对纯度的要求特别高，核燃料一般提纯到95%就够了，而稀土元素，纯度往往要求99.99%、99.9999%。小数点后的数字每多一位，就意味着难度成倍增加。因此，实现稀土的全分离需要大量萃取槽，涉及每种稀土元素在不同混合物、不同萃取剂、不同底液的条件下，有机相和水相的平衡方程。在如此复杂的情形下，要开发出一种普遍适用、准确度高、能获得合格纯度的单一稀土的分离方法，其难度大得不可想象。

溶剂萃取法分离稀土元素不被看好，原因就在这里。

当时，国际上最为先进的稀土萃取法，是美国人发明的推拉体系。徐光宪团队广泛查阅文献，最后在美国矿业局刚刚解密的一项专利中，查到了美国化学家鲍尔的方法。大致是先用胺类萃取剂把镨萃取出来，这叫"推"，然后用氨羧络合剂把钕络合，这叫"拉"，从而形成了所谓的"推拉体系"。

然而，当徐光宪他们用推拉体系来操作时，却发现分离出来的镨和钕的纯度还不到90%，这是远远不够的。

要把稀土元素的纯度提上去，必须应用串级萃取法。而稀土串级萃取，是一个世界上谁也没有解决的重大课题。

在萃取过程中，一次萃取往往达不到有效的分离，这就需要把多个萃取器串联起来，让萃取过程多次重复，从而不断提高萃取物的纯度，这就叫串级萃取。这有点儿像双蒸酒，对蒸馏谷物得到的酒液，再进行第二次蒸馏，以此来提高酒的度数，去除杂质。只不过，酒蒸馏两次就够了，而萃取稀土元素则需要几十次、几百次甚至更多。

当时最为权威的串级萃取理论，是荷兰人阿尔德斯的液-液萃取理论。按照这一理论，如果用10级逆流萃取，可以得到纯度为99.9%的钕。但徐光宪他们多次试验，萃取出的钕的纯度始终只能到90%左右——阿尔德斯的理论并不符合实际。显然，推拉体系在单级分离中的效果固然不错，但经多级分离后，其效果就一般般了，高纯度的产品不可能获得。纯度不高的稀土元素，派不了大用场。美国人肯定也认识到了这一点，所以把这推拉体系解密了。

事情就是这样简单，真正有用的、真正先进的科技，美国人是不会解密的，解密的往往是已经过时了的技术。要管用，要领先，还得靠我们自己。

"不破不立"，要建立起自己的串级萃取理论，先得搞清楚阿尔德斯的理论错在哪里。

阿尔德斯的理论，似乎严丝合缝、无懈可击，但得不到理想的结果，这理论肯定在哪个角落里有着一丝的裂缝。徐光宪一次次做实验，推敲着、分析着串级萃取过程中的每一个细节……

草蛇灰线，扑朔迷离；爬罗剔抉，刮垢磨光。呵，终于发现了，问题藏在了一个谁也没想到的地方。阿尔德斯串级萃取理论的基本假定——"在串级过程中萃取比保持恒定"，在用推拉体系串级萃取稀土的过程中，竟然是不成立的。

一座美轮美奂的楼台，它的底板却是空心的。稍稍用力一压，"哗啦啦"，楼台倒塌了下来。

摇啊摇。

那么，用溶剂萃取法怎样才能提高纯度呢？有一个办法——"摇漏斗"。那个牛气冲天的法国罗地亚厂就是这么做的。

何谓"摇漏斗"？

在萃取稀土的过程中，事先要确定一些重要的工艺参数，比如料液、萃取剂以及洗液的浓度和流量等，参数一般是凭理论和经验定出的。萃取分离是在一个底部带有开关的漏斗型液槽里进行的，把混合稀土、萃取剂等放进去，用机械不断地摇漏斗，之后将液体澄清下来，进行分离。接着转移到下一个漏斗，再摇，再澄清，再分离，然后又是下一个漏斗……整个分离过程有时候需要两三百个漏斗。一个流程做下来，即使24小时三班倒，也要好几个月。

几个月的漏斗摇下来，高纯度的稀土"摇"出来了，一测，纯度达到99.999%，这就算完成了。但往往没有这么好的运气，很多时候是"摇"不到理想纯度的,这说明前面设定的参数存在误差。怎么办?没什么好办法,只有重新调整参数,接着再摇。几遍下来,终于"摇"出高纯度的稀土了。好,这些参数就固定下来了。

法国罗地亚厂的高纯度稀土就是这么"摇"出来的,所以它希望原料恒定,因为换一种原料,就意味着要重新设定许多参数,又要摇几遍漏斗。罗地亚厂开始用的是美国芒廷帕斯稀土矿的稀土,后来换了澳大利亚的,再后来换了中国的,每换一次原料,它就要花1年多的时间调整。这1年多的时间花在了哪里?花在了摇漏斗上。

徐光宪的团队要完成分离镨与钕的任务,也只能这样摇漏斗。科研人员做起了体力活,徐光宪也全程参加了实验室研究和车间试验工作。他的学生黄春辉说:

那时候北京大学有一个稀土车间,我们就做扩大试验。扩大试验进行的时候,徐先生已经50多岁了。我记得我们倒班,那时候徐先生从早上来了一直待到晚上,好多事情亲自去做,并不只是到现场指导指导。他虽然不参加倒班,但是测定、运转这些工作,徐先生全参加。

摇漏斗的工作很繁复,一个流程下来动辄几个月甚至近1年,所以大家通宵达旦连轴转,总想早一点完成实验。但徐光宪不甘心如此,用黄春辉的话说:"当时我们想到的是如何加班加点,完成实验任务。而先生所想到的却是如何从根本上改变这种费时费力、重复烦琐的操作。"

外国人做不到的,不等于我们做不到,怎样让漏斗摇得更有效率呢?徐光宪动脑筋了,他想到了调整充槽料液组成,想到了加大回洗比,想到了加大萃取比,这些后来被称为"充槽方法"和"大洗大捞启动方式"。时间果然大大地缩短了,出半成品的概率也大大地降低了。然而,徐光宪并不满足,他要从根本上解决问题——不是漏斗摇得快一点,而是告别摇漏斗。

白天在实验室里摇漏斗,晚上回到家里,徐光宪就钻进书房,细细思考。他戏称,这是"白天体力劳动,晚上脑力劳动"。

徐光宪像一台高速运转的机器,每天工作10多个小时,体力、脑力,不停地在投入。他相信,一个科学家,最重要的就是勤奋:

我感到一个音乐家、艺术家非常需要天才,没有天才做不成音乐家、艺术家。假如你有一半的天才,但你非常勤奋、非常努力,还是能够成为一个出色的科学家的。但科学家没有只工作8小时的,8小时以外你去玩牌、打扑克、玩电脑(游戏)什么的,你永远做不成科学家。我在65岁以前,每周工作都在80小时以上……所以科学家一生是很辛苦的,不过也是很愉快的。因为科学研究的过程本身就使人很开心,科学家是将他研究的问题作为一种兴趣嗜好在不停地做,不停地思考。居里夫人的丈夫居里先生,就是走在马路上时还在想他的科学问题,结果被马车撞死了。

徐光宪甚至在睡着时,大脑也在思考稀土萃取。这不是无端猜测,而是真实发生的事,所谓"日有所思,夜有所梦",灵感就是这么来的:

我自己一天到晚思考问题,有时早上醒来忽有所悟。主要是已经考虑了很久,夜间虽然睡下了,但大脑某部分还在酝酿、反刍、消化。所以,"灵感"是"思维陈化后的顿悟"。

果然，在长时间的思考后，灵感又一次"光临"了徐光宪的大脑。这次的灵感，来自他小时候的经历。

摇漏斗，可以休矣。

徐光宪小时候体弱多病，经常要去看郎中。郎中开好方子，家人就带着他去药店抓药。徐光宪站在药店的柜台外面，看到伙计灵活地拉开一格格贴着标签的古色古香的小抽屉，几乎看都不看，这个抽屉一抓，那个抽屉一撮，熟练地称取、混合、包装，然后交给顾客。

药柜高高的，快要顶到天花板，一眼望去，上百个小抽屉，让人看着有点儿眼花缭乱。这伙计就这么随手一抓，不怕抓错吗？

抓错药的事从来就没有过，那么，那么多的药，伙计是如何记住的？

终于有一天，徐光宪问起了他的父亲。徐父微微一笑，说了两个字：规律。

中药的摆放是有它自己的规律的。那些小抽屉，称为药斗，每个药斗又分成2格或3格。斗格里存放的中草药，是有一套编排规矩的，即"斗谱"。各家药店的斗谱基本一致。比如，常用的就放在斗架的中上层，便于调剂时称取，如这一斗3格是当归、白芍与川芎，下面一斗3格是黄芪、党参与甘草。质地较重和易于污染的，必须放在斗架的低层，如这一斗3格是磁石、赭石与紫石英，边上一斗3格是龙骨、龙齿与牡蛎。药物之间有禁忌的，不能放在一条竖线上，比如五灵脂和人参就不能放在上下斗，以防拿错。药斗摆放还有一些口诀，如"质轻量大易装匣，常用普通斗中装，挥发粉面细子瓶，暗柜独存贵毒麻"之类，它们可以帮助伙计记住中药摆放的位置。如此几年下来，肌肉记忆自然形成，伙计一看到什么药，手臂就不由自主地伸了过去。跟现在用电脑打字差不多，看到一行字，手就自然地啪啪敲起了键盘。

徐父又对徐光宪说：我和你下围棋，都要"复盘"。一盘棋300多手，每一颗子下在什么地方，硬记是不可能记住的，但我们却可以依次一子不差地摆放出来，为什么？因为每一手棋都经过了我们的思考、计算，这一手和那一手之间有着逻辑关系，也就是说，每一手棋下在哪个位置，是有规律的。

"规律"，这两个字牢牢地印在了徐光宪的脑海里。面对纷繁复杂的知识，应该在头脑中建起一格格"小抽屉"，并找出其中的规律，一切就变得容易了。

那么，摇漏斗的规律又在哪里？徐光宪相信，稀土串级萃取肯定有它自己的规律，它按照自己的方式运行，我们只是还没有发现而已。

一次次地实验，一次次地分析，徐光宪枯坐在书房里，几十分钟一动不动，脑海中的种种思绪，却在激烈地跳跃着、奔跑着，甚至打斗着。

思接千载，视通万里，精骛八极，心游万仞。

睡到半夜，徐光宪会突然醒来，一个灵感闪现，脑子一下变得异常清醒。他立即爬起来，把它记下来，生怕一觉睡醒，再也找不到了。

一次，徐光宪到包钢做实验，住在招待所。同住一室的同事一早起来，就不见徐光宪了。走进卫生间，发现徐光宪正在洗脸台上写着什么。原来徐光宪在凌晨4点多时突然有了一个想法，他立即起身想把它写下来，又怕影响同事休息，就在卫生间里写了起来。

4大本记得密密麻麻、书写得工工整整的萃取笔记，清晰地记载了徐光宪和研究团队的探索脚印。

终于，徐光宪注意到了，在推拉体系中，萃取段和洗涤段的各级水相和各级有机相的稀土总浓度是分别恒定的，因而萃取段各级的混合萃取比和洗涤段各级的混合萃取比也是分别恒定的。于是，徐光宪提出了一个新概念：恒定混合萃取比。

这是一个全新的，更是有着决定性意义的概念。有了这个概念，串级萃取中的各种参数都可以由此联系起来并进行计算。

在恒定混合萃取比概念这个坚实的"地基"上，徐光宪建起了一座串级萃取新理论的"大厦"。他给出恒定萃取比体系和恒定混合萃取比体系的级数计算公式，推导出最优萃取比方程、最优回萃比和回洗比公式，提出纯度对数图解法及混合萃取比极值公式，引入可变参量，导出一套优化串级工艺参数的计算方法以及最优化工艺的设计步骤，等等。各种各样的推导方程、计算公式，多达数百个。

摇漏斗，可以休矣。

1972年12月和1973年3月，北京大学化学系稀土车间均进行了新工艺的扩大试验，获得了与摇漏斗相同的结果。

1974年1月，北京大学化学系稀土车间进行了第三次扩大试验，连续运转216小时，获得了纯度为99.9%的镨和99.9%的钕，回收率高达99%。

1974年9月，徐光宪带着根据串级萃取新理论设计出来的一套新工艺流程，亲自奔赴包钢稀土三厂，进行工业规模试验。按常规，从实验室到生产车间，总要反复做几次试验。然而，在大家期盼的目光中，试验竟然一次成功，给了大家一个大大的惊喜。这就意味着，高效率萃取分离稀土这项技术，不只是在理论层面成立，更是可以直接应用于实际生产中，这在国际上是第一次。

徐光宪的串级萃取技术，不仅告别了摇漏斗，同时也解决了原料不同的问题。它可以根据不同的原料组成、不同的产品要求、不同的纯度来设计工艺，也就是说，法国罗地亚厂换一次原料就要调整一年的问题，彻底不存在了。这一点对中国来说尤其重要，因为中国的稀土资源分布在全国各地，包头、四川、江西等地的稀土矿物组成都不一样，有了徐光宪的串级萃取理论，生产厂家就不用为换原料而踌躇再三了。

徐光宪后来说：

在1980年于比利时召开的国际溶剂萃取会议上，我将这一工作进行了报告，与会代表深感兴趣，特别是法国罗纳·普纳克厂（后改名为罗地亚厂）的科学家提了许多问题。因为当时最先进的罗纳·普纳克厂也没有解决镨、钕的萃取分离问题，他们是用离子交换法分离的。

中国"换道超车"，一举走到了稀土分离的最前列。

不妨再说上一件"轶事"。就在徐光宪发明串级萃取技术后不久，东京召开了中日稀土技术交流会。会前，日本通产省两名官员专门召集有关企业、专家座谈，商议"交流"的对策，最后定下三条原则：中国提供原料，日本精制；坚持在指定地点精制的立场；不能向中国提供分离技术。

果然，在晚间的招待会上，日本一家稀土公司的负责人生怕中国专家来套他的话，来了个"丑话说前头"：抱歉，日本是不会向中国转让分离技术的。中国专家点点头，笑而不语：这话应该倒过来说才对啊。

第三节　"一步放大"

完美主义者。

徐光宪是个完美主义者。

这是说他做事严谨，一次实验，一个数据，一定要搞得滴水不漏；也是说他追求极致，事情一旦开始做了，必定要做到尽善尽美。一次，一位法国同行借着酒劲发起了"牢骚"：与中国的徐教授做同行，真是不幸啊。

为何"不幸"？因为徐光宪把所有能想到的都做到了，几乎不给别人留一点提升的空间。事实也是这样，自从徐光宪的串级萃取理论问世后，稀土萃取基本上没有外国人什么事了。

徐光宪的学生、同事都知道，他有个习惯，那就是如果做实验成功了，那必须重复做一遍，以确保无懈可击。几十年来，一直如此。

这个习惯，源自徐光宪在上海交通大学读书时的一次"教训"。

大二时，徐光宪有一门"高等定性分析试验"的课程，任课老师是袁积成教授。一次，袁老师给同学们一个元素样品，让大家来做半微量定性分析，要求他们分析出样品中含有哪几种元素，元素的含量是哪一等级，是 large（大）、medium（中）还是 small（小）。徐光宪认真地做了实验后，将报告交了上去。袁老师也没多话，只对他说了一个词：repeat（重做）！

徐光宪有点儿蒙，他做实验一贯仔细，但既然老师说了"repeat"，那肯定是哪个环节出了问题。于是，他利用星期天的时间，又做了一次实验，这回做得更加小心谨慎，可结果出来，还是这几种元素。徐光宪纳闷了，他能做的，只能是再做一遍。然而再做了一遍，结果依然一样。徐光宪知道，袁老师是不会无缘无故让自己"repeat"的。他静下心来，仔细地检查、核对，这才发现，其中一个元素，它的含量等级应该是large，但自己估计有误，把它写成了medium。徐光宪连忙改正过来，这才完成了实验。

徐光宪说："袁先生的'repeat'影响我几十年，影响非常深刻。"

"大跃进"运动期间，徐光宪带着一个科研组研究铀-235的提纯。一次，他做一个电迁移法的实验，做了50天，在测定得到的样品时，发现铀-235的丰度由0.72%提高到了0.81%。这意味着电迁移法的效果优于扩散法和离心法，而且其操作方法还比较简单，这绝对是值得庆贺的一个成果。徐光宪高兴之余，还是没有忘记要重做一次，以确保准确。

别人可不像徐光宪这样沉得住气，他们立即向北京大学和北京市委报喜，北京大学物理学院原子能系就着手向上级申请经费，扩大试验。这一申请报告需要实验负责人徐光宪签字。徐光宪提出，再等50天，重复做一次实验。

"大跃进"运动时期，"三年超英，五年赶美"是口号，人家恨不得两步并作一步走，你倒好，一个实验还要重复做两次，这简直就是痴人说梦，这不是右倾保守主义是什么？上级一气之下，撤销了徐光宪项目负责人的职务。

职务被撤销没关系，但实验必须重复，否则徐光宪坚决不签字。

上级也拗不过他，只得勉强同意重做一次。果然，这次铀-235的丰度还是0.72%，丝毫没有提高。经过分析，上次的实验，是把铀-238的放射性子体钍-233误作为铀-235。如果不重做一次，贸然扩大试验，那几十万的科研经费就打水漂了。

徐光宪的好习惯，不仅维护了自己的学术声誉，更为国家避免了经济损失。

这次，当稀土串级萃取技术在包钢稀土三厂的工业试验取得成功，分离镨与钕的重大任务圆满完成，大家都沉浸在一片喜悦之中时，完美主义者徐光宪，却又以他挑剔的眼光，打量着串级萃取过程中的每一个环节。果然，他发现了一个"问题"。

徐光宪他们分离的是镨与钕，但稀土元素往往是共生的，镨钕矿物中除了这两种元素，还有镧、钐、铕、钆等，它们虽然量很少，却很贵重。分离出镨、钕的同时，分离槽中的中间产品也积结得越来越多。这不但影响镨、钕的纯度，还是一种浪费。

这种情况其实一直存在。在徐光宪之前，包钢就利用中国自己的分离技术，从稀土混合物中分离出50%的铈、25%的镧，剩下的则是镨、钕等的富集物。包钢稀土三厂积压的大量镨、钕富集物中，有2/3是钕富集物，近1/3是镨富集物，0.1%~0.2%是钐、铕、钆等富集物。徐光宪团队对这些积压的镨、钕富集物进行分离处理，得到了高纯度的镨与钕。分离过程中，分离槽中其他稀土元素混合物越积越多，浓度也越来越高，为了不影响镨、钕的纯度，他们就每隔半个月开一次槽，把其他稀土元素混合物清除掉。

这就是徐光宪发现的"问题"。他想，这些稀土元素混合物就这么被清除掉，实在有点儿可惜。石油工业中有种"多出口"工艺，能不能把这种工艺移植过来，用到稀土萃取上呢？在萃取槽中间某级增设第三出口，是不是就能把这些量少价高的稀土元素混合物收集起来呢？

这样的话，同一个工艺流程，不仅可以一直从前面两个出口得到纯度很高的镨与钕，还可以从第三个出口得到其他稀土元素混合物，岂不是两全其美？

稀土串级萃取技术中有名的"三出口"工艺，就是这么来的。

道理听起来似乎有点儿简单，其实，这是一个十分复杂、难度极大的创新。

1974年，徐光宪在包钢稀土三厂进行工业试验，他们在钐浓度最高的第13级，开了第三个出口，引出钐的富集物，既保证了钕的纯度，又多了一个钐的产品。1975年，徐光宪团队再次与包钢稀土三厂合作，他们以除铈轻稀土为原料，在80级槽中同时获得纯度为99.9%的氧化镧、99.5%的氧化镨和99.9%的氧化钕，并在第三个出口得到钐、铕、钆富集物。这样，一个工艺流程结束后可同时得到3个产品，简化了稀土的分离工艺，提高了设备处理能力以及工业生产的经济效益，"三出口"工艺大获成功。

能不能更"傻"一点儿。

成功分离了镨与钕，提出了稀土串级萃取理论，创新了"三出口"工艺，当初让人望而生畏的难题，现在解决得如此圆满。徐光宪满足了吗？没有，完美主义者徐光宪永远没有满足的时候。当串级萃取技术应用到工业生产上后，徐光宪开始对这一领先世界的工艺流程"不满意"了。

不满意什么？徐光宪嫌这技术还不够"傻瓜"。

任何一种新技术、新产品，从实验室到生产车间，是不可能直接"平移"的，就像一种新药，从研制成功到临床应用，至少需要三五年。有时候，实验室研究中碰到的问题，在大规模和多级联动的工业流程中会被"缓冲"和"稀释"，反倒不成问题；但很多时候，工业流程中又可能出现在实验室中没有遇到的新问题。徐光宪在研究串级萃取过程中，曾八下包钢，到车间和工人、技术人员一起搬器械、配试剂、记录数据。一个高级研究人员，做这些几乎没多少技术含量的"体力劳动"，真有这个必要吗？当然有。这既是徐光宪激励士气、凝聚人心的方式，也是研究工作的需要。一个杰出的科学家，尤其是做应用研究的科学家，当他把实验室的研究成果应用于规模生产后，肯定会发现一些新的问题，把新问题带回实验室再进行研究，就能形成新的研究成果。然后，把新成果再放到应用中加以验证，形成一个"从实践中来，到实践中去"的互馈过程，知识和技术水平也在这个过程中"螺旋式"提升。

在徐光宪的串级萃取理论研究过程中，计算公式的推导都是用手算的，在徐光宪保留的萃取笔记中，有整本整本的公式计算、推导、作图笔记，计算量极大。如果把这一技术应用到企业生产中，计算将更为繁复。企业的工程师可没有徐光宪他们这么高的水平，到时还得请徐光宪团队出马指导。但即使是徐光宪团队，对于一种新的工艺，也要经过小试、中试、大试，才可以放心地在生产流程中使用。如果真是这样的话，新技术就不大容易推广。

那么，能不能找到一个人，专门让他去计算？某几个参数有变化，改一下，输进去，他就能把整个流程设计出来。小试、中试、大试，也可以让他先去做，不成功，就多做几遍，做成功了，就把数据交给团队。而且，这个人计算能力还得特别强，再大的计算量，几小时内就能算出来，而且算得还特别准确。

天下哪儿去找这么一个神人？这不是天方夜谭吗？

但徐光宪就想找这么一个"人"。

如果放在现在，可能很多人会想到，可以用计算机嘛。然而，在20世纪70年代，计算机在中国的数量大概不超过10台。说到计算机，当时绝大多数中国人想到的，就是那个用手指摁的计算器。

那时候，徐光宪已是"奔六"的人了，但他的思想却很前沿，他想到了用计算机仿真模拟——这在当时绝对是超前的思路。一个伟大的科学家，必然有着超越时代的眼光。

徐光宪对科技上的新生事物，有着天然的敏感，他是中国最早用上计算机的那批人之一。20世纪50年代做量子化学研究时，他就向北京大学数学系借用过计算机，那个时候的计算机，竟然是手摇的。后来，北京大学才有马达带动的电动计算机。

在所有人想着加班加点摇漏斗的时候，徐光宪想的是怎样不用摇漏斗；在所有人想着怎样计算得快一点的时候，徐光宪想到的是"机器换人"。这就是徐光宪超越时代之处。

一个晴朗的上午，徐光宪敲开了数学系徐献瑜教授家的门。徐献瑜是浙江湖州人，跟徐光宪是浙江老乡，两人还是棋友，偶尔也会在一起对弈一局，聊些棋界的新闻。

徐献瑜在中国计算机领域绝对是元老级的人物，是中国第一个国家级计算中心的创建者之一，也是中国第一个"数学软件库"研制和建立的主持人。他早年在东吴大学读书时，跟费孝通和杨绛是同学。后来留学美国华盛顿大学，成为华盛顿大学第一个获博士学位的中国留学生。在北京大学数学系任教时，王选、杨芙清、何新贵等都是他的学生。

徐献瑜一听徐光宪的想法，觉得有如围棋的"妙手"，眼前一亮。两人你来我往，几番讨论下来，开发出了一个计算机程序，用于串级萃取中流量等数值的计算——这等于是请到了一个有着超级计算能力的助手。

那时候计算机是个稀罕物，北京大学作为教育部直属重点院校才有这么一台，它体积庞大，安放在北京大学的北阁，是个十分稀罕的"宝贝"。当时北京大学流传着一个笑话，教职工到学校澡堂洗澡要凭票，只有计算中心的人员可以随便洗，因为他们要消毒啊，一不小心，身上的细菌传给了计算机怎么办？那可是价值上百万元的"宝贝"——那时人们根本不知道计算机病毒是怎么回事。徐光宪团队要用计算机时，就得到计算中心去借用，提前预约，还要支付相应的机时费。尽管往返麻烦，但大家还是很高兴，因为比起手算，机算不知要快多少倍。

更重要的是，计算机仿真技术还能做"实验"。它可以模拟实验环境，展示实验过程，把每一个细微的环节直观地显示出来，并对实验数据进行采集和分析，避免了多次重复实验，大大提高了实验效率。

有了这么一个"助攻神器"，徐光宪和他的学生严纯华等经过不断的改进，建立了相应工艺的最优化参数设计理论，并将设计参数直接应用于工业生产。

这就是著名的"一步放大"。

按照通常的做法，稀土分离从设计到应用，要走很多"步"。先得设计出分离工艺流程和参数，在这一步，国内外各种的稀土资源、不同的原料组成、不同产品的纯度规格、不同的回收率要求，牵一发而动全身，几个小小的差异就会引发整个流程的再造。这一过程的完成，或许需要几个月，或许需要一年多。然后是小试、中试、扩试和工业规模试验，这一过程的完成，同样也需要几个月甚至几年。现在，通过计算机仿真技术，这一切都可以在计算机上模拟完成，多步并成了一步，萃取工艺可直接用于工厂设计，保证工厂一次试车成功，大大提升了稀土的分离、提纯效率。原来一年多的工作量，现在只要个把星期就能完美完成。

都说"条条大路通罗马",都说"道路是曲折的,前途是光明的",这下,一步跨越千山万水,直接就踏上"罗马"。"一步放大",这一步"放"得可真够大的。

"一步放大",大得超出了人们的想象,以至徐光宪他们一时竟找不到"用武之地",没有一家企业愿意来吃这"第一只螃蟹"——真有这么完美的事吗?靠谱吗?

徐光宪倒也沉得住气,这样的事,他也不是第一次碰到。

他的串级萃取理论刚提出来时,让人耳目为之一新,却没有获得学界的完全认可,国际同行更是波澜不惊——没必要为一个不可能的理论大惊小怪。徐光宪写了两篇串级萃取理论的论文,并没有在专业的化工类学术刊物发表,因为当时化工领域研究萃取的专家质疑这一理论。后来,串级萃取理论申报国家自然科学奖,评审时专家们又意见不一,有人干脆就说这个"没有用",最后串级萃取理论被刷了下来。专家们并无其他用意,仅仅是因为难以理解,要怪,就怪这一理论实在走得太"快"了。

其实这种情形在科学史上并非偶然。现在说起爱因斯坦,都知道他最了不起的是相对论,但意外的是,他拿诺贝尔物理学奖却是因发现了光电效应定律,因为狭义相对论当时无法验证,广义相对论太过超前,不为世人所理解。还有一位生物学的泰斗孟德尔,园艺家庭出身的他,在豌豆的杂交实验中发现了遗传学的普遍定律,这在19世纪绝对是一个石破天惊的大发现,但他发表的报告,却没有得到生物学界的认可。一直到了20世纪,科学家发现了这些定律,世人这才发现,孟德尔早就发表过同样的观点,于是孟德尔这位伟大的生物学家才被重新"发现"。

一种理论或是一种技术,如果是从无到有,从0到1,在开始时往往难以被同行所接受，反而是从1到1.5，在前人道路上向前跨出一步，更容易赢得喝彩，因为都看得见，都理解得了。

在科学史中，正是这些让人瞠目结舌的从无到有、从0到1的成果，划分了一个个时代，竖起了一座座里程碑。

眼下，徐光宪团队的"一步放大"，同样遭遇了大放异彩之前的那一刻沉寂。

好在，科学的最大特征，是它的可检验性。行还是不行，试一试就知道。

这时候，上海的跃龙化工厂"跃"了出来。

跃龙化工厂敢吃这"第一只螃蟹"，倒不是他们对"一步放大"理解得特别深刻，而是完全出于对徐光宪的信任。当年串级萃取理论刚出炉时，徐光宪曾在这家企业办了个全国培训班，跃龙化工厂凭着"地主之利"，应用了这一新工艺，效益大为提升。尝到了甜头的跃龙化工厂厂长本能地觉得，徐光宪这回的"一步放大"，同样靠谱。

这其实是冒着极大风险的，如果"一步放大"不成功，跃龙化工厂就要损失数千万元。20世纪80年代的数千万元，足以让一家地方企业坠入深渊。说这是在拿企业前途做赌注，也不为过。

跃龙化工厂的厂长并不比别人更懂"一步放大"，但他更"懂"徐光宪。他对这位清瘦斯文、脸上总挂着温和笑容的中年人，充满了信心。徐光宪说可以，那就应当可以，至少值得一试。

信心是黄金。

徐光宪他们真的把信心变成了黄金。"一步放大"在跃龙化工厂一步成功，跃龙化工厂也由此一跃而起，飞龙在天。

"轻舟已过万重山"，接下来就是"风正一帆悬"了。"一步放大"迅速在全国推广，而中国冲击波，已在酝酿中了。

"移花接木"。

"一步放大"之余,徐光宪又顺手来了个"移花接木"。

"移花接木",这是徐光宪心领神会的一种科学创新方法,他是这样来定义"移花接木"的:

科学研究里面要创新,很重要的一个,就是要广泛地联想,要移花接木。所谓移花接木,就是在这个学科里面有一个创新的概念,你可以把它移植过来,移植到化学的学科里面来,你移过来就是创新了。它本来是在这个学科里面的一个新的想法,那么你移花接木把它移过来,就是创新。你要无中生有比较难,这个是有中生新。

徐光宪经常举的一个例子,就是将力学中的放大原理"移花接木"到微波领域,就有了微波放大技术;将微波放大技术"移花接木"到光波领域,就有了激光。甚至,社会科学与自然科学之间,也可以这么"移"一下。徐光宪不止一次说,将牛顿第三定律即作用与反作用定律,应用到为人处世上,不就是孔子的"己所不欲,勿施于人",不就是孟子的"老吾老以及人之老,幼吾幼以及人之幼"吗?经济学中的"效益最大化原则",不就是物理学中的"最小作用量原理"吗?经济学中的"分配公平原则",不就是热力学中的"趋向平衡热力学第二定律"吗?

真是脑洞大开。世界在徐光宪眼里,已浑然一体,如一张密密实实的网,网上的任何一点,都可以和其他所有的点产生联结。

这会儿,在北京的稀土串级萃取技术,就"移花接木",连上了甘肃金川的钴镍分离厂。

钴和镍有点儿像稀土,也有"工业味精"之称。在硬质合金、石油催化、人造金刚石、功能陶瓷、高能电池等方面,"撒"上一点钴和镍,立见奇效。我国的钴资源几乎没有,储量仅占全球的约1%,镍同样也很少,储量不到全球的4%。钴、镍性质非常相似,但在应用中对钴、镍的纯度要求又很高,因此钴镍分离就成了一项非同小可的高端技术。

当时金川的钴镍分离厂正在建设,准备采用北京有色金属研究总院的萃取分离工艺。这一工艺的分离系数能达到8,符合要求。美中不足的是,它必须在50摄氏度的高温下作业,一旦进入常温,分离系数就跌至2了,根本不行。

既然无法两全,金川钴镍分离厂为了保证钴、镍的纯度,只能委屈工人们在50摄氏度的车间里挥汗工作。

想想夏天40摄氏度的高温是什么滋味,长期在50摄氏度的环境下工作,谁受得了?金川钴镍分离厂这么做,实属无奈。

徐光宪偶然听说了此事,他完美主义者的"毛病"又发作了。他寻思:稀土串级萃取分离是在常温下进行的,这钴、镍如果也能在常温下分离,该有多好。能不能来个"移花接木",把稀土串级萃取技术用到钴镍分离上呢?

都说甘蔗没有两头甜的,但徐光宪就想吃一根两头都甜的甘蔗。

徐光宪跟北京有色金属研究总院商量,合作研发常温下的钴镍分离技术。但北京有色金属研究总院也有难处,这一项目已经通过鉴定并批准实施,并且正在定制50摄氏度的加温设备。另起炉灶,太不合算了。

徐光宪不死心,合作不成,那就单干。他和科研组展开了"攻关",几个月后,模拟试验即告成功。

看来甘蔗还真有两头甜的。

接着,徐光宪他们来到金川钴镍分离厂,进行工业试验,同样一次成功。稀土串级萃取之花,接上了钴镍分离之木,这是稀土串级萃取理论在冶金工业生产中的首次成功应用。

当时的国家科学技术委员会二局局长林华,看到如此圆满的结果,当下拍板:取消原定的高温工艺流程,采取串级萃取理论新工艺。

新工艺不但省去了加热的大笔费用,更重要的是,把工人们从50摄氏度的高温下解放出来了,这是多少钱也买不来的,可谓"善莫大焉"。

时任国务院副总理的方毅,听到这个消息后大为高兴,在新工艺正式投产时,亲自到金川钴镍分离厂视察,并要接见徐光宪等人。但徐光宪却没有按惯例出现在投产仪式上,这样一个重要的时刻,他根本就没来金川,因为他心里很笃定:新工艺肯定没问题。

完美主义者徐光宪,他对自己的信心,同样也很"完美"。

当徐光宪在北京大学稀土实验室里沉浸于稀土分离技术之时,肯定没有想到,他的串级萃取理论,竟然引发了一场席卷全世界的"中国冲击",更始料未及的是,"中国冲击"竟又演变成了"冲击中国"。

"风起于青蘋之末,浪成于微澜之间。"这,也可以称为"一步放大"吧。

中国是稀土储量大国。以前,稀土就像是深藏在大山中的珠宝,想要获取它,就要花大力气钻下一个个深深的小洞,一颗一颗地往外掏。现在呢,徐光宪的串级萃取技术,就像阿里巴巴那一声"芝麻,开门吧"的咒语,将财富之门轰然打开,奇珍异宝唾手可得,一抓就是一大把。无论是国有大企业,还是市属企业,乃至乡镇企业,只需要在流水线入口放入稀土原料,"流水线"的不同出口,就会源源不断地输出各种高纯度的稀土。它们可以把各种高纯度的稀土卖到对稀土如饥似渴的国外,赚取大把大把的外汇。

这稀土串级萃取技术,简直是外汇赚钱机器。

一直以来,瞧不上中国稀土分离技术的法国人、日本人,开始害怕了。徐光宪的弟子黄春辉教授带团出国访问,原来说好去参观法国一个分离稀土的工厂,到了法国,对方却支支吾吾,推说仪器要检修,不让中国人到厂里。好吧,不去就不去,代表团转而去他处。然而,代表团不久就察觉,每到一处,总有两个法国人跟着,做中国代表团忠实的"随员"。一打听,原来这两人就是法国那个稀土分离厂的。他们想看看,中国人到底掌握了什么"秘密武器"。

中国人当然有自己的"秘密武器",这就是徐光宪团队的串级萃取技术。随着越来越多的稀土企业应用这一技术,串级萃取理论及其应用也得到了广泛的认同。"串级萃取理论及其在稀土和金川钴镍分离中的应用"获得1985年国家教育委员会科技进步奖一等奖;"串级萃取理论及其应用"获得1987年国家自然科学奖三等奖;"轻稀土三出口萃取分离工艺理论设计及其工业实践"获得1988年国家教育委员会科技进步奖二等奖,于1989年获冶金工业部和全国稀土推广应用领导小组颁发的科技进步奖二等奖,于1990年获得广东省科技进步奖一等奖;"稀土萃取分离工艺的一步放大"获得1991年国家科学技术进步奖三等奖。《纽约时报》称:中国完全支配了稀土加工中的一个最关键的流程,即把稀土氧化物转化为金属单质。

至今,这项关键的技术仍然属于国家机密,徐光宪和他的课题组在许多方面虽有成果却不能写成论文发表。

与此同时,中国稀土产量扶摇直上,迅速占据了世界稀土市场的主导地位。

1948年以前,全球绝大部分稀土来源于印度和巴西的砂矿床。20世纪60年代后,美国的芒廷帕斯稀土矿成为稀土主要产地。然而,平地一声霹雳,串级萃取理论在全国普遍推广后,中国稀土企业异军突起。1986年,中国稀土年产量已经超过美国,位居世界第一。进入90年代,中国稀土更是一骑绝尘,到1995年,全国稀土矿产品产量为4.8万吨,各类稀土冶炼加工产品产量达4万吨,中国产出的稀土量占世界总产量的2/3以上。世界稀土市场上,全是"Made in China(中国制造)"。

在中国的强势压迫下,世界范围内稀土产品爆发了三次大降价,到1993年,国际单一稀土价格竟然只有1984年的1/5~1/3。原来长期垄断稀土国际市场的国外稀土生产商,包括不可一世的法国罗地亚厂,不得不减产,真可谓"曾经对我爱搭不理,现在让你高攀不起",而美国、日本的一些稀土企业开始转产甚至停产。中国稀土如狂风巨浪,把原有的稀土王国冲得七零八落,外国厂家纷纷惊呼:"China impact(中国冲击)!"

全世界,感受到了来自中国的力量!

第五章

追赶世界

世上没有天生的强大，也没有注定的领先。强大，是在一次次的挫折与磨难中砥砺出来的；领先，是在一次次的挑战与亮剑中实现的。

追赶世界，超越世界。副总理方毅七下包头[12]，如一个高明的棋手，为中国稀土布局，殚精竭虑间，棋局豁然开朗；稀土科学家谢宏祖、杨应昌，他们独上高楼，望尽天涯路，或奋起直追，或独辟蹊径，终于使我国站上稀土永磁材料研究的顶峰。于是，阿尔法磁谱仪——第一个被人类送入宇宙空间的大型磁谱仪，有了一颗"中国心"。

"俱怀逸兴壮思飞，欲上青天揽明月。"中国稀土，应该要，必须要，也终究会站在世界舞台的中心。

第一节　方毅七下包头

会背元素周期表的副总理。

当徐光宪往返于北京大学、包钢稀土三厂之间测试他的稀土串级萃取技术时,他肯定不止一次地听说,有人跟他一样,每年从北京来到包头,待在包头的时间短则四五天,长则七八天。

他们,都是奔着一个目标:稀土。

方毅,时任中共中央政治局委员、国务院副总理、国家科学技术委员会主任、中国科学院院长。

作为一位党和国家领导人,8年间他连着7次下到一个企业,这是绝无仅有的。包头,就像一块巨大的钕铁硼,牢牢地吸引着他。

1978年春,一个阳光明媚的早上,刚刚走马上任的冶金工业部科技办公室副主任周传典,走进了方毅的办公室。周传典长期在鞍钢、武钢、攀钢工作,从工长、炉长、科长、处长、总工程师一直做到副厂长、厂长,这年他刚到冶金工业部工作,见到方毅时,不免有些拘谨。

方毅热情地握着周传典的手,说:"我早就认识你了啊。"见周传典有点儿不明所以,方毅笑着说:"你在鞍钢与老工人李凤恩互帮互教，你教他文化科学知识，他教你实际操作技术。你们的事迹上过《人民日报》，还出过一本连环画。我是从画上'认识'你的嘛。"方毅一边说着，一边给周传典泡上一杯茶，还风趣地说："这是我们福建老家的福鼎白茶，怕是比不上你们安徽老家的毛尖有味道。"

几句话一说，周传典也自在起来。他不由得打量了一下这位中央领导的办公室。

周传典看到，方毅宽大的办公桌上，铺着一幅《竹石图》，土坡上瘦石壁立，左边是错落有致的三竿修竹，劲拔挺秀，亭亭而立，左上题着"斯人与山水为契，其品在管乐之间"。笔力恣肆，气韵生动，整幅画显得简约明快，意致爽豁。周传典于书画不大在行，却也觉得一股勃勃生机扑面而来。这幅画，听说后来方毅在下包头时，将它送给了包钢一位酷爱书画的工程师。

周传典早就听说方毅博览群书、书画俱佳，自然也不觉有什么惊奇。倒是办公室后面的墙上，在世界地图、中国地图、中国地形图等各种地图旁边挂着的一张表，让他有几分惊异。

这是一张由门捷列夫创建的元素周期表。

方毅顺着周传典的目光，看了看元素周期表，笑笑说："我这个外行，做了科学院的院长，化学元素总得要知道个大概吧。"

这自然是方毅的自谦之言。这挂在墙上的元素周期表，他又岂止是知道个"大概"，而是全背下来了。每当办公之暇，他就见缝插针地对着表背上几种元素。方毅的记忆力特别好，他曾对部下说过锻炼记忆力的"秘诀"。他说："记忆力是要练的，比如学英语，一个生词，查一次词典就在这个词旁点一个点儿。如果第一次没有记住就再点一个点儿，点了两次、三次就一定要把它记住。"他以这样的方法来记元素周期表，几个月后，竟然把这张元素周期表全背下来了。后来在一次干部大会上，讲到一个项目的工艺试验问题时，他随口准确地说出了好几个化学元素的名称、元素符号、原子序数和原子量，台下听众为之大惊。更有一个流传很广的说法：方毅能倒背元素周期表。这大概是"演义"了。方毅背元素周期表，是为了掌握科学知识，他可不屑于玩"倒背"这样的小把戏。但方毅把元素周期表背得滚瓜烂熟，这是肯定的，否则民间就不会有"倒背如流"的说法。

这时的方毅，神情中有几分疲惫，但更多的是兴奋。全国科学大会引发的激情，还在他的心头萦绕。

就在不久前的3月18日至31日，中共中央召开了有6 000人参加的全国科学大会。这是在粉碎"四人帮"之后百废待兴的形势下召开的一次重要会议，也是中国科技发展史上一次具有里程碑意义的盛会。作为国家科学技术委员会主任的方毅，为会议的顺利召开做了大量的工作。

正是在这次会议上，中共中央副主席邓小平在讲话中号召"树雄心，立大志，向科学技术现代化进军"。最让全国科技工作者扬眉吐气的是，邓小平明确提出了"科学技术是生产力""知识分子是工人阶级的一部分"这两个著名论断，澄清了长期束缚科学技术发展的重大理论是非问题。这两个我们今天习以为常的观点，在"两个凡是"还被奉为圭臬的年代，实是石破天惊！

最为脍炙人口的是，在这次会议的闭幕会上，播音员以高昂而清脆的嗓音，朗诵了中国科学院院长郭沫若热情洋溢的书面发言——《科学的春天》。"我们民族历史上最灿烂的科学的春天到来了。""这是革命的春天，这是人民的春天，这是科学的春天！让我们张开双臂，热烈地拥抱这个春天吧！"这成了那几年里引用频率最高的名言。

方毅在会上做了有关发展科学技术的规划和措施的报告。正是在这个报告中，方毅提出：

大力研究材料科学技术，对全面实现农业、工业、国防和科学技术现代化具有极其重要的作用……加快攀枝花、包头、金川等多金属共生矿的研究，攻下综合利用技术关，加强铜、铝资源开发的研究，使钛、钒生产跃居世界前列，使铜、铝、镍和稀土的提炼技术接近和达到世界先进水平。

这是稀土第一次被写进全国科学大会报告。

当然，对于方毅来说，这不是他第一次关注稀土。在全国科学大会召开的前几个月里，方毅好几次提到过稀土。方毅的秘书郭曰方记得很清楚，有次车过复兴门，或许是"复兴"这两个字引发了方毅的思绪，他若有所思，对郭曰方说：稀土的开发利用，要关注，要下力气抓一下。

在方毅的关注下，全国科学大会上表彰了一批稀土科研成果，主要包括中国科学院长春应用化学研究所的《稀土元素的提取、分离、分析和应用研究》、北京有色金属研究总院的《稀土冶炼新工艺的研究——回转窑硫酸化焙烧法处理包头稀土精矿》、湖南冶金材料研究所的《萃取分离镧、镨、钕的工艺研究》、包头冶金研究所的《稀土钴永磁材料的研制——稀土钴永磁材料工艺的研究》、江西有色冶金研究所的《赣南新类型稀土矿床特征研究》、北京有色金属研究总院广东分院的《提高包头稀土精矿品位的研究》等，它们均获得了"全国科学大会奖"，这是对中华人民共和国成立以来稀土科研成果的一次全面总结和检阅。

也是在方毅的推动下，全国科学大会把包头、金川、攀枝花三大基地的综合利用工作列入108个重点项目之中。对包头这个大型钢铁基地来说，"综合利用"，就意味着稀土地位的提升，可将稀土与钢铁相提并论。方毅下了决心，组织冶金工业部、国家计划委员会、中国科学院、国家科学技术委员会和四川、甘肃、内蒙古等省（自治区），进行联合攻关，要把这个难关攻下来。

方毅凝视着周传典，又像是在对自己说："邓副主席在全国科学大会上强调，要实现农业、工业、国防和科学技术现代化，关键在于实现科学技术现代化。科技上不去，我这个管科技的副总理，又怎么向全国人民交代呢？"见周传典有点儿紧张，方毅放缓了语气："你在冶金（工业）部科技办主管科技工作，今天把你找来，就是商量我们怎么抓这项工作。我想请你陪我到包头这些地方去看看，制定项目，组织力量攻关。"

方毅对周传典所说的"看看""攻关"，就是亲自到包头等地调查研究，然后召开一次由专家和有关部门参加的科技攻关会，系统攻关、逐项突破，每年一次，一年年照此推进，一年年锲而不舍，直到问题被全部解决为止。

方毅七下包头，这个在中国稀土发展史上举足轻重的"事件"，就这样开始了。

一下包头。

这天是1978年的7月27日，方毅一早就打点好行装，准备开启他的包头之行。不料恰在这时，盛夏的北京来了一阵雷雨，瓢泼大雨中电闪雷鸣。秘书郭曰方与机场联系，航班不出意料地延迟了，而且，下午和晚上仍有雷雨，当天肯定是走不成了。

郭曰方请示方毅："首长，要不明天再走吧？"方毅沉思片刻，摇摇头："这不行，人家已经做好安排，那么多科学家等着我们开会，不去怎么行？"

郭曰方想了想，迟疑道："晚上呢，倒是有一班去包头的火车……"方毅一听，马上接上去："行，就乘这趟吧。"郭曰方却支支吾吾起来，他想到，方毅60多岁的人了，身体弱，还患有糖尿病，晚上要靠吃安眠药才能入睡，坐一夜的火车实在是吃不消。可方毅催着他赶紧与铁道部门联系。郭曰方知道方毅的脾气，也就不再多说。

就这样，方毅坐上了晚上9点多的火车，劳顿一夜，来到包头。

快到包头时，方毅对郭曰方说："告诉包头市委，接站的人如果超过3人，我就不下车了。"顿了下，又笑着说，"记得'约法三章'哟。"

方毅说的"约法三章"，是他立下的调研规矩。一是到火车站迎接的人数不得超过3人；二是不单独坐小车，和迎接人员同乘一辆面包车；三是不准开小灶，只吃会议伙食。8年间他七下包头，这"约法三章"一直没变。比如出行时乘坐面包车，方毅的说法是，面包车里坐的人多，可以谈工作，既节约了车子，又节约了时间。而他的"餐标"，其实比会议伙食还不如。因方毅有糖尿病，其正餐的"标配"是两小盘，一盘蔬菜，一盘豆制品，而且他是在厂里的食堂就餐的。即使当年在越南担任中国顾问团总顾问时，越方按规定为他配备厨师提供"特灶"，方毅也是打破规矩，坚决不让，只吃他的"两小盘"。

到包头的当天，方毅就登上了白云鄂博，他要实地看看稀土矿。这也成了他七下包头中的"定式"。先花3天到现场调查研究，再花3天听取汇报，与专家探讨研究，最后一天，才开会发表自己的看法。他把这总结成"三要两不"：要少说多做，要去现场，要和工人一起研究；不能只说不做，不能持官僚主义态度。

7月，是白云鄂博一年中最好的时候。此时天气清爽宜人，草原上的风远远吹来，令人身心舒展。方毅日渐稀疏的头发，在风中散乱着，一似他此时纷繁的心绪。

方毅远眺蓝天白云,看着满坡的牛羊,对大家说:"白云鄂博这个名称,蒙语的意思是'富饶的神山'。这下面埋的,全是无价之宝,我们千万不要糟蹋这个世界上少有的宝贵资源。"说完,他又不禁吟起了诗:"白云深处皆珍宝,青山南麓满牛羊。"

然而,当他们进入山下的厂区时,方毅的脸色慢慢地凝重起来。郭曰方清楚地记得他陪同方毅第一次来到白云鄂博时的情景:

我陪同首长站在山头上,放眼望去,目光所到之处,皆是稀土矿山,这里真是个聚宝盆。可这个聚宝盆我们长期无法利用,我们只会炼钢炼铁。山下厂地里满是堆放多年、堆积成山的灰黑色矿渣。一下雨,这些矿渣就随着泥水到处流。谁都不知道这些矿渣该怎么利用,谁都不知道里面藏着什么宝贝。只能就这么堆积着,白白浪费了资源。

确实,包头当时的情形,真有点儿像"捧着金饭碗讨饭"。包头矿是一个典型的多金属共生矿,多种矿物"你中有我,我中有你"地共生在一起。类似包头这样的矿山,到现在世界上再没有发现过。当时稀土的分离技术难题,在全世界都没有得到很好的解决。包头空有丰富的稀土储量,却不能生产各种稀土产品。手捧着一块宝石,明明知道里面有钻石,有黄金,可你没法把钻石、黄金拿出来,只能干瞪眼看着。当时的包钢就是如此,国家投入了大量的人力、物力、财力,可企业还是连年亏损,"钻石花"成了"苦菜花",原因就是没有解决好"综合利用"这个大课题。

陪同的包钢技术人员向方毅介绍,包钢每年从矿山大量开采铁矿石,带出的稀土数量也相当惊人,但回收利用率同样低得惊人,大量的稀土从矿山开采下来后又回到尾矿坝或成为炉渣,只能贮存起来再说。至于怎么利用，心中无数。

　　来到厂区，四处弥漫着呛人的烟味，一些地方还流着污水。陪同人员说，常有牧民告状，说是他们的羊啊牛啊，喝了包钢排出的废水后就得了病，这也影响了工厂与当地群众的关系。方毅听了，紧紧地皱起了眉头。几天后，他在会上痛心疾首地说："包头的污染如果不彻底解决，我们睡觉也是不安心的。把稀土那么多宝贵的资源都放跑了，浪费掉了，还去贻害子孙后代，怎么能说综合利用搞好了呢？"可能觉得还不够严厉，他又放了一句话："回北京后，我要把这个情况，向党中央和国务院报告。"

　　到了矿区，方毅神情轻松地说："来，我们去矿井看看。"陪同的领导一听，大惊失色：这怎么行？劝阻说："下矿井的那都是年轻工人，您怎么能下去呢？"儒雅的方毅一般很少怒形于色，可一听这话，立刻就变了脸色，大声说："我抓矿山工作，哪有不下矿井的道理？工人怎么下去，我就怎么下去。"见方毅真的动怒了，大家面面相觑，谁也不敢再阻拦。

　　跟在方毅后面的郭曰方，动了动嘴，欲言又止，但最后也没有说出来。只有他和方毅自己知道，几个月前，方毅在江西时不慎发生尾椎骨粉碎性骨折，还没有痊愈，一弯腰就痛。郭曰方知道方毅的脾气，不敢劝阻，只能暗暗着急。

　　方毅倒显得若无其事，他熟练地戴上安全帽，换上高筒靴子，系上安全绳，坐上铁皮筐，跟包钢的人一起，就这么下到几百米深的矿井中。

　　矿井里阴暗潮湿，地面坑坑洼洼，一不留神就会踩到一个水坑，"嗞啦"一声溅起一团浊水。大家点着灯，一步一跌地向矿井深处走去。方毅患有糖尿病，心脏供血不足，在空气混浊的矿井中，弯腰弓背，走不了几步就大口喘气。走到危险地段，包钢领导说："这地方不大安全,不去了吧。"不说倒也罢了,经这么一说,方毅偏要钻进去看看怎么个不安全,大家想拉也不敢拉。方毅一边弯着腰往前走,一边还很不高兴地说:"工人能进去,我就不能进去?我是人,难道在危险地段干活的工人不是人?!我就是要去看看他们。"

一直到下包头的最后一天,方毅才正式发表意见。在包钢的大礼堂里,召开了白云鄂博共生矿综合利用第一次会议。方毅放下讲话稿,侃侃而谈。他先是饶有兴趣地讲了稀土元素发现的历史:"稀土发现的过程,前后经过一百几十年。""稀土的发现是从北欧开始的,1787年,阿雷尼乌斯在斯德哥尔摩附近找到一块黑石。""1794年,芬兰化学家加多林研究这块石块,发现了钇土。""1803年,德国化学家克拉普罗兹在另一块矿石中发现了铈土……"他说得清清楚楚,如数家珍。科技人员在台下听着,既感亲切,又感钦佩,更是感到非常振奋。有人当下就悄悄说:"想不到方副总理对科学技术问题这样熟悉。"

在党的高级干部里,方毅是一位少有的既懂科技又懂文化的通才。大家都知道他在书画上已有准专业的水平,但很多人不知道,方毅在外语上的造诣也非泛泛。方毅出身贫寒,15岁时就入党投身革命,根本没有机会学习外语。他开始学英语,竟是在国民党的监狱里。1934年,方毅在上海开展地下工作时,不幸被捕,在监狱里遭受酷刑,两条小腿的筋也被打断了。身受重伤、生死未卜之际,方毅坚信革命一定会成功,依然对未来充满了憧憬。他在同狱的一位中学老师的辅导下,靠着一本破破烂烂的英文字典,学习起了英语。3年后出狱时,他在英语上已有小成,能读英文版的《西行漫记》。狱中学英语,成了方毅革命生涯中的一段佳话。中华人民共和国成立后,方毅适应时代需要学起了俄语,花了大半年时间,把俄语原版的《联共(布)党史简明教程》"啃"了下来。20世纪50年代,方毅担任中国驻越南经济代表处代表,他又学起越南语,还认真研读了越南人用古汉语编写的越南史书。1961年,毛泽东主席约见方毅,问起有关越南的历史、汉朝时的中越关系以及伏波将军马援的情况,方毅从容不迫,一一作答,毛泽东主席十分满意。

好学的精神、广博的知识,使得方毅的讲话充满独特的魅力,有着强大的信服力。

当方毅讲到"包头共生矿是我国的一个宝,而不是包袱""包头是个宝地,资源很重要,我们一定要坚持综合利用的方针,这是党中央十分强调的方针"时,全场响起了阵阵热烈的掌声。这既是对这一方针的欢呼,也是对方毅精彩讲话的褒奖。

"小事"与大事

现在包钢的老人,对当年方毅七下包头的故事,还是记忆犹新,津津乐道。方毅当年做出的决策、发表的讲话,他们可能记不大全,但对方毅的几件"小事",倒是反复提起。

一到包头,方毅就会在包钢矿区四处转。这天,方毅走着走着,突然停了下来。陪同的人朝四周打量了下,认为一切都很正常。几十位工人正在干活,他们把矿石倒入一根粗大的钢铁管道,矿石顺着管道"咣啷啷"地滚到了山脚的冶炼厂。

方毅问:"这矿石从钢管滚下去,钢管很容易被磕坏吧?"

"是这么回事。"陪同的领导哈哈一笑,"我们包钢,有的是钢,坏了再做一根就是了,不费事。"

方毅沉吟道:"浪费钢,更浪费时间,让人想个办法吧。我看也不难。"

其实真不难。几天后，技术人员把钢管换成了橡胶轮胎，一招"以柔克刚"，把这问题轻松解决了。

矿山的一台水泵质量不过关，这大概是分厂厂长才会管的"小事"吧。方毅在调研时听说了，亲自把水泵厂的厂长叫来查看并检查问题，要求他尽快向矿山提供高质量的水泵。方毅说："大家觉得我小题大做了是不是？我看不是小题，开矿是大事，一点儿也不能马虎。"

一次座谈会上，有人说到包钢的稀土钢轨卖不出去。那人也不是专门说这个问题，只是顺嘴一说。方毅一听，马上"盯"上了。他说："钢铁中加入稀土元素，可以极大提升钢铁的性能，怎么稀土钢轨会卖不出去呢？"方毅转过头，问包钢的领导："这是技术的问题，还是价格的问题？关键技术又在哪里？你们研究过了吗？"

谁也想不到方毅会这么较真，包钢的领导一时间有点儿支支吾吾，只说是铁道部那边通不过。方毅脸上闪过一丝不悦，说："钢里加稀土，这个肯定是好事，但如果始终没有研究稀土加进去后对钢会产生什么影响，这个试试那个试试，一哄而起又一哄而散，那怎么能成呢？"他当即要求，把铁道部的人请来，跟技术人员一起开个座谈会，按照铁道部的要求改进钢轨质量。

不久后，经过与铁道部沟通，包钢按标准改进了稀土钢轨，之后稀土钢轨通过鉴定并投入使用。方毅笑着说："我可不是在帮包钢做推销，我们得在稀土应用上有所突破啊。"

说到销售，其实方毅也很有一套"生意经"。1980年7月三下包头时，方毅就跟包钢的领导指出："怎么做国际贸易？应该承认我们在这方面既缺乏经验，又缺乏知识。"

计划经济时代的企业，尤其是国有大企业，对于营销其实并不十分重视，更缺乏研究。方毅笑着说："我可以给你们讲讲'生意经'哦。"他拿起茶杯喝了口水，侃侃而谈：

比如说，怎样进行价格竞争？为了夺取市场，资本家经常采取薄利多销的办法，甚至不惜暂时做点儿赔本买卖，让你离不开它了，再调整价格。过去上海有个人，给江南人家免费提供煤油灯，结果大家都得向他买煤油。我们的稀土产品，能不能先做出来免费改装几个地方，装到北京百货大楼去？人们一看，是好东西，局面就打开了。

我们搞技术服务，不要等人找上门来，要自己送上门去，"三包"，包修、包退、包换。日本松下电器公司老板到中国来。有一个中国人写信给他，说买的松下电视机坏了。他马上打电话到日本，让人带新的来给他换。我知道了这件事很惊讶，人家会做生意。

还要善于做广告宣传。要使人家口水淌下来，但又不能胡说。（稀土纯度）明明是四个九，说成九个九，那不对。我赞成一些同志的提议，在适当的时候，比如明年下半年，或后年上半年，在包头召开一个国际性的稀土及其应用的学术会议。这不仅是一个学术交流的机会，也必将成为一次很好的宣传机会，让国际了解我们在稀土方面的成就和能力。

这些话，现在听来或许平常，但要知道，那是在1980年。"文化大革命"后中国第一则广告，刊登在1979年1月28日的《解放日报》上，介绍的是上海工艺美术工业公司的产品。刊出后，上海市委宣传部的一位领导还在会上质疑：《解放日报》刊登商业广告，究竟是为社会服务，还是为单位赚钱？而身为国务院副总理的方毅，不久后就公开提倡做广告，讲外国资本家的"生意经"。这是何等的胸襟，何等的胆识！

方毅几乎每年都带着科学家、相关部门人员共100多人到白云鄂博现场办公、现场研究和解决问题。他一直都说"钢稀并举，综合利用",但在"以钢为纲"的气氛中,把钢铁与稀土并举,实际上就是在提高稀土的地位。

一下包头时,方毅来到包头冶金研究所,里里外外看了一遍,直言不讳:"你们研究所的装备很落后。稀土研究要赶上国际水平,装备就得要现代化。"研究所领导一脸无奈:"我们没钱呐。"方毅豪爽地一摆手,慨然承诺:"你们要什么,马上开出单子来,我马上送邓副主席,马上给你们批。"3个"马上",把研究所的领导听得又惊又喜,研究所的事直接"通天",这可是从来都没有过的。

方毅笑了笑,没有多说。他打这包票,自然是有底气的。此刻方毅脑海里浮现出邓小平同志蔼然的笑容。出京前,他向邓小平同志汇报工作,说到稀土科研水平落后,邓小平同志立马说:"你们能开出单子来,我闭着眼睛也批!"

"闭着眼睛也批!"正是这句话,让方毅感到了莫大的信任和支持,也正是这句话,使得包头冶金研究所成功引进了多台大型检测仪器,稀土科研水平上升了一大截。

包头冶金研究所的不少老科研人员,到现在还总是提到方毅给研究所涨工资的事。

一下包头时,方毅在与研究所科研人员聊天时,发现不少人待遇低、家庭负担重,有的还萌生了"跳槽"的想法。方毅着急了,他与科研人员直接谈心,同时又帮忙解决事关他们利益的问题。其实,按有关规定,研究所科研人员可涨两级工资,但这件事情一直落实不了。要知道1978年的两级工资,实是非同小可,企业中有为了一级工资而卧轨、跳楼、杀领导的。当时有人就说了:冶金研究所的人涨两级,其他单位怎么办?

方毅做事,一贯以理服人。他请劳动人事部部长赵东宛带着部里管物价工资的同志来到包头，让他们去走访科研人员的家庭，再去菜场问问萝卜、白菜、肉、蛋等的价格，然后拿出意见来。一番调研下来，这工资不涨还真不行，包头冶金研究所科研人员的这两级工资就这么涨了上去。

为一个研究所涨工资，把劳动人事部部长请来调研，这是典型的方毅风格。方毅曾对他儿子说："我的人就像我的名字一样。"方毅之儒雅人所共知，而方毅的方正、刚毅，却是刻在骨子里的。

自然，以方毅之胸襟、格局，为包头冶金研究所涨工资，并非单为他们"出头"。这有如当年的"千金买骨"，方毅以此为典型，来提升科研人员的地位和价值。此前此后，他不止一次地提出，要让科研人员中的一部分人先富起来。

他说："要使一部分人先富起来，就是要使那些通过自己的劳动，对科学研究、经济发展和社会进步做出重大贡献的人先富起来……对有重大贡献的，就是要重奖。不实行这一条，科学的发展、经济的振兴、民族的兴旺是不可能的。"

他又说："我不相信科技人员不能通过自己的劳动富裕起来。农民能买汽车，有万元户、十万元户，这是天大的好事。但是，我们不能搞得农民可以买汽车、拖拉机，工程师买自行车也困难。"

方毅还经常说他与袁隆平的故事。方毅去湖南调研，碰到袁隆平，问他拿个国家特等奖能分到多少钱。袁隆平回答说，先给了200元，后来是400元，倒是湖南奖了4 000元。方毅一听，大为恼火。他说："袁隆平20多年的努力，你就给了4 000多元，怎么能这样对待有功之臣呢？国科委给这个特等奖奖了10万元，大家都来分一杯羹，最后贡献最大的袁隆平只有几百元，怎么提高人家的积极性呢？"方毅就此发挥说："小平同志说，要使一部分人先富起来。我看不光农民、工人应该，知识分子也应该。只要有贡献，就应该给人家。我们要全面落实小平同志这个指示。你怕什么？怕给国家创造财富？国家从财富里头给他一点零头，这有什么可怕呢？这样，我们国家就会出现成千上万个发明家、革新家，新的创造就会不断涌现。"

在20世纪80年代初公开这样说，方毅非凡的政治胆识和理论勇气昭然可见。

布局者

方毅是个围棋高手。早在参加新四军时，方毅在陈毅元帅的影响下，于戎马倥偬中学会围棋，从此这个爱好伴随了他的一生。

方毅的棋力也不差，1978年他曾被日本棋院授予名誉七段证书。而他在1971年到1998年，更是以国家领导人的身份，长期担任中国围棋协会名誉主席。

就像一个高明的棋手，方毅在工作中，总是有着充分的"大局感"，更是时常会下出令人拍案叫绝的"妙手""高招"。

如果把中国稀土比作一盘大局，那么方毅在8年间七下包头，就像在棋局的关键处下了七子，既高瞻远瞩，又脚踏实地，从容不迫间，棋局有了清晰的框架与走向，中国稀土发展空间豁然开朗。

1978年7月28日至8月3日，一下包头。方毅确定了"实行提取稀土、铌为主，兼对铁、磷、锰、氟进行综合利用"的方针。回京后，他又立即向中共中央提出成立包头稀土铌公司。中共中央副主席邓小平在报告上批示："意见很好。请计委、经委拟定。"[13]这年的12月26日，国务院李先念、王震、方毅、余秋里、谷牧、康世恩6位副总理批准成立包头稀土铌公司。

1979年8月15日至24日，二下包头。方毅制订了全国稀土生产、科研、推广应用及出口的长远计划和近期工作计划。回京后，他又马上请示在中国举办稀土永磁国际会议。短短5天后，中共中央副主席邓小平批示："同意。"

1980年7月17日至22日，三下包头。方毅将目光放在了稀土的推广应用上，提出："稀土的利用绝不仅是我们这一代人的事，我们的子孙还得干下去。""稀土利用绝不是一代人的事"，这句话成了流传到现在的一句名言。

1981年7月25日至31日，四下包头。方毅树立了"稀土大国"的宏伟愿景，中国稀土要做到4个第一：资源第一、生产第一、出口第一、应用第一。

1983年7月31日至8月5日，五下包头。方毅号召把包钢建成为一个有特色的钢铁和稀土生产重要基地。

1984年7月28日至31日，六下包头。方毅明确了"七五"稀土发展的攻关方向和目标。

1986年8月25日至29日，七下包头。方毅发出了包头稀土要进军国际市场的号令。

8年七手棋，回头看看，每一手都是在最合适的时机下在了最合适的位置，发挥出了最佳的效果。

正是在这8年间，中国稀土产业有了质的飞跃。1978年前，包钢每年亏损1亿元左右，稀土的利用率更是低得可怕，不到开采量的2%——绝大部分被扔在了尾矿和残渣里。而到了1985年，包钢生产稀土精矿13 900吨，稀土加工产品3 100多吨。出口量也是逐年增长，年平均增幅达50%，1986年创汇3 600万美元，而中国也在这一年超过美国，成为世界稀土生产"老大"。中国，成了名副其实的"稀土大国"，方毅在1981年提出的目标实现了。

　　1979年，方毅二下包头的时候，认识了包钢的老职工周同藻。周同藻于20世纪50年代从鞍钢来到包钢，一心扑在工作上，连过年都很少回家。即使是在"文化大革命"时被打成"走资派""臭老九""美国特务"，他依然痴心不改。1979年，刚刚"摘帽"的周同藻已是68岁的老人，但他强烈要求到一线，说："我搞了一辈子烧结矿，烧结厂上不去，我吃不香、睡不稳。"方毅听说了周同藻的事迹，大为感动，当下写了一幅字——"老当益壮，宁知白首之心"，送给周同藻。

　　"老当益壮，宁知白首之心；穷且益坚，不坠青云之志。"此时的方毅，也已是63岁的老人了。老当益壮、青云之志，又未尝不是他的夫子自道！

第二节　吸引力

火柴之光

方毅七下包头，下出了中国稀土的一盘大棋。文有"文眼"，诗有"诗眼"，棋同样有"棋眼"——棋局的关键处、分水岭。稀土这盘棋，同样有一个"眼"，那就是：用。

稀土与铁矿共生，方毅就大讲"综合利用"；稀土被废弃在矿渣中、被堆积在废矿坝上，他就强调"化废为宝"；稀土产品卖不出去，他就推动提质降价；稀土国内市场渐趋饱和，他就提倡"要打开稀土的国际市场"。

科技上的所有发明、创造，只有"用"起来，走向市场，才能产生更大的价值，而科技本身也在不断的使用中迭代、提升。科技进步，从来就是一条蜿蜒向前的河流，用计划思维去驱使它朝这个或者那个方向，往往吃力不讨好，甚至还可能引发决堤、崩溃。而以市场为导向，遇到高山绕着走，遇到大河顺着走，"常行于所当行，常止于不可不止"，看起来似乎走了一些弯路，其实一切都是最好的安排。

有种说法，20世纪六七十年代，美国、苏联两国的科技水平其实相差并不太大，但几十年后，美国把苏联（或俄罗斯）远远地甩开了几条马路，原因就在于苏联把高科技用在导弹、核潜艇这样的军事装备上，而美国用在了汽车、游戏这样的民众呼声越来越高的产业上。巨额利润驱动着美国资本家不断加大投入，也驱动着美国科学家不断创新，更吸引着越来越多的人投身其中、玩出花样，这是原子弹所给不了的动力。以至"阴谋论"者认为，美国在故意制造"冷战"的紧张气氛，驱使苏联把人力、物力投入军备竞赛的无底洞里，让它无休止地"放血"，最后这个超级大国硬是被拖垮了，走上了解体的不归路。

事情当然不会这样简单，但"用进废退"不仅是生物进化的规律，也是科技发展的规律。

回望稀土发展史，第一个稀土商用产品，是奥地利科学家威尔斯巴赫于1885年在硝酸钍中加入一部分硝酸铈等制成的"汽灯纱罩"，开创了人类应用稀土的先河。遗憾的是，在那几十年，中国一直游离于稀土发展的潮流之外。唯一值得一说的是，1917年中国植物学家钱崇澍在美国《植物学公报》上与他人合作发表了一篇文献《钡、锶、铈对水绵属的特殊作用》，这是中国人第一次对稀土元素在植物栽培中有关生理作用的研究，但此后一直应者寥寥。在一段40多年的空白期后，邹元燨的"第一号合金"才使中国踏上了稀土工业化的起点，而最早走进市场的稀土产品，是20世纪60年代初上海跃龙化工厂的打火石。

其实那个时候，国际上稀土应用也很凄凉。1960年，美国的稀土消费量不过2 000吨，估计全世界的稀土总消费量也就3 000吨上下。当时美国的一本经济类技术杂志在评论各个产业时，对稀土工业用上了"小而穷"这样刻薄的字眼。跃龙化工厂这家刚从私企"永联化工厂"改造过来的地方企业，之所以能在一片沉寂中冒出来，靠的正是通过长年商海沉浮磨炼出来的异乎寻常的市场敏感度。后来"赌"上几千万元，请徐光宪测试"一步放大"的，也是这家企业。

中华人民共和国成立初期，中国电力工业极为落后，农村里开大会、办红白喜事时，广泛使用汽灯。汽灯必然要用到威尔斯巴赫发明的"汽灯纱罩"。"汽灯纱罩"是种很神奇的东西，因为"它不是企图制取一种燃烧时能发出强烈光焰的气体，而是用不明亮的火焰来加热耐火纱罩使其达到白热"——发光的不是灯，而是罩，二氧化钍在高温下发出强烈的白光。可用来制造"汽灯纱罩"最关键的硝酸钍被禁止进口，国内也无生产厂家。跃龙化工厂要生产"汽灯纱罩"，只能自己制造硝酸钍。

硝酸钍要从独居石（磷铈镧矿）中提炼。跃龙化工厂通过四处打听，了解到潮州、汕头等地有一种石头。这种石头分量较重，十分结实，被称为"重砂"，当地人把它和黄沙混在一起铺路。这"重砂"，听着有点儿像独居石，跃龙化工厂派人到那边一看，果然就是。

用独居石提炼钍之后，剩余物中还留有不少的铈和镧。当时的跃龙化工厂还没有意识到它们是跟钍同样重要的稀土元素，当然也就不会去应用它们，自然而然把相关"废水"倒进了黄浦江。跃龙化工厂的排水口离上海自来水厂的取水口很近，这样排放放射性污水当然不行，于是该厂被要求易地重建。在找到合适的厂址之前，这些有着铈和镧的"废料"就只能先堆着——跟包钢的情形是不是很像？

此后起起落落，跃龙化工厂新厂一直没建起来。到了1961年，国民经济进入困难时期，中央明确了"调整、巩固、充实、提高"的八字方针，基本建设规模被大大压缩，一大批项目下马，跃龙化工厂也在其中。

这时的跃龙化工厂，因硝酸钍大量积压而被迫停产，账上的资金只剩下0.7元——听着像是个笑话，厂里770多名工人"嗷嗷待哺"，可谓到了山穷水尽的地步。唯一可以动脑筋的，就是一大堆提取了钍之后剩下的独居石"废料"。

这"废料"里有稀土金属铈和镧，可以用来制造打火石。跃龙化工厂于是向上海市申请了一笔10万元的资金，从上海冶炼厂要来被废弃了的直流发电机，以熔盐电解法制取铈和镧，生产出了打火石。

打火石的正式名称应该是稀土发火合金（rare earth pyrophorical-loy），它就是含有稀土金属且能发出火花的合金，这还是几十年前威尔斯巴赫的发明，算不上高端科技。

但恰好这一时期，市场上火柴奇缺。20世纪60年代初，火柴要凭票供应，在首都北京，每户家庭的配额是每月80根——如果一日三餐都用火柴点火的话，还差10根。一盒火柴2分钱，但不少农村家庭仍买不起火柴，只能用鸡蛋去换，到邻居家借几根火柴的情景也是屡见不鲜。于是，打火石遇上了"风口"，异常畅销，利润也极高，跃龙化工厂迅速渡过了难关。

看到了稀土产业巨大的发展前景，跃龙化工厂又向冶金工业部申请上马稀土化工项目。厂长王清铎跑到北京，求见冶金工业部部长王鹤寿。可要见王部长的人实在太多了，排队的话起码要在半个月之后，王鹤寿的秘书给王清铎指点了一招：不如先写封信陈述一下。王清铎就给王鹤寿留了一封信，想想心里没底，又给国务院副总理、国家科学技术委员会主任聂荣臻写了一封信。信中从科技发展的角度，论说了稀土的重要性，并说：我们这样一个大国，如果不发展稀土产业，以后要吃大亏。[14]

王清铎的信还真送到了聂荣臻、王鹤寿这里——王清铎的运气确实不错，更主要的是稀土产业也正是冶金工业部关心的事。不久，冶金工业部技术司专门派人来调研。恰好在这时，其他省市也给跃龙化工厂发起了一波"神助攻"。

因为火柴奇缺，各地纷纷生产打火石，又都纷纷来跃龙化工厂求购稀土原料。原来堆着的稀土原料，跃龙化工厂自己要用，新厂不建成，各地就买不到稀土原料。跃龙化工厂乘机下"说词"，要各地企业向所在省委汇报，通过省委向中央反映。据说，后来还真有几个省向国务院副总理薄一波反映，说跃龙化工厂的稀土化工项目不上马，各地打火石的原料问题就没法解决，火柴紧缺问题就解决不了。当时火柴是被列入48种生活必需品的，那自是非同小可，情况竟然被"捅"到了周恩来总理那里。在周恩来总理的过问下，冶金工业部、上海冶金工业局等特事特办，跃龙化工厂新厂于1962年动工，1964年8月建成投产。而这时跃龙化工厂的打火石年产量已经近百吨，不仅满足了国内市场需求，还大量出口创汇。

一根火柴，惊动了国务院总理，也促使跃龙化工厂建成我国第一座现代化稀土工厂。中国稀土产业从实验室走向了生产车间，竟是因为火柴奇缺，不知这算是悲剧还是喜剧。

稀土产业大发展的契机，出现在20世纪80年代。徐光宪串级萃取稀土技术的发明，使得我国稀土提取分离技术走在了世界前列。"一步放大"更使得一般的乡镇企业都可以分离稀土，于是，稀土产量直线上升。

1981年，全国稀土矿产品产量为5 100吨，稀土产品产量为4 270吨，其中单一稀土产量为20吨。到了1988年，这几个数字分别变成了2.964万吨、1.866万吨、1 157吨，中国已经超过美国成为世界第一稀土生产大国。进入90年代，这些数字更是不断被刷新，增长之快令人咋舌。到1995年，全国稀土矿产品产量达到4.8万吨，稀土产品产量达到4万吨，其中单一稀土产量达到8 550吨——足足是1981年的400多倍。在"中国冲击"的巨大威力下，美国芒廷帕斯稀土分离厂停产，法国完全用中国氯化稀土代替了独居石，日本稀土绝大部分从中国进口。全世界的稀土产量和需求量均在8万多吨，中国的稀土产量占到2/3以上，中国成了完完全全的"巨无霸"。

同时上演的，是一场声势浩大的"推广稀土应用"运动。国务院专门成立了"国务院稀土领导小组"，相关政府部门联合成立了稀土推广应用领导小组，目的只有一个：用。

稀土加进钢铁里，有了低合金高强度钢、合金结构钢、高合金钢；齐齐哈尔钢厂生产的石油钻机用的稀土钢钻头，其进尺深度达到2 856米，创了国内新高；军工上用稀土装甲钢板代替了苏联的高镍铬装甲钢板；兰州炼油厂建成了国内第一家稀土催化剂车间；北京608厂一年用3吨稀土抛光粉抛光75万副眼镜片；唐山建筑陶瓷厂在出口的卫生陶瓷和釉面砖中使用镨黄颜料及氧化铈釉；稀土在农业上也开始应用，经过几年的大田试验，小麦、棉花、大豆、花生等旱田作物可增产8%～10%，水稻可增产5%～8%，烤烟、西瓜、红薯一般可增产10%左右……

一直以来，稀土应用发展的重点是稀土功能材料，功能材料的重心是稀土永磁材料。而中国，正是在稀土永磁材料上走在了世界的前列。

诡秘的硼

这就要说到永磁材料了。

很多材料可以被磁化。最常见的是铁，把铁钉和磁石放在一起，铁钉就有了磁性，能把一根根细小的大头针吸起来，但单独放一段时间后，磁性就减弱了。那些磁化快、退磁也快的材料，叫作软磁。那些不易被磁化，但一旦磁化了却能长期保持磁性的材料，叫硬磁，也叫永磁。这磁铁倒是很具人性，动不动就"效忠"，也会动不动就"背叛"；难以被收服的，一旦被收服，忠诚度也会很高。

设想一下，如果手机充一次电，就可以永久续航，这是件多么美妙的事。这就是永磁材料的魅力。

自然，同是永磁材料，差别也很大。理想的永磁材料，自然应具备磁体中所储存的能量很大（这个称为磁能积），同时磁体有着强大的抵抗退磁的能力（这个称为矫顽力）的特性，简单点儿说，就是体积小、磁性强、磁性保持时间长。科学家们做的，就是朝着体积更小、磁性更强、磁性保持时间更长的目标，去研制各种各样的永磁体。

最早发现的永磁材料是天然磁石，已经有4 000多年的历史。我国古代用于辨认方向的仪器司南，就是把天然磁石磨成一把勺子的样子，然后将其放置在一个光滑的圆盘上，圆盘上刻有详细准确的方位。根据磁勺的指向，可以判断方位。东汉时的《论衡》中就有"司南之杓，投之于地，其柢指南"的记载。因为在考古过程中一直没有找到司南的实物，所以对司南是否真的存在一直存有争论，指南针是不是中国的发明也被连带着遭到怀疑。直到2017年，中国科学院自然科学史研究所的一位研究人员，在河北张家口龙烟铁矿区内找到天然磁石，成功地制作出可以正确指示方向的"司南"，一切怀疑才烟消云散。可见我国古代关于司南的记载是有事实依据的。

但天然磁石毕竟有限，磁性也不够强，于是人造永磁应运而生。最先用的是碳钢，在1880年前后，此后又有了钨钢、钴钢等永磁材料。20世纪三四十年代，日本发明了铝-镍-钴系磁钢，它成为永磁材料的主流。到了50年代，又出现了铁氧体永磁，永磁材料的成本大大降低，应用也日渐广泛。

进入60年代，随着稀土在永磁材料上的应用，一场巨大的变革发生了。科学家们把钐、钕等稀土金属和钴、铁等过渡金属，用粉末冶金法制成磁性材料,其磁性大大超越了此前所有的材料,使其成为名副其实的"永磁王"。

第一代稀土永磁材料是钐钴合金$SmCo_5$,最大磁能积可达20兆高奥(兆高奥是衡量磁能积的一个物理量),这标志着稀土永磁材料时代的开启。然而,由于钐的储量稀少,而钴是重要的战略金属,所以$SmCo_5$价格昂贵,难以大规模应用。

第二代稀土永磁材料是钐钴合金Sm_2Co_{17},是在第一代钐钴合金中添加铁元素而制成的,最大磁能积可达35兆高奥,至今仍被广泛应用于航空航天、国防军工、高端电机等领域。

我国的永磁材料研制,开始时是跟着发达国家走的,铝镍钴磁铁,比日本晚了16年;铁氧体磁铁,比国外晚了10年。即使拥有最大储量的稀土,我国稀土钴永磁材料的研制也从20世纪70年代才开始,比国外至少晚了5年。但我国"弯道超车",后来居上,迅速冲到了世界前列,与日本、美国鼎足而三。

1983年9月,"第七届国际稀土钴永磁及其应用会议"在北京召开。会议的最后一天,日本专家金子秀夫教授放出了大招,他带着一丝高傲的神情,不紧不慢地宣读了论文,介绍了一种日本住友特殊金属公司研制的钕铁合金新型永磁,其磁能积高达36兆高奥。

碳钢磁铁的磁能积不到1兆高奥,铁氧体磁铁的磁能积大约为4兆高奥,而日本人竟然研制出磁能积为36兆高奥的永磁材料!这样的磁铁能吸起自身重量几百倍的物体,相当于刚出生的婴儿可以一手提起一头大牯牛,如果在人的前胸、后背各放一块这样的磁铁,人瞬间就会被挤断。这样的吸力,完全可用"恐怖"来形容。

包头稀土研究院的高工谢宏祖也坐在台下,大为震惊之余,有点儿想不明白。会议休息的间隙,谢宏祖急忙跑过去,向金子秀夫恭恭敬敬地问道:"先生,钕、铁是组不成合金的,还有什么元素?"

金子秀夫客气地笑了笑,没有回答。

这时,美国的磁学专家瓦利斯教授也挤了过来,问的同样是:除了钕和铁,还有什么元素?

日本人对美国人还是"买账"的,金子秀夫迟疑着说:"还有铜、硼、碳、硅……"他一下说了七八种元素,并称将在11月于美国召开的"MMM会议(国际磁学与磁性材料年会)"上正式发表成果。

这样的回答等于没有回答,瓦利斯只好摇摇头,走开了。

谢宏祖、金子秀夫、瓦利斯都是各自国家稀土永磁材料领域的领军人物,于是有人就笑称,三大"磁王"对面相撞、擦肩而过。

金子秀夫说的这36兆高奥的永磁材料,就是被称为第三代稀土永磁材料的钕铁硼。日本住友特殊金属公司的佐川真人博士,于1982年发明的烧结钕铁硼,是磁学领域的一项重大技术突破,被列为当年"世界十项重大科技成果"之一,佐川真人也因此荣获了1986年"美国物理学会国际新材料奖"。钕铁硼主要由稀土元素钕,以及铁元素和硼元素组成,其中稀土元素占25%~35%,铁元素占65%~75%,硼元素约占1%。金子秀夫秘而不言的,就是这1%的硼元素。

据说,当佐川真人试图用铁元素和稀土元素钕来制造永磁体时,日本永磁体研究界普遍认为这方向就错了,因为铁原子之间的距离太小,没有足够的空间来形成磁场,铁-钕磁体是不可能被制造成功的。但佐川真人的灵感正是来自这个"不可能",在铁和钕之间塞入一个原子半径较小的硼,铁原子之间的距离不就拉大了吗?不可能不就成为可能了吗?科学发明有时就是这样有趣。

这年年底,美国通用汽车公司也宣布发明了一种新的磁性材料。后来谜底揭晓,他们在钕、铁之间,也加了硼,与日本人的研发方向可谓殊途同归。但两家的生产工艺略有不同,日本是烧结法,即用磁粉烧结成一种磁体；美国是黏结法，即用树脂把磁粉黏结成一种磁体。

包头稀土研究院把金子秀夫的"新闻"向冶金工业部汇报，冶金工业部一下子就意识到了其分量，当即指示："永磁新材料对我国将来的军工有很重要的意义，你们马上回去研究，开发这个产品。"这年10月，包头稀土研究院组织了一个攻关组，领衔的自然是谢宏祖。

后来者居上。

谢宏祖是甘肃省甘谷县人，甘谷县是个有着2 700多年历史的古县，人称"华夏第一县"。谢宏祖于1962年从兰州大学物理系磁学专业毕业后，就来到包头冶金研究所，从事稀土材料的研究。那时研究所正是草创之初，谢宏祖看出来，"眼前的一切真真确确是一穷二白、一贫如洗"。但包头冶金研究所也有谢宏祖为之惊叹的地方，那就是丰富的外文期刊。50多年后，他还记忆犹新：

> 唯一令人惊叹的，是那些把两三条旧长条凳叠起来当书架，堆放在上边的外文期刊，有英文、俄文、德文、日文和法文，十分丰富，几乎在学校我读过的杂志这儿都有，有些还是学校也少有的原版期刊，重要期刊几乎都是原版。在那个被西方敌对势力封锁的年代，这些书刊不易进口，要价很高，需用外汇支付。当时国家外汇很紧，还花钱进口这么多，说明国家对稀土的开发与研究十分重视。这些期刊从发刊到我院只需一个月，这就使我们能在一月之内就了解到国外的研究信息，比影印本早半年。

为了利用好这些来之不易的原版期刊，在大学里已经掌握两门外语的谢宏祖，又自学了日语、德语和法语。这种阅读习惯，开拓了他的视野，使得他始终站在永磁材料研究的国际前沿。

当稀土永磁材料出现时，谢宏祖立即意识到，这将是最有前景的永磁材料，他也成了中国最早研制稀土永磁材料的专家。1973年，谢宏祖和丁庆如、张文萍等人，克服设备简陋、资金不足等困难，用振动取向的方法，生产出了钐钴稀土永磁材料，其磁能积达到20兆高奥。这是国内第一个磁能积达到20兆高奥的磁体。与此同时，谢宏祖对钐钴合金共析分解问题的研究结果，不仅证明了钐钴相及其磁体的稳定性，更是一举平息了国外学术界对这一问题长达10年之久的争论。

从1975年开始，谢宏祖就一直在寻找一种新的稀土材料，以代替昂贵的钐和钴来制作永磁材料。

其实谢宏祖也不止一次地想到过在稀土中加硼，因此当金子秀夫在会上漫不经心地说"还有铜、硼、碳、硅……"时，他心里霎时就如划过一道闪电：硼？

回到实验室，谢宏祖立即着手进行研制。他手头有着1982年底维也纳大学罗格尔教授给他的100多幅稀土三元系和多元系相图，在找到钕铁硼、钕铁铝、钕铁硅等的相图，稍加思索后，他便推断这稀土永磁材料应该就是钕铁硼，其基本成分应在 $Nd_2Fe_{14}D$ 相的周围，工艺为粉末冶金。他更进一步推断这种工艺的关键技术是"高温快冷，退火返烧"。

这年的11月，日本在国际磁学与磁性材料年会上公开了他们的磁体成分和工艺。这稀土永磁材料果真就是钕铁硼，其基本成分跟谢宏祖推断的差不多。

回过头来看看，谢宏祖离发明钕铁硼，真的也就一步之遥，也许再过一年半载，他完全可能捅破这层窗户纸。

当然，科学成就上没有"如果"，佐川真人确实走在了谢宏祖的前头。但正是因为长年苦思而不得其解，一旦点破关键处，所有疑虑如冰山般哗啦啦倒下，眼前立即如一马平川，顺流而下。

一开始，考虑到硬件设备不如日本，谢宏祖他们把磁能积目标定在了32兆高奥——约为日本的90%。2个月后，他们就做出了第一个钕铁硼样品，其磁能积达到27兆高奥。看来方向是对的，路径也是对的，继续做下去，32甚至36兆高奥磁能积指日可待。

然而，当他们为了进一步提高磁能积而降低稀土钕的含量后，在同样的工艺条件下，生产出来的竟是一个没有磁性的"铁疙瘩"。用的同样的方法，做出来的样品怎么可能突然就没磁性了呢？谢宏祖他们继续做下去。然而，做了40多天，做出来的样品就是没有磁性。

不应该这样啊，究竟哪里出了问题呢？谢宏祖百思不得其解。

"踏破铁鞋无觅处，得来全不费工夫"，这次谢宏祖他们还真的碰到了。一次，攻关组成员姚洪福在烧结时，无意中加强了防氧化措施，制出来的磁体被熔化得只剩半个，成了废品。然而，让人意想不到的是，这废品的磁性竟然很强。

久违的磁性又回来了，看来，这钕铁硼的生产需要更为严格的防氧化措施。攻关组当即在能够抽真空并充氩气的"手套箱"中进行试验，果然，36兆高奥的磁体很快就被生产出来了。接着，42兆高奥的钕铁硼也被研制出来了。包头稀土研究院一飞冲天，一下冲在了世界的最前沿。在当年的一份日本专业刊物上，金子秀夫提到："据说中国的钕铁硼新品磁性已达到42兆高奥。"语气似乎有那么一点儿酸溜溜。

从此，无氧工艺就成为包头稀土研究院生产高性能钕铁硼的"独门暗器"。

既然是"独门暗器"，当然得有独到之处。其实，日本既然能生产出高性能的钕铁硼，他们自然也掌握了防氧化这一"秘诀"。只是，同是防氧化措施，也有高下之分。日本日立金属公司研制的湿式成型法，能使磁体中氧含量低于2 000 ppm（ppm即百万分之一），生产出来的磁体性能优于日本住友特殊金属公司用"表面变性的干法工艺"生产出来的磁体。然而，他们没法再进一步，因为"将氧含量降到500～2 500 ppm是可能的，但要降到500 ppm以下是极其困难的"。

谢宏祖和耿朝青、郭炳麟等人，则始终注重控制磁体中的氧含量，一日复一日地下功夫，不断改进工艺、设备，终于将磁体中氧含量降到了100～400 ppm，解决了国际同行未能解决的问题。而且，工艺过程的无氧化，减少了在钕铁硼生产过程中稀土，特别是不用或者少用价格昂贵、资源稀少的重稀土镝和铽的消耗量，极大地节省了资源。产品的耐热性、抗蚀性也因此而增强了，从而实现了钕铁硼性能的全面提升。这一具有中国知识产权的生产工艺与技术，获得了国家发明专利。

正是在这个基础上，1990年，谢宏祖和他的同事们在实验室研制的钕铁硼，最大磁能积达到了52.25兆高奥，而当时日本公布的最大磁能积是50.56兆高奥。中国稀土拿了一个单项冠军。

钕铁硼的研制成功，大大鼓舞了士气，也让大家看到了这一新材料诱人的产业前景。1984年底，冶金工业部军工办决定，在包头稀土研究院建设国内第一条钕铁硼中试生产线，谢宏祖是第一技术设计负责人，对标的是最为先进的日本企业。包头稀土研究院原院长马鹏起回忆说：

1984年底，冶金（工业）部指示利用包头稀土资源在包头冶金研究所建设一条年产20吨钕铁硼材料的中试线，而且对我们讲"你们要把技术起点抬高一点，你们可以马上组织一个技术代表团到国外去考察"。我们根据上级指示马上开始设计中试车间。1985年，我们派代表团到日本、西德进行考察，到日本主要考察日立金属、松下、TDK（即东京电气化学工业株式会社），因为当时他们已经开始生产钕铁硼了。我们想从日本引进一些关键的主体设备，就决定引进日本真空公司的设备，这家公司告诉我们"日本本土的公司用的都是我们的设备"，他们为了达成这笔200万美元的生意，带我们参观了日立公司和TDK的磁性材料生产线。看到他们的装备后，我们就跟日本真空公司讲"我们也要同样的设备"，而且要求他们根据我们提出的要求做了相关的工艺改进。1985年考察以后，我们很快完成了设计；1986年就开始建设和组装引进设备；1987年就建成投产，这是我国第一条正式的钕铁硼生产线。这条生产线建成后，我们就把技术转让到山东、山西等地的单位建立稀土磁性材料厂。

1987年，中试生产线建成投产，标志着中国钕铁硼产业诞生了。

"得奖是副产品"

如果把科学研究比作登峰的话，那么，谢宏祖与对手站在同一条赛道，瞄着目标，奋力冲刺，超越对手。而杨应昌则独辟蹊径，走一条别人从未走过的道路，同样也冲上了顶峰。

这犹如一幅国画，主干挺立是必须的，有时候旁逸斜出，也可收到出奇制胜的效果、别具一格的趣味，成为一幅画中的"亮点"。

1934年出生的杨应昌是北京人。1948年，还是一名初二学生的杨应昌，怀着一腔报国热情，参加了民主青年同盟，这是一个共产党领导下的在国民党统治地区建立的先进青年的地下组织。也是在这里，他读到了高尔基的《童年》、斯诺的《西行漫记》、艾思奇的《大众哲学》，以及从解放区传来的进步报刊，有些句子到现在他还背得出来。从此，杨应昌把自己的人生道路和祖国的命运紧紧地连在了一起。回溯自己的学术历程，杨应昌感慨地说："都说兴趣是科研的动力，但是，我的体会是，伟大的毅力由伟大的目的产生。如果没有责任，在遇到困难和迷茫时，研究工作也很难坚持下去。"

什么是"伟大的目的"，用他自己的话来说，就是："我们的研究方向和国家目标联系在一起，把小我融合到大我，就产生了不竭的动力。"

杨应昌曾在1991年和2003年两获国家自然科学奖，这即使是在一流科学家中也是不多见的。而在此之前，如他所言，"我不知道评奖是怎么回事，也没有想过会和自己发生联系"，甚至不知道评奖还要写申报书，所以他写申报书时，完全就像是在写论文：每介绍一项工作，就用脚标注明代表性论文，阐述每项成果的意义，用的都是国内外专家的观点，并注明引文出处；没有一句自我评价，更没有一句自夸，实实在在，几乎每份申报书就是一篇"文献综述"。

两获国家自然科学奖后，有人要他谈谈体会。杨应昌说起了年轻时读过的一本苏联小说，题目、作者都记不清了，但里面的一句话他记了半个多世纪："爱情是副产品，常常不期而至。"只要真诚地对待生活、对待友谊，那么，爱情自然而然就会来的。科研也是如此："农民是'锄禾日当午'，研究工作是靠年复一年的积累，成果是孕育在夜以继日的潜心研究之中的，得奖是副产品。"

这样淡泊宁静的心境下，杨应昌的研究就显得特别有主见、有定力，更有创新。

1967年，美国戴顿大学的奥地利物理学家斯特纳特，采用粉末冶金法制备出第一种稀土永磁材料——钇钴合金，接着他又用同样的方法发明了钐钴合金，这是世界上最早的稀土永磁材料，由此引发了一轮稀土永磁材料研制热潮。荷兰材料学家布肖、日本TDK的科学家小岛辉彦，相继刷新了永磁材料磁能积的最高纪录。

无论第一代还是第二代稀土永磁材料，都是稀土-钴合金模式，传统的永磁材料如钴钢、铝镍钴、铂钴，也离不开钴。钴成了永磁材料的"当家小生"。但中国是天然的"贫钴国"，钴基础储量为7.7万吨，不到全球储量的1%，钴被列为严重短缺的9种矿资源之一。同时，中国却是钴消耗的大户，钴消耗量占到全球的49%，因此90%以上的钴原料只能依赖进口。也就是说，如果稀土永磁材料必须得有钴的话，那就意味着它的产业前景受到极大的限制，完全可能被国外"卡脖子"。

能不能制备出非钴的稀土永磁材料呢？

包头稀土研究院的谢宏祖这样想，北京大学的杨应昌也这样想。

磁性材料是由磁性物质构成的。在化学元素周期表中，只有包含铁、钴、镍等的过渡元素和包括镨、钕、钐等的稀土元素可以提供磁性原子，其磁性分别来自不同的4f和3d电子。杨应昌想，能够呈现高永磁性能的材料应该不只限于钐和钴，稀土-过渡族金属间化合物，也就是3d-4f金属间化合物，都有可能用来开发新型磁性材料。

杨应昌进而思考：铁的原子磁矩比钴的大，可以提供更高的磁化强度，把铁和稀土这两者组合在一起，会不会呈现出更好的永磁性能？

他开始探索如何把铁原子的3d电子和稀土原子的4f电子最佳地组合在一个新晶体框架中。

1980年，杨应昌成功地研制出一种稀土合金的新相，1个该稀土合金分子是由1个稀土原子和12个过渡族原子构成的，这是铁含量最高的稀土合金。铁含量高，意味着材料的磁化强度高，也意味着居里温度（磁性材料中自发磁化强度降到零时的温度）高，同时因为稀土含量低，成本更低廉。

最最重要的是，它居然可以没有钴。

这种新型稀土铁合金成为稀土磁性材料中的一个重要成员，其新相简称1∶12相。20世纪80年代中期，稀土铁合金成为新一代稀土永磁材料的研发主流。

杨应昌开辟了一条新路。

1983年，钕铁硼以石破天惊之势问世。殊途同归，不久后谢宏祖也研制出了高性能的钕铁硼。但杨应昌想的已是另一个问题：难道只有硼？

就像当年剖析钐钴合金一样，杨应昌仔细分析了钕铁硼的强磁性成因。他以中子衍射、穆斯堡尔谱，以及高、低温X射线衍射等方法，研究了钕铁硼不同晶位的磁性。看来，是这个硼原子在发挥着最重要的作用。在化学元素周期表中，与硼邻近的元素是碳和氮。那么，以碳代硼，以氮代硼，有没有可能呢？

杨应昌又开辟了一个研究新方向：稀土铁间隙型碳化物和氮化物。

1990年，2项成果几乎同时出现，轰动了国际磁学界。一项是爱尔兰都柏林圣三一大学科伊研究组研制的钐铁氮，一项是中国北京大学杨应昌研究组研制的钕铁氮。这2项成果殊途同归，都发现了可以把氮原子加入稀土铁合金中，氮化以后合金的磁性得到了全面提升。

杨应昌此前的猜想是对的，在钕铁硼以外，至少可以有钐铁氮，可以有钕铁氮。

这个发现也带来一个全新的理论问题：为什么非磁性的氮原子可以大幅度提升合金的磁性？

杨应昌研究组给出了答案：间隙氮原子可以灵敏地调节稀土4f电子的晶场作用和铁3d电子的能带结构。氮化以后，钐铁氮和钕铁氮的磁晶各向异性发生根本变化，同时铁的原子磁矩显著增长、居里温度显著升高。

这理论也许太深奥了，很少有人能理解，不过没关系，我们只需要知道，杨应昌回答了"氮原子为什么能"。由此，一个磁性材料研究新领域被打开了，稀土铁间隙型化合物成为稀土磁性材料的新星。

杨应昌在《潜心研究和科技创新》一文中说：

> 古人作文讲究"语不惊人死不休"，而科学研究也是一样，切忌人云亦云，切忌简单的跟踪模仿。写作要有"语不惊人死不休"的文思，做研究要有原始创新性的"科思"……成果的原始创新性，是评审国家自然科学奖的前提，也是我们中华民族自立于世界之林、增强活力的保证。

"语不惊人死不休"，这就是杨应昌的夫子自道。

理论上搞清楚了，但在科学上，"可以这样"跟"能够这样"并不是一回事，钕铁氮材料距离实用化还有一大段的路要走。事实也是如此：按照现有的工艺技术，难以制造出高性能磁粉。

杨应昌他们不急不躁，还是从基础研究做起。他们成功地观测了氮化物的磁畴结构，研究了它的反磁化机制，这在世界上还是第一次。以此为基础，他们开发出一套不同于钕铁硼磁粉的新工艺，制备出了钕铁氮磁粉。1996年，通过科技成果鉴定，这种新型钕铁氮磁粉的磁能积是20～40兆高奥，它具有磁能积高、成本低、抗腐蚀能力强等优点，具备产业化的价值。

"瓜熟蒂落，水到渠成"，发现新效应，揭示新理论，开发新材料，杨应昌来了一个漂亮的"三级跳"。2001年，"稀土铁氮新型磁材"获得日本、美国以及欧洲的发明专利，我国也由此成为最早具有稀土永磁磁粉生产专利的国家之一。2004年，中国建成了世界上第一条年产100吨钕铁氮磁粉中试生产线。这就意味着，我国开始生产具有自主知识产权的新型稀土永磁材料，这是我国稀土磁性材料行业的一项突破。

2014年8月，第23届国际稀土永磁会议在美国马里兰州安纳波利斯召开，大会为4位科学家，包括杨应昌和来自英国、日本、美国的3位科学家颁发了"杰出成就奖"，以表彰他们长期以来在探索、开发新型稀土永磁材料方面所做出的卓越贡献。

稍微有点儿令人惊讶的是，这项世界一流的成果竟是在一个条件简陋的实验室里做出来的。杨应昌说，他在很长一段时间里都没有可以容放一张书桌的空间。直至2001年，他的实验室仍然是一间20平方米的房间，被分割成两半，一半放着4台电脑，另一半放着4张书桌——3个博士研究生一人一张，杨应昌和另外一个老师共用一张。而且，"在工作过程中，不仅要迎接学术难题的挑战，还要面对非学术的困扰，难免遇到不平不公的事情"。

然而，与崇高的目标相比，这些都不算什么。杨应昌说：

所以能够坚持下来，仍然要提起我们研究的初衷，面对我国稀土磁性材料的发展严重受到外国专利制约的现实，我们作为研究磁学的人就深感耻辱。我们一直用容国团所说的"人生能有几次搏"来激励自己，为在稀土磁性材料这一领域内实现零的突破，生产出我国自己发明的新材料而努力。

永磁材料就是这样炼成的。

第三节 阿尔法的"中国心"

全球寻找永磁体

包头稀土研究院钕铁硼课题组在低氧工艺实验室，研制出最大磁能积为52.25兆高奥的钕铁硼永磁材料，达到世界最高水平。这自然引起了全球的关注。

1994年10月18日，一个很寻常的日子，包头稀土研究院的高级工程师谢宏祖，接到了招远稀土永磁材料厂的一个电话，说是丁肇中教授4天后要来厂里考察。

招远稀土永磁材料厂是包头稀土研究院办的企业，是一个注册资金为400万元人民币的小厂。丁肇中教授是世界著名物理学家、诺贝尔奖获得者，他从美国专门跑来，考察什么？

物理学家做事，当然是很讲逻辑的。丁教授来烟台，不是来看蓬莱美景的，而是来寻找一件宝贝——永磁体的，用在他正在研制的阿尔法磁谱仪（alpha magnetic spectrometer，AMS）上，这是一个全世界都为之瞩目的科研项目。

人生活在地球上，地球在太阳系中，太阳系在银河系中，而银河系只是宇宙中一个小小的部分。那么，宇宙是从哪里来的？

目前最广泛被认同的观点，是"宇宙大爆炸"理论。在150亿到200亿年前，时间和空间呈混沌状态的一个大火球发生大爆炸，宇宙就形成了。宇宙迅速膨胀，形成了质子和中子，当温度达到2 800亿摄氏度时，质子和中子形成了氢、氦、锂（3种最简单的元素）的核子。再过了5亿年，有了原子。又过了3亿年，形成了恒星和星系。一直到约50亿年前，才有了太阳系，而地球，大概形成于46亿年前。

宇宙间的所有物质，都是由大爆炸产生的，这已为天体观测和天体物理实验所支持。根据现代科学研究中的一些学说，宇宙中除一般见到的物质以外，还应存在着"反物质"；除用光学方法探测到的一般物质以外，还应存在着用光学方法探测不到的"暗物质"。甚至有学者认为，目前人类所能认知的物质只占宇宙构成的4%，剩余的96%则是反物质和暗物质。既然叫"反"、叫"暗"，自然跟我们概念中的物质是完全不同的，它们就像是"隐身人"，你知道它们应该在，但就是看不见它们。

想象一下，如果发现并找到了反物质、暗物质，那么，人类的发展史就将被彻底改写。这是一件多么伟大、多么有意义的事。

反物质和暗物质，用光学方法是"看不见"的，它们对使用太空望远镜之类的常规手段一概"免疫"。要在太空中确定是否存在反物质和暗物质，最直接的做法是使宇宙射线通过一个恒定的超强磁场。因为宇宙射线是一种带电粒子，磁铁可以让它发生转弯，以此我们可以辨析出反物质和暗物质。问题在于，宇宙射线来到地球时，会被大气层吸收而拦截，所以这磁谱仪就不能放在地球上，得放到太空中，用丁肇中的话来说，"宇宙是最终的实验室"。

把磁谱仪放到太空中，这就是有着"最具实验能力"之称的丁肇中所要做的事。这听起来有点儿异想天开，因为磁谱仪得在太空中工作几十年，里面的磁体会是个重达千吨的庞然大物。太空飞机怎么把这个"大家伙"带到太空？就算带上去了，它所需要的高功率电源，又怎么从地球输送到数百千米远的轨道上去？

据说早在1972年，就有科学家想到过将磁谱仪送进太空，但一着手便知难而退。丁肇中也说："这是我40多年里遇到的难度最大的实验，甚至比当初为我带来诺贝尔奖的发现J粒子的实验还要困难得多。"

办法当然也不是没有。最直接的就是，磁谱仪所带的是永磁体，磁性强、体积小、重量轻，最关键的是，它会长久保持磁性——所以叫永磁体。

丁肇中用表示"开始"之意的希腊字母表的第一个字母阿尔法（alpha）来命名他的磁谱仪，这一项目也被认为是继人类基因组计划、国际空间站计划、大型强子对撞机计划之后的又一划时代的重大科研项目。丁肇中开始在全世界范围内寻找合作者，最重要的是，要找到高精密的、符合太空实验要求的超级永磁体，以及研制出以这永磁体为材料的磁体。

1994年3月，丁肇中来到中国科学院电工研究所，对其提出的采用魔环结构的磁体方案十分认同，不久就签署了协议，由中国科学院电工研究所负责永磁体的研发和制造。

于是，永磁材料就成了重点中的重点。当时拥有全世界较为先进的永磁体制造技术的，有中国、日本、德国、加拿大、俄罗斯等。中国是世界上少数几个能生产高性能钕铁硼的国家之一，丁肇中作为国际一流的物理学家，自然对磁学的前沿成果了然于心，更何况他也是中华儿女，他首先考虑采用包头稀土研究院的钕铁硼。于是，他来到了烟台。

在招远稀土永磁材料厂，谢宏祖详细地向丁肇中介绍了年产45吨

40兆高奥磁体的生产线,丁肇中比较认可。但他同时又说:这永磁体是用在太空磁谱仪上的,磁性越强,仪器的灵敏度也就越高。那么,"能不能生产出磁能积为50兆高奥的钕铁硼磁体呢"?

谢宏祖稍稍想了下,说:"有可能。"

科学家有科学家的"话语体系",他们说的"有可能",并不是"或许行""或许不行",而是"基本能成"。丁肇中自然明白,他显得有点儿兴奋,说:"好,后天我们济南详谈。"

2天后,在丁肇中下榻的济南宾馆,2人谈得比较深入。丁肇中看着谢宏祖,语气一如既往的沉稳,缓缓说道:"火箭发射进入空间站的时间已经定在了1997年,必须在此之前交货。"谢宏祖迎着丁肇中的眼光,沉吟了一下,轻轻地说:"可以。"

说这话时,丁肇中和谢宏祖都没想到,后来的问题,正是出在了时间上。

谢宏祖接着说,技术上是没有问题的,因为他们几年前就做出了磁能积为52.25兆高奥的钕铁硼,这是世界第一。他同时又向丁肇中建议,把钕铁硼放到包头稀土研究院去生产,这样既能得到高质量的稀土钕原料,也可以快速配合分析检测。

一切出乎意料地顺利,丁肇中和他的助手脸上都显得轻松了起来。丁肇中跟助手交换了一下眼色,转过脸来,对谢宏祖说:"今天我们就签个协议。"

今天就把协议签了?丁肇中这样干脆利落,让谢宏祖简直有点儿不适应。

谢宏祖不知道,丁肇中这位大科学家的做事风格就是这样简单而直接。

阿尔法磁谱仪主结构由谁来研制?这一关键项目,丁肇中与几位科学家在美国休斯敦讨论了几天,最后决定交给中国运载火箭技术研究院（1999年改称中国航天科技集团公司第一研究院，以下简称"中国航天一院"）。几天后，丁肇中在电话里告知了中方。中国航天一院的反应和谢宏祖一样，也有点儿不敢相信：这么大的一个项目，就这么口头说一下，就算敲定了？没有几页严肃的公文，不盖上十几个章，总不够正规、不够庄重吧？最后，在中方的要求下，丁肇中拿起笔来，在一张便笺上写了一封英文短信，以便中国科学家拿着它向领导汇报。信自然也没有几行字：

亲爱的李教授：

　　我高兴地回复您，美国航空航天局和约翰逊航天中心AMS研制小组已决定采纳你们提出的建议，希望你们实施AMS主结构的研制和试验。

Samuel C.C.Ting（丁肇中）

科学家之间最适当的交流方式，就是直来直去。当下，丁肇中与谢宏祖就草签了协议。协议签订的产品是两种规格，A类是磁能积为45兆高奥的钕铁硼，B类是磁能积为48兆高奥的钕铁硼。

就这样，中国科学家参与到这个重大的国际太空试验研究项目中去了。

中国参与了。

包头稀土研究院集全院之力去完成这一项目，集结了30多名科研人员，在谢宏祖的带领下全力攻关，甚至暂停了一些其他课题。

做起来了，才知道这有多么不容易。最主要的是，要按照合同要求，新建一条生产线。这就要挑选设备，订购设备，很多设备还是非标的，那就得自己设计，而且还要到外地去加工制造。而这些，需要大量的经费，经费又在哪里？

好在这个国家级的大项目，得到了上上下下的全力支持。丁肇中写信给国务院副总理、国家计划委员会主任邹家华，邹家华亲自写信给冶金工业部，要求大力支持。冶金工业部部长刘淇专门召开会议，听取了谢宏祖关于项目情况的汇报，并下拨了一大笔经费。包钢也当仁不让，领导特批挤出100多万元人民币投入这一项目。至于丁肇中本人，更是尽了最大的努力，向包头稀土研究院赠送了一台价值3.25万美元的粒度分析仪，以及2.5万美元的资金支持。他还特地派了一名博士研究生作为驻院代表，以保证双方沟通顺畅。

谢宏祖带着大家日夜奋战，很快建起了一条高新生产线，边试验边生产。大家白天黑夜连轴转，忙得连吃饭时间也得挤出来。然而，项目开始时并不顺利，研制出来的钕铁硼，不知为什么，性能就是达不到要求。一段时间后，大家都有点儿灰心。这时，谢宏祖对大家说了一句话："除非你们认为科学是假的！"

是的，科学是不会骗人的。我们已经做出了52.25兆高奥的永磁体，那就说明我们有完成任务的实力。相信自己，就是相信科学。

谢宏祖其实自己也是压力大得不行，他说："我自己则是有了更大的压力，成天满脑子全是这工作，要是耽误了丁先生的试验，我对不起大家，对不起丁先生。"

就这样，跌倒、爬起，再跌倒、再爬起，反反复复，来来回回，终于在1995年的11月，符合协议要求的钕铁硼被生产出来了。

丁肇中在美国听到了这个消息，非常高兴。2个月后，他又一次来到包头稀土研究院，察看了生产线，对高性能钕铁硼表示满意，说这里"有第一流的科学家"，还兴致勃勃地与钕铁硼课题组的科研人员合影。

丁肇中把钕铁硼的样品带到美国,最终样品性能通过了美国能源部的检测。1996年3月,AMS国际合作会议在美国佛罗里达州奥兰多召开,丁肇中在报告中说:

> 这次试验的关键是用50兆高奥的钕铁硼磁铁,做成一个供太空试验用的阿尔法磁谱仪。过去没有人能生产这种磁铁,现在找到了,中国的包头稀土研究院能生产这种磁铁。

紧接着,4月24日,负责磁场组装的中国科学院电工研究所和包头稀土研究院正式签订了钕铁硼供货合同。这次明确了时间点,要求在不到1年的时间里生产2吨高性能永磁体。

有个词,叫"偶然"。科学史中,不乏因"偶然"而成就的一项发明、一项发现,这些往往为人们所津津乐道。其实,也有许多因"偶然"而与重大成就失之交臂的——只是人们不愿多提。而谢宏祖他们,在看见成功曙光的时候,遭遇了两次"偶然"。

先是金属粉末在研磨中突然结成了团,粘在了滚动的钢球上,像滚汤团似的越滚越大,根本没法被研磨成粉末。这是从来没有过的事,只得停产检查。于是,分析来分析去,最终确定问题出在研磨介质石油醚上。他们和生产厂家讨论,厂家也说不出个所以然;把出问题的产品送去分析,只显示其中有两种成分与正常产品略有不同,但总量也就百分之几。症结是不是出在这里?这两种成分的分量应该是多少?起到什么作用?也说不清楚。

谢宏祖心急如焚,嘴唇上都起了泡,发动"关系网"到处找专家。后来总算在济南一家石化公司找到一位工程师,他凭着多年的经验,认为应该是缺少了分散剂。在石油醚中加入分散剂后，研磨效果果然十分理想。这问题连生产厂家都想不到，可见十分偶然。

在掐着交货日期赶工期的节骨眼上，停产十几天，绝对是一种煎熬。然而，谢宏祖他们想不到的是，后面还有一个更大的"偶然"在等着他们。

1996年5月3日上午11时32分，包头发生了6.4级地震。这是中华人民共和国成立以来内蒙古自治区发生的最大的一次地震灾害，也是继1976年唐山地震之后，百万人口城市首次发生6级以上地震。

这次地震是典型的城市直下型地震。包头是中华人民共和国成立初期开始兴建的大型工业城市，老旧建筑较多，地震过后，房屋普遍损坏，多处地下供水、煤气、供暖管道破裂，不少大企业、科研单位的一些重要设备和高精尖仪器遭到严重损坏。震中距包头稀土研究院不到10千米。地震一停，大家最为关心的是那条生产钕铁硼的无氧工艺生产线。大家赶紧检查一遍，还好，它并无损伤。

然而，地震后生产出来的钕铁硼性能却大幅下降。

哪里出问题了？众说纷纭，莫衷一是，又是连着几天的紧张、混乱、焦虑。工作中最怕的就是这样，明明出了大问题，可就是不知道问题出在哪里。

难道是氧含量超标了？一测，果然，所有这段时间生产的磁体氧含量严重超标，均在2 000 ppm以上，有些甚至到了3 000 ppm。

那么，是哪里漏了？人工检查了两次，并没有发现漏点。于是用石油醚逐点检查，终于在两个法兰联结处找到了一个小小的漏点。因为地震，地面变形扭动，真空联结处产生肉眼难以发现的细小位移，真空密封环境被破坏，导致磁体氧含量急剧上升。

大自然露出了它狰狞而不可捉摸的一面，让人欲哭无泪。地震造成的损害，找谁说理去？

漏点很快就修好了,产品质量也恢复正常了。然而,时间,停产耽搁的时间再也回不来了。

子在川上曰:逝者如斯夫。人世间最不可能挽回的,就是时间。

阿尔法磁谱仪上天的日子不能更改。到了约定的交货时间,包头稀土研究院只交出了430千克高性能钕铁硼,没有达成预定的2吨钕铁硼的目标。

谁会想到地震呢?这是完完全全的"不可抗力",但这没有用。经过沟通决定,阿尔法磁谱仪所用磁体的剩余部分由德国VAC公司补足。

丁肇中教授特意给包头稀土研究院发函致谢,在信中说:"包头稀土研究院的科学家尽了最大努力提供材料。"

但谢宏祖无疑是心有不甘的,他后来感慨道:

这项工作结束了,作为当时敢于接受这项任务的我,内心是矛盾和复杂的,经验告诉我,要做成一件事是多么不容易,但我看到丁肇中先生为了让他的祖国能参与这一国际科技合作项目,从美国跨越太平洋到国内四处寻找能够参与的单位和人员,他的爱国心激发了我,给了我力量和信心,接下了任务。虽然最后还是留下了遗憾,但我不后悔,因为我尽力了,帮助丁先生实现了他的愿望:中国参与了。

太空里的"中国心"

谢宏祖其实不必有遗憾,因为包头稀土研究院的钕铁硼用在了阿尔法磁谱仪的地面测试上,这也是这一重大国际合作科技项目的重要一环。更重要的是,为阿尔法磁谱仪研制磁体和安装结构的,也是中国的科学家。阿尔法磁谱仪的"心脏","Made in China"。

磁体和主结构,虽然和稀土并没有直接的关系,但作为中国稀土永磁材料走向世界的"承载体",同样值得一说。

阿尔法磁谱仪的核心,就是它的永磁体。这个永磁体其实是由三部分组成的。首先是它的材料,即钕铁硼,谢宏祖他们研制生产的就是这个,后来换成了德国VAC公司的产品;然后通过研制设计一个磁体,使钕铁硼在磁谱仪上发挥最佳性能;最后还得有一个支撑这一磁体的装置,这称为主结构。阿尔法磁谱仪的磁体和结构,是由中国科学院高能物理研究所、电工研究所和中国航天一院的科学家们完成的,这同样是中国科学家最高的荣耀。

阿尔法磁谱仪对磁体的要求极为严苛,除了限定重量,最关键的还有两点,一是不能漏磁,二是不能有磁二极矩。磁谱仪是由美国"发现号"航天飞机送入太空的,一旦漏磁导致磁体上的磁场进入航天飞机,其后果是灾难性的,航天飞机极有可能失事。同样,磁谱仪上的磁体,也不能受到地球磁场的影响,否则,磁谱仪的运行就会受影响。

负责磁体研制的,是中国科学院的陈和生研究员等人,他们采用独特的魔环设计。这个"魔环"磁体是由上万个不同形状、不同大小的小磁块,拼成64个磁化方向连续变化的永磁条组成的,内径为1.1米,外径为1.4米,厚为0.8米,重达2.6吨,中心磁场强度为1 370高斯,精度比美国航空航天局要求的高出一个数量级。

有了磁体,还得有一个承载这个磁体的"容器",它的要求同样苛刻。它要准确安装各类测量仪器,更要承受航天飞机起飞、运行、着陆过程中出现的各种冲击力,这就是磁谱仪的"主结构"。中国航天一院在与俄罗斯的竞争中胜出,打赢了这一显示实力的一战。中国科学家奋战3年,终于做出了非导磁、精度高、重量轻的主结构。这一结构的主体是外径为1.3米、内径为1.15米、高为0.8米的空心高强度铝制圆柱体,永磁体呈条状插入主结构,其磁场强度高达1 400高斯。

为了保证磁体在与航天飞机对接时的安全,他们先要用20多倍重力加速度的冲击实验来模拟离心实验。这是一次充满风险的实验:一旦支架的强度不够,主结构试验件就会像一列失控的高速列车,呼啸着冲出实验室。不但实验会失败,这个离心实验室也会毁坏殆尽。中国水利水电科学研究院,弃签了另一项60余万元的试验合同,承担了这个难度大、费用低的项目。自然,实验结果是完美的。

进入最后的评审阶段。丁肇中带着10余名各国专家整整评审了9天,最后,他们提出要加大新的磁场力要求。听到这个消息,研制团队成员几乎个个瞠目结舌,这怎么可能呢?此时已经完成了试验件的设计、生产及试验,提升新的磁场力,就意味要推倒重来。

但丁肇中的态度十分坚决,他说:"飞行件的精度必须确保,否则将是一件废品。"

且不说大量财力、物力的耗费,如果重起炉灶,生产周期也来不及——就像谢宏祖一样,在最后关头败给了时间。但主结构的质量必须可靠又可靠,最后只能按要求做。设计团队群策群力,终于提出一个巧妙的构思,使设计更改的工作量减少到最低程度。首都机械厂也想出了一种新的工艺方法,利用原有的工装,既保证了产品的质量,又抢回了生产周期。

1997年3月,制备完成的永磁体从中国运往美国并接受评审。美国航空航天局对航天飞机搭载的大型仪器有着极为严格的安全评审流程,更何况这是美国航天飞机第一次搭载中国制造的大型载荷,还是第一个送入宇宙的大型磁体。美国人连器件上的螺丝,也要弄清楚是谁做的,以及制造人的教育背景是什么。这样的安全评审共有3轮。

出乎所有人的意料,评审只进行了2轮就结束了,丁肇中对中国科学家说:"他们说你们回答了所有的问题,不需要再做第三次了。这是美国航空航天局历史上第一次。"

美国航空航天局的阿尔法磁谱仪任务经理表现得更为直接，他给中国航天一院发来一封邮件，第一句就是："AMS Phase Safety Review Went GREAT（AMS安全评审好极了）！！"竟然连用了两个感叹号。

北京时间1998年6月3日6时6分，在美国约翰逊航天中心，"发现号"航天飞机搭载着阿尔法磁谱仪进入太空。作为阿尔法磁谱仪的核心部分，中国制造的永磁体也随之升入太空。有着一颗"中国心"的阿尔法磁谱仪，开始了人类首次探测反物质和暗物质的伟大实践。

10月23日，丁肇中专门致电中国科学院院长路甬祥，高度评价中国科学家对阿尔法磁谱仪做出的重大贡献，对中国科学家表示感谢。

阿尔法磁谱仪完成了它的第一次探索后回到地球。13年后，2011年5月，"阿尔法磁谱仪2"再次运至太空，开展科学实验。磁谱仪内部的永磁体依然是当年中国制造的那一个。岁月流逝，太空洗礼，永磁体依然永磁。

到现在为止，有着一颗"中国心"的阿尔法磁谱仪已经"服役"十几年，阿尔法磁谱仪会帮助人类"解码"暗物质和反物质吗？会给人类带来哪些意外的科学惊喜？一切都在进行中……

阿尔法磁谱仪仍在太空工作，而中国稀土永磁材料的故事也在延续。

1990年，当谢宏祖、杨应昌他们的科研水平领先世界的时候，中国的钕铁硼产业却才起步，每年产量仅180吨，而当时的日本，钕铁硼产量为1 170吨。

然而，仅仅10多年之后，中国的稀土永磁材料产量迅速占到了全球的近80%。到现在，中国几乎占据了整个稀土永磁体产业链的核心位置，拥有全球近60%的开采量，加工能力超过全球的85%，产量占比超过90%。

相比之下，美国的稀土永磁材料产业就显得十分萧条，产品基本上依赖进口，中国毫无悬念地是它的第一大进口国，进口量高达75%，其余的9%来自日本，5%来自菲律宾，4%来自德国。

早在2014年，美国军方生产战机雷达系统和起落架时，就使用了中国制造的永磁体。更早一些，大名鼎鼎的"爱国者"导弹，每一枚大约要使用4千克的金属合金永磁体，这些永磁体也是"中国制造"。

很多人想不到的是，美国号称第五代战斗机代表的F-35战斗机，它的发动机上的永磁体同样来自中国。据说，2022年9月，美国军方突然暂停接收F-35战斗机，理由是其违反了军方的采购法规，在发动机上使用了来自中国的组件。但最后，这一调查还是不了了之，不是美国不想换，而是更换中国组件将"过于昂贵和费力"。

根据美国能源部于2022年2月发布的《稀土永磁材料供应链深度评估》，中国在采矿、分离、金属冶炼和磁铁合金制造4个方面均处于领先水平，特别是分离和磁铁合金制造环节在全球占比约90%，处于龙头地位，有绝对话语权。2020年，中国烧结钕铁硼制造全球市场占有率超过90%，日本约为7%，越南约为1%，美国、德国、斯洛文尼亚和芬兰加起来也不足1%。中国稀土永磁体正在成为国家的战略产业和有力的反制利器。

第六章 大国战略

当今世界，战略资源是国家的核心竞争力，资源战争的时代已经开始。

如果石油是工业的血液，那么稀土就是工业的维生素，于经济发展、国家安全至关重要，是美国人眼中的"关键矿物"。

钱学森上书，李光上书，徐光宪领衔15位院士上书。他们如此急迫削切，如此忠鲠谠直，只因他们知道，这是一场中国决不能输的战争。

面对变化的稀土版图，面对美国、日本的咄咄逼人，中国稀土科学家以科技创新为刃，破国际竞争之局。创新，唯有创新，才能在新一轮的资源战争中抢占先机，赢得未来！

"长风破浪会有时，直挂云帆济沧海。"中国稀土，必将是中华民族伟大复兴的历史进程中浓墨重彩的一笔！

第一节　中国有稀土

春天的故事。

1992年，又是一个春天，有一位老人，在中国的南海边写下诗篇。

这位伟大的老人，在南海边指点江山、挥斥方遒的同时，也为中国稀土"展开了一幅百年的新画卷"。这同样也是一个"春天的故事"。

1992年春，邓小平在视察南方途中，说了令中国稀土人心潮澎湃的一段话：

中东有石油，中国有稀土。中国的稀土资源占世界已知储量的80%，其地位可与中东石油相比，具有极其重要的战略意义。一定要把稀土的事情办好，把我国稀土优势发挥出来。[15]

"中东有石油，中国有稀土"，这句话从此成了稀土行业脍炙人口、人人皆知的名言。

国务院稀土领导小组办公室随即进行了传达，到年底又理所当然地将其列为"1992年中国稀土十件大事"的第一件，并在"中国稀土——1992"的稀土年评中做了报道，特别强调："这是邓小平同志继

1978、1988年委托中央负责同志过问稀土工作、调查稀土与新产业革命关系以来,又一次对稀土工作提出新的要求。"(《稀土信息》杂志1993年1期和3期),振奋之情溢于言表。

2009年3月9日,英国《泰晤士报》刊发了利奥·刘易斯的文章,称:"中国已成为稀土金属供应的'最大垄断国'。""如今邓的话已成为赤裸裸的现实,世界不得不清醒地认识到,没有这些技术性金属的元素,就谈不上什么技术。""中国把它作为'21世纪的经济武器'的意图令日本政府担忧,有日本政府人士对《泰晤士报》说,对日本业界来说,这是一种无形的海啸恐慌,日本几乎100%的稀土进口都来自中国,因此它将这些元素看作未来贸易战的一个潜在市场。"

"邓的话",指的就是这句"中东有石油,中国有稀土",即使过了这么多年,在国外的影响照样还是极大。

耐人寻味的是,当时新闻媒体并未报道邓小平的这段话,在著名的"南方谈话"中也寻不到"中东有石油,中国有稀土"这一名言。这只能解释为当时各大媒体对稀土还没有什么概念——这反过来正说明了邓小平的伟大。在大多数人不知稀土是什么的时候,他已经把稀土和石油相提并论了。

从后来的一些记载看,这句话是邓小平在江西时说的。由邓小平的"视察南方"日程可知,1992年1月30日,邓小平视察了深圳、珠海之后乘火车去上海,沿浙赣线从湖南进入江西境内。这天的下午3时40分,火车进入鹰潭车站。江西省委书记毛致用、省长吴官正在此迎候。邓小平走下车来,满面笑容地和毛致用、吴官正等一一握手。邓小平虽已88岁高龄,但精神饱满,步履稳健。他一边沿着月台缓步走着,一边亲切地和毛致用、吴官正谈话。从媒体的报道看,谈的主要是江西农村的改革与发展。艰苦卓绝的土地革命战争时期,邓小平在中央苏区工作,生活了4个年头。"文化大革命"期间谪居江西,一待又是3年多。邓楠(邓小平的女儿)当时就对两位江西主官说:"老人家对江西很有感情,在车上不停地讲到江西。"邓小平在鹰潭车站月台上聊了半小时,人没坐下来,水也没喝一口,谈笑风生,兴致盎然。[16]

邓小平对江西十分熟悉,他当然知道赣南有着全国最大的离子型稀土矿,"北轻南重"的"南",指的就是江西。"中东有石油,中国有稀土"这句名言,完全可能是他聊到江西经济发展时,给两位江西主官来了一招"仙人指路"。

这句话,可能是以轻松的口吻说出来的,以至经验丰富的记者们也没意识到其巨大的"含金量",但肯定不是邓小平一时的兴之所至,这绝对是他深思熟虑后的一个观点——举重若轻从来就是邓小平的风格。

邓小平对稀土一直十分关注。1964年,在两次中国稀土"4·15会议"之间,他来到内蒙古,登上白云鄂博,也说了一句名言:"我们要搞钢铁,也要搞稀土。"

1975年,邓小平担任中共中央副主席、国务院副总理、中共中央军委副主席兼中国人民解放军总参谋长,主持党、国家和军队的日常工作。在他的直接指导下,这年的8月25日到9月5日,在包头召开了"全国稀土推广应用会议",这就是著名的"8·25会议"。会议盛况空前,有300多家单位450多名代表到会。

1978年,邓小平委托方毅主抓攀枝花、包头、金川三大矿的综合利用。方毅视察包钢后,提出成立"包头稀土铌公司",邓小平亲自批示"同意"。

1985年8月,邓小平对来北京开会的内蒙古自治区党委书记周惠指示,让他抓好两件事,其中之一就是"白云鄂博矿是共生矿,含有多种稀有和稀土资源,怎样使这些元素一一分解出来,得到充分利用的问题"。[17]

1991年2月，邓小平在时任上海市市长朱镕基的陪同下，视察上海大众汽车有限公司。他对上海大众汽车有限公司总裁陆吉安、总经理方宏说："中国的稀土、中东的石油都是宝。钢铁里加稀土，好像饭菜里加味之素一样，钢铁的性能就更好了，你们用了稀土没有？"在参观发动机装配车间时，邓小平看着进口的发动机缸体，又提到了稀土："有人跟我说，在金属材料里面加一点稀土，可以大大改善机械性能。你们考虑一下，在发动机缸体国产化的过程中，能否试一试。在其中加一点稀土，使国产缸体质量超过国外产品质量，你们可以试试看。"[18]众多陪同人员听得面面相觑，既惊讶又兴奋：邓小平同志连这个也懂？而等到"中东有石油，中国有稀土"的名言广为流传后，上海大众汽车有限公司的领导才一拍脑门，恍然大悟：邓小平同志在我们这里，不已经说了"中国的稀土、中东的石油都是宝"？

毫无疑问，把稀土视为同石油一样的战略资源，把中国的稀土做得跟中东的石油一样影响世界，是邓小平长期关注、思考的一个问题。当稀土产业才刚刚兴起的时候，他的目光已经投向了战略的高度。这充分展现了一代伟人的高瞻远瞩。

盛世之危言

邓小平站在时代之巅，纵览全球大势，他看稀土，有着"会当凌绝顶，一览众山小"的胸襟，而稀土科学家们，同样以"术业有专攻"的专业精神，研究、考量稀土作为战略资源的地位与担当。

最早从战略资源的角度来系统论述稀土的，是一位中国科学院院士，他名叫倪嘉缵。倪嘉缵于1994年4月，也就是邓小平"南方谈话"

2年后，在《中国科学院院刊》——这是一本由中国科学院主管、主办的以"战略高度、国家层面、国际视野、历史担当"为定位的智库类期刊——上刊发了一篇论文，题目就叫《稀土研究的现状及战略》。

倪嘉缵是嘉兴人，跟邹元燨、徐光宪是浙江老乡，两两家乡间的直线距离均不到100千米。跟徐光宪、邹元燨一样，倪嘉缵也出身于书香门第，他的父亲倪禹功是江浙一带有名的书画家，"嘉缵"这个古典味十足的名字，寄托着其父对这个长子承袭家业的期望。但倪嘉缵兄妹5人最后都选择了自然科学作为事业方向，倪嘉缵选择化学的理由很简单："那时，化工厂很流行，学化学更容易找到工作。"

倪嘉缵于1949年考入上海大同大学化学系。在大学期间，他应该听说过前几届中有一位叫徐光宪的师兄，这不仅是因为徐光宪学业优秀，还因为他们有一位共同的老师。交通大学化学系教授顾翼东，是徐光宪毕业论文的指导老师，他给徐光宪的论文打出了94分的第一高分。而这位顾老师，在大同大学做兼职教授时，对倪嘉缵的"影响非常深"。到了晚年，倪嘉缵还对当年顾老师的风采津津乐道："他做学问和为人都非常好，每次给我们上课，只带三支粉笔，每堂课刚好写完。他的课都是全英语教学，可他的苏州话学生听不懂，有时学生会提醒他'顾老师你还是讲英文吧'。"1980年，顾翼东和倪嘉缵这对师生同时入选中国科学院院士，成就了一段佳话。也是在这一年，邹元燨、徐光宪同样入选院士。这3位浙江籍稀土科学家，真的很有缘分。

跟邹元燨、徐光宪一样，倪嘉缵研究稀土也属"半路出家"。

在苏联科学院无机及普通化学研究所获得副博士学位后，倪嘉缵开始研究核燃料化学，跟徐光宪也算是同行。"文化大革命"开始后，他不出意料地被打成"反动学术权威"，被发配到一个三线建设研究基地，在大山深处做仓库管理员。几年后他重回科研岗位，转而做起了太阳能电池研究。1980年后，他开始研究稀土，担任了稀土研究重镇中国科学院长春应用化学研究所的所长，后来又担任了中国科学院稀土化学与物理开放实验室主任、国家科技部攀登计划"稀土科学基础研究"项目首席科学家。

倪嘉缵自称"不是专家，是杂家"。他的"杂"，不仅在于他在多个研究领域都卓有建树，更在于他有许多爱好：拍照、溜冰、滑雪、游泳、集邮、书法……这已经不能用"兴趣广泛"来形容了。这样宽广的知识面和对新事物的好奇心，使得他往往能够"跳出专业看专业"，以广阔的视野、独到的角度，发现一些富有前瞻性的课题，如他自己所说的："我总觉得不同的领域可以给我更多的启发和资源，沉浸其中，保持兴趣，不断创新。"

因此，当他以一个科学家的眼光来审视中国的稀土产业时，他看出了稀土的不同寻常之处。

20世纪的八九十年代，可称作中国稀土的狂飙突进时代。在经过六七十年代的艰难爬坡之后，在中国改革开放的大背景下，稀土产业似一辆开足马力的汽车，吼叫着驶上了高速公路。生产技术的突破、国家政策的支持以及人力、环境成本的优势极大地提高了中国稀土工业的竞争力，使中国跃上了世界第一稀土大国的新台阶。

不妨来看看以下几组数字。

稀土生产　1978年，中国生产的稀土仅1 000吨，且基本上是初级产品，到1986年产量达到了11 860吨，增幅超10倍，首次超过美国。1988年，中国单一高纯稀土产品产量达到1 160吨，美国、澳大利亚、日本、法国等国的稀土分离提取企业大量减产甚至停业，中国稀土第一生产国的地位不可动摇。

稀土应用　1978年，中国稀土应用量不足1 000吨，到20世纪90年代初蹿升至10 000吨，增幅同样超10倍，到90年代末更是达到了近20 000吨，又翻了一番。中国成了世界第一稀土应用国。

稀土出口　1978年，中国稀土出口量不到100吨，且大多是资源型原料级粗产品。到20世纪80年代末，中国稀土出口量接近10 000吨，中国一跃成为世界稀土产品最大出口国。至90年代中期，出口量更是达到了令人咋舌的40 000吨，中国成为国际稀土市场的"巨无霸"。

如此高歌猛进之下，稀土产业好似烈火烹油，鲜花着锦，形势似乎已不是小好，而是大好。

但倪嘉缵在一片繁华之中，看到了隐藏在深层的问题。他就像一个高明的矿物学家，看到了中国稀土矿中"共生"着的许多"杂质"：

稀土产量固然是世界第一，却大多是中低端的初级产品，卖不出好价钱；

稀土企业虽多，却大多是小型厂，效率低下，污染环境，生产过剩，致使国内外市场供过于求；

稀土应用量虽是世界第一，但对新材料的系统研究欠缺，独创少，仿制多；

稀土出口量虽是世界第一，但高技术产业尚未形成，上游产品只能大量出口。更令人扼腕的是，稀土产能过剩而竞相压价，导致外商得利，企业陷入困境，国家蒙受损失。

……

倪嘉缵以一个科学家的担当，发出了稀土产业的"盛世危言"。

"搭脉诊断"之后，倪嘉缵在《稀土研究的现状及战略》中也开出了"方子"。这是中国稀土科学家第一次在战略层面，对稀土产业做出系统而深入的论述：

建议对我国稀土工业的发展加强宏观调控，集中资金建设好具有规模经济的大型生产企业，提高产品质量，降低成本，增强竞争能力。加强外销的管理协调，控制初级产品的出口量，重视开拓稀土应用的国内市场，加快稀土深加工产品的产业化；总结稀土发展过程中的经验及教训，避免一哄而起重复建设、重复引进的现象；进一步加强稀土的科研，增强后劲。要安排好三个层次的科研：第一个层次是组织好一支多学科、高水平的队伍从事稀土理论的研究；第二个层次是要集中较多的力量，开展对具有重大应用前景的新材料、新应用领域的系统研究，不断积累基础数据，逐渐建立智能化的专家系统并实现对新材料的设计，争取在若干年后能出现一批具有突破性、创新性的应用成果，推动稀土高技术产业的发展；第三个层次是要将目前已达到应用阶段的高新技术产品进行中间试验，掌握工业化过程中的一些技术关键，使之实现产业化。如能安排好这三个层次的科研及发展工作，经过广大科技人员坚持不懈的努力，我国的稀土事业将会尽快步入世界先进行列，从而使资源优势转变为全面的技术经济优势。

这不是在书斋里坐而论道，而是倪嘉缵以一个资深科学家的专业素养，经多年的调查研究，潜心思考后的真知灼见，字里行间跳动的，是一个科学家对稀土事业的热爱，对中国发展的热切期望。

钱学森上书。

倪嘉缵作为一名纯粹的学者，他写这篇《稀土研究的现状及战略》，只是想表达一个科学家对中国稀土发展的担忧与期待。他根本没有想到，这篇论文竟引发了向时任中共中央总书记的上书，而且还是两次。

最先对这篇论文有重大反应的，是杰出的战略科学家钱学森。

钱学森看到倪嘉缵的《稀土研究的现状及战略》，激动不已。他得知这时候倪嘉缵正在北京参加中国科学院的会议，很想与他当面交流想法，但不巧身体欠佳，不宜出行，只得作罢。可他还是抑制不住这种想法，就给倪嘉缵写了一封信：

倪嘉缵院士：

您现在正在北京参加中国科学院的会议，而我因行动不便，不能出席，见不到您，故写此信待您回长春再看吧。

写这封信的来由是读了您在《中国科学院院刊》1994年2期上的文章《稀土研究的现状及战略》，颇有感触！中国有丰富的稀土资源，是世界稀土富国，这是我1955年回归祖国后，在中国科学院学部会议上学到的知识，它对我起到了鼓舞的作用。后来方毅同志在任国务院副总理期间对稀土的开发非常重视，我是从心里表示拥护的。从您的文章看，十几年了，距我们的目标还有很大距离。

我想，社会主义中国要依托自己的资源优势在世界稀土领域内称雄，必须有个国家开发稀土的战略计划，然后组建行业垄断性的"中国稀土开发（集团）总公司"。"总公司"要有主管谋略的"开发设计部"，并在国外设分公司。您主持的开放实验室是公司的研究部，有了这样的组织，再加上我国的稀土资源和中国人、中国科技人员的智慧，社会主义中国一定可以在世界成为稀土的领头人，犹如南非是金刚钻的霸主。

这个设想您看是否有道理？您是否应作为稀土专家向国务院建议，写报告？请考虑。最后，让我向您这样一位中国稀土专业科学家敬礼！

钱学森
1994年6月3日

钱学森是中国最具知名度的科学家之一（也许没有"之一"）。钱学森无论是在专业领域还是公众视野，都可说是"中国第一人"。那么，这位中国"两弹一星"的元勋，一人"抵得上5个师"的杰出核物理学家，又怎么会对稀土有如此大的兴趣，以至要"向国务院建议，写报告"？

显然，钱学森对倪嘉缵这篇论文如此高度关注，其意并不完全在稀土本身，而是他看到了稀土背后巨大的战略资源价值，如他所说的，"社会主义中国要依托自己的资源优势在世界稀土领域内称雄，必须有个国家开发稀土的战略计划"。

作为一名杰出的科学家，钱学森不但在他的专业领域独步天下，更是在决策方面有着超越时代的前瞻目光和战略视野。

比如，1992年，自行车还是中国人最为普遍的交通工具，能在这时候想到中国即将进入"汽车社会"，已是了不起的超前思维了，而钱学森却专门写信向国家建议："我国汽车工业应跳过用汽油、柴油的阶段，直接进入减少环境污染的新能源阶段……要立即制订蓄电池能源的汽车计划……国家要组织力量，中国有能力跳过一个台阶，直接进入汽车的新时代。"

比如，20世纪90年代初，计算机还绝对是个稀罕物，互联网根本还没有进入中国，钱学森却已经开始关注VR（Virtual Reality，虚拟现实）技术。1990年11月，钱学森在给国防科学技术工业委员会专职委员汪成为的信中，提出将Virtual Reality翻译为"灵境"："我特别喜欢'灵境'，中国味特浓。"几年后在一封信中，他又说："'灵境'技术是继计算机技术革命之后的又一项技术革命，它将引发一系列震撼全世界的变革，一定是人类历史中的大事。"

比如，1997年3月，钱学森在给系统科学家于景元的一封信中，说道："所有行政办事部门都用信息网络工作，工作人员根据法规信息批办；法规不够，或法规有矛盾，再呈部门领导批示。"这应该是中国最早的"办公自动化""数字化办公"的设想了。

这些当然并非"灵机一动"，而是一位战略科学家在直达本质的信息整合能力、见微知著的判断力的基础上厚积薄发的结果。

同样，对于稀土，钱学森应该没有像倪嘉缵那样有深入的研究，但他在读了倪嘉缵的论文后，立即就意识到稀土非同寻常的战略价值，应把它提升到国家战略的层面来认识。

既是国家战略，当然就不能局限于科学界。钱学森先是把他给倪嘉缵的回信发表在了《中国科学报》的头版头条上，以期引起更多人的关注。然后，钱学森思虑再三，反复权衡，有了一个大胆的想法：向时任中共中央总书记的江泽民陈言。

钱学森深知，江泽民对科技工作十分重视，他时常与科学家讨论技术发展的重大问题，也不时把各方面的专家请进中南海，给中央领导同志讲科技、经济等方面的知识。就钱学森本人而言，他与江泽民也有过不少学术方面的交流。[19]1989年，钱学森将新著《论系统工程》赠送给江泽民以作留念。1991年，江泽民特意打电话给钱学森，了解物理学中的超弦理论、混沌现象，钱学森就把自己的一篇涉及这些方面的论文《基础科学研究应该接受马克思主义哲学的指导》寄赠给江泽民。几年后，钱学森把他的一篇《我们应该研究如何迎接21世纪》的文章送给江泽民。不久，江泽民轻车简从，亲自到钱学森家中拜访，就文章中的几个重大问题，两人在书房里足足谈了近3小时。

更为重要的是，江泽民对中国能源问题长期关注，并有着深刻的思考，1989年就在《上海交通大学学报》上发表了学术论文《能源发展趋势及主要节能措施》。2008年，他又在《上海交通大学学报》上发表了《对中国能源问题的思考》。这一年，江泽民还出版了《中国能源问题研究》一书。他对能源问题既有着作为国家领导人的把握，也有着作为专家的眼光。

当钱学森酝酿向江泽民上书的时候，1994年6月，倪嘉缵给钱学森回了信。在表示感谢之余，他又进一步对稀土产业管理体制问题、科研投入问题谈了看法，他说：

从目前情况来看，我国的许多重要资源，例如钨、稀土、盐湖等的利用及发展均不够理想，其中有管理体制问题，也有科研问题。就管理体制而言，目前稀土生产分别隶属各不同主管部门，包头稀土生产属冶金（工业）部，南方许多稀土厂由有色总公司管理，同时核工业部亦建有较大的稀土厂（如包头的202工厂，江西的713矿），因而重复建厂、产量过大、竞争出口、相互压价等问题时有发生，缺乏统一的规划及指挥。

对稀土的科研工作，投入极为有限，许多生产单位注重短期效益，缺乏扎实、系统的科研工作，因而许多稀土新材料只能处于仿制阶段，独创性的成果不多。经济效益好的稀土高新技术在国内尚未形成规模产业，因而资源优势不能及时地转变为技术经济优势。

倪嘉缵在信的最后说："这些问题已存在很久，问题复杂，有待于高层次的决策机构进行解决。"又说："我已向中国科学院有关领导进行了汇报，并准备认真领会您的建议后再向国家有关部门提出意见。"

稀土问题事关全局，确实必须由"高层次的决策机构进行解决"。倪嘉缵的信，代表了很多稀土科学家的心声，也让钱学森觉得，应该要给江泽民写信，请他关注重视稀土问题。

给江泽民写信，当然要慎之又慎。钱学森又找了卢嘉锡、张劲夫、吴学谦、乔培新等人进行商议，他们都是国务院、全国人民代表大会、中国人民政治协商会议全国委员会的有关领导，长期对科技工作十分关心，像卢嘉锡更是担任过中国科学院院长，他们对钱学森的提议都很赞同。

巧的是，就在一年前，即1993年7月，卢嘉锡以全国人民代表大会常务委员会副委员长、中国农工民主党中央主席的身份，率中国农工民主党中央考察咨询组来到包头，专门考察稀土产业。更巧的是，考察组的成员中，就有倪嘉缵。一路上两人一直在谈论关于稀土的话题，有关于专业技术的，也有关于宏观战略的。在包头稀土研究院见到一个深色试管中的稀土钕时，倪嘉缵还向卢嘉锡介绍了我国钕铁硼的研究情况，并说："我国研制出来的时间大致与国外差不多，而且能大批生产，可是人家先申请了专利，我们只好重金买人家的专利使用权。"而卢嘉锡随之也和倪嘉缵讨论起了钐铁氮的专利使用权。可见，卢嘉锡对稀土既十分内行也长期关注，用他的话说：1933年秋，我在大学四年级时就与稀土结下了缘。在参观包头稀土研究院后，卢嘉锡兴致勃勃，挥笔题词："在我们中国，稀土并不稀，合理开发，稀土就是宝。"这次考察后，根据卢嘉锡的意见，中国农工民主党中央委员会向国务院递送了考察咨询报告，建议强化国家对稀土工业的组织领导和宏观调控；建议国家加速发展稀土的高新技术产业，增加对稀土新材料和新技术的科研投入，努力形成稀土产品的深度加工系列，尽快改变目前主要出卖稀土初级产品的局面。

正因如此，卢嘉锡听了钱学森的想法，两人当下一拍即合，很多问题都想到了一起。

就这样，钱学森、卢嘉锡、张劲夫、吴学谦、乔培新等人，联名致信中共中央总书记江泽民、国务院总理李鹏及其他领导，站在战略的高度对中国稀土提出5个方面的建议：

加强领导；

制订规划，大力加强应用稀土的科学研究和技术开发；

理顺体制，强化政策法规管理；

组建国家垄断的中国稀土产业集团总公司；

多方集资，加大投入，滚动发展。

这5条，可谓切中要害，鞭辟入里，在稀土发展最为关键的时刻，为中国稀土发展把握了方向。

又一次上书

钱学森没有想到的是，几乎在他和卢嘉锡等人向总书记、总理写信的同时，千里之外的东北长春，有一位老革命、老专家，也在酝酿着同样的事：向江总书记写信。

他叫李光。

李光的一生颇为传奇。他于1915年出生在上海，1932年考上上海大同大学，算是徐光宪、倪嘉缵的师兄。他为自己改名程淡志，这显然取自诸葛亮的名言"非淡泊无以明志，非宁静无以致远"。但这程淡志却有"志"而不"淡"，当时正值日本侵略者进犯，国难当头，程淡志一腔热血，成为抗日救亡爱国学生运动的先进分子。程淡志和后来成为著名经济学家的同学于光远结为好友，两人在中共地下党的领导下，一起创办进步刊物，到工人夜校上课，宣传共产党的抗日主张。1936年，共产党为了组织上海自然科学工作者开展抗日救亡运动，在艾思奇、廖庶谦等人的发起下，在上海成立了自然科学研究会，这是我国第一个自然辩证法研究团体，于光远、程淡志都是研究会中的核心成员。不久，程淡志因为经常组织进步学生秘密开会，被列入特务盯梢的"黑名单",随时可能被捕。程淡志在党组织的安排下,上演了一出"自杀"事件,报上还登出了"大同大学高才生程淡志因遭迫害留下遗书投黄浦江自杀"的新闻,由此来了招"金蝉脱壳"。程淡志逃离上海来到太原,改名李光,参加了著名的青年抗日救国团体"民先队"(即中华民族解放先锋队),并在于光远的介绍下加入了中国共产党,成为一名革命者。此后,李光先后在太原、武汉、西安、洛阳等地从事党的地下工作,曾在周恩来领导的国民政府军事委员会政治部第三厅担任抗日宣传队的分队长,在陈赓部下担任宣传队政治指导员,是一位名副其实的老革命。

李光与稀土结缘,始于1963年。当时他作为包头钢铁公司副经理,负责组织筹建包头冶金研究所,他当仁不让地成为第一任所长。

李光不是科学家,但他理解科学,懂科学家,更有着干一行爱一行的强烈事业心,慢慢地成了稀土的内行。两次中国稀土"4·15会议"上,他作为包头冶金研究所所长,全程参与,与专家学者共商包头矿的综合利用。因为李光在稀土工作中的积极贡献,他也被公认为是我国稀土事业的积极推动者和奠基人之一。

1978年10月,李光被调入中国科学院长春光机所任党委书记。1982年6月,44岁的中国科学院长春光机所副研究员蒋筑英,突然病逝在工作岗位上。李光第一时间把蒋筑英的先进事迹推荐给了媒体,还用8个字来概括蒋筑英——爱国、奉献、拼搏、协作,在全国树立起了一位知识分子的优秀代表。

倪嘉缵的论文和钱学森的回信发表时,李光已是离休10年的老人,离开稀土工作岗位也有10多年了,但他对稀土的挚爱一如当年。他把钱学森的信连着读了几遍,激动不已,不由得想起了邓小平"中东有石油,中国有稀土"的名言及"一定要把稀土的事情办好"的指示。作为一个老革命,一个"老稀土",李光觉得,他必须做点儿什么。

跟钱学森一样，李光认为，稀土是国家的战略资源，在这关键时期，必须有最高层的决策，"把中国的稀土优势在中央的统一领导下作为战略资源，订出赶超世界先进水平的科研与应用开发的战略部署"。无独有偶，他也想到了给江泽民总书记写信。

一番思考后，1994年8月21日，也就是在包头举办的首届国际稀土科技经贸洽谈会之前一周，李光给江泽民总书记写了一封信：[20]

江泽民同志：

《中国科学院院刊》1994年2期上登了倪嘉缵院士的文章《稀土研究的现状及战略》，值得一读。

6月3日，钱学森同志给倪院士写了一封重要的信，钱老认为"必须有个国家开发稀土的战略计划"，"组建行业垄断性的'总公司'，要有主管谋略的'开发设计部'"，"开放实验室是公司的研究部……社会主义中国一定可以在世界成为稀土的领头人，犹如南非是金刚钻的霸主"。

他建议倪嘉缵作为稀土专家向国务院建议。

今年8月28日即将在包头召开首次中国稀土国际活动，全国的稀土专家、企业家们、经贸人员将云集这儿。大家都希望中央与国务院能善于抓住这个机遇，把中国的稀土优势在中央的统一领导下作为战略资源，订出赶超世界先进水平的科研与应用开发的战略部署！

今天我去参加此会，临行陈言，供参考。

此致

敬礼！

李　光
1994年8月21日

1999年1月,中共中央总书记江泽民来到包头视察。在包头稀土研究院,当他了解到稀土产业20年来产量增长了46倍、出口量增加了80倍时,十分高兴,他对稀土科研人员说:"稀土工作一定要加强,我当你们的顾问。"江泽民总书记还鼓励大家:"稀土在高新技术领域的研究,我们要赶超国外先进水平,要干就要干好。"[21]江泽民总书记的话铿锵有力:

我们要从战略高度来认识稀土,真正把小平同志"中东有石油,中国有稀土"的指示精神落到实处。要有一定的投资力度、有一定的人才集中、有一定的协调配合,真正把稀土高科技这项工作作为一个重大课题切实抓好,变资源优势为经济优势。

现在,走进包头稀土博物馆,就会看到一幅巨大的江泽民题词照片:"搞好稀土开发应用,把资源优势转化为经济优势"。这时刻激励着中国的稀土人砥砺前行。

第二节　盛名下的危局

"野蛮生长"。

经济学上有一个"凯巴鹿现象"。

20世纪初，美国亚利桑那州北部有座凯巴森林，里面生活着4 000多头鹿。森林里也有着为数不少的狼，它们以鹿为食，是鹿的天敌。

鹿有着很高的经济价值，能不能让凯巴森林里的鹿繁殖得快一点儿呢？人类出手干预了。据说是以保护森林、矿产出名的原美国总统西奥多·罗斯福签署的法令，他宣布凯巴森林为全国狩猎保护区，并由政府雇请猎人到那里去猎狼。

在猎人的枪声中，狼一天天减少，终于，20多年后，凯巴森林里的狼被消灭殆尽。而与此同时，没有了天敌威胁的鹿大量繁殖，数量由4 000头变成1万头，由1万头变成2万头，很快就达到了10万头。凯巴森林，成了鹿的"乐园"。

事情当然不会这样简单，随之，吊诡的一幕出现了。

森林里的树木、草地是有限的，10万头鹿先啃大树，再吃小树，树吃光了，草也吃光了，没有了食物的鹿大片大片地饿死。没有了恶狼的追捕，那些老弱病残的鹿也得以生存，很快，鹿群的体质下降，疾病丛生，鹿又大片大片地病死。当初它们是如何锐增的，当下就是如何锐减的。到1942年，凯巴森林里只剩下8 000头鹿，对着贫瘠的树木苟延残喘。

没办法，只能重新放一些狼进去。很多病鹿因而葬身狼腹，而拼命从狼口下逃生的鹿则变得更加强壮，它们的后代也继承了优良的基因。鹿少了，森林里的树木又日渐郁郁葱葱。慢慢地，一切回到了原来的样子——一个稳定的生态系统。这对鹿来说，可能不是最好的，但绝对不是最坏的。

中国稀土，正像那没有了狼的"凯巴鹿"，在一片高歌猛进中，潜藏着巨大的危险。

这危险，就来自自身。

20世纪80年代初，中国稀土产量不过数千吨；进入21世纪，达到了12万吨，到2008年，更达到了20万吨，20多年间，增长了近百倍。

这样的增长，如果出现在数字经济、电子产品上，或许是可以理解的，但发生在一种资源产业上，显然就有点儿"畸形"了。

稀土，难道不是越多越好吗？

是的，很多时候，"多"不一定等于"好"，甚至意味着不好；而少，也不一定是坏，有时更可能就是好。英国经济学家E.F.舒马赫有本经济学著作，书名就叫 *Small is Beautiful*（《小的是美好的》），曾经风靡一时，是发展经济学的经典著作。

稀土产业如此狂飙突进，除了得益于改革开放后中国经济整体进入一个快速通道，更得益于两大成本的极度低廉：技术成本基本为零，环境成本基本为零。没有了这两个应该有的"天敌"，稀土产业在一个无比优越的环境中，肆无忌惮地"野蛮生长"。

徐光宪的"串级萃取""一步放大"技术，是世界上最为先进的稀土分离技术，即使到现在仍然是。它对于稀土产业的意义完全是革命性的。这样一项在国家的大力支持下，聚集一批顶尖科学家花费了巨大的时间和人力、物力，研制出来的科技含量极高的技术，应该有其科技发明专利。但在20世纪80年代，稀土厂家根本就没有"专利"的概念，奉行彻底的"拿来主义"。

当时全国有3个稀土国营大厂——包头稀土厂、上海跃龙化工厂、珠江冶炼厂，徐光宪的"一步放大"技术最早也是在这3个大厂应用起来的。很多有稀土资源的地方，看稀土的钱好赚，特别能赚取外汇，就想着办个稀土厂。没技术怎么办？好办。通过各种关系，私底下找到这三大厂的某个工程师或技术员，以"高职""高薪"把他挖过来，人过来了，技术也就被带过来了，一家企业就办成了。花的是一个或几个技术人员的高薪，拿到的是一整套的技术，这样的"无本生意"真是令人太爽了。其实这也不是稀土产业特有的"风景"，在改革开放初期，中国特别是长三角、珠三角地区的乡镇企业，就是靠这一招遍地开花、拔节生长的。这在当时几乎是公开的秘密。

这或许不能怪他们，因为，即使是串级萃取技术的发明者徐光宪，同样也没有专利意识。徐光宪他们的想法很纯朴："我们的科研经费是国家给的，科研成果能在国营厂里应用我们就很高兴，根本就没有想要知识产权、专利费等。"其实，在提倡"比学赶帮超"、"一花独放不是春，百花齐放春满园"的那个时代，即使徐光宪想到了，也未必真的能拿到所谓的"专利费"。一个科研工作者，上着班，拿着工资，科研经费也是国家拨下来的，做出来的发明成果，难道不是国家的吗？企业拿去用了，不还是"取之于国，用之于国"？成果得到推广，已是极大的荣誉，竟还要收取什么"专利费"，岂不荒唐？这不是"个人主义""拜金主义"，又是什么？

这样的"道理"，在整个20世纪80年代，恐怕是没人能够反驳的。

1963年12月的《人民日报》社论《奖励发明和技术改进，促进我国生产建设的发展》，就干脆利落地强调："我们无须把某一个人或某一个单位的发明和技术改进当作私有财产而加以'保护'。这和资本主义制度下的所谓'专利权'，有着本质的区别。"这也成为长期以来社会所公认的观念，在社会主义市场经济还没有建立起来之前，"专利费"显然不合时宜。

1984年3月12日，第六届全国人民代表大会常务委员会第四次会议通过了《中华人民共和国专利法》。1985年4月1日起，我国专利法正式实施。但即使有法可依，大部分中国人仍很不习惯。20世纪90年代初期，徐光宪也申请过专利，但根本就没人来买。专利遭到了侵权，他开始也想通过法律维权，但甫一进行就感到麻烦得不行，即使官司打赢了，得到的钱远远抵不上耗费的时间、精力，放弃是最为"明智"的做法。

在这样的氛围下，企业有意无意的专利侵权就变得很"自然"，或者说，厂长要不会玩这一套，就不能说是一个"精明"的厂长。

于是，短短几年，中国的稀土企业如雨后春笋，迅速发展到了上百家。

"跌跌"不休

事情还没完。

要是国内企业"盗用"了徐光宪的技术，或许还可以装装糊涂，反正是"肉烂在了锅里"，都是自己人。但令人无法接受的是，国际领先的技术，糊里糊涂地就流到了国外，流到了竞争对手手中。

1993年，江苏省江阴稀土公司与加拿大合资，成立了江阴加华新材料资源有限公司,加拿大提供资金,中方提供设备、房屋,还有技术——徐光宪他们发明的稀土分离技术。股份谈判的时候,以精明著称的江苏人,却"忘记"了把技术计入股份——这恰恰应该是股份中含金量最高的那一部分。中国企业的设备、厂房,在加拿大人眼里值几个钱呢?他们来合资,盯上的,就是技术。也不是江苏人迟钝,"知识产权"这个词,实在超出了他们的想象。

上海跃龙化工厂帮助朝鲜建立了一条全新的稀土生产线,这座建在朝鲜咸兴的稀土分离厂,用的是最为先进的"一步放大"技术。跃龙化工厂倒是想到了知识产权,把这条生产线的设备和技术以2 000万美元卖了出去——心下或许还有几分自得,毕竟在20世纪80年代能把技术卖钱的,也算意识领先了。这2 000万美元的"地板价"值不值且不说,难堪的是好心的援建却落入了"算计"。这家企业是由一个日侨投资的,他以有心算无意,让人把建设、投料、生产的全过程偷偷录像,然后把录像和全部技术资料送到了日本。日本人梦寐以求的技术,不花一分钱就拿到了,上海跃龙化工厂只能"打落牙齿和血吞"。

多次"吃亏"的徐光宪开始"学乖"了。他主编的《稀土》一书,1978年由冶金工业出版社出版后,深受欢迎。过了10多年,我国稀土技术和应用又有了突飞猛进的发展,稀土界要求修订再版该书的呼声很高,徐光宪也想把自己的一些重要理论加以总结,于是,《稀土》一书于1995年修订再版,增加了不少国内外稀土研究的前沿技术,其中更有不少徐光宪的创造发明。把自己的最新成果让国内学界共享,这充分体现了徐光宪的学者情怀,然而,出版后不久,韩国人就把它翻译成韩文,不声不响地在其内部出版,连招呼也不打一个。后来,出版社看到《稀土》供不应求,又想再出修订版,徐光宪不愿意了,他对出版社说:"以前,毫无保留都写进去了,没有保护已经吃亏了,免费给了外国人,现在我们又有许多新发展,所以不出修订版了。"

稀土行业在享受科技免费"福利"的时候，更赶上了人口红利的"风口"。联产承包责任制实施之后，大量的农村劳动力从土地中解放出来，涌入遍地生长的企业。1978年到2010年，也正是我国人口规模持续增长之时，1982年全国15～64岁的劳动年龄人口比重为61.5%，到2010年更是高达74.5%。较低的经济发展水平和充裕的劳动力供给使得中国工人的工资始终保持在较低水平。1978年，全国职工平均工资仅为615元，1990年增加到2 140元，约合447.4美元，每小时劳动成本仅为0.2美元，不仅远远低于发达国家，而且也显著低于印度尼西亚、印度、菲律宾、泰国等周边发展中国家。

技术是免费的，劳动力是低廉的，如果再加上近乎零的低廉环境成本，中国稀土在开采分离时，就变得更加随心所欲，利用率之低、浪费之大，成了一件必然的事。同时，在国际市场上，也具有了巨大的价格"比较优势"。

1985年，中国开始实行稀土产品出口退税政策，众多稀土企业突然发现，稀土出口有着高额的利润，于是，蜂拥着挤进出口渠道。20世纪80年代，稀土出口量不过是区区的100吨，到90年代末，猛增到4万吨，增长了约400倍！而在此之外，还有着许多看不见的稀土走私。连着好几年，国外海关统计的每年从中国进口的稀土量，比中国海关统计的出口量往往多30%～60%，多的时候甚至高达1.2倍。也就是说，至少1/3的稀土是通过走私流出的。

稀土一下子由奇货可居的"卖方市场"变成了竞争激烈的"买方市场"。国外的大型企业，往往是一家企业同时向上百家中国企业收购稀土，而众多的中国稀土企业为了谈成生意，只能用最原始也最惨烈的手段——"价格战"，互相杀价，你低我更低，利润一降再降。而国外企业也抓住了这一"痛点"，价格低时，他们疯狂收购，一旦价格略高，他们就停止收购，由于此前购买了大量的低价稀土，他们不怕你不卖，最后价格只得降下来。明明手里握着稀土，价格却是买家说了算。这已不仅是生意上的失败，更是一种屈辱。

这还不算，外国人还有更精明的算盘。2002年，美国稀土巨头莫利公司将企业搬到中国，低价买中国的稀土，低价用中国的劳动力，制造稀土产品后，再高价卖给中国，简直就是无本生意。紧接着，日本爱普生、美国麦格昆磁、荷兰飞利浦，这些稀土使用大户也看样学样，在中国办起了稀土企业。

明明是中国养的猪，到后来，却是外国人来杀、外国人来卖，然后是外国人吃肉，中国人喝汤。

在外国企业赚得盆满钵满的时候，中国稀土的价格却一路下跌，真正的"跌跌"不休。

根据《中国冶金报》的统计，1979—1986年，中国稀土出口均价为每千克7~9美元；1987—1991年，稀土出口均价为每千克9.5~13.5美元，较之前略有上升。紧接着，1992—2001年，稀土出口均价便回落到每千克9~11美元；2002—2005年，稀土出口均价更是每千克只有5.5美元，达到历史性低点——同样价格在美国的超市里只能买到500克小番茄。稀土真的只卖出了"土"价。

世界上大概没有哪一种矿产资源，20年后卖得比20年前还要低。

据统计，在1990—2005年这15年里，中国稀土出口量增长了10倍，价格却降低了1/3。至2005年，中国稀土出口量已比1990年翻了9倍，但价格却下降了55%以上。价格下跌导致稀土生产企业更加依赖规模扩张，2005年中国稀土生产能力达到20万吨，超过世界年工业需求量的一倍。徐光宪以一个科学家的眼光，不无遗憾地指出，1995—2005年的10年间，中国稀土低价出口造成的外汇损失，达数百亿美元。

数百亿美元！

徐光宪说这话时是2005年，那一年，北京的猪肉500克要4元多，红富士苹果500克要0.9元,黄金1克约140元。拿数百亿美元来除一下,该有多少的猪肉、苹果,该有多少的黄金,这足以令人瞠目结舌。

这一段,堪称中国稀土的"暗黑时代"。

不能承受之"重"

如果说,贱卖流失的数百亿美元是可以计量的话,那么,更有无法计量的损失,那就是稀土非法开采、过量开采带来的环境之痛。

稀土往往跟钍或铀共生在一起。对于钍和铀,一般人的第一反应就是它们是制造核武器的原料。确实如此,开采稀土的同时,要把钍或铀同时提炼出来(这可不是件容易的事,而且是成本极高的事),如果让其残留在废料中的话,就会产生让人谈虎色变的放射性污染,这也正是稀土生产最为环保主义者诟病之处。稀土矿开采后,自然是提炼分离,需要消耗大量硫酸或液碱,提炼完成后的剩余物又会对环境造成污染。

如果是重稀土,它的开采过程对森林、土地的损伤很可能会是灾难性的。重稀土成了环境无法承受之"重"。

赣南是我国重稀土的主要产地,离子型稀土资源储量占全国的60%以上。这里开采稀土,一度使用"池浸法"。所谓"池浸法",就是在山上发现稀土后,先像剃头一样,把山上的树砍光,草锄走,土剥掉,而后才把稀土矿挖出来。然后把稀土矿搬到一个大池子里,以硫酸铵作原料,把矿土中的元素交换出来,再简单过滤分离后晒干成稀土原矿。当地形象地称这一过程为"搬山运动"。寻乌县的一位当地人说:"当年开采的时候,一眼看不到边,都是裸露的石头,寸草不生,整片山都被剥离了。"

有关资料显示,这种池浸法,每开采1吨稀土,就要破坏200平方米的地表植被,剥离300平方米的表土,造成2 000立方米的尾砂,每年造成1 200万立方米的水土流失。同时,浸出、酸沉等工序,也会产生大量废水,水中的氨氮、重金属等会严重污染水体。开采过后,如一首歌所唱的:"山也不是那座山,河也不是那条河。"

后来,推行"原地浸矿法"的新工艺,终于不用再"搬山"了。这种浸矿法,在山上隔两三米就打一口井,然后将化学药剂通过这一口口井灌入山体,再将稀土从山体中提取出来。这样山上的森林、植被总算可以避开被"剃头"的厄运,但灌入井中的化学溶液却就此留在地下,污染的程度更深、时间更长,只是暂时令人在表面看不见罢了。开采1吨稀土氧化物需要注入7~8吨硫酸铵,这些硫酸铵顺着山体流进地底,污染地下水源。一眼看去,山上似乎还是郁郁葱葱,而实际上是"绿色"其外,败絮其中,矿山里面已是千疮百孔。

广东省兴宁市宁中镇邹陶村,一个曾经山清水秀的山村,在开采稀土多年后,出现了严重的水源污染,农田被废弃,常住人口由700人锐减到100人,很多人都逃走了。

赣州的稀土开采环保成本之低,甚至连外国人都知道了。美国白宫智囊、作家大卫·亚伯拉罕在他的名著《决战元素周期表》(*The Elements of Power: Gadgets, Guns, and the Struggle for a Sustainable Future in the Rare Metal Age*)中写道:

在中国的南部省份江西,稀土矿石的品位相当低——矿石中的稀土含量只有不到0.2%,相较之下,在莫利矿业的帕斯山(Mountain Pass)矿区(美国唯一一座生产稀土的矿山),这一比例为8.2%。江西稀土之所以能够盈利,是因为当地的土壤为脆性黏土,几百万年来暴露在湿热的气候下。该种气候破坏了矿床，使之与周围的黏土松垮地黏合在一起，结果就形成了易于挖掘的颗粒极细的矿床。更重要的是，矿石的加工成本很低。当地只需将土壤从山侧挖出，放入酸中并加热，即可生产出稀土精矿。加之环保法律一向松弛，当地并不需要在环保上投入太多。稀土的加工过程如此简单，当地的农民在农闲之时就可以靠它获取不错的兼职收入。

稀土大国中国的江西省距锡拉迈埃有7 200千米之遥，而这个星球上的其他加工点还要离得更远。当我走近一处坐落在山丘下坡的混凝土驻扎点的入口时，一阵含酸的热气扑面而来，压倒了已超过90华氏度（约32.2摄氏度）的夏日湿热。进入大门，我看到一个由粗树枝搭建的矩形框架，上面是一个锡制屋顶。该座建筑的墙由泥土制成，像是非洲一个贫穷村庄的教堂。屋内横排安放着10个小熔炉，熔炉上方的孔洞中冒着灼热的橘黄色气泡。每个熔炉的后面都有一张薄纸挂在钩子上，上面的红色字母Ho（钬）或Dy（镝）指示着在其中沸腾的金属。

房间内通风很差，热气和烟气很难散去，人在里面也很难感受到空气的流通。从墙的顶端向下有一个长长的通风罩悬于熔炉上方3米处。对我来说，它不过是个聊胜于无的工具，并不能真的让空气保持清洁。如果说silmet是"低端的技术"，这里就是"老旧的技术"。

尽管技术并不成熟，但是这个江西的冶炼厂与附近的其他冶炼厂一起为世界最高科技的应用提供着原材料。我口袋里的智能手机的一部分就源于某个我正盯着的矿堆。当我试着理解这些小部件的DNA时，我的嗓子和鼻子开始灼痛。我的日本同事告诉我这是氟气的缘故。身处在氟气中，会造成眼睛、皮肤和呼吸系统严重损害，在某些情况下甚至还会导致死亡。

据媒体报道，稀土开采最多的赣州，污染遍布全市的18个区、县、市，涉及废弃稀土矿山302个，遗留的尾矿（废渣）达1.91亿吨，被破坏的山林面积达97.34平方千米，如要治理好，起码需要70年。

根据江西省工业和信息化委员会公布的数据，截至2011年底，江西省全年稀土主营收入329.2亿元，利润65亿元。听着好像也还不错。但要知道，仅仅赣州一地，要治理稀土开采造成的环境污染，费用竟然高达380亿元。也就是说，单赣州一地的环境治理成本，就远远超过江西省稀土全行业多年累积的利润！

这是另一种意义上的"绿水青山就是金山银山"。

你以为你一直在赚钱，其实，你一直在糟蹋钱。

这样的发展，又有什么意义呢？如果真有什么"意义"的话，那也只能是反面的。

"北轻南重"，相对于赣南的重稀土，以轻稀土为主的包头，因镧、铈、镨、钕等稀土是与铁矿石共生的，倒不用"移山""剃头"。但正因如此，稀土矿被当作铁矿石来采，造成了极大的浪费，更因此而留下了一个有名的"尾矿坝"。

包钢的尾矿坝，是从1965年开始慢慢"筑"起来的。顾名思义，这个坝是专门用于存放经选矿厂选出铁精矿和稀土精矿之后的尾矿及废水的。尾矿坝东西宽约3.2千米，南北长约3.5千米，坝体周长11.5千米，围成了一个面积为11.5平方千米的"人工湖"。经过近半个世纪的积累，这个地上"悬湖"不仅聚集了超过930万吨的稀土，还产生了至少9.5万吨的放射性核素钍。

这个湖，只有入口而没有出口，尾矿一年年越积越多，很多时候，堆积的尾矿暴露在空中，经西北风一吹，纷纷扬扬，被吹到了下风口区域，形成了大面积的污染。

湖底的污水同样不安分，通过土壤渗漏，慢慢地却从不停歇地向周边蔓延，污染着附近的地下水。尾矿坝西侧的打拉亥上村，村里的井水，因硫酸盐、氯化物、氟化物的含量已经超出国家规定的农田灌溉水质标准数倍乃至数十倍，别说不能喝，连浇灌粮食也不行，用这水种出来的粮食根本不能吃。还有附近的打拉亥下村、新光一村、三村、八村等村落，共计有3 000余人、6万余亩土地受到影响。尾矿坝的污染实在严重，当地政府不得已，只能以"走为上策"，把邻近的5 000名村民搬迁出去。人可以走，但土地走不了，这一片土地成了再也不能耕种、没法提供饮用水、没法放牧的死地。

更让人心惊的是，尾矿坝中的废水，在地下水的带动下，还以每年20～30米的速度向南渗透，渐近于黄河。要是污染了黄河，黄河水一路从内蒙古到陕西、山西、河南、山东，注入渤海，沿途有1亿多人口以黄河水作为生活、生产的水源，那将造成无法想象的灾难。

现在很清楚了。为什么美国、法国、德国和日本等发达国家，对中国稀土如此"情有独钟"，对中国稀土的价格如此耿耿于怀？为什么他们国内明明有稀土也放着不采，而舍近求远到中国来购买？为什么像美国芒廷帕斯稀土矿等相继停产？很简单，他们的国家要减少污染、保存储量，他们的企业要降低环保成本，提升产品利润。一句话：稀土他们要用，污染我们承担。中国在向世界供应稀土的同时，独自承受了巨大的牺牲，这种牺牲已远远超出了合理的范畴。

多年来稀土开采为我国的环境保护留下了一笔巨额的"历史欠账"，如果长此以往，必将危及中国的经济战略，这，绝不是危言耸听！

第三节　十五院士上书

必然的"减法"

很多人看到了高歌猛进中潜藏着的巨大危机,他们在不同场合从不同角度发声:稀土不能这么走下去!

徐光宪,作为中国首屈一指的稀土科学家,对稀土危局看得更清晰、更深刻,他认为自己责无旁贷,应该要站出来做点儿什么。

如果把稀土比作一幅壮丽的长卷的话,那么,既需要俯瞰全局,在大处落笔,也需要在关键处画龙点睛,以一当百。东晋大画家顾恺之画人物,有时几年也不画眼睛。很多人问这是为什么,顾恺之说,四体的美或丑,不是太要紧,只有这眼睛,"传神写照,正在阿堵中",一个人的精神风貌,就在这里。

关键处的一"点",足以救活全局。

钱学森、李光的向江泽民总书记上书,是从战略角度的大处着眼,11年后的2005年,以徐光宪为首的15位院士再次上书国务院,同样是在具有战略意义的关键处用力。这既像在一幅长卷中"画眼",更像在铁路岔口进行一次坚定的"扳道",使一列高速行驶的火车,在呼啸声中驶上了正确的轨道。

徐光宪可说是中国稀土的"关键先生"。20世纪七八十年代,他的"串级萃取""一步放大"技术,创造了"中国冲击"的奇迹,这是中国稀土发展史上的一个重要节点。而这次,他领衔15位院士上书,制止了"冲击中国"的厄运,这同样是中国稀土发展史上的一个重要节点。

一位科学家最高的理想就是科学造福人类。如果制止一种产业的无序发展,同样有利于国家的发展、人民的幸福,那便跟发明创造有着同样伟大的意义。

沧海横流,方显英雄本色。

徐光宪领衔15位院士"上书",简单地说,就是做"减法",要把稀土开发量减下来。

曾经,徐光宪也隐隐约约听到有些人含含糊糊在说,稀土开采的泛滥跟他的"串级萃取""一步放大"技术不无关系,搞得乡镇企业都会稀土提炼了,不大水漫灌、遍地泛滥才怪,结果呢,"中国冲击"变成了"冲击中国"。

这自然是不值一驳的无稽之谈。利器杀人,能说是钢铁冶炼技术的罪过吗?"大杀器"原子弹,能说是原子能利用的问题吗?造桥梁、建广厦的不也是钢铁吗?核电站、核潜艇,不也是原子能吗?一个人,只要稍懂一点儿逻辑,就能把这道理讲得清清楚楚。

但徐光宪还是感受到了沉甸甸的责任。这当然不是他不懂这个道理,而是他又一次追求"完美主义"。中国稀土,不能这样发展下去。徐光宪觉得,这一次,他要以自己坚毅不屈的人格和巨大的社会影响力,给稀土再来一次"串级萃取"——把"杂质"清除掉。

稀土矿产资源的可持续发展,也成了稀土产业一个"热门"话题。2004年2月,在包头举办了"稀土矿产资源的可持续发展战略研究会",稀土产业终于也用上了"可持续发展"这个词。徐光宪做了长篇发言,神情还颇有几分激动,这对一向儒雅沉稳的他来说是很不多见的。徐光宪的发言,引起了会上专家学者的强烈共鸣。会后,包钢立即在2004年2期的《领导参阅件》刊发了他的发言:《呼吁保护白云鄂博主矿和东矿,先采西矿》。

"呼吁"两字,足见分量。徐光宪心情之急迫,期望之热切,破纸而出。

在这一"呼吁"中,徐光宪并没有过多地揭示稀土产业的种种问题——这会使事情更加复杂,而是从大处着眼,从国家战略高度,指出我国稀土资源其实并不如大家所想象的那样乐观,或许说,危情已然出现:

包头有世界第一的稀土资源3 500万吨,但过去45年中已开采的稀土资源为1 200万吨,占34%。如果按照现在的开采速度,45年后稀土即将耗竭,我国将变成稀土资源小国,而分别居世界第二、第三位的俄罗斯和美国,现在都把各自的稀土矿保护起来,不再开采,45年后我国高新技术发展必需的稀土将受制于俄罗斯和美国。所以,现在采取措施保护稀土和钍资源十分紧迫。采取严格的保护措施,还可以调控市场,将单一稀土产品价格较原来提高3倍,真正得到稀土产业的经济优势。

都说中国稀土资源世界第一,这大有挥霍一些也无所谓的意思。然而,徐光宪告诉大家,这只是一厢情愿,如果像现在这般开采下去,那么不久之后中国将变成稀土资源小国,到时将不得不仰人鼻息,受制于俄罗斯、美国。

不久是多久?徐光宪以一个科学家的精准判断力说了出来:45年。

如何应对这一危机，徐光宪也开出了一张"方子"，它足足有7帖之多。而最为核心的，是前面3帖。

一是定位。把一直以来作为铁矿开采的白云鄂博主矿和东矿，分别定位成稀土矿和钍矿。每年需要多少稀土，就开采多少矿石。"例如需要5万吨稀土，假定稀土选矿的回收率为50%，则开采矿石200万吨，即可生产5万吨稀土，并供包钢生产70万吨铁。如稀土选矿回收率提高到80%，则每年开采量可以减少到125万吨，主矿、东矿使用年限可以从45年延长到285年。"

二是储钍。钍与铀都是重要的核能战略元素，中国"贫铀富钍"，钍资源占世界第二位，极大部分在白云鄂博主矿和东矿，但一直以来却是作为"下脚料"被丢弃了。用徐光宪的话说，"自从包钢在1959年建厂以来，钍的回收利用率几乎为零，其放射性污染直接影响包头市和黄河。开采出来的9.5万吨钍，有7万吨依然沉睡在包钢的尾矿坝中，2.5万吨在废气、废渣、废水中损失掉了"。把与稀土共生的钍也同时提炼出来，从5万吨稀土中可以分离出315吨二氧化钍，可将其作为国家能源储备起来。

三是攻关。钍可以裂变成铀-233，应当把钍-铀233反应堆的技术攻关，列入我国中长期科学技术发展规划。如果钍-铀233反应堆投入生产，则315吨二氧化钍的价值远高于5万吨稀土。

对于那个著名的尾矿坝，徐光宪也有他化废为宝的一招。他不但看到了尾矿坝造成的污染，也看到了尾矿坝中的稀土："尾矿坝存量已超过1亿吨，其中稀土含量达6%~7%，实际上这是我们留给子孙后代的一个新的稀土矿。"徐光宪提了两条建议：一是不让它飞散或流失出去；二是不让它的稀土含量被其他杂质降低。先好好地保护起来，再慢慢地开采。

这一"呼吁",在稀土界引起了极大反响,一时间众说纷纭,有赞有弹,赞者自不用说,弹者也很自然——毕竟这意味着触动了很多人的"奶酪"。但徐光宪不为所动,他倒是觉得,说得还不够透,影响还不够大。

第二年的4月,徐光宪再次来到包头,他记不清这是他第几次来到这里了。春天的白云鄂博还有几分寒意,西北风吹着他日渐稀疏的头发,徐光宪的脸上,有几分忧心忡忡。

徐光宪找了包头稀土研究院的前院长马鹏起,包头稀土研究院第一副院长、中国稀土学会秘书长徐广尧,包钢矿山研究院院长程建忠。几个人找了间安静的屋子,坐下来,细细地讨论了起来。他们讨论了白云鄂博稀土的保护,讨论了稀土中钍资源的利用,还讨论了如何避免尾矿坝对包头和黄河的污染。

越讨论,越觉得形势严峻,越觉得刻不容缓。几年后,在接受中央电视台《东方时空》栏目采访时,徐光宪说起当时的心情:"我反正就是特别心痛,白云鄂博矿啊,我怕二三十年以后要用光了。然后中国变稀土小国了,那个时候稀土价格也许比现在的一百倍、几百倍都上去了。那中国要吃大亏了。中国的钨矿已经是这样,钨矿本来是世界第一。"

徐光宪这里说的钨矿,与稀土矿极为相似。

钨是一种稀有的国家重要战略资源,号称"工业牙齿"。冶炼后的钨熔点极高,硬度极大,仅次于金刚石。钨因其稀缺性和不可替代性,而被称为"高端制造的脊梁"。

我国是钨资源大国,储量约为520万吨,占世界总储量的65%左右,是无可争议的世界第一。改革开放初期,钨业同样有过一个狂飙突进的时期,这个时期五花八门的小钨矿全面开花,乱采滥挖。2002年至2004年,全国115座主要钨矿的开采总量连年超标。2003年,全国钨精矿开采总量控制指标为4.3吨,但实际产量超了60%以上;2004年,控制指标为5.2万吨,但前3个季度的产量已达5.7万吨,全年产量突破8万吨。这些钨矿生产技术与工艺落后,浪费严重,回收率只有30%左右,不及正规开采的50%。由于技术含量低,企业只能生产最简单的初级产品,更由于产能过剩,企业为争夺市场进行低价竞争,这一切最终导致钨出口价格暴跌——这与稀土何其相似。2003年,中国进口钨丝76.8吨,进口价每吨超过19.9万美元;同年出口钨丝703.9吨,出口价每吨2.8万美元,仅为进口价的1/7。2003年,中国出口到美国的钨为2 943吨,占美国钨供应量的1/3,出口额为2 560万美元;同年,美国肯纳公司利用进口钨加工硬质合金的销售收入为20亿美元,约合160亿元人民币。而在这一年,中国钨业整体销售收入为100亿元人民币,还不如美国一家公司的销售收入。

于是乎,西方开始关闭钨矿,国际市场成了中国钨的天下。然而,不可思议的是,全球钨市定价权却牢牢掌握在外国人手中——这与稀土又何其相似。

显然,如果蔓延下去,中国很快将由钨资源大国变成贫国。在有识之士的呼吁下,政府部门迅疾出手,国务院、国土资源部、对外贸易经济合作部和国家经济贸易委员会(2003年撤消后两个部门,组建商务部)等连下"重药",下发多个规范性文件:1999年的《关于对钨业生产经营秩序进行清理整顿的通知》、2000年的《关于加强钨行业综合治理有关问题的通知》、2001年的《关于加强钨矿开发管理的通知》,2005年的《国务院办公厅转发发展改革委等部门关于加强钨锡锑行业管理意见的通知》。比文件更"管用"的还有中央领导的指示:2004年10月,国务院副总理曾培炎对钨业做出了"加强我国优势或稀缺资源的开发、利用和出口的指导"的批示;温家宝总理于2005年1月31日做出"抓紧整治,不可重蹈覆辙"的重要指示。在国家的强力整治下,一批技术落后、浪费严重的钨矿被关闭,钨矿开采企业由1995年的758家减少到129家,钨精矿的生产总量控制在6万吨以下。恶性竞争、"集体自杀"的现象得到遏制,钨业终于"雨过天晴",钨精矿的出口价由1999年的每吨1.7万美元逐步上升,稳定在每吨10万美元以上,旁落了近20年的钨定价权终于回归。2007年11月,在中国钨业百年庆典国际论坛上,中国自豪地宣布:"全球钨市场定价话语权已开始由国外转向国内,出口产品的价格正跟着国内产品的价格走。"

钨矿,就像一辆疾驰的马车,它一度掉进了一个大坑,然后又奋力地爬了出来。现在,紧跟着的这辆叫稀土的大车,沿着钨矿的车辙,眼看就要掉进同样的大坑……

悬崖勒马,改弦易辙,已是箭在弦上,不得不发。

"陈情"国务院

既然事关国家战略,理应让高层决策者知道。

回京后,徐光宪马不停蹄,又找了师昌绪、李东英、王淀佐、赵忠贤等院士商谈此事。他们有的是化学家、核化学与放射化学家,有的是矿物工程学家、材料学家、物理学家,但他们和徐光宪一样,都对目前稀土产业的发展有担忧,有期待,也有着许多想说的见解。骨鲠在喉,不吐不快。

一番深思熟虑之后,他们以徐光宪《稀土矿产资源的可持续发展战略研究会》的发言为基础,写了一纸《关于保护白云鄂博矿钍和稀土资源,避免黄河和包头受放射性污染的紧急呼吁》,于2005年9月上报国务院。

这就是稀土史上著名的"十五院士上书"。

这一次上书，对中国稀土的发展产生了极大的影响，是中国稀土发展史上的一份重要文献。有必要在此全文照录：

关于保护白云鄂博矿钍和稀土资源，避免黄河和
包头受放射性污染的紧急呼吁

一、保护我国钍和稀土资源的重要性和紧迫性

我国稀土资源储量居世界第一位，钍资源居世界第二位。最主要的稀土和钍矿在内蒙古包头的白云鄂博主矿和东矿，现在两矿作为铁矿已开采了40%，但其中的稀土利用率不到10%，钍利用率则为0%。同时，钍对包头地区和黄河造成放射性等三废污染，若再不采取措施，35年后矿藏全部被采完，将进一步加剧对黄河的污染，形势十分紧迫。

能源是支撑我国经济高速发展的关键问题。国际上对石油资源的竞争非常激烈，高油价将长久冲击市场，因此，采用核能发电是大势所趋。钍是重要的核能资源之一，我国已查明的钍工业储量为286 335吨（二氧化钍），仅次于居世界第一位的印度（343 000吨），其中，白云鄂博矿221 412吨，占77.3%。美国国防部和日本防卫厅都把钍、铀、钚和除铈以外的16种稀土元素定为战略元素，法律规定国家要有一定量的储备。

白云鄂博矿是以铁、稀土、钍、铌等为主的多元素共生矿。矿区内有五个矿体，其中主要的有三个：主矿、东矿和西矿。主矿和东矿有探明矿石6亿吨，平均品位含铁约34%，稀土约5%，钍约0.032%。西矿有探明矿石8亿吨，是以铁（33.15%）为主的低稀土、低钍、低磷、低氟的矿床，适宜作为铁矿开采。

稀土是高新技术必需的战略元素，我国已探明稀土工业储量4 300万吨，居世界第一位。其中白云鄂博主东矿3 000万吨，西矿500万

吨，四川、山东、南方五省、台湾等地共800万吨。

二、我国白云鄂博矿钍和稀土资源亟待保护和合理利用

上世纪50年代，我国包钢开始建厂，前苏联把白云鄂博主东矿设计为单纯的铁矿，未考虑稀土和钍的综合利用，是一个错误的决策。自1958年包钢投产以来，主东矿已开采2.5亿吨，尚余3.5亿吨。现在开采量达每年1 000万吨，照此开采下去，主东矿不到35年就开采完毕，我国将成为稀土和钍的资源小国，重蹈钨矿的覆辙。已开采的2.5亿吨主东矿矿石中稀土和钍的走向如下表所示。

表 1959—2004年包钢建厂以来主东矿已开采的稀土和钍的状况

	已开采	生产量	尾矿坝	浪费（流失、飞扬、炉渣）
矿石量	2.5亿吨			—
稀土5%	1 250万吨	120万吨（利用率不到10%）	约930万吨	约200万吨（损失率15%）
钍开采量	9.5万吨	0（利用率为0%）	7万吨	2.5万吨（损失率26%）

包钢三废排放含有放射性钍的废气、尾矿飞尘、废水和废渣，不但严重污染包头地区，而且是黄河的主要污染源之一，已引起国家环保总局的高度重视。因此钍的回收、尾矿坝的保护和三废治理不可再延缓。

至2003年底，全世界共有核电反应堆440座，发电量占世界总发电量的16%。法国的核电占法国总发电量的75%以上，（中国）台湾省占（中国的）26%，而我国大陆2003年只占2.2%。近日喜闻中央决策要积极发展核电，在"十一五"计划中将新建8座核电站，使核电比例达到4%，但还远未达到现在16%的全世界平均水平。

核电的发展将加大对核资源的需求。钍是未来重要的核能源，利用钍的核能可采用以下模式：

（1）用3%~5%的低浓铀大力发展压水堆，积累所产生的钚。这是成熟的技术，我国已完全掌握。

（2）乏燃料通过后处理分离出钚，用钚作为快中子反应堆的装料，在发电的同时，用快中子照射钍生产铀-233。

（3）用铀-233作为热中子反应堆核电厂的装料。

（4）在用铀作燃料的高温气冷堆中装载钍，把钍转换成铀-233加以利用。

钍资源储量居世界第一的印度非常重视钍核能的研究开发，据称，最近已有突破。以色列科学家也对钍反应堆做了大量研究工作。希望我国大力加强快中子堆研究，并在研究用快中子堆增殖铀燃料的同时，考虑钍的核能利用，应积极开展以钍为核燃料的反应堆的技术开发研究。

地球上天然存在的易裂变燃料只有铀-235一种，钚-239和铀-233分别是从铀-238和钍-232中转换来的两种易裂变核。由于天然铀只含0.72%的易裂变核素铀-235，假定废弃的贫铀中含0.2%的铀-235，那么目前我国工业应用的热堆（压水堆）电站，天然铀作为核燃料的利用率只有0.5%。一个100万千瓦的电站，每年耗煤350万吨，如用核电每年耗天然铀170吨。发展快中子堆核电站，可以使铀资源的利用率提高60倍左右，若再加上钍资源的充分利用，则核裂变能可供使用几千年。

三、建议国家采取紧急措施保护白云鄂博矿钍和稀土资源

第一，为扭转白云鄂博矿目前不合理的开采方式，避免钍和稀土等宝贵资源被进一步大量丢弃和缓解对环境的污染，希望国家有关主管部门限制白云鄂博主矿和东矿的开采量，增加西矿的开采量。2004年主东矿实际开采1 000万吨，建议2005年起逐年减少，至2007年底减少到500万吨，2009年减少到300万吨，2012年起停止开采，把主

东矿封存起来，用尾矿坝提供稀土的需要，并恢复植被，保护环境。

第二，为核实上述措施的可行性，不致影响包钢现在的钢铁生产量和造成白云鄂博矿山20 000名职工下岗失业，徐光宪院士曾于2005年4月在包头与包钢公司包头稀土研究院前院长马鹏起教授和包钢矿山研究院院长等有关同志进行了研究，认为主东矿在3年内减少开采500万吨是可行的。500万吨矿石按目前的选矿水平，只能生产190万吨铁精矿粉，回收率只有70%。如果把我国自主创新并已在高纯单一稀土分离工业中发挥重大作用的"串级萃取理论"应用到选矿中，回收率可以提高到90%。铁精矿产量可提高25%，800万吨矿石可顶1 000万吨，缩减200万吨，若再增加西矿开采量300万吨，就可缩减主东矿开采量500万吨。目前西矿已建成选矿厂，开采300万吨是可以做到的，到2009年再增加200万吨开采量，把主东矿开采量减少到300万吨，至2012年就可把宝贵的主东矿封存起来。

为此，需要国家拨款100万～200万元人民币作为提高选矿回收率的研发经费。

第三，目前萃取分离钍和稀土技术已很成熟，成本增加很小，2005年计划生产5万吨稀土，应提取300吨二氧化钍。若国家以每吨1万～2万元成本价收购作为战略能源储备，可同时解决对环境的放射性污染问题，以后钍-铀-233反应堆技术成熟时，就可利用储备的二氧化钍制备核燃料。国际上是以每吨13万美元生产成本作为是否值得开采的铀矿评价标准。钍和铀是同样重要的核能资源，用每吨1万～2万元人民币收购作为战略储备，是非常值得的战略投资，以免再造成钍资源的浪费和污染环境。

为此，需要国家拨款300万～600万元作为钍资源战略储备和环境治理费。

第四，由于多年来铁矿的大量开采，尾矿坝存量已达1.5亿吨，其中稀土约930万吨，钍约7万吨。实际上这是我们留给子孙后代的一个新的稀土和钍矿，应设法予以保护。首先，不让它飞散或流失。尾矿坝是一个只有河流进口，没有出口的湖，靠蒸发平衡水量，但湖底高低不平，水面低时，部分尾矿暴露在空气中，因为是200目的细粉，会飞散损失并污染环境。其次，尾矿目前已和湖底泥沙混合，应采取措施不让其稀土和钍的含量进一步被其他杂质所稀释，造成今后提取稀土和钍的困难。

为此，需要国家拨款100万～200万元作为保护尾矿坝的研究和采取措施的费用。

以上三项共需国家拨款500万～1 000万元。

第五，现在包钢公司向国家缴纳的矿产资源开采费，是按照矿区每平方公里500万元收取的。目前，主矿和东矿占地3平方公里，由包钢公司开采，每年向国家缴纳开采费1 500万元，西矿占地42平方公里，若开采每年要交纳2.1亿元，现因包钢未缴开采费，所以无权管理西矿，造成西矿乱采滥挖现象十分严重，这是我国矿山管理工作中的漏洞。建议国土资源部收取白云鄂博矿开采费时按照开采矿石量计费，如每年开采1 000万吨，缴纳1 500万元。这样包钢以开采西矿代替主东矿，可不必增加开采费。因为这也是包钢不愿开采西矿的原因之一。

第六，关于国家加快快中子反应堆和钍-铀233核反应堆的研究开发，建议组织院士专家深入调查研究，进一步咨询和论证。有关我国核能发展的整体战略，中国科学院学部核能发展战略咨询组正在研究。

以上6条建议，以前3条最为紧迫。

文后是16位科学家（其中有15位是院士）的署名，他们分别是：

徐光宪 化学家。中国科学院院士，北京大学教授。

师昌绪 金属学及材料科学家。中国科学院、中国工程院院士，中国科学院金属研究所研究员，国家自然科学基金委员会特邀顾问。

王淀佐 矿物工程学家。中国科学院、中国工程院院士，原北京有色金属研究总院院长，中国工程院副院长。

赵忠贤 物理学家。中国科学院院士，中国科学院物理研究所研究员。

李东英 稀有金属冶金及材料学家。中国工程院院士，原国家有色金属工业局高级工程师。

王大中 核工程与核安全专家。中国科学院院士，清华大学教授。

何祚庥 粒子物理、理论物理学家。中国科学院院士，中国科学院理论物理研究所研究员。

王乃彦 核物理学家。中国科学院院士，中国原子能科学研究院研究员。

方守贤 加速器物理学家。中国科学院院士，中国科学院高能物理研究所研究员。

郭慕孙 化学工程学家。中国科学院院士，中国科学院过程工程研究所研究员。

欧阳予 核反应堆及核电工程专家。中国科学院院士，中国核工业集团有限公司科学技术委员会研究员。

费维扬 化学工程学家。中国科学院院士，清华大学教授。

刘元方 核化学与放射学家。中国科学院院士，北京大学教授。

杨应昌 物理学家。中国科学院院士，北京大学教授。

唐孝炎 环境科学技术专家。中国工程院院士，北京大学教授。

顾忠茂 核化学家。中国原子能科学研究院科学技术委员会副主任、研究员。

这16位科学家，不仅在其各自的专业领域是顶尖的存在，更因其热心公益、仗义执言而有着广泛的社会声誉。

师昌绪，有"中国高温合金之父"之称。20世纪50年代，在美国获得博士学位后，他在麻省理工学院主持美国空军研究课题"硅在超高强度钢中作用的研究"，一直到80年代，世界上最常用的飞机起落架，用的就是他研制的300M超高强度钢。师昌绪更为人所知的，是他组织一批留美学生给周恩来总理写信。周恩来总理拿着师昌绪等人的信，在日内瓦国际会议上严正抗议美国政府无理扣押想回国的中国留学生。接着，师昌绪等又向时任美国总统的艾森豪威尔写信，还写了告美国国民和时任联合国秘书长的哈马舍尔德的公开信，印了2000份在纽约散发。美国政府迫于压力，只得于1955年同意一批留学生回国，百折不挠的师昌绪终于回到了祖国的怀抱。这时，35岁的师昌绪方始成家，而做媒的正是周恩来总理。1964年，我国自行设计制造超音速歼击机，大推力的航空发动机是关键，而高温空心涡轮叶片是关键中的关键。师昌绪凭着一幅在巴黎航展上画出来的草图，带领100多人的课题组，只用了1年多就研制出了从未见过真容的空心涡轮叶片，兑现了他的誓言："美国人能有，我们就能有！"师昌绪对稀土也很有研究，他主持"稀土在镍基高温合金中的作用"课题，率先开发了一种铁基高温合金，以代替用量很大的镍基合金，这在当时处于国际先进水平。

人们戏称师昌绪是"爱管闲事的老头"。1983年，师昌绪上书国务院，建议"加速研制大推力航空发动机，为21世纪的到来做准备"。1992年，师昌绪与几位科学家一起，上书党中央和国务院，建议成立中国工程院。2000年，师昌绪又向政府建言，要"抓一下碳纤维"。2010年，90岁的师昌绪获得国家最高科学技术奖。师昌绪有一条广为人知的名言："作为一个中国人，就要对中国做出贡献，这是人生的第一要义。"

赵忠贤,中国高温超导研究奠基人之一。1986年,赵忠贤团队在镧钡铜氧体系中获得了40 K(K表示单位开尔文)以上的高温超导体样品,颠覆了被奉为金科玉律的"超导临界温度最高不可能超过40 K"的"麦克米兰极限"。"北京的赵"在国际超导界一举成名。1987年2月,赵忠贤团队在钡钇铜氧中发现了临界温度为93 K的液氮温区超导体样品,原本昂贵的液氦被便宜且好用的液氮所代替,于是在全世界范围内刮起了一股液氮温区超导体的旋风。2008年,赵忠贤又提出高温高压合成结合轻稀土元素的方案,成功地将铁基超导体的临界温度提高到55 K,这一纪录至今还没有被打破。在赵忠贤的超导研究中,稀土金属钇、镧等成为他频繁应用的材料,他同时也可以说是一个稀土材料学家。赵忠贤对超导研究和人生之路有着同一个信念:Forever Young!(永远年轻!)

李东英,我国稀有金属工业的开拓者之一,我国第一个把稀土应用到农业领域的人。他的另一个头衔是"百岁院士",他的100年,正好经历了中国稀土从无到有、从落后到领先的历程。1951年,李东英前往苏联学习稀有金属冶金,归国后,他一举攻克22种有色金属的冶炼,为"两弹一星"金属材料的自给自足提供了坚实保障。20世纪60年代,在普遍认为"不可能"的情况下,李东英首创在粮食、经济作物上使用稀土元素。他在燕郊干校的麦田和棉田里,进行了施用微量稀土元素试验,施用稀土的作物增产显著,而且抗逆效果十分明显。此后,稀土在种植业上的应用遍及全国30个省、自治区、直辖市,累计获经济效益近百亿元,使我国在此领域居世界领先地位。李东英曾自我评价:前半生献给了稀土工业,后半生献给了稀土农业。李东英主持研究成功了30余种稀有金属的生产方法,保证了"两弹一星"等军工和大规模集成电路等尖端技术所急需的新材料。2014年6月26日的《新闻联播》播送了他的事迹，94岁高龄的李东英平静而坚定地说："'国家的需要、组织上的需要，就是你自己最大的需要'，这是我的人生观。现在让我做（选择），我还这样选择。"

……

忠于人民，忠诚事业，敢于承担，鞠躬尽瘁，这就是中国科学家的集体人格。当祖国需要的时候，他们放弃优厚待遇，回到百废待兴的祖国，以他们的智慧和才能、奉献和牺牲，谱写出一曲曲爱国奋斗的英雄赞歌。在国家面临重大抉择的时候，他们赤胆忠心，不计个人得失，把肋骨拆下来当作火把，在重大问题面前坚定地站出来，表明自己的立场，最大限度地避免损失，诠释了心有大我、至诚报国的浓烈情怀。中国稀土，正是有了这样的一批科学家，才一次次站上世界的巅峰。

稀土"扳道"

16位有着重大影响力的科学家联合上书，这是在此前从来没有过的——到现在也还是没有，在中国科学界引发了巨大的震荡，也引起了党和国家领导人的关注。

温家宝，这位毕业于北京地质学院地质构造专业，做过甘肃省地质力学队技术员，也做过地质矿产部副部长的国务院总理，对稀土一直情有独钟。1987年，时任中央办公厅主任的温家宝，就发布过《对稀土资源开发、利用、管理的几点建议》的报告，报告中说："要把稀土资源的开发、利用、出口战略同科学技术发展战略，同经济发展战略结合起来考虑，制定明确的资源政策、产业政策、科技政策和外贸政策，使之并行不悖地促进我国经济和科技的迅速发展。"这应该是较早把稀土产业提高到战略高度来认识的重要言论。作为一名政府高官，他对稀土产业有如此直达本质的认识，充分显示了这位国务院总理的高瞻远瞩。

因此，当温家宝看到徐光宪等15位院士的上书后，提起笔来，写下了一句话："这个建议很重要，请国家发改委（国家发展和改革委员会的简称）阅办。"

国家发改委不敢怠慢，事实上，有了钨业的前车之鉴，稀土乱象也早在他们的关注之中，如今有了"尚方宝剑"，他们就雷厉风行地动了起来。

2005年11月，仅仅离15位院士上书1个多月，国家发改委、国土资源部、国家环境保护总局等部门就组成调查组，来到包钢白云鄂博矿开展调研，提出了5条建议：

加强资源勘查力度；

制定规划，规范准入。开展白云鄂博资源可持续发展战略研究，提出综合性措施；制定综合性开采规划，加强资源管理，规范开采秩序；

加强放射性污染调查；

加大科技攻关力度，支持钍分离技术以及钍回收工艺研究；

钍资源的保护方式倾向于保护性开发，适当降低主、东矿的开发强度，提出有利于钍资源后续利用的开发要求，尾矿坝内资源作为稀土和钍的二次资源应加强管理，对稀土加工中回收的钍，建议结合铀战略储备进一步统筹研究。

不难看出，徐光宪等的建议，全体现在这5条建议中了。由此也可见，这一上书确实切中肯綮，直击要害。

然而，就像一列奔驰的列车有着巨大的惯性一样，稀土产业多年种下的"病根"，远不是一纸文件就可以解决的。更何况，这"5条建议"，关系某些人的自身利益，明着暗着的抵触乃至抵制也是可想而知的。于是，2006年6月9日，徐光宪就如何落实温家宝总理的批示，再度上书。自小就读古书的徐光宪，自然知道"乱世用重典，沉疴下猛药"的说法，对积重难返的顽症，必须一鼓作气，毕其功于一役。

温家宝总理自然也明白这个道理，他再度批示：请培炎同志阅转发改委研究，发改委可邀请徐光宪同志谈一次。

上书的效果，当年就显现出来了：

2005年，政府取消了稀土金属和化合物的出口退税政策，同时控制稀土等高耗能、高污染、资源性产品出口，国家环境保护总局对包头稀土企业进行环保普查；

2006年，国土资源部对稀土矿制定开采总量控制指标，实行责任状和合同书制度；

2007年，稀土矿产品和冶炼分离产品生产纳入国家指令性计划管理；

2008年，海关总署将稀土列为重点打私品种，并开展打击稀土走私的专项行动；

2009年，中华人民共和国工业和信息化部（简称工信部）审议通过《2009—2015年稀土工业发展规划》，明确指出，未来6年，中国稀土出口配额的总量将控制在3.5万吨/年以内；

2010年，工信部发布了《稀土行业准入条件》，这是我国第一次从生产规模方面设置稀土准入门槛；

2010年，国务院正式发布《关于促进企业兼并重组的意见》，首次把稀土列为重点行业兼并重组的名单，并减少稀土出口量；

2011年2月，环境保护部发布《稀土工业污染物排放标准》，这是

"十二五"期间环境保护部发布的第一个国家污染物排放标准。

……

徐光宪后来回忆说:"我就拼命呼吁,希望成立像欧佩克(OPEC)那样的行业协会,自觉控制产量,提升价格。我多次在各种会议上呼吁稀土行业,但没有得到一致意见。我建议限制在10万吨以下,但是办不成功。我就给温家宝总理写信,温家宝总理批给国土资源部,2006年批准限制为8万吨,2007年执行,消息传出后日本人就慌了,拼命收购中国高质量的稀土,稀土价格就上升了1~3倍。"

徐光宪的远见卓识,特别是徐光宪"咬定青山不放松"的执着,给以务实、亲民著称的温家宝总理留下了深刻的印象。2009年1月,众望所归,徐光宪荣获国家最高科学技术奖。当徐光宪从国家主席胡锦涛手中接过这代表着中国科技界最高荣誉的证书时,全场响起了经久不息的掌声,大家都向这位89岁德高望重的杰出科学家致敬。

领奖后,徐光宪刚转身,就听到有人在叫自己,回头一看,是温家宝总理。温家宝总理握着徐光宪的手,微笑着说:"祝贺您,徐院士!我记得曾批示过您的报告。"

第四节　稀土强国之梦

变革中的阵痛。

2001年11月10日，在卡塔尔举行的世贸组织第四届部长级会议上，大会主席，卡塔尔财政、经济和贸易大臣卡迈勒，举起一柄小木槌，宣布本次会议通过中国加入WTO，随即，他稳稳地敲响木槌。

"当"的一声脆响，一"槌"定音。这一声，标志着中国正式加入了WTO，成为WTO的第143个成员国。

这柄长32.2厘米、宽10.5厘米、厚6.3厘米的小木槌，被称为"入世槌"，被带回中国后，现下正静静地"躺"在中国国家博物馆里。然而，这一槌的余音，至今仍在激荡。

对世界而言，中国加入WTO，不亚于第二次"地理大发现"。对中国而言，这是经济发展历程中的一座里程碑，标志着中国加入了世界贸易体系，开启了全球贸易大门。

当时，一位叫孙轶青的国家机关干部兴奋不已，挥笔写下了《入世偶吟》（其一）："中华经济若飞舟，冲出国门搏巨流。举世欢呼新客至，全球贸易利全球。"激动、欣喜之情溢于言表。然而，诗人毕竟还是太过乐观了些，在充斥着利益博弈的WTO"朋友圈"，对于"新客"

的到来,不见得"举世欢呼",否则,中国的入世谈判也不用历经酸甜苦辣、跌宕起伏的15年。也许这样说更为确切:当"新客"在为"朋友圈"做贡献时,他是受欢迎的,但若"新客"动了某些圈内大佬的"奶酪",很可能就会遭遇"群起而攻之"。

果然,入世10年后,中国稀土就遭到了美国、日本及欧盟的围攻。

回头看看,这一"仗",似乎注定不可避免。

从2005年起,中国接连出台了一系列稀土开采、冶炼、生产、出口的有关政策。特别是2010年,中国政府宣布,加强对本国稀土行业的整治,减少稀土的无序出口。资料显示,中国的稀土出口配额从2009年的50 145吨减少到2012年的30 996吨,下调幅度达38%。同时,稀土金属矿、稀土氧化物等58种稀土产品出口税的平均税率,则从2006年的10%上升到2012年的25%。这其实是一个很正常的措施,中国虽仅有全球36%的稀土储量,却承担着全球90%左右的稀土市场供应,这背后是巨大的环境和资源成本。照此下去,用不了几十年,中国的稀土储备就将消耗殆尽,到时候,曾经的稀土大国就得向世界"讨饭吃"。

减少稀土出口量,这甚至不能说是未雨绸缪,只能说是亡羊补牢,不得已而为之。

但美国、日本他们不乐意了。想想也好"理解"。一直以来,他们坐享着中国提供的廉价稀土,用中国的稀土制成高端产品后再高价卖给中国,赚得盆满钵满。

比如,有一种稀土元素钪,在高效催化剂、新型电池、核能工业等应用中作用特殊,是材料科学中炙手可热的明星。但钪的储量极低,每1吨地壳物质里面只有5克,并且冶炼分离极为困难,对环境的伤害更是大,所以钪十分稀缺,有"稀土中的稀土"之称。这种钪,中国能提炼但难以应用，日本只能初加工，只有美国才能充分发挥其价值。美国、日本以1千克2万元人民币的价格大量收购氧化铽，铽这一有着重大战略意义的稀土元素，在中国尚未领悟其重要性时就已经大量流失。其他像钇、铽、镝、钬、铒、铥、镱、镥等中重稀土元素，也是如此。

可以想见，当年美国、日本是如何闷声发大财、暗地偷着乐的。现在，这"免费的午餐"没有了，他们自然急得跳脚。

其实，美国、日本并不缺稀土。以他们现有的储备，十几年内都不必从中国和其他国家进口稀土。美国的稀土储量占世界总量的13%，因此美国也算一个"富户"，但早已停止稀土生产，从2007年起转向从中国进口稀土。日本稀土贫乏，但他们早就提出了所谓"稀土综合对策"，储存了足够的稀土。坊间传说，日本将大量的稀土放入大海作为资源储备，这自然只是传言而已，稀土是用不着放到海水里去保存的，但日本绝对不会因中国限制进口而"拉饥荒"，这是肯定的。

说到底，他们向中国施压，不过是想继续享受"福利"罢了。

于是，西方开始指责中国推高了稀土的国际市场价格，甚至炒作"中国试图垄断稀土资源来实现政治目的"的论调。2010年9月28日，美国《华尔街日报》指责中国控制稀土出口、破坏世界稀土供应，甚至"威胁到美国的安全"。美国《新闻周刊》则称，稀土是高悬于中国贸易伙伴头上的"达摩克利斯之剑"。日本共同社发表文章《中国掌握战略关键打击日本软肋》，文中称中国事实上禁止了对日本出口稀土，击中了日本经济的"软肋"。

一时间，"中国对西方发动稀土战"的论调满天飞，国际社会批评中国的声音此起彼伏，大有"山雨欲来风满楼"之势。继遭遇"货币战争"之后，中国又遭遇"稀土战争"。

2012年3月，美国、欧盟、日本三方组成"联军"，就"稀土、钨、钼三种原材料出口管制措施"，要求与中国磋商。中国自然无法接受这"城下之盟"。于是，3个月后，"联军"向WTO状告中国，正式指控中国对稀土等原材料实施的出口管制措施违反了《中国加入世贸组织议定书》中所做的特殊承诺。

图穷而匕见。

这其实并非中国第一次"被黑"。3年前的2009年，美国、欧盟正式向WTO提出争端请求，声称中国对铝土、焦炭、萤石、镁、锰、金属硅、碳化硅、黄磷和锌共9种原材料，采取出口配额、出口关税，以及其他价、量控制，违反了中国2001年加入WTO时的承诺，造成世界其他国家在钢材、铝材及其他化学制品的生产和出口中处于劣势地位。接着，墨西哥紧紧跟上，对中国提出了同样的指控。这就是所谓的WTO"原料案"。2年后，WTO法律专家组裁定中国的做法违反了WTO规则，中国败诉。

有此先例，西方国家更加有恃无恐。这次照葫芦画瓢，又挑起了一场"稀土案"。

面对国际社会的压力，中国不得不应战，诚恳地做出了解释。

国务院总理温家宝强调，中国不是为了在政治上讨价还价才控制稀土出口，而是为了确保未来中国自身对这种稀有资源的需求。国务委员兼国务院秘书长马凯，对欧洲的质疑之声做出回应，他指出，全球稀土资源并不短缺，但稀土供给结构存在问题。许多国家坐拥丰富的稀土资源，但拒绝开采和生产。

中国稀土学会秘书长林东鲁也表示，中国控制稀土出口，"旨在保护资源与环境，有利于世界绿色产业的长期发展"。林东鲁说："现在正是其他国家和地区重新开采资源的好时机，建立稀土产业的国际竞争机制，而非中国一家独大，才能更有利于新能源技术的长久发展。"

苦口婆心。自己的情形，别人的情形，整体的形势，局部的状况，该说的都说了，但收效甚微。

你说的，人家不是不知，不是不懂，但他就喜欢揣着明白装糊涂，谁又能叫醒一个装睡的人呢！扒开所谓的公平贸易、国际规则等冠冕堂皇的种种说辞，最后只剩下赤裸裸的两个字：利益。

"稀土案"只是全球范围资源争夺的一个缩影。

事实上，对资源性产品的出口限制几乎是"国际惯例"，没有哪个国家会傻到把具有战略意义的资源无私地奉献给他国甚至是自己的对手，欧美等发达国家尤其如此。都知道美国有着极其丰富的石油资源，但美国人从来不轻易开采本土石油，照样依赖进口。美国还封存了国内最大的芒廷帕斯稀土矿，无非是因为可以从中国进口到更便宜的稀土。日本关闭了所有生产型煤矿，除了位于北海道的钏路煤矿。钏路煤矿当然不是为了生产煤炭，它主要的功能是针对海外产煤国家的专业人员开展培训和研修业务。2022年，日本进口煤炭1.8亿吨，相比之下，每年区区几十万吨的煤炭产量，完全可以忽略不计。

但问题是，要是大家都像美国、日本这样把资源藏着掖着，他们又到哪里去进口石油、煤炭、木材还有稀土呢？所以，他们希望中国和其他发展中国家能够继续以低廉价格出售稀有元素、稀散元素等极为稀缺的各种战略性自然资源，以满足自己国内工业，特别是高新技术产业发展的需要。

这就是典型的"国际双标"。

20世纪90年代，全球钢铁工业疲软，钢铁企业纷纷关闭或削减产量，焦炭过剩。于是，1999年，欧盟对我国出口焦炭实施反倾销措施，以保证他们自己的市场份额。几年后，钢铁工业全面复苏。2004年，中国为了稳定焦炭市场和保护环境，将焦炭出口配额从1 200万吨削减到900万吨。结果欧盟又出来说话了，说中国不适当地使用了出口配额，对欧盟企业有所歧视，声称要向WTO提出申诉。

不需要时，你不能多卖，否则就是"恶意倾销"；需要时，你就不能少卖，否则就是违反WTO公平原则。说他有标准吧，标准是两套；说他没标准吧，标准也有——对自己有利就是标准。

一位稀土业内人士说："我们国家多年来向发达国家提供了质优价廉的稀土，做出了巨大贡献，感觉他们非但没有一句'Thank you（谢谢）'，连'Yes（是）'都没有说，让我感到有些不平衡。"

"不平衡"？更不平衡的还在后头。

2014年3月26日，WTO专家组公布了初裁报告，报告长达257页，裁定中国的抗辩不成立。8月7日，终裁报告发布，再次确认中国对稀土等实施的出口关税、出口配额以及出口配额管理和分配措施，不符合有关世贸规则和中方加入WTO时的承诺。至此，历时两年的这场"稀土案"尘埃落定，中国败诉。

尽管已经过去了10年，但这场WTO成立以来影响最大的自然资源出口管制诉讼博弈，余波未息，至今仍不断有人在分析、探讨、争论，各种观点众说纷纭、莫衷一是，但有一点是肯定的：这场"稀土案"的本质，是世界经济一体化的新秩序下对资源的一次直接争夺。

这是无法逃脱的由大变革带来的大阵痛。

这样的阵痛是惨烈的、无奈的，这样的阵痛也是撕心裂肺的，牵动着所有人的神经末梢，甚至让人一次次地失血。然而，就像孕妇在临产前总要经历巨大阵痛一般，大变革、大阵痛也会孕育出新的生命。

变化中的版图

"稀土案"之后，我国遵循WTO的相关规则，于2015年1月1日起终止实行16年的稀土出口配额制度，并根据国内外市场的变化在2015

年5月2日起正式取消稀土出口关税。一下子，我国稀土产业与西方发达国家站在了同一个竞争平台上，面对面地进行短兵相接。

虽然缓慢但同样明显的是，全球稀土生产格局正在发生变化。在数十年的大量开采下，我国稀土储量虽仍居世界第一，但占比已大大下降，而欧美各国，在2010年中国实施稀土新政之后，大力推进稀土"去中国化"进程，试图重构一条以美西方为主体、独立于中国的供应链。中国要从一个稀土生产大国转变为稀土强国，仅仅依靠资源优势已远远不够。

新的格局，新的挑战。

美国，这个曾经的稀土"老大"，一直以来处心积虑，要消除中国对他造成的"心理阴影"。

美国当地时间2021年2月24日下午，在白宫椭圆形的总统办公室里，美国总统约瑟夫·拜登端坐在一张深棕色的真皮椅子上，神情有几分严肃，他面前宽大的"坚毅桌"前，摊放着一份"总统行政令"。

总统行政令是美国宪法赋予总统的行政特权，作为下达给联邦政府的命令，可以不经过国会批准，所以有"总统手里的关键武器"之称。现在，一个月前才宣誓就任美国第46任总统的拜登，就准备使用这枚"关键武器"。

这项总统行政令，要求对半导体芯片、稀土金属等4种关键产品的供应链，进行为期100天的审查。

拜登的眼光似乎不经意地掠过左手边的橱窗，在一块拳头大小的岩石上停留了一下。这块30亿年前的岩石，是1972年12月阿波罗17号的宇航员从月球表面采集到的。当拜登要求把这块岩石放在他办公室时，《华盛顿邮报》称，这是拜登"对前几代人雄心和成就的象征性认可"，但这个时候，拜登心里想到的，或许是另一种岩石——中国的稀土矿石。

拜登办公室的墙壁上，挂着多位美国名人的画像。壁炉上方是开国元勋同时也是科学家的本杰明·富兰克林的巨幅画像，其他的画像，还有首任总统乔治·华盛顿、第3任总统托马斯·杰斐逊、首任财政部部长亚历山大·汉密尔顿、解放黑奴的总统亚伯拉罕·林肯、曾任司法部长的罗伯特·肯尼迪、美国民权运动领袖马丁·路德·金和"民权运动之母"罗莎·帕克斯。

稍微有点儿"违和感"的，是拜登身后的一幅小画。这是一幅中国国画大师张大千的《竹菊图》。画面上一竿修竹，两朵菊花，摇曳生姿，趣味盎然。有好事的书画行家研究过这幅画，认出这是张大千《花卉集锦册》中的一幅，画作当然是精品，但在拍卖市场上的价格却并不太高。拜登从来没有说过他为什么要挂这幅画，但总统办公室的装饰肯定不会是无缘无故的，或许，这表达了这位美国总统内心深处对中国异乎寻常的"关注"吧。

拜登的手伸向桌上打开着的一盒钢笔，抽出一支。白宫的规矩是，关系到国家重大事件的一些文件，总统签署时往往要用到几支甚至十几支笔，而所用的碳素墨水，其成分和比例也有严格的配方，以确保无法伪造。

当地时间16点50分，拜登拿起笔，似乎没有一丝停顿，刷刷地签下了自己的名字。这项针对中国在稀土等供应链主导地位的"总统行政令"，就此生效。

作为美国总统，拜登当然知道，4年前的2017年，当时的美国总统唐纳德·特朗普在这个办公室的这张办公桌上，同样签署了一份总统行政令，名为《确保关键矿产安全可靠供应的联邦战略》，首次把攸关美国经济安全、国家安全以及供应链脆弱的非燃料矿物，定义为"关键矿产（critical minerals）"。根据这项行政令，美国内政部公布了

34种"关键矿产",稀土赫然在列。

拜登也知道,10年前的2011年,当时的美国总统贝拉克·奥巴马,在这个办公室的这张办公桌上,同样签署了一份《国防授权法案》。这份经参议院和众议院审议通过的法案,要求国防部评估稀土材料供应链,以确定稀土材料是否具有战略意义或对国家安全至关重要;随即于2011年2月出台了《稀土及关键材料振兴法案》,并制订稀土材料计划。在此一年前的2010年1月,美国众议院通过《国防关键稀土材料的评估与规划》,要求国防部对国防应用中的稀土材料供求进行评估,并确定稀土材料对美国重要军事装备的生产维持或运行至关重要。接着,又于2016年重启《稀土供应链技术与资源转化法案》《稀土供应技术与资源转化法案》,要求重建有竞争力的美国稀土生产产业。

真可谓紧锣密鼓。

就在拜登签署这份总统行政令的几个月前,美国地质调查局认定35种矿物对国家经济和国防至关重要,其中一半以上种类的供应几乎全部依赖进口,在这些矿物中,稀土被冠之以"极端"两字。

拜登签署总统行政令2个月后,2021年4月,美国蓝线公司（Blue Line）与澳大利亚著名的稀土生产企业莱纳斯（Lynas）宣布合作,将在得克萨斯州创建一家稀土分离工厂。双方的合作声明称:新公司的目标是填补美国供应链的关键矿产空白,确保美国公司持续拥有基于美国的稀土产品渠道。

拜登签署总统行政令4个月后,2021年6月,白宫公布百日审查报告,用战略和关键材料（strategic and critical materials）代替了特朗普的"关键矿产"一词,强调它们是美国经济繁荣和国防强大的基石,稀土是其中着墨最多的。

2022年5月,拜登政府启动了所谓的"印太经济框架"（IPEF）,首批13个参与方包括美国和日本,却没有中国,这被解读为美国对抗中国日益增长的影响力的举措。2023年11月16日，美国与印太经济框架成员国在旧金山举行会议，提出构建"关键矿产对话"，并称将定期讨论，加强合作，以对抗中国"逐渐扩大的影响力"，以此确保在IPEF内部建立"稳定的核心矿产供应链"。

与此同时，美国计划对芒廷帕斯矿和圆顶山矿进行扩建。在得克萨斯州开发的"圆顶山稀土项目"，被认定足以满足美国130年之久的稀土需求。

"山雨欲来风满楼"。

与美国的咄咄逼人相比，日本则是"闷声发大财"。

2023年12月22日，已是一年的年末，日本首相岸田文雄在他的首相官邸，召开了"综合海洋政策总部"——这个历来由首相亲自担任总部长的机构——第19次会议。这位被日本政界形容为"谨慎""稳重"的日本第101任首相，以他一贯不紧不慢的语气，宣布了一个重大决定：位于小笠原群岛父岛以东的大部分"小笠原海台海域"将被指定为日本大陆架，总面积约有12万平方千米。

对这个足以引起国际社会广泛关注的决定，副总部长、国土交通大臣兼海洋政策担当大臣齐藤铁夫和其他与会的内阁成员，脸色平静，这本在他们的意料之中：是该走出这一步了。

4个月前，日本政府制定了一个"海洋开发重点战略"，其内容包括自主式水下航行器的本土化生产、小笠原群岛和南鸟岛及周边海域的开发等。明眼人一看便知，这个"战略"的重点就是小笠原群岛，生产自主式水下航行器正是为了在小笠原群岛的深海中进行勘探。

因为小笠原群岛的深海中，蕴藏着丰富的稀土矿。

小笠原群岛是日本在西太平洋的一个群岛，位于东京以南1 000多千米，群岛由30多个小岛组成，包括著名的父岛、母岛和硫磺岛等。

第二次世界大战期间，美国和日本在小笠原群岛展开了激战，在此发生的硫磺岛战役更是第二次世界大战中的经典之战。1944年，后来的美国总统老布什驾驶的鱼雷轰炸机在父岛被日军炮火击中。布什幸运地被美国潜艇救起，而他的8名战友却成了日本人的俘虏，全部被杀。

南鸟岛是小笠原群岛的一部分。2012年，在这个岛附近的海底探测到了大量的稀土泥。消息传出，日本朝野一片欢呼：日本也将成为稀土大国了。为了进一步确认稀土矿的具体位置，日本甚至专门从美国的伍兹霍尔海洋研究所借来了自主式无人潜艇，随后的勘探结果也让日本人狂喜不已，这里的稀土矿量达到了惊人的1 600万吨，可以让日本用上几百年。

然而，理想很丰满，现实很骨感，要把深达6 000～8 000米的海底稀土淤泥打捞上来，谈何容易。即便日本愿意下血本，以现有的技术能达到什么效果也很难说。所以，在喧闹了一阵之后，日本人又慢慢地沉寂了下去。

在沉寂中，不甘心的日本人没有泄气，他们默默地使着劲。早在钓鱼岛争端的前几年，日本石油天然气金属公司和双日株式会社就与占全球稀土供给份额高达12%的澳大利亚莱纳斯公司达成协议，通过货款和股权提供总计2.5亿美元，获得每年8 500（±500）吨的稀土产品，这一数量占到了日本稀土市场的30%。在莱纳斯公司经营困难期间，日本政府不但延长了贷款期限，还把贷款利率降低到2.8%的"地板价"。面对日本政府如此的雪中送炭，莱纳斯公司也投桃报李，承诺稀土产品优先供应给日本市场。"变他国资源为自己资源"是日本一贯采取的政策，只要企业能够获取海外油田、矿产权益，政府就会提供低息贷款，并无偿给予国家研发的技术支持。

2010年，日本还与越南合作开发东堡矿；2012—2013年，又与印度国有稀土公司进行合作，即印度每年向日本出口约4 000吨稀土；与哈萨克斯坦合作，共同开发稀土资源镝，日本每年从哈萨克斯坦进口超过年使用量10%的镝，并逐年增加进口量；日本还在吉尔吉斯斯坦的萨雷扎兹矿区进行稀土勘探，与其合作开发稀土矿。

2022年5月，日本通过新经济安保法，将稀土等重要矿产以及半导体、蓄电池、医药品等划定为"特定重要物资"。

2023年4月，日本经济产业省宣布，将对日企关键矿产的开发以及冶炼进行补贴，补贴金额最高可达到成本的一半，以确保锂和稀土等关键原材料的供应安全。接着，7月中旬，日本首相岸田文雄访问沙特，双方就共同投资开发稀土矿达成一致，目的是"减轻对中国供应链的依赖"。1个月后，日本经济产业大臣西村康稔访问非洲多国，启程前坦言，此行的目的是确保获得稀土、钴、锂和镍等重要矿物。

虽然本土严重缺乏稀土资源，但在这样的情况下，日本竟然储备了可以用上50年的稀土，如此深谋远虑确实让人不得不佩服。这回，岸田内阁更是不惜血本，要在小笠原群岛大干一番——稀土的诱惑实在是太大了。他们计划从2024年开始在海底开采稀土。开采的目标是满足国内电动汽车和混合动力汽车所必需的稀土资源。日本下了大决心，一定要在2025年把来自中国的稀土比例降到50%以下。

同美国、日本一样，欧盟也早在2011年就提出了降低对中国稀土依赖的政策；2020年欧盟发起成立欧洲原材料联盟（ERMA），意图建立欧盟完整的原材料供应链，提升欧盟自身在稀土提取、加工和回收方面的能力，增强欧盟稀土供应链的韧性和可持续性。欧盟心里更有着一张底牌：格陵兰的科瓦内湾（Kvanefjeld）。这里的稀土资源极为丰富，虽然目前格陵兰政府暂时禁采科瓦内湾稀土矿，但同时也有多方势力在推动它的开采。而一旦开采，以它1 020万吨的稀土资源量——在中国白云鄂博矿和加拿大尼奥贝克（Niobec）矿之后居世界第三的体量，这将会是稀土世界的一场地震，欧盟说话的声音大概又会大许多。

……

如果以稀土储量论英雄的话,那么2022年,中国以4 400万吨占全球36.7%的体量,虽然比20世纪80年代少了许多,但依然是无可争议的"老大"。巴西、越南、俄罗斯分别以2 200万吨、2 100万吨和2 100万吨跟在后面,算是第二梯队。而其他国家所有的储量加起来,也不过是10%左右。具体到稀土矿种,我国的白云鄂博矿总量位居世界第一,轻稀土元素(镧、铈、镨、钕等)储量同样是世界第一;重稀土元素储量,白云鄂博矿在钐、铕、钆和钇的储量排名中位居第一,格陵兰科瓦内湾矿在镝、铒、钬、铥、镱、镥的储量排名中位居第一。

然而,这些都不会一成不变。俄罗斯、丹麦(格陵兰)、澳大利亚、加拿大和美国,都有着不少具有巨大开发潜力的稀土矿。随着国外稀土资源的逐渐开发,中国稀土资源优势正被逐渐削弱。

稀土储量的版图,正在发生变化。

与储量版图相表里的,还有一张稀土产业版图。

如果把稀土产业分为原矿采选、冶炼分离、加工、材料制造以及应用五大环节的话,那么,目前中国是全球唯一拥有稀土全产业链的国家,并且稀土产量、冶炼分离量、相关材料产量、消费量、出口量均居全球第一。

冶炼分离上,我国自2000年至今生产了全球85%以上的稀土矿和全球95%以上的稀土冶炼分离产品。相比于国外稀土产业,我国的稀土冶炼分离有着巨大优势,以至境外稀土矿也需要在我国境内进行冶炼分离。

材料制备上,以应用最为广泛的稀土永磁体而言,我国已形成了一个永磁产业集群,2020年我国的稀土永磁体产能全球占比高达92%。日本精工爱普生集团、日本尼兰德磁业公司、美国麦格昆磁公司等永磁体生产企业相继搬到中国，全球稀土永磁体产业向中国转移基本完成。我国还生产了全球70%的稀土储氢合金和45%的稀土催化材料。毫无疑问，我国已成为多数稀土功能材料的全球最大生产国，规模优势突出。

这是我们无可撼动的优势，也是我们迈向稀土强国的底气。

然而，我们在稀土终端应用环节有着明显的短板。稀土广泛应用于冶金、石化等传统领域，以及电子信息、新能源、航空航天等诸多高科技领域，尤其是后者，用量大且增长快。战略性新兴产业的七大领域（节能环保、新一代信息技术、生物、高端装备制造、新能源、新材料和新能源汽车）都离不开稀土。有关资料显示，当今全球每5项发明专利中，就有一项与稀土有关。而我国恰恰是在高端稀土材料领域与美国、日本等还有差距。以我国具有优势的永磁体产业为例，高端稀土永磁体产量仅占全球的23%左右。还有如在锂电、储氢等一些高端应用领域，日本、欧美国家等的技术优势明显。美国、日本掌握着大量的稀土功能材料核心专利，不少专利技术还被列为禁止出口技术，中国很多时候只能高价购买专利权或是生产线乃至深加工产品。

当然，这一切也只是"现在进行时"，稀土的产业版图同样是在不断地发生变化。而万变不离其宗的是，全球稀土博弈基本形成了我国和西方在稀土全产业链上的竞争格局，并且竞争形势将愈演愈烈。

创新，创新。

这是一个风云变幻的时代，这是一个日新月异的世界。

唯有高岸深谷的思想，才有拨云破雾的穿透力；唯有高瞻远瞩的境界，才有指引前行的感召力。

2019年5月20日至22日，中共中央总书记、国家主席、中共中央军事委员会主席习近平在江西考察，他在讲话中强调，要贯彻新发展理念，在供给侧结构性改革上下更大功夫，在实施创新驱动发展战略、发展战略性新兴产业上下更大功夫，积极主动融入国家战略，推动高质量发展。[22]

20日中午，习近平总书记乘机抵达赣州，首先考察江西金力永磁科技股份有限公司。在企业展厅，习近平总书记认真听取了企业生产经营和赣州稀土产业发展情况的介绍，详细了解了我国稀土资源的分布状况、开发技术、应用情况以及生产加工中采取的环境保护举措。在生产车间，习近平总书记仔细察看了包装自动检测线、高性能烧结炉等设备的生产运行情况，同现场工人进行了亲切交流。习近平总书记对企业加大科研投入、致力科技创新、注重生态修复的做法给予了肯定。

习近平总书记强调，技术创新是企业的命根子。拥有自主知识产权和核心技术，才能生产具有核心竞争力的产品，才能在激烈的竞争中立于不败之地。要紧紧扭住技术创新这个战略基点，掌握更多关键的核心技术，抢占行业发展制高点。稀土是重要的战略资源，也是不可再生资源。要加大科技创新工作力度，不断提高开发利用的技术水平，延伸产业链，提高附加值，加强项目环境保护，实现绿色发展、可持续发展。

高屋建瓴的擘画，鞭辟入里的论述，彰显了大国领袖的天下情怀和责任担当，更为中国稀土强国之梦的发展，抓好顶层设计，做好系统谋划，既指明了前进方向，也规划了实现路径，这就是中国向世界交出的与时偕行的稀土答卷。

科技创新！

不妨来看看，在刚刚过去的2023年，习近平总书记对科技创新是

怎样念兹在兹：[23]

要加快科技自立自强步伐，解决外国"卡脖子"问题。

——1月31日，在二十届中共中央政治局第二次集体学习时的讲话

加强基础研究，是实现高水平科技自立自强的迫切要求，是建设世界科技强国的必由之路。

——2月21日，在二十届中共中央政治局第三次集体学习时的讲话

加快实现高水平科技自立自强，是推动高质量发展的必由之路。

——3月5日，在参加十四届全国人大一次会议江苏代表团审议时的讲话

走自力更生之路，实现科技自立自强。

——4月12日，在广东广汽埃安新能源汽车股份有限公司考察时的讲话

加快建设科技强国是全面建设社会主义现代化国家、全面推进中华民族伟大复兴的战略支撑。

——5月12日，在河北石家庄市中国电科产业基础研究院考察调研时的讲话

现在，我们要靠高水平科技自立自强、构建新发展格局来攻克科技难关。

——6月7日，在内蒙古呼和浩特中环产业园考察时的讲话

现在信息技术飞速发展，颠覆性技术随时可能出现，要走求实扎实的创新路子，为实现高水平科技自立自强立下功勋。

——7月6日，在江苏南京市紫金山实验室考察时的讲话

要把增强科技创新能力摆到更加突出的位置，整合科技创新力量和优势资源，在科技前沿领域加快突破。

——9月21日，在浙江考察时的讲话

要坚持创新驱动，在关键核心技术自主研发上下更大功夫，面向未来需求出新品，努力构建先进制造体系、打造世界一流直升机企业。

——10月11日，在江西昌河飞机工业（集团）有限公司考察时的讲话

把科技创新摆到更加突出的位置，深化教育科技人才综合改革，加强科教创新和产业创新融合，加强关键核心技术攻关，加大技术改造和产品升级力度。

——12月15日，在广西考察时的讲话

……

习近平总书记关于科技创新的一次次讲话中，有着许多令人回味无穷、铭诸肺腑的妙喻："国之重器""国之利器""牛鼻子""先手棋""一招鲜""杀手锏""命门""定海神针""不二法器"。只有对世界潮流有着深刻而本质的把握，对中国文化有着全面而透彻的领悟，才会有这样智慧通达、深长隽永的金句。

这是胸怀天下的全球视野，这是挺立潮头的高瞻远瞩，这是主动求变的深远谋划，这更是坚定历史自信、把握历史主动的扬帆远航！

思想标定航向，引领来路，照亮前路。

"中国"号巨轮高速行驶几十年后，创新能力不强，成为这个世界第二大经济体的"阿喀琉斯之踵"。于是"站在世界地图前"的中国共产党，于危机中育先机、于变局中开新局，"必须向科技创新要答案"。党的二十大吹响了全面建成社会主义现代化强国的时代号角。党的二十大报告进一步聚焦"科技创新"，把"实现高水平科技自立自强"放在"新时代新征程中国共产党的使命任务"的战略高度来考察，放在"实现第二个百年奋斗目标，以中国式现代化全面推进中华民族伟大复

兴"的历史进程中来推进，放在支撑"高质量发展是全面建设社会主义现代化国家的首要任务"的宏大视野中来把握。

大道之行，壮阔无垠；大道如砥，行者无疆。

2023年底召开的中央经济工作会议，提出了推动高质量发展的九大任务，排在第一的，就是"以科技创新引领现代化产业体系建设"。习近平总书记强调，深化供给侧结构性改革，核心是以科技创新推动产业创新，特别是以颠覆性技术和前沿技术催生新产业、新模式、新动能，发展新质生产力。新质生产力之"新"，核心在于以科技创新推动产业创新。

抢占"先机"，科技创新成为国际战略博弈的主战场。稀土，中国最为重要的战略资源之一，在科技创新战略中自是当仁不让。

2023年6月8日，习近平总书记在内蒙古考察时强调："要发挥好战略资源优势，加强战略资源的保护性开发、高质化利用、规范化管理，加强能源资源的就地深加工，把战略资源产业发展好。"[24]

2023年10月16日，为深入贯彻落实习近平总书记重要讲话和指示批示精神，重磅发布了《国务院关于推动内蒙古高质量发展奋力书写中国式现代化新篇章的意见》，提出"将包头建设成为全国最大的稀土新材料基地和全球领先的稀土应用基地"，"加强稀土等战略资源开发利用"成了极其重要的任务。

2023年11月3日，国务院总理李强主持召开国务院常务会议，研究推动稀土产业高质量发展有关工作。会议指出，稀土是战略性矿产资源，要统筹稀土资源勘探、开发利用与规范管理，统筹产、学、研、用等各方面力量，积极推动新一代绿色高效采选冶技术研发应用，加大高端稀土新材料攻关和产业化进程，严厉打击非法开采、破坏生态等行为，着力推动稀土产业高端化、智能化、绿色化发展。

中国稀土人，牢记领袖嘱托，心系"国之大者"，以科技创新为刃，破国际竞争之局，在风云变幻的稀土战略战中，抢争先机、勇着先鞭，赢得竞争主动权，在稀土化合物、高纯稀土金属及靶材、稀土磁性材料、稀土发光材料等领域的高端稀土新技术上多有斩获。

风化壳型稀土矿电驱开采技术 这是风化壳型稀土矿开采的高效绿色新技术，可以将稀土回收率提升30%，缩短70%的开采时间，还能降低70%的杂质含量。

真空蒸馏法制备高纯稀土金属镱及靶材关键技术 所制备的高纯度稀土金属镱靶材，纯度达99.99%以上，稀土直收率最高可达98%，标志着稀土靶材成功实现国产化，高性能电子器件也能摆脱对美国、日本、韩国等国家的依赖，这有力地提升了中国在高纯稀土金属材料方向的国际地位。

微型摄像头自动对焦马达 这种只有半个指甲大小的稀土永磁电机产品应用于电子、机械、通信器材，以及航天、航空等高科技微机电系统技术领域，延伸了稀土磁性材料产业链，获发明专利80项，打破了国外垄断的局面，核心技术已达到国际先进水平。

多种介质的稀土纳米断热剂 这种应用稀土铈的断热材料，直接涂在玻璃表面，在保证超高透过率的前提下，可实现95%的红、紫外线断热效果，3小时内快速降温，大幅降低室内空调的能耗，有效节能20%左右。长期以来，断热玻璃涂层材料核心技术被美国、日本及欧洲等发达国家和地区垄断。这一新突破，解决了我国在断热玻璃涂层材料上的"卡脖子"问题。

2∶17型钐钴永磁材料产业化关键制备技术 通过对剩磁和矫顽力温度稳定性的协同调控技术的突破，研制出磁能积不低于33兆高奥的高性能钐钴永磁材料和剩磁、矫顽力双低温度系数的新型高稳定性钐钴永磁材料，解决了2∶17型钐钴合金氢破技术的瓶颈，实现了磁粉的清洁高效制备。成果技术已获发明专利16项，其中国际发明专利3项。

60孔清洁高效稀土基烟气脱硝催化剂 可以在0.02平方米的横截面上分布3 600个孔,烟气催化有效接触面积增加8倍,脱硝能力大幅提升,达到行业领先水平。这一拥有自主知识产权的核心技术,不再依赖欧美国家的相关技术,能够为国内的氮氧化物治理提供新的技术支持。

稀土农用光源调控系统 这一系统利用稀土发光材料,设计并合成了多种LED发光芯片,可根据不同作物的光合作用需求,组合不同光质光源,针对大棚里的果蔬进行有效补光。

……

伟大的思想一旦与伟大的事业紧密结合,就将展现出前所未有的蓬勃伟力,并推动这个时代大步向前迈进。

树高叶茂,系于根深。自力更生是中华民族自立于世界民族之林的奋斗基点,自主创新是我们攀登世界科技高峰的必由之路。关键核心技术是要不来、买不来、讨不来的。只有占领了技术制高点,在新材料、新技术和新的应用领域上领先,中国稀土才能有像中东石油一样的影响力,才能"不管风吹浪打,胜似闲庭信步",真正掌握竞争和发展的主动权。正如习近平总书记所说的:"在激烈的国际竞争中,我们要开辟发展新领域新赛道、塑造发展新动能新优势,从根本上说,还是要依靠科技创新。"[25]

从丁道衡踏破铁鞋寻到白云鄂博铁矿,到何作霖千淘万漉发现稀土矿石;从任湘挂在悬崖峭壁上勘探矿样,到郭承基独辟蹊径创立矿物化学;从司幼东探索地球化学到张培善发现铌钽矿,到邹元燨炼出第一炉稀土合金,徐光宪发明串级萃取理论和工艺,谢宏祖创下钕铁硼磁能积世界纪录,杨应昌发明稀土铁氮新型永磁材料,还有钱学森、李光相继上书总书记，徐光宪领衔15位院士陈情国务院……一代人有一代人的奋斗，一个时代有一个时代的担当。中国稀土100年，"制造"与"创新"始终如影随形。中国稀土发展史，就是一部科技创新史，一部科技进步史。

历史川流不息，精神代代相传。

唯创新者进，唯创新者强，唯创新者胜。正如习近平总书记所说的那样："科技创新，就像撬动地球的杠杆，总能创造令人意想不到的奇迹。"[26]

现在，几乎所有的人都相信，在可以预见的未来，中国将以稀土强国的姿态领跑世界，来自中国的由稀土创造的尖端产品将不可阻挡地向全球覆盖，众多仁人志士、俊彦英才的深潜与探索、发愤与砥砺，将凝聚成这辉煌的一刻。

大道至简，创新为本；行而不辍，未来可期！

注　释

1. 李廷栋：《中国地质矿产调查事业发展历程》，《地质力学学报》2022年第28卷第5期。

2. 宋瑞祥：《周恩来与地质矿产事业》，《国土资源》2016年第1期。

3. 《中国稀土发展纪实》编委会：《中国稀土发展纪实》（内部资料），2008，第8页。

4. 张锁江：《叶渚沛：躬身追求真理 一生赤诚报国》，《中国科学报》2022年11月11日第1版。

5. 《中国稀土发展纪实》编委会：《中国稀土发展纪实》（内部资料），第17页。

6. 周均伦主编《聂荣臻年谱（下卷）》，人民出版社，1999，第892页。

7. 钱占元：《邓小平情系内蒙古经济建设——纪念邓小平同志诞辰100周年》，《思想工作》2004年第4期；窦学宏：《一定要把稀土的事情办好——纪念邓小平同志重要稀土指示发表20周年》，《稀土信息》2012年第6期。

8. 《中国稀土发展纪实》编委会：《中国稀土发展纪实》（内部资料），第21页。

9. 张维宸：《"开发矿业"题词见证者任湘的矿业情缘》，《中国矿业报》2020年2月17日第A3版。

10. 汉文、林枫：《"中国地热之父"任湘》，《中华儿女》2005年第1期。

11. 相关发明证书，见中国科学院上海微系统与信息技术研究所（原中国科学院上海冶金研究所）展厅；相关文字，参见嘉兴市志编撰室：《嘉兴市志资料

第一期》（内部资料），1987，第265-266页。

12. "方毅七下包头"中的讲话、事迹等内容参见以下文献。

周传典：《缅怀方毅同志对我国三大资源综合利用的遗爱》，《科学学与科学技术管理》1999年第3期；李璐璐、张丹丹：《副总理方毅七下包头，提出"稀土大国"理想 "稀土绝不仅是我们这一代人的事"》，《环球人物》2019年第12期；姚姿淇、冀丽安：《中国稀土布局者——方毅副总理七下包头》，《稀土信息》2019年第9期；贾银松：《方毅同志的革命精神激励稀土事业创新发展》，《稀土信息》2016年第3期；郭日方：《音容宛在 风范永存——方毅同志与中国科技事业》，《科学中国人》1997年第12期；郭日方：《淡泊名利 清正廉洁——深切缅怀方毅同志》，《科学新闻》2002年第20期；郭日方：《方毅在科学春天到来之际》，《中华儿女》2002年第8期；马鹏起：《稀土报告文集》，冶金工业出版社，2012，第259-264页；贵州省经济委员会：《全国稀土工作会议资料选编1986年10月》，1987，第1-5页；《中国稀土发展纪实》编委会：《中国稀土发展纪实》（内部资料），第36-68页、第339-347页、第431-435页；《方毅传》编写组：《方毅传》，人民出版社，2008，第549-555页、第620-644页；《方毅文集》编辑组编《方毅文集》，人民出版社，2008，第173-179页、第191-196页、第240-247页、第293-296页、第343-356页、第584-589页；《方毅传》编写组编《回忆方毅》，人民出版社，1999，第248-251页、第324-336页、第354-362页、第408-413页、第469-478页。

13. 《中国稀土发展纪实》编委会：《中国稀土发展纪实》（内部资料），第37-38页。

14. 《中国稀土发展纪实》编委会：《中国稀土发展纪实》（内部资料），第450页。

15. 国务院稀土办：《1992年中国稀土十件大事》，《稀土信息》1993年第1期。

16. 危仁晸：《播下春风万里》，载中共中央党史研究室科研局编《再造中华辉煌：邓小平纪事》，中共党史出版社，1994，第352-358页；况建军：《邓小平三次驻足鹰潭纪事》，人民网-中国共产党新闻网，2014年11月4日，http://dangshi.people.com.cn/n/2014/1031/c85037-25948005.html。

17. 钱占元：《邓小平情系内蒙古经济建——纪念邓小平同志诞辰100周年》，《思想工作》2004年第4期。

18. 《中国稀土发展纪实》编委会：《中国稀土发展纪实》（内部资料），第98页。

19. 《回忆江泽民和钱学森的学术交往》，钱学森图书馆，2022年12月8日，https://www.qianxslib.sjtu.edu.cn/news/news03_details.php?articleid=2819。

20. 倪嘉缵、洪广言编著《中国科学院稀土研究五十年》，科学出版社，2005，第224-225页。

21. 包钢集团：《深切缅怀 | 追忆江泽民同志三次视察包钢》，中国钢铁新闻网，2022年12月5日，http://www.csteelnews.com/qypd/qydt/202212/t20221205_69489.html；陈继胜、黄雪盈、陈曦、边康、王世雯：《斯人已逝 风范长存 包钢党员干部职工深切缅怀江泽民同志》，《包钢日报》2022年12月7日第1版；包头稀土研究院：《牢记嘱托、深切缅怀——追忆江泽民同志视察包头稀土研究院》，《稀土信息》2022第12期。

22. 《习近平在江西考察并主持召开推动中部地区崛起工作座谈会》，新华社，2019年5月22日，https://www.gov.cn/xinwen/2019-05/22/content_5393815.htm。

23. 习近平总书记关于科技创新的有关论述均摘自新华社的有关报道（引文后注明了时间和地点）。

24. 《习近平在内蒙古考察时强调：把握战略定位坚持绿色发展 奋力书写中国式现代化内蒙古新篇章》，新华社，2023年6月8日，https://www.gov.cn/yaowen/liebiao/202306/content_6885245.htm。

25. 《习近平在参加江苏代表团审议时强调 牢牢把握高质量发展这个首要任务》，新华网，2023年3月5日，http://m.news.cn/2023-03/05/c_1129415505.htm。

26. 《习近平在中科院第十七次院士大会、工程院第十二次院士大会上的讲话》，新华社，2014年6月9日，https://www.gov.cn/xinwen/2014-06/09/content_2697437.htm。

参 考 文 献

[1] 聂荣臻.聂荣臻科技文选［M］.北京：国防工业出版社，1999.

[2] 《方毅传》编写组.方毅传［M］.北京：人民文学出版社，2008.

[3] 《方毅文集》编辑组.方毅文集［M］.北京：人民文学出版社，2008.

[4] 倪嘉缵，洪广言.中国科学院稀土研究五十年［M］.北京：科学出版社，2005.

[5] 洪广言.稀土化学导论［M］.北京：科学出版社，2014.

[6] 《北方稀土志》编纂委员会.北方稀土志（1997—2016）［M］.北京：冶金工业出版社，2017.

[7] 刘云，孙承志，程素萍.白云鄂博铁铌稀土矿勘查及研究史［M］.北京：地质出版社，2019.

[8] 邓玉良.点石成金的传奇：稀土元素的应用［M］.石家庄：河北科学技术出版社，2015.

[9] 张庆辉.稀土的应用与影响：以包头市为例［M］.北京：科学出版社，2018.

[10] 中国有色金属工业协会专家委员会.中国稀土［M］.北京：冶金工业出版社，2015.

[11] 徐光宪，袁承业，等.稀土的溶剂萃取［M］.北京：科学出版社，2010.

[12] 王珺之.中国稀土保卫战［M］.北京：中国经济出版社，2011.

[13] [美]大卫·S.亚伯拉罕.决战元素周期表[M].柳林,译.成都:四川人民出版社,2018.

[14] 郭建荣.一清如水:徐光宪传[M].北京:中国科学技术出版社,2014.

[15] 朱晶.化学大师:徐光宪[M].北京:中国科学技术出版社,2012.

[16] 叶青,黄艳红,朱晶.举重若重:徐光宪传[M].北京:中国科学技术出版社,2013.

[17] 徐光宪.徐光宪文集[M].北京:北京大学出版社,2000.

[18] 《何作霖院士:中国稀土矿床之父》编委会.何作霖院士:中国稀土矿床之父[M].北京:地质出版社,2015.

[19] 中国科学院地球化学研究所,中国科学院广州地球化学研究所.郭承基院士纪念文集[M].广州:广东科技出版社,2007.

[20] 中国科学院过程工程研究所.叶渚沛纪念文集[M].北京:科学出版社,2012.

[21] 谢宏祖.钕铁硼无氧工艺理论与实践[M].北京:冶金工业出版社,2018.

[22] 马鹏起,窦学宏.中国稀土强国之梦[M].北京:冶金工业出版社,2017.

[23] 马鹏起.稀土报告文集[M].北京:冶金工业出版社,2012.

[24] 杨丹辉,等.中国稀土产业发展与政策研究[M].北京:中国社会科学出版社,2015.

[25] 马国霞,朱文泉,於方,等.中国稀土资源开发的生态环境损失评估[M].北京:中国环境出版集团,2018.

[26] 卢嘉锡.院士思维(4卷)[M].合肥:安徽教育出版社,2003.

[27] 张建伟,邓琮琮.中国院士[M].杭州:浙江文艺出版社,1996.

[28] 胡抱冰.草原晨号[M].西安:西安地图出版社,2004.

[29] 罗桂环.中国西北科学考查团综论[M].北京:中国科学技术出版社,2009.

[30] 中国地球物理学会"西北科学考查团"研究会"八十周年大庆纪念册"编委会."中国西北科学考查团"八十周年大庆纪念册[M].北京:气象出版社,2011.

[31] 中国新疆维吾尔自治区档案馆,日本佛教大学尼雅遗址学术研究机构.中瑞西北科学考察档案史料[M].乌鲁木齐:新疆美术摄影出版社,2006.

[32] 翟明国,等.矿产资源形成之谜与需求挑战[M].北京:科学出版社,2016.

[33] [美]蒙哥马利.全球能源大趋势[M].宋阳,姜文波,译.北京:机械工业出版社,2012.

后　记

在龙年春节的前两天，我终于在键盘上敲下了这部书稿的最后一个感叹号。那一刻，全身简直有种虚脱的感觉。

两年前的一个阳光灿烂的日子，我和著名出版人邹亮、现浙江科学技术出版社总编宋东来到海边的乍浦小镇，在浙江乍浦经济开发区（嘉兴港区）（简称嘉兴港区）有关领导的陪同下，拜谒了中国战略科学家、著名稀土专家邹元爔院士的故居。在元爔亭前，我们肃立合影。我在心底暗暗立下誓言：一定要把中国稀土科学家创新报国的奋斗历程讲好，以告慰邹先生的在天之灵。

我数十年写作生涯中最为重大的一项创作工程，就此开始了。

虽然此前写过一些科学家的传记，但我对稀土几乎一无所知。从乍浦回来后，我一头扎进了有关稀土的书堆中。始料未及的是，关于中国稀土发展，特别是中国稀土科学家成就的著作，远比想象的要少得多，这与中国作为一个稀土大国、稀土作为中国重大战略资源的地位，极不相称。但这反而激起了我前所未有的豪情和决心：我正在创作的，是中国第一部稀土题材的长篇纪实作品，这是我必须要完成的文学使命！

两年的采访与创作，使我电脑边的材料堆得越来越高，又不断矮

后 记

下去，再堆高，再矮下去。慢慢地，我不再是一个稀土"小白"，而可以滔滔不绝地给人讲上大半天的稀土故事。随着我采访的足迹从江南到岭南，到塞北，我的采访笔记换了一本又一本。丁道衡、何作霖、郭承基、张培善、邹元燨、徐光宪、杨应昌、谢宏祖、倪嘉缵……一个个稀土科学家的形象渐渐清晰起来、高大起来，我仿佛可以走进他们的心灵，触摸到他们的灵魂。他们对祖国的热爱、对事业的执着，他们的智慧和灵感，他们的坚守与忍耐，他们的放弃与牺牲，常常使我激情澎湃、感慨万千。我深深感到，能把他们对中国稀土的贡献写下来，把他们的传奇经历和奋斗精神写下来，这是命运对我的垂青，是我作为一个作家的幸运。在采写的日子里，我的心时常被一股莫名的激情鼓荡着。采访与创作的两年，是一场艰辛的写作之旅，更是一场内心的感动之旅，精神的洗礼之旅。

这本书不仅仅是我个人的创作，同时也凝结着很多人的辛劳。感谢中共嘉兴市委宣传部、嘉兴市文学艺术界联合会（简称嘉兴市文联）对这本书的关心与重视，感谢嘉兴港区对本书从采访到出版全程的鼎力支持，感谢众多被采访单位和科研人员的热情接待、倾囊相授，感谢邹亮、宋东、王巧玲，以及陈淑阳等编辑为本书付出的心血。衷心感谢嘉兴市委常委、宣传部部长张东和，及嘉兴港区党工委书记冯中海的关心和指导；嘉兴市委宣传部副部长黄国强，嘉兴市文联主席姚建新、副主席陈天英，嘉兴港区党工委委员、党群工作部部长周蕾，副部长朱玮静的支持与帮助；朱永官院士、汪光裕教授、陈伟强教授等在专业上的释疑解惑；杨波、钟晓燕、王晓欢、陈蓉等同志的帮助。这些都是我深深铭记在心的。我更要把最诚挚的感谢献给中国稀土百年历程中一代代的科学家。如果你在书中读出了社会主义国家集中力量办大事的制度优势，读出了把关键资源、核心技术牢牢掌握在自己手中的坚定信心和战略定力，读出了艰难困苦中逆风飞扬、超越突破的自信自强，那么，这不是因为我的妙笔生花，而是因为中国科学家伟大的人格、坚强的意志和创新报国的家国情怀，似一团炙热的火焰点燃了我们心中的激情，鼓舞人心，催人奋进。

中国稀土强国梦的书写，正方兴未艾，也将是一个永远不会结束的故事。

杨自强

2024年2月27日